# 鲁迅全集

## 第十三卷

### 书 信

（1934—1935）

人民文学出版社

**图书在版编目（CIP）数据**

鲁迅全集. 13/鲁迅著. —北京：人民文学出版社，2005. 11（2022.11重印）
ISBN 978-7-02-005033-8

I. ①鲁… II. ①鲁… III. ①鲁迅著作—全集②鲁迅书信 IV. ①I210. 1

中国版本图书馆 CIP 数据核字（2005）第 070002 号

责任编辑　刘　伟
装帧设计　李吉庆
责任校对　杨　康
责任印制　王重艺

在上海时摄（1935）

在上海千爱里避难时与内山完造等合影（1934）

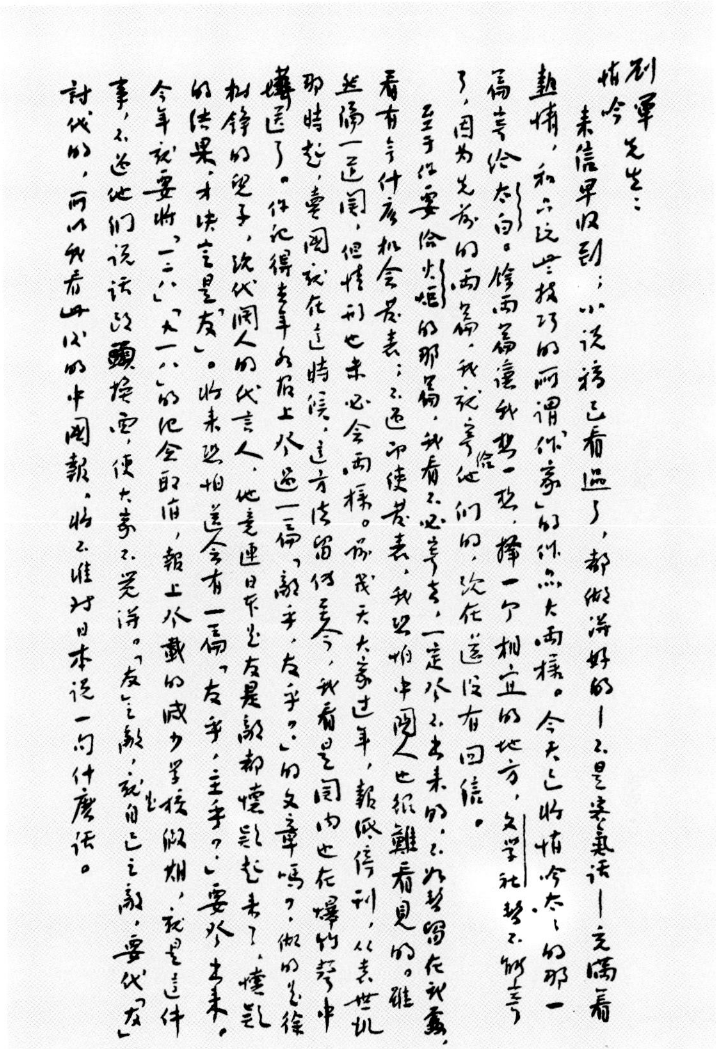

刘军先生：
悄吟

来信早收到；小说稿已看过了，都做得好的——不是客气话——充满着热情，和只玩些技巧的所谓"作家"的作品大两样。今天已将悄吟太太的那一篇寄给《太白》。余两篇让我想一想，择一个相宜的地方，文学社暂不能寄了，因为先前的两篇，我就寄给他们的，现在还没有回信。

至于你要给《火炬》的那一篇，我看不必寄去，一定不会登出来的，不如暂留在我处，看有什么机会发表；不过即使发表，我恐怕中国人也很难看见的。虽送编辑一过阅，但情形也未必会两样。前几天大家过年，报纸停刊，从袁世凯那时起，意图就在这时候，这方法流传到今，我看是国内也在爆竹声中断送了。你记得去年各报上有过一篇"敌乎，友乎？"的文章吗？做的是徐树铮的儿子，现代阔人的代言人，他竟连日本是友是敌都怀疑起来了，怀疑的结果，才决定是"友"。将来恐怕还会有一篇"友乎，主乎？"要登出来。今年就要将"一二八""九一八"的纪念取消，报上所载的减少学校假期，也就是这件事，不过他们说话吞吞吐吐，使大家不觉得。"友"之敌，就是自己之敌，要代"友"讨伐的，所以我看此后的中国报，将不准对日本说一句什么话。

致萧军、萧红信手迹

迳启者，顷 惠书 要将删除之"二心集"改

名出版，以保全版权之作者，自无异议，但

我要求在第一页上，声明此书须由中央图

书审查会审定删存，俾外界广告，二项

说未定，已印竟之一部分，系书局拼凑混充

告的责任，出版者和作者都不能负，我

主要设法自己先声明。此请

合众书店在台鉴

　　　　　　　　鲁迅

致合众书店信手迹

# 目　录

I

## 一九三五年

# 一 九 三 四 年

## 340101 致 梁 以 俅 [1]

以俅先生：

昨晚因有事，迟去了一点，先生已来过，真是抱歉之至。

今日下午往蔡宅 [2]，和管门人说不清楚，只得废然而返。

如先生尚留沪，希于四日午后两点钟仍至原处书店，我当自二点至三点止，在那里相候。

此上，即颂

时绥。

迅 启 一月一日

＊　　　＊　　　＊

〔1〕 梁以俅（1906—？） 广东南海人，美术工作者。当时因事自北平去上海时，曾由姚克介绍往访鲁迅。

〔2〕 蔡宅 梁以俅的亲戚家。

## 340105 致 姚 克

Y先生：

梁君 [1] 到后，约我两次，都参差了，没有遇见；我去寻他一次，约他一次，也都没有遇见，大约是在上海是不能看见的了。

谭女士终于没有看到，恐怕她已经走了，木刻我收集了五十余幅，[2]拟直接寄到巴黎去，现将目录寄上，烦先生即为译成英文，并向 S 君问明谭女士在法国的通寄［信］地址，一并寄下，我就可以寄去。

此地是乌烟瘴气，各学校多被搜捕，听说弄去了三［?］余人，[3]但详情也莫名其妙。

我们都好，请勿念。

此上，即请

时绥。

豫　顿首 一月五日

## 木 刻 目 录

No.　1．钟步清：　三农夫

　　　2．　〃　　　二个难民

　　　3．李雾城：　某女工

　　　4．　〃　　　投宿

　　　5．　〃　　　天灾

　　　6．　〃　　　受伤者的呐喊

　　　7．何白涛：　街头

　　　8．　〃　　　小艇

　　　9．　〃　　　私斗

　　10．佩　之：　运*

　　11．洪　野：　搬运

\* 　图是一个挑夫，从船到岸，所以仍是"搬运"之意。

12. 代　洛：斗争

13. 野　夫：灾民

14. 　"　一九三三年五月一日(上海泥城桥)

15. 　"　都会的早晨

16. 　"　"嘿……嘿……嘿啰呵!"(建筑之第
　　　　　　一声)

17. 　"　回家

18. 罗清桢：挤兑

19. 　"　起卸工人

20. 　"　等爸爸回来

21. 　"　码头上

22. 　"　扫叶工人(上海法国公园)

23. 　"　看病

24. 何白涛：牧羊女

25. 　"　午息

26. 陈耀唐：等着爸爸

27. 　"　殉难者

28. 　"　家庭

29. 　"　世界语展览会

30. 　"　白色恐怖

31—42. 陈耀唐：丁玲作《法网》插画

43. 没　铭：殉难者

44. 金逢孙：读报

45. 张　抨：中国的统治人物

＊　　　　＊　　　　＊

〔1〕　梁君　指梁以俅。按鲁迅后在 1 月 10 日见到他。

〔2〕　谭女士　即绮达·谭丽德。鲁迅提供的参展作品共五十八幅，除目录所列五十五幅外，另有刘岘的木刻《列宁》、《两工人》和《音乐家》三幅。

〔3〕　各学校多被搜捕　1933 年 12 月 21 日国民党军警在蓝衣社特务带领下，对暨南、大夏、光华、复旦等九所高校进行大搜捕，逮捕进步学生百余人(据 1934 年 1 月 13 日《中国论坛》第三卷第四期的《反对大批逮捕的"学校剿匪"》一文)。

# 340106　致 林 语 堂

语堂先生：

顷得亢德先生函，谓楚囚〔1〕之稿，仅有少许可登，并以余稿见返。此公远在北平,难与接洽,但窃计所留字数,不过千余,稿费自属无几,而不佞则颇有擅卖他人螓首[2]之嫌疑,他日史氏笔伐,将云罪浮于桀,诚不如全躯以还之之为得计也。以是希于便中掷还所留之三纸为幸。

　　专此布达,并请

默安。　　　　　　　　　　　　迅　顿首 一月六夜

　　令夫人令爱们尊前均此请安。


　　＊　　　　＊　　　　＊

　　〔1〕　楚囚　指王志之。参看 331228①信注〔1〕。

　　〔2〕　螓首　形容女子的美貌。语出《诗经·卫风·硕人》:"螓首蛾眉"。


# 340108　致 何 白 涛

白涛先生:

　　来函并木刻收到。这幅木刻,我看是好的,很可见中国的特色。我想,现在的世界,环境不同,艺术上也必须有地方色彩,庶不至于千篇一律。

　　先生要我设法旅费[1],我是可以的,但我现在手头没有现钱。所以附上一函,请于十五日自己拿至内山书店,我当先期将款办好,放在那里,托他们转交。

　　此复,即颂

时绥。

　　　　　　　　　　　　　　　　迅　上 一月八夜

＊　　　　＊　　　　＊

〔1〕　旅费　何百涛当时在上海新华艺术专科学校毕业之后失业，向鲁迅借旅资三十元回广东。

## 340109　致 萧 剑 青[1]

剑青先生：

　　来函诵悉。我因为闲暇太少，实在没法看稿作序了。抱歉之至。

　　专复，即颂

时绥。

鲁迅 一月九日

＊　　　　＊　　　　＊

〔1〕　萧剑青　东南亚华侨，原籍广东。当时在上海世界书局任职，曾将所著诗文、木刻合集《灰色集》送请鲁迅作序。

## 340111　致 郑 振 铎

西谛先生：

　　顷接六日信，甚喜。《北平笺谱》极希望能够早日出书，可以不必先寄我一部，只望令荣宝斋从速运来，因为这里也有人等着。至于我之二十部，实已不能分让，除我自藏及将分寄各国图书馆（除法西之意，德，及自以为绅士之英）者外，都早已约出,且还不够,正在筹划怎样应付也。天行写了这许多字,我想送他一部,如他已豫约,或先生曾拟由公物中送他,则此一节可取消,而将此一部让给别人;又,静农已向我约定一部,亦乞就近交与,所余十八部,则都运上海,不能折扣矣。

第二次印恐为难,因为大约未必再能集至一百人,一拖延,就散了。我个人的意见,以为做事万不要停顿在一件上(也许这是我年纪老起来了的缘故),此书一出,先生大可以作第二事,就是将那资本,来编印明代小说传奇插画,每幅略加解题,仿《笺谱》豫约办法。更进,则北平如尚有若干好事之徒,大可以组织一个会,影印明板小说,如《西游》[1],《平妖》[2]之类,使它能够久传,我想,恐怕纸墨更寿于金石,因为它数目多。上海的邵洵美之徒,在发议论骂我们之印《笺谱》[3],这些东西,真是"前不见古人,后不见来者"[4],吃完许多米肉,搽了许多雪花膏之后,就什么也不留一点给未来的人们的——最末,是"大出丧"[5]而已。

前几天,寄了一些原版《晚笑堂画传》[6]之类给俄木刻家,《笺谱》出后,也要寄一部,他们之看中国,是一个谜,而知识甚少,他们画五六百年前的中国人,也戴红缨帽,且拖着一条辫子,站在牌楼之下,而远处则一定有一座塔——岂不哀哉。

《文学》[7]二卷一号,上海也尚未见,听说又不准停刊,大约那办法是在利用旧招牌,而换其内容,所以第一着是检查,抽换。不过这办法,读者之被欺骗是不久的,刊物当然要慢慢

7

的死下去。《文学季刊》未到，见过目录，但也如此麻烦，却得信后才知道，因为我总以为北平还不至于像上海的。我的意思，以为季刊比月刊较厚重，可以只登研究的文章，以及评论，随笔，书报绍介，而诗歌小说则从略，此即清朝考据家所走之路也。如此，则成绩可以容易地发表一部分。但上海《词学季刊》[8]第三期，却有不振之状。

　　《大公报》及《国闻周报》[9]要投稿，倒也并非不肯投。去年在上海投稿时，被删而又删，有时竟像讲昏话，不如沈默之为愈，所以近来索性不投了，但有时或有一两篇，那是只为了稿费。北边的容易犯讳，大概也不下于上海，还是不作的好罢。

　　此复即请

道安。

　　　　　　　　　　　迅　顿首　一月十一夜。


　　＊　　　　＊　　　　＊

　　〔1〕　《西游》　即《西游记》。

　　〔2〕　《平妖》　即《三遂平妖传》，长篇小说，传为元末明初罗贯中作，二十回，有明代万历年间唐氏世德堂刊本。通行本四十回，系明末冯梦龙增补。

　　〔3〕　指邵洵美所编《十日谈》1934年新年特辑所刊杨天南《二十二年的出版界》一文，其中说："特别可以提起的是北平笺谱，此种文雅的事，由鲁迅西谛二人为之，提倡中国古法木刻，真是大开倒车，老将其实老了。至于全书六册预约价十二元，真吓得煞人也。无论如何，中国

尚有如此优游不迫之好奇精神,是十分可贺的,但愿所余四十余部,没有一个闲暇之人敢去接受。"

〔4〕 "前不见古人,后不见来者" 语出唐代陈子昂诗《登幽州台歌》。

〔5〕 "大出丧" 1916年,邵洵美岳祖(也是其外祖父)盛宣怀去世时,曾举行轰动一时的"大出丧"。

〔6〕 《晚笑堂画传》 清代画家上官周作。鲁迅给苏联木刻家寄书的事,参看附录一 11 致希仁斯基等信。

〔7〕 《文学》 月刊。参看331124信注〔1〕。下面所说的事,据1934年3月国民党中央宣传委员会《文艺宣传会议录》:《文学》"态度恶化已极。名由傅东华与茅盾主编,实际则由茅盾主干。经予查禁。嗣该傅东华联同郑振铎具请愿转变作风,为民族文艺努力,不采用左翼作品,并予印行前先送审核,始姑准继续出版"。

〔8〕 《词学季刊》 龙沐勋编,1933年4月在上海创刊,1934年9月出至第三卷第三号停刊。

〔9〕 《大公报》 综合性报纸,1902年6月创办于天津,1925年11月一度停刊,次年9月由吴鼎昌、张季鸾接办。《国闻周报》,综合性周刊。1924年8月在上海创刊,1927年第四卷起迁往天津,1937年12月出至第十四卷第五十期停刊。


# 340112 致台静农

静农兄:

《北平笺谱》大约已将订成,兄所要之一部,已函西谛兄在北平交出,另一部则托其交与天行兄,希就近接洽。这两部都

是我送的，无须付钱。倘天行兄已豫约，则可要求西谛退款，豫约而不得者尚有人，他毫不为难也。专此，即颂

时绥。

迅　顿首 一月十二日

我们都好的。　又及

# 340117[①]　致萧　三

E.S. 兄：

十一月二十四日来信，现已收到。一星期前，听说它兄要到内地去[1]，现恐已动身，附来的信，一时不能交给他了。寄来之《艺术》[2]两本，早已收到。本月初，邮局送一张包皮来，说与内容脱开，倘能说出寄来之书名，可以交付，但因无人能知，只好放弃。以后如寄书报，望外面加缚绳子，以免擦破而落下为要。不过它兄既不在沪，则原文实已无人能看，只能暂时收藏，而我们偶然看看插画而已。

寄卓姊[3]信，二月那一封是收到的，当即交去，并嘱回答；而六月那一封及英文信，则并未收到，零星之信件，我亦未过手一封（倘亦系寄我转交的话）。至于她之于兄，实并非无意，自然，不很起劲是有点的，但大原因，则实在由于压迫重，人手少，经济也极支绌。譬如寄书报，就很为难，个人须小心，托书店代寄，而这样的书店就不多，因为他们也极谨慎，而一不小心，实际上也真会惹出麻烦的。

书籍我收到过四次，约共二十余本，内有 M. Gorky[4]集，

B.Shaw[5]集,演剧史[6]等,但闻亚兄回时,亦有书籍寄出,托我代收者不少,所以这些已不知是兄的,还是亚兄的,要他看过才会明白了。

也在十一月二十四日,我寄上书籍杂志(《文学》从第一期起在内)两包,一月初寄列京[7]木刻家中国画本时,附有杂志两本并它兄短信,托其转交,不知已收到否?今天又寄杂志五本共一包。现在的刊物是日见其坏了。《文艺》本系我们的青年所办,一月间已被迫停刊;《现代》虽自称中立,各派兼收,其实是有利于他们的刊物;《文学》编辑者,原有茅盾在内,但今年亦被排斥,法西斯谛将潜入指挥。本来停刊就完了,而他们又不许书店停刊,其意是在利用出名之招牌,而暗中换以他们的作品。至于我们的作家,则到处被封锁,有些几于无以为生。不过他们的办法,也只能暂时欺骗读者的,数期后,大家一知道,即无人购阅。《文学季刊》(今天寄上了)是北京新办的,我亦投稿[8](改名唐俟),而第一期已颇费周折,才能出版。此外,今年大约还有新的刊物二三种出版,俟出后当寄上。

大会[9]我早想看一看,不过以现在的情形而论,难以离家,一离家,即难以复返,更何况发表记载,那么,一切情形,只有我一个人知道,不能传给社会,不是失了意义了么?也许还是照旧的在这里写些文章好一点罢。

Goethe纪念号[10]是收到的;《文学报》收到过两回,第一回它兄拿去了,它一去,这里遂再没有会看原文的人。此后寄书,望常选插图多的寄来,最好是木刻插图,便于翻印介绍,倘是彩色,就不易翻印了。

　　此复即请

春安。

　　　　　　　　　豫　启上　一九三四年一月十七日

　　这信封是它兄写的,我不会写。此后来信时,望附来写好
之信封二三个,以便寄回信。信可寄信箱,书籍之类也可
以寄信箱吗?　便中示及。　　又及。

　　　　＊　　　　　＊　　　　　＊

　　〔１〕　它兄要到内地去　指瞿秋白1934年1月初离沪去江西中央
革命根据地。

　　〔２〕　《艺术》　双月刊,苏联画家和雕刻家协会机关刊物,1933年
创刊。

　　〔３〕　卓姊　指"左联"。

　　〔４〕　M.Gorky　即高尔基。

　　〔５〕　B.Shaw　即萧伯纳。

　　〔６〕　演剧史　即《苏联演剧史》,参看331125<sup>①</sup>信注〔3〕。

　　〔７〕　列京　这里应为莫斯科。

　　〔８〕　指《选本》,后收入《集外集》。

　　〔９〕　指1934年8月在莫斯科召开的第一次苏联作家代表大会。
大会筹备期间,曾向鲁迅发出邀请。

　　〔10〕　Goethe 纪念号　即《歌德专号》,苏联《文学遗产》杂志于
1932 年为纪念歌德诞生一百周年所出的第四、五期合刊。歌德(J.W.
von Goethe,1749—1832),德国诗人、学者。著有诗剧《浮士德》和小说
《少年维特之烦恼》等。

# 340117<sup>②</sup>　致 黎烈文

烈文先生：

　　蒙惠书并《妒误》<sup>〔1〕</sup>，谢谢。书已读讫，译文如瓶泻水，快甚；剧情亦殊紧张，使读者非终卷不可，法国文人似尤长于写家庭夫妇间之纠葛也。

　　无聊文又成两篇<sup>〔2〕</sup>，今呈上。《儿时》<sup>〔3〕</sup>一类之文，因近来心粗气浮，颇不易为；一涉笔，总不免含有芒刺，真是如何是好。此次偶一不慎，复碰着盛宫保家婿<sup>〔4〕</sup>，然或尚不至有大碍耶？

　　此上，即请

著安。

　　　　　　　　　　　　　迅 顿首 一月十七夜。


＊　　　＊　　　＊

　　〔1〕《妒误》　原名《重燃坏了的火》，剧本，法国本那特(J. J. Bernard)著，黎烈文译，1933 年 12 月商务印书馆出版。

　　〔2〕指《批评家的批评家》和《漫骂》，后均收入《花边文学》。

　　〔3〕《儿时》　杂文，瞿秋白作，署鲁迅曾用笔名子明，发表于 1933 年 12 月 15 日《申报·自由谈》。

　　〔4〕盛宫保　即盛宣怀(1844—1916)，江苏武进人，官僚资本家。曾任清政府邮传部大臣等职，授"太子少保"衔。经办轮船招商局、电报局、上海机器织布局、汉冶萍公司等实业。家婿，指其孙婿邵洵美。

## 340119　致吴　　渤

吴渤先生：

　　今天收到来信并《木刻创作法》稿，看现在的情形，恐怕一时无法可出，且待将来的形势，随时设法罢，但倘能印，其中的插画怎么办呢？

　　那奥国人的作品展览会〔1〕我没有去看，一者因为我对于铜版知道得很少，二者报上说是外国风景，倘是风俗，我便去看了。至于中国的所谓"美术家"，当然不知天下有版画，我曾遇见一位名家，他连雕刀也没有看见过，但我看外国的美术杂志上，常有木刻学校招生的广告，此辈似乎连杂志也不看也。

　　关于各国，无甚消息。所集的中国木刻，已于前日寄往巴黎，并致函苏联木刻家〔2〕，托其见后给我们批评，但不知何时始有消息。要印的木刻〔3〕正在选择，并作后记，大约至快怕要在阳四五月才可出版了。此复，即颂

时绥。

　　　　　　　　　　　　　　　　　迅　上　一月十九夜。

＊　　　　＊　　　　＊

　　〔1〕　奥国人的作品展览会　1934 年 1 月 12、13 日，奥地利青年雕刻家哈尔本在上海美术俱乐部举办展览，展出他游历墨西哥、古巴、美、法等国时所作的作品。

〔2〕 致函苏联木刻家　即附录一 11 致希仁斯基等信。

〔3〕 指《引玉集》。

## 340122　致赵家璧

家璧先生：

　　顷查得丁玲的母亲的通信地址，是："湖南常德、忠靖庙街六号、蒋慕唐老太太"，如来信地址，与此无异，那就不是别人假冒的。

　　但又闻她的周围，穷本家甚多，款项〔1〕一到，顷刻即被分尽，所以最好是先寄一百来元，待回信到后，再行续寄为妥也。专此布达，即请

著安。

迅　顿首 一月二十二日

＊　　　＊　　　＊

〔1〕 款项　指丁玲《母亲》一书的稿费。该书出版后，作者已被捕，其母蒋慕唐向良友图书印刷公司索取稿费。

## 340123　致姚　克

姚克先生：

　　一月八日信早收到，并木刻四帧〔1〕；后又得木刻目录〔2〕

英译,由令弟〔3〕看原画修正后,打字见寄。现已并画邮寄谭女士。

梁君〔4〕已见过,谈了一些时,他此刻当已北返了罢。

书籍被扣或信件被拆,这里也是日常茶饭事,谁也不以为怪。我在本年中,却只有一封母亲的来信恩赐"检讫"而已。《文学》编辑已改换,大约出版是要出版的,并且不准不出版(!),不过作者会渐渐易去,盖文人颇多,而其大作无人过问,所以要存此老招牌来发表一番,然而不久是要被读者发见,依然一落千丈的。〔5〕《现代》恐怕也不外此例。

上海已下雪结冰,冷至水管亦冻者数日,则北平之冷可想矣。敝寓均安,我依然作打杂生活,大约今年亦未必有什么成绩也。此复即颂

时绥。

豫 顿首 一月二十三夜。

\*　　　\*　　　\*

〔1〕 木刻四帧 即王钧初作木刻新年信片四帧。

〔2〕 木刻目录 指参加"革命的中国之新艺术"展览会展出的作品目录,参看340105信。

〔3〕 令弟 指姚志曾,参看330420①信注〔1〕。

〔4〕 梁君 指梁以俅,参看340101信及其注〔1〕。

〔5〕 这里所说《文学》的事,指该刊被当局查禁后又准予出版,参看340111信注〔7〕。

## 340124 致 黎 烈 文

烈文先生：

有一友人[1]，无派而不属于任何翼，能作短评，颇似尼采，今为绍介三则，倘能用，当能续作，但必仍由我转也。此上即请

著安。

迅 顿首 一月廿四夜。

\*　　　\*　　　\*

〔1〕 友人　指徐诗荃。参看350817信注〔1〕。

## 340125 致 姚 克

Y先生：

昨上午方寄一函，下午便得十七来函，谨悉一切。画[1]已寄出。钱君[2]在上海时，曾嘱我便中绍介，事繁忘却，不及提，今既已晤面，甚善，他对于文坛情形，大约知道得较详细。

为 Osaka Asahi 所作文[3]，不过应酬之作，但从外国人看来，或颇奇特，因实出于他们意料之外也。Mr. Katsura[4]不知所操何业，倘未深知底细，交际当稍小心，盖倘非留学生，则其能居留中国，必有职务也。

先生作小说，极好。其实只要写出实情，即于中国有益，

17

是非曲直,昭然具在,揭其障蔽,便是公道耳。

　　我顽健如常,正编外国木刻小品[5],拟付印。令弟见过三回,而未问住址,便中希以地址嘱其见告。又,此后如寄书籍,应寄何处?又,假如送司诺君书籍,照西洋例,其夫人亦应送一部否?此二事亦乞示及为幸。

　　此布,即颂

时绥。

　　　　　　　　豫　顿首 一月廿五夜

　　傅东华公患得患失,《文学》此后大约未必高明矣。


　　＊　　　＊　　　＊

　　〔1〕　指寄往法国巴黎举办"革命的中国之新艺术"展览会展出的木刻作品,参看 331204 信注〔3〕。

　　〔2〕　钱君　未详。

　　〔3〕　Osaka Asahi　即大阪《朝日新闻》,1879 年 1 月创刊。所作文,指《上海所感》,后收入《集外集拾遗》。

　　〔4〕　Mr. Katsura　即桂太郎,日本人,当时在北平留学,攻读汉文学。

　　〔5〕　外国木刻小品　指《引玉集》。


# 340129　致 郑 振 铎

西谛先生:

　　下午晤璧兄[1],知即以夜车北上。顷检《北平笺谱》,则

所缺凡五叶,即:

第四本师曾花果笺(淳[2])内缺黄蜀葵,

第五本俞明[3]人物笺(淳)内缺倚窗美人,

第六本吴澂[4]花卉笺(淳)内缺水仙,

又　　　　　　　缺紫玉簪,

又　　二十幅梅花笺(静[5])内缺一幅。

最前之四幅,前次见寄之样本中皆有之,可以拆下补入。惟梅花笺乞补寄,因不知所缺者为何人作,故别纸录所存之作者名备览。此上即颂

著安。

迅　顿首 一月二十九夜

所存梅花笺

| 一 桂浩度 | 二 萧愻 | 三 胡佩衡 |
| --- | --- | --- |
| 四 齐白石 | 五 马晋 | 六 石雪 |
| 七 杨葆益 | 八 与恬 | 九 屈兆麟 |
| 十 袁匋盦 | 十一 待秋 | 十二 观岱 |
| 十三 吴宁祁 | 十四 苍虬居士 | 十五 修髯 |
| 十六 退翁 | 十七 汤定之 | 十八 陈煦 |
| 十九 陈年 | | |

＊　　　＊　　　＊

〔1〕 璧兄　指方璧,即沈雁冰。

〔2〕 淳　指北京琉璃厂的淳菁阁。

〔3〕 俞明(1884—1935)　号涤凡,浙江吴兴人,画家。

〔**4**〕 吴澂(1878—1949) 字待秋,浙江崇德人,画家。

〔**5**〕 静 指北京琉璃厂的静文斋。

# 340209<sup>①</sup> 致 许寿裳<sup>〔1〕</sup>

季市兄:

顷得惠函并有剪报,得读妙文,甚感。

卖脚气药处,系"上海大东门内大街,严大德堂",药计二种,一曰脚肿丸,浮肿者服之;一曰脚麻丸,觉麻痹者服之。应视症以求药,每服似一元,大率二服便愈云。

上海天气渐温,敝寓均安好。此复,即颂

曼福。

弟飞 顿首 二月九日

　　＊　　　　＊　　　　＊

〔**1**〕 此信据许寿裳亲属录寄副本编入。

# 340209<sup>②</sup> 致 郑振铎

西谛先生:

五日函及《北平笺谱》补页五张,已于今九日同时收到。分送印本办法,请悉如来函办理。英国亦可送给,以见并无偏心,至于德意,则且待他们法西结束之后可耳。第二次豫约数目,未知如何?倘已届五十或一百,我并不反对再印,但只须与初版略示区别，如有余书，则当酌加书价出售，庶几与初版豫约及再板豫约者皆有区别也。

先前未见过《十竹斋笺谱》[1]原本，故无从比较，仅就翻本看来，亦颇有趣，翻刻全部，每人一月不过二十余元，我豫算可以担任，如先生觉其刻本尚不走样，我以为可以进行，无论如何，总可以复活一部旧书也。至于渐成《图版丛刊》[2]，尤为佳事，但若极细之古刻，北平现在之刻工能否胜任，却还是一个问题，到这时候，似不妨杂以精良之石印或珂罗版也。

中国明人（忘其名）有《水浒传像》[3]，今似惟日本尚存翻刻本，时被引用，且加赞叹，而觅购不能得，不知先生有此本否？亦一丛刊中之材料也。

上海之青年美术学生中，亦有愿参考中国旧式木刻者，而苦于不知，知之，则又苦于难得，所以此后如图版刻成，似可于精印本外，别制一种廉价本，前者以榨取有钱或藏书者之钱，后者则以减轻学生之负担并助其研究，此于上帝意旨，庶几近之。

我在这里其实并无正业，而又并无闲空，盖因"打杂"之故，将许多光阴，都虚掷于莫名其妙之中。《文学》[4]第二期稿，创作恐不能著笔，至于无聊如《选本》那样之杂感，则当于二十五日以前，寄奉一则也。

专此布复，即请

道安。

迅 顿首 二月九日

＊　　　　＊　　　　＊

　〔1〕　《十竹斋笺谱》　彩色诗笺图谱,明末胡正言编。收图谱二百八十余幅,共四册,明崇祯十七、十八年(1644—1645)刊印。鲁迅、郑振铎以版画丛刊会名义翻印,1934年12月出版第一册,后于1941年出齐。

　〔2〕　《图版丛刊》　即《版画丛刊》。鲁迅、郑振铎为介绍宋、元、明以来中国彩色和单色版画而编辑的丛书。按只出版《十竹斋笺谱》一种。

　〔3〕　《水浒传像》　即《水浒图赞》。明代杜堇作,共五十四幅。有清光绪八年(1882)广州百宋斋石印本。

　〔4〕　《文学》　指《文学季刊》,参看331027②信注〔3〕。

# 340211①　致　陈烟桥〔1〕

雾城先生:

　二月九日的信并木刻一幅,已经收到了,谢谢。先前的信及木刻,也收到的,我并且即发回信,现在看来,是我的那一封回信寄失了。

　《木刻作法》〔2〕已托友人去买,但因邮寄没有西欧的顺当,所以一时怕未必能到,我想,夏季是总可以寄到的。书价大约不贵,也不必先付,而且也无法汇去,且待寄到后再说罢。

　此复,即颂

时绥。

〔迅〕上〔二月十一日〕

＊　＊　＊　＊

〔1〕　陈烟桥(1912—1970)　曾用名李雾城,广东宝安人,木刻家,中国左翼美术家联盟成员。当时在上海从事木刻运动,作品有《烟桥木刻》等。

〔2〕　《木刻作法》　即《木刻技法》,苏联巴甫洛夫作,1931 年出版。

# 340211② 致姚　克

姚克先生:

一月廿五日第一号信及二月五日信,均已收到。关于秦代的典章文物,我也茫无所知,耳目所及,也未知有专门的学者,倘查书,则夏曾佑之《中国古代史》〔1〕(商务印书馆出版,价三元)最简明。生活状态,则我以为不如看汉代石刻中之《武梁祠画像》,此像《金石粹编》〔2〕及《金石索》〔3〕中皆有复刻,较看拓本为便,汉时习俗,实与秦无大异,循览之后,颇能得其仿佛也。至于别的种种,只好以意为之,如必俟一切研究清楚,然后下笔,在事实上是难以做到的。

北平之所谓学者,所下的是抄撮功夫居多,而架子却当然高大,因为他们误解架子乃学者之必要条件也。倘有绍介,我以为也不妨拜访几位,即使看不到"学",却能看到"学者",明白那是怎样的人物,于"世故"及创作,会有用处也。

《自由谈》上近已见先生之作一篇〔4〕,别的几篇,恐怕原因多在为洪乔所误,因为尝闻黎〔5〕叹无稿也。他在做编辑似甚为难,近新添《妇女园地》[6]一栏,分明是瓜分《自由谈》之现象。我只偶投短文,每月不过二三篇,较长而略有关系之文章,简直无处发表。新出之期刊却多,但无可看者,其中之作者,还是那一班,不过改换名姓而已。检查已开始,《文学》第二期先呈稿十篇,被抽去其半,则结果之必将奄奄无生气可知,大约出至二卷六期后,便当寿终正寝了。《现代》想必亦将讲民族文学,或以莫名其妙之文字填塞耳。

此刻在上海作品可以到处发表,不生问题的作者,其实十之九是先前用笔墨竞争,久已败北的人,此辈藉武力而登坛,则文坛之怪象可想。自办刊物,不为读者所购读,则另用妙法,钻进已经略有信用的刊物里面去,以势力取他作者之地位而代之。从今年起,大约为施行此种战略时代,不过此法亦难久掩他人之目,想来不到半年,《现代》之类也就要无人过问了。

我旧习甚多,也爱中国笺纸,当作花纸看,这回辑印了一部《笺谱》,算是旧法木刻的结账。S 夫人[7]既爱艺术,我想送她一部,但因所得之书有限,不能也送 S 君了。这在礼仪上,不知可否?倘无碍,则请先生用英文写给我应该写上之文字,以便照抄,邮寄。并嘱令弟以其住址见告,令弟之通信地址,亦希嘱其函知,因我不知地址,有事不能函询也。

上海已渐温暖,过旧历年之情形,比新历年还起劲。我们均安。

此上即颂

时绥。

弟　豫　顿首　二月十一日

＊　　　＊　　　＊

〔1〕 《中国古代史》 夏曾佑著,1935年商务印书馆出版。

〔2〕 《金石粹编》 清代王昶编,共一六○卷,辑录夏、商、周至宋末的金石拓片一千五百余件。

〔3〕 《金石索》 清代冯云鹏、冯云鹓辑,共十二卷,辑录商周至宋元的金石拓片。

〔4〕 指《读古书的商榷》,载1934年2月7日《申报·自由谈》。

〔5〕 黎　即黎烈文,时任《申报·自由谈》编辑。

〔6〕 新添《妇女园地》 1934年2月7日《申报·自由谈》曾载《本报编辑〈妇女园地〉征稿启事》:"本报于二月第二星期日(十八日)起每逢星期日就《自由谈》篇幅,特辟《妇女园地》一栏。"

〔7〕 S夫人　指斯诺夫人海伦·福斯特(1907—1997)。

# 340212 致姚克

姚克先生:

　　昨方寄一函(第一),想已到。顷接第四号信,备悉一切。Sakamoto( ＝坂本)系领事馆情报处人员,其实也可以说是一种广义的侦探,不必与之通信,或简直不必以通信地址告之也。

　　上海已颇温暖,我们均好,请释念。

　　此复即颂

时绥。

豫　顿首 二月十二夜

## 340214　致 李小峰

小峰兄：

《两地书》评论除李长之[1]的之外,我所有的只二长文[杨邨人与语[诰][2](天津报)]及一二零星小语,都无扼要之谈,不成什么气候,这回还是不必附印罢。

迅 上 二月十四日

\*　　　\*　　　\*

〔1〕 李长之　参看350727②信注〔1〕。他的《鲁迅和景宋的通讯集："两地书"》,载《图书评论》第一卷第十二期(1933 年 8 月)。

〔2〕 杨邨人与语[诰] 杨邨人,参看 330109 信注〔8〕。他评论《两地书》的文章,题为《鲁迅的〈两地书〉》,载 1933 年 6 月 25 日《时事新报》。语[诰],未详。以此署名的《〈两地书〉,鲁迅和景宋的通讯》,载 1933 年 5 月 8 日天津《大公报·文学副刊》。

## 340215　致 台静农

静农兄：

二月十一日来信昨收到。我的信竟入于被装裱之列,殊出意外,遗臭万年姑且不管,但目下之劳民伤财,为可惜耳。

亚兄以七日午后到沪,昨十四日晨乘轮船北归,此信到时,或已晤面,见时希转告,以一信通知到燕为荷。

西谛藏明版图绘书不少,北平又易于借得古书,所以我曾劝其选印成书,作为中国木刻史。前在沪闻其口谈,则似意在多印图而少立说。明版插画,颇有千篇一律之观,倘非拔尤绍介,易令读者生厌,但究竟胜于无有,所以倘能翻印,亦大佳事,胜于焚书卖血万万矣。此复,即颂

时绥。

迅 顿首 二月十五日午后

# 340217　致黎烈文

烈文先生:

"古历"元旦前后,陆续寄奉"此公"[1]短评数篇,而开年第一次,竟将拙作[2]取列第一,不胜感幸。但文中似亦雕去不少,以至短如胡羊尾巴,未尝留稿,自亦不复省记是何谬论,倘原稿尚在,希检还以便补入,因将来尚可重编卖钱也。此布即请

道安。

迅 顿首 二月十七日

＊　　　　＊　　　　＊

〔1〕 "此公" 指徐诗荃。

〔2〕 指《过年》,后收入《花边文学》。

# 340220　致姚　克

姚克先生：

　　第五信收到。来论之关于诗者，是很对的。歌，诗，词，曲，我以为原是民间物，文人取为己有，越做越难懂，弄得变成僵石，他们就又去取一样，又来慢慢的绞死它。譬如《楚辞》[1]罢，《离骚》[2]虽有方言，倒不难懂，到了扬雄[3]，就特地"古奥"，令人莫名其妙，这就离断气不远矣。词，曲之始，也都文从字顺，并不艰难，到后来，可就实在难读了。现在的白话诗，已有人掇用"选"字，或每句字必一定，写成一长方块，也就是这一类。

　　先生能发表英文，极好，发表之处，是不必太选择的。至于此地报纸，则刊出颇难，观一切文艺栏，无不死样活气，即可推见。我的投稿，自己已十分小心，而刊出后时亦删去一大段，好像尚未完篇一样，因此连拿笔的兴趣也提不起来了。傅公[4]，一屠头耳，不知道他是在怎么想；那刊物，似乎也不过挨满一年，聊以塞责，则不复有朝气也可知。那挨满之由，或因官方不许，以免多禁之讥，或因老版要出，可以不退定款，均说不定。

　　M.Artzybashev[5]的那篇小说，是《Tales of the Revolution》[6]中之一，英文有译本，为 tr. Percy Pinkerton, Secker, London；Huebsch, N. Y.[7]；1917. 但此书北平未必能得，买来也可不必。大约照德文转译过来，篇名为《Worker

Sheviriov》[8]，亚拉藉夫[9]拼作 Aladejev 或 Aladeev，也就可以了。"无抗抵主义者"我想还是译作"托尔斯泰之徒"(Tolstoian?)，较为明白易晓。译本出后，给我三四本，不知太多否？直寄之店名，须写 Uchiyama Book‐store[10]，不拼中国音。

送 S 君夫妇之书，当照来函办理，但未知其住址为何，希见示，以便直寄。又令弟之号亦请示及，因恐行中有同姓者，倘仅写一姓，或致误投也。

前回的信，不是提起过钱君不复来访吗，新近听到他生了大病，群医束手，终于难以治愈，亦未可知的。

武梁祠画像新拓本，已颇模胡，北平大约每套十元上下可得。又有《孝堂山画像》[11]，亦汉刻，似十幅，内有战斗，刑戮，卤簿……等图，价或只四五元，亦颇可供参考，其一部分，亦在《金石索》中。

此布，即颂

时绥。

豫 顿首 二月二十日（第四）

\* \* \*

〔1〕《楚辞》 西汉刘向辑，收战国屈原、宋玉等人的辞赋，共十七篇。

〔2〕《离骚》 《楚辞》篇名，长诗，战国时楚国诗人屈原作。

〔3〕扬雄（前53—18） 一作杨雄，字子云，蜀郡成都（今属四川）人。西汉文学家、语言文字学家。辞赋著作有《甘泉赋》、《羽猎赋》、《反

离骚》等。

〔4〕 傅公 指傅东华,时为《文学》月刊编辑。关于该刊的情况,参看 340111 信及其注〔7〕、340125 信。

〔5〕 M. Artzybashev 阿尔志跋绥夫(М. П. Арцыбашев,1878—1927),俄国小说家。十月革命后于 1923 年逃亡国外,死于华沙。著有长篇小说《沙宁》、中篇小说《工人绥惠略夫》等。

〔6〕 《Tales of the Revolution》 即《革命的故事》。

〔7〕 tr. Percy Pinkerton, Secker, London;Huebsch, N. Y. 即:沛西·品克登翻译,伦敦塞克;纽约赫勃希(出版)。

〔8〕 《Worker Sheviriov》 即《工人绥惠略夫》。

〔9〕 亚拉藉夫 《工人绥惠略夫》一书中的人物。

〔10〕 Uchiyama Book－store 即内山书店。

〔11〕 《孝堂山画像》 东汉孝堂山祠画像石拓片集。孝堂山祠,在今山东长清县孝里铺。

# 340224①  致 曹靖华

汝珍兄:

　　十五日托书店寄字典等四本至学校[1],未知已收到否?昨得二十日函,甚慰。一有儿女,在身边则觉其烦,不在又觉寂寞,弟亦如此,真是无法可想。静兄处款之无法探问,兄现想已知,只能暂时搁下。

　　上海靠笔墨很难生活,近日禁书至百九十余种之多[2],闻光华书局第一,现代书局次之,最少要算北新,只有四种(《三闲集》,《伪自由书》,《旧时代之死》[3],一种忘记了),良友图书公司也四种(《竖琴》,《一天的工作》,《母亲》[4],《一年》[5])。但书局已因此不敢印书,一是怕出后被禁,二是怕虽不禁而无人要看,所以卖买就停顿起来了。杂志编辑也非常小心,轻易不收稿。

那两本小说稿[6],当去问一问,我和书局不相识,当托朋友去商量,倘收回时,当照所说改编,然后再觅商店。

上海已略暖,商情不佳,别的谣言倒没有,但北方来信,却常常检查,莫非比南边不安静吗？我们还好,请勿念。

此上,即请

近安。

弟豫 顿首 二月廿四日

\*　　　\*　　　\*

〔1〕 学校　指北平大学女子文理学院。

〔2〕 指 1934 年 2 月 19 日国民党中央电令上海市党部查禁书籍一四九种事。参看《且介亭杂文二集·后记》。

〔3〕 《旧时代之死》　长篇小说,柔石著,1929 年 10 月上海北新书局出版。

〔4〕 《母亲》　长篇小说,丁玲著,1933 年 6 月上海良友图书印刷公司出版。

〔5〕 《一年》　长篇小说,张天翼著,1933 年 1 月上海良友图书印刷公司出版。

〔6〕 小说稿　指《烟袋》及《第四十一》,当时拟由现代书局重印。后经鲁迅删去其中被禁的两篇,加入四篇,共十五篇,改名《苏联作家七人集》,并作序,1936 年 11 月上海良友图书印刷公司出版。

# 340224<sup>②</sup>　致 郑 振 铎

西谛先生：

　　日前获惠函并《北平笺谱》提单，已于昨日取得三十八部，重行展阅，觉得实也不恶，此番成绩，颇在豫想之上也。账目如已结好，希掷下，以便与内山算账。

　　本想于这几天为《文学季刊》作一小文，而琐事蝟集，不能静坐。为赌气计，要于日内编印杂感[1]，以破重压，此事不了，心气不平，宜于《文季》之文，不能下笔，故此次实已不能寄稿，希谅察为荷。

　　新年新事，是查禁书籍百四十余种，书店老版，无不惶惶奔走，继续着拜年一般之忙碌也。

　　此布即请

道安。

　　　　　　　　　　　　　　迅 顿首 二月廿四夜

＊　　　＊　　　＊

〔1〕　杂感　指杂文集《准风月谈》。

# 340226<sup>①</sup>　致 罗 清 桢

清桢先生：

　　顷奉到来函并木刻五幅，谢谢。此五幅中，《劫后余生》中蹲着的女人的身体,似乎太大了一点,此外都好的。《韩江舟子》的风景,极妙,惜拉纤者与船,不能同时表出,须阅者想像,倘将人物布置得远些,而亦同时看见所拉之船,那就一目了然了。

有一个日本朋友[1],即前年在上海最初教中国青年以木刻者,甚愿看中国作品,可否再给我一份,以便转寄。

弟一切如常,但比以前更受压迫,倘于大作有所绍介,则被绍介者会反而受害也说不定,现在的事情,无道理可说,不如暂时缄默,看有相宜之机会再动笔罢。

专此布复,即请

文安。

迅 上 二月二十六日

\* \* \*

〔1〕 日本朋友　指内山嘉吉。参看 330419(日)信注〔1〕。下文的"前年"应为 1931 年。

# 340226② 致 郑 振 铎

西谛先生:

二十四日寄奉一函,想已达。《北平笺谱》收到后,已经逐函查检,不料仍有缺页,共六幅,别纸开出附奉。不知可以设法补印否?希费神与纸铺一商,倘可,印工虽较昂亦无碍,因如此,则六部皆得完全也。

　　此书在内山书店之销场甚好,三日之间,卖去十一部,则二十部之售罄,当无需一星期耳。

　　第二次印之豫约者,不知已有几人,尚拟举办否?　先生之书籍插画集[1],现已如何,是否仍行豫约,希见示为幸。

　　此布,即请

文安。　　　　　　　　　　　　　　迅　顿首 二月廿六夜


＊　　　＊　　　＊

　〔1〕　书籍插画集　指郑振铎拟编印的明代小说传奇插画集。


# 340303[①]　致 曹靖华

汝珍兄:

　　日前将兄所要的书四本寄至学校,昨被寄回,上批云"本校并无此人",我想必是门房胡闹(因为我并未写错姓名),书仍当寄上,但不知以寄至何处为宜,希即将地址及姓名见示。书须挂号,要有印的名字才好也。此布即颂

时绥。

　　　　　　　　　　　　　　弟豫　顿首 三月三日


# 340303[②]　致 郑振铎

西谛先生:

　　日前奉一函,系拟补印缺页者,未知已到否?

《北平笺谱》之在内山书店,销路极好,不到一星期,二十部全已卖完,内山谓倘若再版,他仍可要二三十部。不知中国方面,豫约者已有几人？如已及二十部倘有三十部,则可只给内山二十部,那就不妨开印了。

此书再版时,只要将末页改刻,于第一二行上,添"次年△月再版△△部越△月毕工"十四字,又,选定者之名,亦用木刻就好了。此布即请

文安。

迅 顿首 三月三日

# 340304<sup>①</sup> 致 黎 烈 文

烈文先生：

"此公"[1]稿二篇呈上,颇有佛气,但《自由谈》本不拘一格,或无妨乎？

"此公"脾气颇不平常,不许我以原稿径寄,其实又有什么关系,而今则需人抄录,既费力,又费时,忙时殊以为苦。不知馆中有人抄写否？倘有,则以抄本付排,而以原稿还我,我又可以还"此公"。此后即不必我抄,但以原稿寄出,稍可省事矣。如何？便中希示及。

此上,即请

道安。

迅 顿首 三月四夜

〔1〕 "此公" 指徐诗荃。

# 340304② 致萧　三

肖山兄：

一月五日的信，早收到。《文学周报》〔1〕是陆续收到一些的，但此外书报（插画的），一本也没有到。弟前寄杂志二包后，又于寄莫京〔2〕木刻家以书籍时，附上杂志数本，前几天又代茅兄寄上他所赠的书一包，未知收到否，此外尚有三本，当于日内寄上。

莲姊〔3〕处已嘱其常写信。亚兄于年假时来此一趟，住了六七天。它兄到乡下〔4〕去了，地僻，不能通邮，来信已交其太太〔5〕看过，但她大约不久也要赴乡下去了，倘兄寄来原文书籍，除英德文者外，我们这里已无人能看，暂时可以不必寄了。

《子夜》，茅兄已送来一本，此书已被禁止了，今年开头就禁书一百四十九种，单是文学的。昨天大烧书，将柔石的《希望》，丁玲的《水》，全都烧掉了，剪报〔6〕附上。

中国文学史没有好的，但当选购数种寄上。至于作家评传，更是不行，编者并不研究，只将载于报章杂志上的"读后感"之类，连起来成一本书，以博稿费而已，和别国的评传，是不能比的，但亦当购寄，以备参考。

附上它嫂信二张。回答二纸〔7〕，请　兄译出转寄为感。

专此布达，即颂

时绥。

弟豫 上 三月四夜。

＊　　＊　　＊

〔1〕 《文学周报》 即苏联《文学报》。参看 320423<sup>①</sup>信注〔1〕。

〔2〕 莫京 指莫斯科。

〔3〕 莲姊 指"左联"。

〔4〕 乡下 指江西中央革命根据地。

〔5〕 太太 指杨之华,参看 360717<sup>②</sup>信注〔1〕。

〔6〕 剪报 指刊于 1934 年 3 月 3 日《申报》的《各大书店缴毁大批反动书籍》,其中有"商务印书馆被查禁者有《希望》一种","新中国书店亦有《水》一种呈送市党部"等语。《希望》,短篇小说集,柔石著,1930 年 7 月上海商务印书馆出版。《水》,短篇小说集,丁玲著,1933 年 2 月上海新中国书局出版。

〔7〕 回答二纸 指鲁迅和茅盾分别应国际革命作家联盟的国际文学社之约而写的文章。该社为迎接第一次苏联作家代表大会的召开,以征答问题的形式向各国著名作家约稿。鲁迅的答问发表于《国际文学》1934 年三、四期合刊,题为《中国与十月》,后改为《答国际文学社问》,收入《且介亭杂文》。

# 340306<sup>①</sup>　致 曹 靖 华

汝珍兄:

三月三日函已收到。书已寄回,近因书店太忙,稍停数日当再寄。肖山兄信言寄我书报,报有到者,而书则无。日前刚发一信,谓它兄回乡,无人阅读,可不必寄。今始想到可转寄兄,便中给彼信时,望提及,报可仍寄我处,则由我寄上,当比直达较好也。

《春光》[1]杂志,口头上是有稿费的,但不可靠,因书店小,口说不作准。大书店则有人包办,我辈难于被用。

毕氏[2]等传略,倘有暇,仍望译寄。这一回来不及了,因已付印,但将来会有用处的。

上海仍冷如一月前,我们均好。雪夫人[3]于十日前生一男孩,须自养,生活更困难了。

此上即颂

时绥。

弟豫　顿首 三月六夜

＊　　　＊　　　＊　　　＊

〔1〕《春光》　文艺月刊,庄启东、陈君冶编辑。1934 年 3 月创刊,同年 5 月出至第三期后停刊。

〔2〕毕氏　指苏联木刻家毕斯凯莱夫。

〔3〕雪夫人　指冯雪峰夫人何爱玉(1910—1977),浙江金华人,当时冯已去江西革命根据地,她寄住于鲁迅家。

# 340306② 致姚　克

Y 先生:

二月廿七日函收到;信的号数,其实是连我自己也记不清楚了,我于信件随到随复,不留底子,而亦不宜留,所以此法也不便当,还是废止,一任恩赐没收,不再究诘,胡里胡涂罢。

汉画象模胡的居多,倘是初拓,可比较的清晰,但不易得。我在北平时,曾陆续搜得一大箱,曾拟摘取其关于生活状况者,印以传世,而为时间与财力所限,至今未能,他日倘有机会,还想做一做。汉画象中,有所谓《朱鲔石室画象》[1]者,我看实是晋石,上绘宴会之状,非常生动,与一般汉石不同,但极难得,我有一点而不全,先生倘能遇到,万不可放过也。

关于中国文艺情形,先生能陆续作文发表,最好。我看外国人对于这些事,非常模胡,而所谓"大师""学者"之流,则一味自吹自捧,绝不可靠,青年又少有精通外国文者,有话难开口,弄得漆黑一团。日本人读汉文本来较易,而看他们的著作,也还是胡说居多,到上海半月,便做一本书,什么轮盘赌,私门子[2]之类,说得中国好像全盘都是嫖赌的天国。但现在他们也有些露出〔出〕马脚,读者颇知其不可信了。上月我做了三则短评[3],发表于本月《改造》[4]上,对于中、日、满,都加以讽刺,而上海文氓,竟又藉此施行谋害[5],所谓黑暗,真是至今日而无以复加了。

插画[6]要找画家,怕很难,木刻较好的两三个人,都走散了,因为饥饿。在我的记忆中,现在只有一人[7]或者还能试一试,不过他不会木刻,只能笔画,纵不佳,比西洋人所画总可以真确一点。当于日内去觅,与之一谈,再复。

上月此间禁书百四十九种,我的《自选集》[8]在内。我所选的作品,都是十年以前的,那时今之当局,尚未取得政权,而作品中已有对于现在的"反动",真是奇事也。

上海还冷,恐怕未必逊于北平。我们都好。

此布,即颂

时绥。

弟豫 顿首 三月六夜

＊　　　＊　　　＊

〔1〕《朱鲔石室画象》 汉代朱鲔的墓石画像。朱鲔,淮阳(今属河南)人,王莽篡汉时随王匡起义,拥立汉皇族刘玄为帝,封胶东王,辞让不受,迁左大司马。后归光武帝刘秀,拜平狄将军,封扶沟侯。

〔2〕 轮盘赌 欧洲赌场中的一种赌博方法,当时也盛行于上海租界。私门子,私娼。这里说的日本人,指日本作家谷崎润一郎。

〔3〕 三则短评 指《火》、《王道》、《监狱》,即《关于中国的两三件事》,后收入《且介亭杂文》。

〔4〕《改造》 日本综合性月刊,1919 年 4 月创刊,1955 年 2 月出至第三十六卷第二期停刊,东京改造社出版。

〔5〕 上海文氓施行谋害 邵洵美、章克标编辑的《人言》周刊第一卷第三期(1934 年 3 月 3 日)译载了上述三则短评中的一则,题为《谈监狱》。在其译者附白、识及编者注中,诬称鲁迅的文章是"托庇于外人威权之下的论调",并以"军事裁判"暗示国民党当局予以制裁。参看《准风月谈·后记》。

〔6〕 插画 指为斯诺译《阿 Q 正传》插画。

〔7〕 指魏猛克。参看 330801② 信注〔1〕。

〔8〕《自选集》 即《鲁迅自选集》。

# 340309　致 何 白 涛

白涛先生：

二月廿日的信，是三月九日才收到的，并洋卅元及木刻一幅，谢谢。

我所拟翻印之木刻画[1]，已寄东京去印，因那边印工好而价廉，共六十幅，内有几幅须缩小，只印三百本，是珂罗板，布面装订的，费须三百余元，拟卖一元五角一本，在内山书店出售。成功恐不能快，一出版，当寄上。

中国能有关于木刻的杂志，原是很好，但读者恐不会多，日本之《白与黑》[2]（原版印），每期只印六十本，《版艺术》[3]也不过五百部，尚且卖不完也。

专此布复，并颂

时绥。

迅 上 三月九日

＊　　　＊　　　＊

〔1〕　木刻画　指《引玉集》。

〔2〕　《白与黑》　日本木刻期刊，料治朝鸣编辑，1931 年创刊，1934 年出至第五十号停刊。后又出四期再刊号，1935 年 8 月终刊。东京白与黑社出版。

〔3〕　《版艺术》　日本木刻月刊，料治熊太编辑，1932 年创刊，1936 年停刊。东京白与黑社出版。

# 340310　致郑振铎

西谛先生：

　　五日信并帐目均收到。内山加入，还在发表豫约之先，我想还是作每部九·四七算，连运费等共二〇一·六五元，其一·六五由我之五三·三六四八内减去，我即剩五一·七一四八了，即作为助印《图本丛刊》[1]之类之用。但每月刊刻《十竹斋笺谱》费用，则只要　先生将数目通知，仍当案月另寄。

　　关于《北平笺谱》再版事，前函已提起，顷想已到。今日与内山商量，他仍愿加入三十部，取得三百元，当于下星期汇上，那么，必要者已有八十部，大可以开印了，所余的二十部，是决不会沉滞的。第二次印对于内山，我想仍作每部九·四七算。

　　寄法美图书馆的两部，前日寄出，而税关说这不是书籍，是印刷品，每部抽税一元五角，你看可笑不可笑。

　　缺页倘能早印见寄，甚好。这回付印，似应嘱装订者小心，或者每种多印几张，以备补缺之用，才好。因为买这类高价书的人，大抵要检查，恐怕一有缺页，会来麻烦的。

　　禁书事[2]未闻解决。《文学》三月号，至今未出。《文季》三期稿[3]，当勉力为之。

　　此复，即请

道安

迅　顿首　三月十日

＊　　　＊　　　＊

〔1〕 《图本丛刊》 即《版画丛刊》。

〔2〕 禁书事 参看 340224① 信注〔2〕。

〔3〕 后作成《看图识字》,收入《且介亭杂文》。

# 340313　致　郑　振　铎

西谛先生:

十日寄一函,想已到。《北平笺谱》之内山书款,已交来三百元,即嘱舍弟由商务印书馆汇奉,取得汇票,今附上,希察收为幸。

老莲[1]之《水浒图》,久闻其名,而未一见。日本所翻刻者,系别一明人作,《世界美术全集续编》[2]中曾印数页,每页二人。但偶忘作者名,稍暇当查出,庶于中国或有访得之望。

《文学》第四期至今未出,盖因检查而迁延,闻此后或不至再误期。书案无后文,似有不死不活之概,盖内幕复杂,非一时所能了也。

《笺谱》再版,约者已有七十部,则事已易举。尾页如嫌另刻费事,我以为亦可就原版将末行锯去(因编者之名,已见于首页),而别刻一木印,记再刻之事,用朱印于第一二行之下,当亦不俗耳。

此布,即请

文安

迅 顿首 三月十三夜

＊ ＊ ＊

〔1〕 老莲　陈洪绶(1598—1652),字章侯,别名老莲,诸暨(今属浙江)人,明末画家。《水浒图》,即《水浒叶子》,画梁山泊人物绣像四十图。

〔2〕 《世界美术全集续编》　日本下中弥三郎编,共三十六册。1928年开始发行,至1930年出齐。1931年又出别卷十八册。东京平凡社出版。

# 340315<sup>①</sup>　致 姚　　克

姚克先生:

　　顷接十日函,始知天津报上,谓我已生脑炎<sup>〔1〕</sup>,致使吾友惊忧,可谓恶作剧;上海小报,则但云我已遁香港<sup>〔2〕</sup>,尚未如斯之甚也。其实我脑既未炎,亦未生他病,顽健仍如往日。假使真患此症,则非死即残废,岂辍笔十年所能了事哉。此谣盖文氓所为,由此亦可见此辈之无聊之至,诸希　释念为幸。插画家正在物色,稍迟仍当奉报也。专此布复,即请

旅安。

　　　　　　　　　　　　　豫 顿首 三月十五夜

＊ ＊ ＊

〔1〕 生脑炎　1934年3月10日天津《大公报》"文化情报"栏载:"据最近本月初日本《盛京时报》上海通讯,谓蛰居上海之鲁迅氏,在客观环境中无发表著述自由,近又忽患脑病,时时作痛,并感到一种不适。经延医证实确系脑病,为重性脑膜炎。当时医生嘱鲁'十年'(?)不准用

脑从事著作,意即停笔十年,否则脑子绝对不能用,完全无治云。"

〔2〕 遁香港 上海某报载"左翼作家盟主鲁迅曾入闽,因半途得知闽方势倒而转赴香港"。(转引自 1934 年 1 月 30 日上海《福尔摩斯》报第二版)

## 340315② 致 母 亲

母亲大人膝下,敬禀者,久未得来示为念。近闻天津报上,有登男生脑炎症者,全系谣言,请勿念为要。害马亦好,惟海婴于十日前患伤风发热,即经延医诊治,现已渐愈矣。和荪〔1〕兄不知已动身否?至今未见其来访也。专此布达,恭请

金安。

男树 叩上。广平及海婴随叩 三月十五夜。

＊　　　＊　　　＊

〔1〕 和荪 即阮和孙(1880—1959),鲁迅大姨之子。

## 340316 致 天 下 篇 社〔1〕

日前收到刊物〔2〕并惠书,谨悉。拙著〔3〕拟觅一较可凭信者翻译,而此人适回乡省亲,闻需两三星期始能再到上海,大约本月底或下月初当可译出,届时必即邮奉〔4〕也。恐念,先此奉闻。并颂

时祉。

迅　上〔一九三四年三月十六日〕

＊　　　＊　　　＊

〔１〕　此信手迹在天津《北洋画报》第一四六八期(1936 年 10 月 22 日)发表时，被略去称谓及时间。

《天下篇》，综合性半月刊，左小蓬主编，1934 年 2 月在天津创刊。

〔２〕　刊物　指《天下篇》第一卷第二号(1934 年 3 月 1 日)。据鲁迅 1934 年 3 月 12 日日记："得天下篇社信并刊物二本。"

〔３〕　当指《关于中国的两三件事》。

〔４〕　据鲁迅 1934 年 3 月 28 日日记："寄天下篇社信并方晨译稿一篇。"

# 340317　致　曹　靖　华

汝珍兄：

蒙寄画片十幅，今日收到。书四本，则于下午又寄往学校去了，写明注册课转，这回想不至于再有错误了罢。

我们一切如常，弟亦甚安好，并无微恙，希释念为要。

此布，即颂

时绥。

弟豫　上。三月十七夜

令夫人及孩子们均此致候。

# 340322　致蔡柏龄[1]

柏林先生:

请恕我唐突奉书;实因欲寄季志仁[2]先生信,而不知其现在迁居何处,近闻友人言,谓　先生与之相识,当能知其住址。但亦不知此说果确否。今姑冒昧附上一笺,倘先生确知季先生寓所,则希为加封转寄,不胜感荷。

专此布达,顺请

旅安。

鲁迅　启上　[一九三四年]三月二十二夜

\*　　　\*　　　\*

〔1〕　蔡柏龄(1906—1993)　即蔡柏林,浙江绍兴人,蔡元培三子。当时在法国留学。

〔2〕　季志仁　参看290820信注〔2〕。

# 340324　致姚　克

姚克先生:

二十一函顷奉到。流行感冒愈后,大须休养,希勿过劳为要。力作数日,卧床数日,其成绩逊于每日所作有节而无病,这是我所经验的。

关于我的大病的谣言,顷始知出于奉天之《盛京时报》[1]，而所根据则为"上海函"，然则仍是此地之文氓所为。此辈心凶笔弱，不能文战，便大施诬陷与中伤，又无效，于是就诅咒，真如三姑六婆，可鄙亦可恶也。

敬隐渔君的法文听说是好的，但他对于翻译却未必诚挚，因为他的目的是在卖钱，重译[2]之后，错误当然更加不少。近布克夫人译《水浒》[3]，闻颇好，但其书名，取"皆兄弟也"之意，便不确，因为山泊中人，是并不将一切人们都作兄弟看的。

小说插图已托人去画，条件悉如来信所言。插画技术，与欧美人较，真如班门弄斧，但情形器物，总可以较为正确。大约再有十天，便可寄上了。

S君信已收到，先生想已看过，那末一段的话，是极对的。然而中国环境，与艺术最不利，青年竟无法看见一幅欧美名画的原作，都在摸暗弄堂，要有杰出的作家，恐怕是很难的。至于有力游历外国的"大师"之流[4]，他却只在为自己个人吹打，岂不可叹。

汉唐画象石刻，我历来收得不少，惜是模胡者多，颇欲择其有关风俗者，印成一本，但尚无暇，无力为此。先生见过玻璃版印之李毅士[5]教授之《长恨歌画意》没有？今似已三版，然其中之人物屋宇器物，实乃广东饭馆与"梅郎"[6]之流耳，何怪西洋人画数千年前之中国人，就已有了辫子，而且身穿马蹄袖袍子乎。绍介古代人物画之事，可见也不可缓。

我们都好。但闻钱君病颇危耳。此复，并请
著安。

豫　顿首 三月廿四日

＊　　　＊　　　＊

〔1〕《盛京时报》 日本中岛真雄 1906 年 10 月在沈阳创办的中文日报。该报 1934 年 2 月 25 日发表《鲁迅停笔十年　脑病甚剧亦不能写稿》的消息。其中说："上海函云、左翼作家鲁迅近染脑病亦不能执笔写作、据医生诊称、系脑膜炎之现象、苟不速治、将生危险、并劝氏今后停笔不作任何文章、非休养十年不能痊愈云。"

〔2〕 重译　指英国米尔斯据敬隐渔用法文编译的《中国当代短篇小说家作品选》译成英文的《阿 Q 的悲剧及其它当代中国短篇小说》，1930 年和 1931 年先后由英国乔治·劳特利奇书局（George Routledge）和美国戴尔书局（Dial Press）出版。

〔3〕 布克夫人　即赛珍珠，参看 331115② 信注〔3〕。所译《水浒》（七十回本），题为《All Men are Brothers》，1934 年纽约约翰·戴公司（John Day）出版。

〔4〕 "大师"之流　指刘海粟等。1932 年至 1934 年间，他们曾在欧洲的一些国家举办中国美术展览或个人书画展览。

〔5〕 李毅士（1886—1942）　名祖鸿，字毅士，江苏武进人，画家。早年留学英国，归国后任北京大学、北京艺术专科学校、上海美术专科学校、南京中央大学教授。《长恨歌画意》，是关于杨贵妃故事的画册，1932 年 11 月中华书局出版。

〔6〕 "梅郎"　当时上海某些小报曾以此称梅兰芳。

# 340326　致　郑　振　铎

西谛先生：

二十一日函并《北平笺谱》缺页五张，均收到。

　　《十竹斋笺谱》的山水,复刻极佳,想当尚有花卉人物之类,倘然,亦殊可观。古之印本,大约多用矿物性颜料,所以历久不褪色,今若用植物性者,则多遇日光,便日见其淡,殊不足以垂远。但我辈之力,亦未能彻底师古,止得从俗。抑或者北平印笺,亦尚有仍用矿物颜料者乎。

　　刻工的工钱,是否以前已由先生付出?便中希见告:何月起,每月每人约若干。以便补寄及续寄。

　　《世界美术集续编》,诚系"别集"之误,《水浒像》[1]记得是在《东洋版画篇》[2]中。匆复,顺请

著安。

迅　上　三月廿六日

＊　　　　＊　　　　＊

　　〔1〕　《水浒像》　即《水浒图赞》。

　　〔2〕　《东洋版画篇》　即《世界美术全集(别卷)》第十二集。

# 340327[①]　致台静农

静农兄:

　　二十五日得惠书,昨始得《右文说在训诂学上之沿革及其推测〔阐〕》[1]一本,入夜循览,恚然发蒙,然文字之学,早已一切还给章先生,略无私蓄,所以甚服此书之浩瀚,而竟不能赞一辞,见兼士兄时,乞代达谢意为托。

　　素兄墓志[2],当于三四日内写成寄上;我的字而可以刻

石,真如天津报之令我生脑炎一样,大出意料之外。木刻无合用者,勉选横而简单者一幅,当直接交与开明,令制版也。我辈均安,可释念。此布,即颂

时绥。

隼 顿首 三月廿七日

\* \* \* \*

〔1〕《右文说在训诂学上之沿革及其推测〔阐〕》 文字学论著,沈兼士著,1933年中央研究院历史语言研究所出版。

〔2〕 素兄墓志 即鲁迅应台静农等之请而作的《韦素园墓记》,后收入《且介亭杂文》。

# 340327② 致 曹 靖 华

联亚兄:

二十三日信并木刻家传略二篇,顷已收到。字典等已于四五日前寄出,上面写明注册部收转,想可不至于再弄错了。

良友出之两本小说〔1〕,其实并无问题,而情形如此者,一则由于文氓借此作威作福,二则由于书店怕事,有事不如无事,所以索性不发卖了。去年书店,不折本的只有二三家。

亚丹〔2〕兄有版税八十元,兄如能设法转寄,则乞将附笺并汇票一并交去为荷。

上海多雨,所谓"清明时节雨纷纷"也。敝寓均安,希释念。此布,即请

文安。

弟豫　顿首　三月二十七日

附汇票一纸,信一张〔3〕。

\* 　　 \* 　　 \*

〔1〕　两本小说　指《竖琴》和《一天的工作》。

〔2〕　亚丹　即曹靖华。本信开头称"联亚",此处请他为"亚丹""设法转寄"版税和信件,据收信人说,这是为免遭国民党当局信检时发生麻烦或意外之故。

〔3〕　信一张　即340327③信。

# 340327③　致 曹 靖 华

亚丹先生:

先生译《星花》至本年二月底为止之版税,已由公司〔1〕交来,今特汇上。希在票背签名盖印(须与票上所写者相同之印,勿用闲章),略停一二日后(因恐其存根尚未寄到),往琉璃厂商务印书馆分馆去取,即可付与现洋。取款须至会计科,先前设在楼上,现想必照旧,向柜头一问便知。有时要问汇款人,则云,本馆员周君建人经手可也。收到后并希示知为幸。

专此布达,即颂

时绥。

弟豫　顿首　三月二十七日

附汇票一纸。

＊　　＊　　＊

〔1〕　公司　指上海良友图书印刷公司。

# 340328①　致许寿裳[1]

季市兄：

久未闻消息，想一切康适为念。

《笺谱》[2]已印成，留一部在此，未知何时返禾[3]，尔时希
见过为幸。

此布，即颂

曼福。

弟飞　顿首　三月廿八夜

＊　　＊　　＊

〔1〕　此信据许寿裳亲属录寄副本编入。

〔2〕　《笺谱》　即《北平笺谱》。

〔3〕　禾　即浙江嘉兴。

# 340328②　致陈烟桥

雾城先生：

二十一日信并木刻一幅，早收到了，想写回信，而地址一
时竟不知放在那里，所以一直拖到现在。

那一幅图[1]，诚然，刻法，明暗，都比《拉》进步，尤其是主
体很分明，能令人一看就明白所要表现的是什么。然而就全

体而言，我以为却比《拉》更有缺点。一，背景，想来是割稻，但并无穗子之状；二，主题，那两人的面貌太相像，半跪的人的一足是不对的，当防敌来袭或豫备攻击时，跪法应作ㄅ，这才易于站起。还有一层，《拉》是"动"的，这幅却有些"静"的了，这是因为那主体缺少紧张的状态的缘故。

我看先生的木刻，黑白对比的力量，已经很能运用的了，一面最好是更仔细的观察实状，实物；还有古今的名画，也有可以采取的地方，都要随时留心，不可放过，日积月累，一定很有益的。

至于手法和构图，我的意见是以为不必问是西洋风或中国风，只要看观者能否看懂，而采用其合宜者。先前售卖的旧法花纸，其实乡下人是并不全懂的，他们之买去贴起来，好像了然于心者，一半是因为习惯：这是花纸，好看的。所以例如阴影，是西法，但倘不扰乱一般观众的目光，可用时我以为也还可以用上去。睡着的人的头上放出一道毫光，内画人物，算是做梦，与西法之嘴里放出一道毫光，内写文字，算是说话，也不妨并用的。

中国的木刻，已经像样起来了，我想，最好是募集作品，精选之后，将入选者请作者各印一百份，订成一本，出一种不定期刊，每本以二十至二十四幅为度，这是于大家很有益处的。但可惜我一知半解，又无法公开通信处，不能动。　此复，即颂

时绥。

迅　上　三月廿八日

＊　　　　＊　　　　＊

〔1〕　那一幅图　指《游击队》。

# 340329<sup>①</sup>　致 母 亲

母亲大人膝下，敬禀者，得来示，知　大人亦患伤风，现已全
愈，甚慰。海婴亦已复元，胃口很开了。上海本已和暖，
但近几天忽又下雨发风，冷如初冬，仍非生火炉不可。惟
寓中均安，可请放心。老三亦好，只是公司<sup>〔1〕</sup>中每日须
办公八点钟，未免过于劳苦；至于寄信退回，据云系因信
面上写号之故，因为公司门房仅知各人之名，此后可写书
名<sup>〔2〕</sup>，即不至收不到了。专此布达，恭请

金安。

男树　叩　广平及海婴随叩　三月廿九夜

＊　　　　＊　　　　＊

〔1〕　公司　指商务印书馆。

〔2〕　书名　即学名。

# 340329<sup>②</sup>　致 陶 亢 德

亢德先生：

惠示诵悉。向来本不能文，亦不喜作文，前此一切胡诌，
俱因万不得已，今幸逢昭代<sup>〔1〕</sup>，赐缄口舌，正可假公济私，辍

笔而念经,撰述中无名,刊物上无文,皆夙愿也,没齿无怨。以肖像示青年[2],却滋笑柄,乞免之,幸甚幸甚。

《南腔北调集》恐已印成,售法如何,殊未审,内山书店亦未必定有,倘出版者有所送赠,当奉呈。《论语》久未得见,但请先生勿促其见惠,因倘欲阅读,可自购致也。专此布复,即请

著安。

迅　顿首　三月廿九日

＊　　　＊　　　＊

〔1〕　昭代　政治清平的时代。唐代崔塗《问卜》诗:"不拟奉昭代,悠悠过此生。"

〔2〕　以肖像示青年　当时林语堂、陶亢德筹办的《人间世》拟每期选刊作家像一帧,曾向鲁迅索取。

# 340331①　致　曹靖华

汝珍兄:

二十八日寄上一函寄至学校并洋八十元,未知已到否?顷已收到肖兄寄来之《文学报》约十张,拟寄上,但未知以寄至何处为宜,希示地址。又,挂呈则收信人须有印,并乞以有印之名见告为荷。此上即请

春安。

弟豫　顿首　三月卅一日

# 340331<sup>②</sup>　致台静农

静农兄：

　　日内当寄书<sup>〔1〕</sup>五本。其一本奉览,余四本希便中转交霁野,维钧,天行,沈观为感。

　　此布,即颂

时绥。　　　　　　　　　　　　　隼　上　三月卅一日

*　　　　*　　　　*

〔1〕　指《南腔北调集》。

# 340401<sup>①</sup>　致黎烈文

烈文先生：

　　"此公"盖甚雄于文,今日送来短评十篇,今先寄二分之一,余当续寄;但颇善虑,必欲我索回原稿,故希先生于排印后,陆续见还,俾我得以交代为幸。

　　其实,此公文体,与我殊不同,思想亦不一致,而杨公邨人,又疑是拙作,闻在《时事新报》(?)上讲冷话,<sup>〔1〕</sup>自以为善嗅,而又不确,此其所以为吧儿狗欤。

　　此布,即请

著安。

　　　　　　　　　　　　　　　迅　顿首　四月一夜

＊　　　＊　　　＊

〔1〕　1934年3月17日《申报·自由谈》发表徐诗荃署名"古明"的
《再论京派、海派及其他》一文，其中说："几个小卒小婢在文坛上乱捧乱
喝，大分其'京'、'海'，无以名之，名之曰'野狐禅'，野狐而大谈禅理，其
理之荒唐可知。"同年3月23日《时事新报·学灯》发表杨邨人针对上文
写的《海派罪状的揭发》一文，其中说："我为了澄清文坛上的污浊而有
揭发海派的黑幕声罪致讨之举，这本来非海派的人们是谁都没有话说
的，……却引起了兔死狐悲的同类人群起而反攻，甚至于某大文豪御驾
亲征令檄四方面，攻击海派者无以名之，名之曰野狐禅。于是海派无
罪，攻击海派者反成暴德。"这里的"某大文豪"暗指鲁迅，因鲁迅在同年
2月3日曾署名"栾廷石"在《申报·自由谈》上发表过《"京派"与"海派"》
一文，杨邨人遂将"古明"误作鲁迅。

# 340401②　致　陶　亢　德

亢德先生：

　　日前寄奉芜函后，于晚便得《南腔北调集》印本，次日携往
书店，拟托代送，而适有人来投大札，因即乞其持归，想已达
览。此书殆皆游词琐语，不足存，而竟以出版者，无非为了彼
既禁遏，我偏印行，赌气而已，离著作之道远甚。然由此亦可
见"本不能文"云云，实有证据，决非虚忬恃气之谈也。

　　《论语》顷收到一本，是三十八期，即读一过。倘蒙谅其直
言，则我以为内容实非幽默，文多平平，甚者且堕入油滑。闻
莎士比亚[1]时，有人失足仆地，或面沾污黦而不自知，见者便
觉大可笑。今已不然，倘有笑者，可笑恐反在此人之笑，时移

世迁,情知亦改也。然中国之所谓幽默,往往尚不脱《笑林广记》[2]式,真是无可奈何。小品文前途虑亦未必坦荡,然亦只能姑试之耳。

照相仅有去年所摄者,倘为　先生个人所需,而不用于刊物,当奉呈也。

此复,即颂

时绥。

鲁迅 四月一夜。

＊　　　＊　　　＊

〔1〕　莎士比亚(W. Shakespeare,1564—1616)　欧洲文艺复兴时期英国戏剧家、诗人,著有剧本《罗密欧与朱丽叶》、《哈姆雷特》、《仲夏夜之梦》等三十七种。

〔2〕　《笑林广记》　明代冯梦龙编有古笑话集《广笑府》十三卷,至清代被禁止,后来书坊又改编为《笑林广记》,共十二卷,编者署名"游戏主人"。

# 340403① 致姚　克

姚克先生:

昨寄上书[1]一本,不知已到否?

小说插画已取来,今日另行挂号寄出,内共五幅,两幅大略相似,请择取其一。作者姓魏[2],名署在图上。上海已少有木刻家,大抵因生活关系而走散;现在我只能找到魏君,总算用毛笔而带中国画风的,但尚幼稚,器具衣服,亦有误处(如衣皆左衽等),不过还不庸俗,而且比欧洲人所作,错误总可较少。不知可用否,希酌定。

上海常雨,否则阴天。我们都如常,希释念。

《北平素描》[3],已见过三天,大约这里所能发表的,只能写到如此而止。

此布即请

著安。

豫　顿首　四月三日


＊　　　＊　　　＊

〔1〕　指《南腔北调集》。

〔2〕　魏　指魏猛克。参看330801②信注〔1〕。

〔3〕　《北平素描》　散文,姚克作,载1934年3月26、27、31日《申报·自由谈》。


# 340403②　致魏猛克[1]

××先生:

画及信早收到,我看画是不必重画了,虽然衣服等等,偶有小误,但也无关大体,所以今天已经寄出了。《嚓》的两幅[2],我也决不定那一幅好,就都寄了去,由他们去选择罢。

《列女传》[3]翻刻而又翻刻,刻死了;宋本大约好得多,宋本出于顾凯之[4],原画已无,有正书局印有唐人临本十来幅,名曰《女史箴图》。你倒买一本比比看。(但那图却并非《列女传》,所谓"比"者,比其笔法而已。)

毛笔作画之有趣,我想,在于笔触;而用软笔画得有劲,也算中国画中之一种本领。粗笔写意画有劲易,工细之笔有劲难,所以古有所谓"铁线描",是细而有劲的画法,早已无人作了,因为一笔也含胡不得。

中国旧书上的插画,我以为可以采用之处甚多,但倘非常逛旧书店,不易遇到。又,清朝末年有吴友如,是画上海流氓和妓女的好手,前几年印有《友如墨宝》[5],不知曾见过否?

此复,即颂

时绥。

迅 上 四月三夜

\*　　　\*　　　\*

〔1〕 此信据 1937 年 7 月 14 日《北平新报·文艺周刊》所载编入,发表时收信人姓名被略去。

〔2〕 魏猛克曾经鲁迅介绍为美国斯诺译的中国短篇小说集《活的中国》中的《阿 Q 正传》作插图。"《嚓》的两幅",指他所作两幅不同构思的有关阿 Q 与王胡扭打的中国画。

〔3〕 《列女传》 又作《古列女传》,汉代刘向著。

〔4〕 顾凯之 即顾恺之(约 345—406),字长康,晋陵无锡(今属江苏)人,东晋画家。所绘《女史箴图》,存世的相传是早期摹本。

〔5〕 《友如墨宝》 即《吴友如墨宝》,画集。是吴友如在《点石斋画报》上所发表作品的汇集。

# 340404  致陶亢德

亢德先生：

惠示收到。照相若由我觅便人带上，恐需时日。今附上一函，一面将照相放在内山书店，社中想有送信人，请嘱其持函往取为幸。

此复，即请

著安。

迅 顿首 四月四夜

# 340405[①]  致张  慧[1]

小青先生：

二月二十五日惠函并稿[2]二本，早经收到，且蒙赠书两本[3]，感谢之至。顷又得三月二十五日函，备悉种种。旅居上海，琐事太多，以致大作至今始陆续读毕。诸作情感诚挚，文字流畅，惟诚如来示所言，在今日已较觉倾于颓唐，不过均系旧作，则亦不足为病。《国风》新译尤明白生动，人皆能解，有出版之价值，惜此地出版界日见凋苓，我又永受迫压，如居地下，无能为力，顷已托书店挂号寄还，至希察收，有负雅意，真是十分抱歉。

木刻为近来新兴之艺术，比之油画，更易着手而便于流传。良友公司所出木刻四种[4]，作者的手腕，是很好的，但我以为学之恐有害，因其作刀法简略，而黑白分明，非基础极好者，不能到此境界，偶一不慎，即流于粗陋也。惟作为参考，则当然无所不可。而开手之际，似以取法于工细平稳者为佳耳。

专此布复，即请

文安。

鲁迅 上 四月五日

\*　　\*　　\*

〔1〕 张慧(1909—1990) 字小青，广东兴宁人，木刻家。当时在广东梅县松口中学任教，业余从事木刻和写作。作有《张慧木刻画》，自费手印出版。

〔2〕 指张慧的《国风》今译稿，后曾以《"野有死麕"》为题自费出版。

〔3〕 书两本 据收信人回忆，系指他自费出版的旧体诗词《颓唐集》和散文集《东海归来》。

〔4〕 木刻四种 指麦绥莱勒的《一个人的受难》、《光明的追求》（即《太阳》）、《我的忏悔》（即《我的祷告》）、《没有字的故事》。均于1933年9月良友图书印刷公司出版。

# 340405<sup>②</sup> 致 陈烟桥

雾城先生：

三日的信并木刻一幅，今天收到了。这一幅构图很稳妥，浪费的刀也几乎没有。但我觉得烟囱太多了一点，平常的工厂，恐怕没有这许多；又，《汽笛响了》，那是开工的时候，为什么烟通上没有烟呢？又，刻劳动者而头小臂粗，务须十分留心，勿使看者有"畸形"之感，一有，便成为讽刺他只有暴力而无智识了。但这一幅里还不至此，现在不过偶然想起，顺便说说而已。

美术书总是贵的，个人购置，非常困难，所以必须有一机关，公同购阅，前年曾有一个社[1]，藏书三四十本，战后消失，书也大家拿散了。现在则连画社也不能设立，我的书籍，也不得不和自己分开，看起来很不便，但这种情形，一时也没有好法子想。

中国小说上的插画，除你所说的之外，还多得很，不过都是木刻旧书，个人是无力购买的，说也无益。

鼓吹木刻，我想最好是出一种季刊，不得已，则出半年刊或不定期刊，每期严选木刻二十幅，印一百本。其法先收集木刻印本，加以选择，择定之后，从作者借得原版付印。欧美木刻家，是大抵有印刷的小机器的，但我们只能手印，所以为难，只好付给印刷厂，不过这么一来，成本就贵，因为印刷厂以五百本起码，即使只印一百，印费也要作五百本算。

其次是纸，倘用宣纸，每本约三角半，抄更纸（一种厚纸，好像宣纸，而其实是用碎纸再做的）则二角，倘用单张，可减半，但不好看。洋纸也不相宜。如是，则用宣纸者，连印订工每本须五角，一百本为五十元。抄更纸约三十元。

每一幅入选，送作者一本，可出售者八十本，每本定价，只好五角，给寄售处打一个八折，倘全数卖出，可收回工本三十二元,折本约二十元,用抄更纸而仍卖五角,则不折本。

照近几年来的刻本看来,选二十幅是可有的了,这一点印工及纸费,我现在也还能设法,或者来试一试看。至于给 M.K. 木刻会〔2〕商量,我自然当俟你来信后再说。

不过通信及募集外来投稿,总须有〖有〗一个公开的固定的机关,一面兼带发售,这一点,我还想不出办法。

此复,即颂

时绥。

迅 上 四月五夜。

＊　　　＊　　　＊

〔1〕 指上海的一八艺社,其藏书在一·二八战争中散失。

〔2〕 M.K.木刻会 即 M.K.木刻研究会,1932 年 9 月成立于上海美术专科学校,主要成员为周金海、张望、陈普之、王绍络、金逢孙等。M.K.是 Muke("木刻"的拉丁化拼音)的缩写。当时鲁迅拟出一种木刻刊物,托陈烟桥与 M.K.木刻研究会商量。

# 340406　致 陈 烟 桥

雾城先生:

今晨寄上一函,想已到。午后,将我所存的木刻看了一看,觉得可以印行者实也不多。ＭＫ木刻会开展览会〔1〕时,我曾经去看,收集了几张,而其中不能用者居大半。现就在手头者选择起来,觉得可印者如下:

一工[2]：推

之兑[3]：少女　奏琴　水落后之房屋

　　　以上两人大约是美专学生,近印有《木刻集》

陈葆真[4]：十一月十七日　时代的推轮者

普　之[5]：轮辗(七)

张致平[6]：出路

　　？　：烟袋

　　？　：荐头店

　　　以上五人,是ＭＫ会中人。

白　涛：工作　街头　小艇　黑烟

雾　城：窗　风景　拉　汽笛……

　以上共只作者九人,作品十八幅。白涛兄好像是回去了,不知你认识他否?如原版亦已带回,则只剩了十四幅,或者索性减去不知作者的两幅,以十二张出一本也可以。

　　还有陈铁耕,罗清桢两人,也有好作品可以绍介,但都不在上海,只好等第二本了。

　　有些于发行有碍的图画,只好不登。又,野穗社《木刻画》[7]中曾经发表过的,也不选入。

　　此布,即颂

时绥。

迅　上　四月六晚

＊　　　＊　　　＊　　　＊

　〔1〕　展览会　指1933年10月16日在上海美术专科学校举办的

第四次木刻展览会。

〔2〕 一工 即黄新波(1915—1980),广东台山人,木刻家。当时是上海美术专科学校的学生,无名木刻社、M.K.木刻研究会成员。

〔3〕 之兑 即刘岘。参看本书附录一 4 致刘岘信注〔1〕。

〔4〕 陈葆真(1914—?) 木刻家。M.K.木刻研究会成员。

〔5〕 普之 即陈普之(1911—1950),笔名兰伽,广东普宁人。当时是上海美术专科学校学生,M.K.木刻研究会成员。

〔6〕 张致平(1916—1992) 原名发赞,又名致平,笔名张抨、张望,广东大埔人,美术家。当时是上海美术专科学校学生,M.K.木刻研究会主持人之一。

〔7〕 野穗社 木刻团体,1933 年春成立于上海新华艺术专科学校,主要成员有陈烟桥、陈铁耕、何白涛等。《木刻画》,即《本版画》,是该社选编的木刻作品集,1933 年 5 月出版。


# 340407 致 陶亢德

亢德先生:

大札与《人间世》[1]两本,顷同时拜领,讽诵一过,诚令人有萧然出尘之想,然此时此境,此作者们,而得此作品等,固亦意中事也。语堂先生及先生盛意,嘱勿藏拙,甚感甚感。惟搏战十年,筋力伤惫,因此颇有所悟,决计自今年起,倘非素有关系之刊物,皆不加入,藉得余暇,可袖手倚壁,看大师辈打太极拳,或夭矫如撮空,或团转如摸地,静观自得,虽小品文之危机临于目睫,亦不思动矣。幸谅其懒散为企。此复,即请著安。

迅　顿首　四月七日

＊　　　　＊　　　　＊

〔1〕《人间世》　小品文半月刊，林语堂主编，陶亢德、徐讦编辑。1934 年 4 月 5 日在上海创刊，1935 年 12 月 20 日停刊。

# 340409<sup>①</sup>　致姚　　克

姚克先生：

愚人节<sup>〔1〕</sup>所发信，顷已收到。中国不但无正确之本国史，亦无世界史，妄人信口开河，青年莫名其妙，知今知古，知外知内，都谈不到。当我年青时，大家以胡须上翘者为洋气，下垂者为国粹，而不知这正是蒙古式，汉唐画像，须皆上翘；<sup>〔2〕</sup>今又有一班小英雄<sup>〔3〕</sup>，以强水洒洋服，令人改穿袍子马掛而后快，然竟忘此乃满洲服也。此种谬妄，我于短评中已曾屡次道及，然无效，盖此辈本不读者耳。

汉唐画像极拟一选，因为不然，则数年收集之工，亦殊可惜。但上海真是是非蜂起之乡，混迹其间，如在洪炉上面，能躁而不能静，颇欲易地，静养若干时，然竟想不出一个适宜之处，不过无论如何，此事终当了之。

清初学者，是纵论唐宋，搜讨前明遗闻的，文字狱<sup>〔4〕</sup>后，乃专事研究错字，争论生日，变了"邻猫生子"<sup>〔5〕</sup>的学者，革命以后，本可开展一些了，而还是守着奴才家法，不过这于饭碗，是极有益处的。

此布即请

文安。

豫 顿首 四月九日


\*　　　\*　　　\*

〔1〕 愚人节 又称万愚节，即4月1日。欧美风俗，在这一天可以作种种愚弄人的游戏。

〔2〕 关于胡须的事，参看《坟·说胡须》。

〔3〕 一班小英雄 《新生》周刊第一卷第十期(1934年4月14日)报道："杭州发见摩登破坏铁血团，以硝强水毁人摩登衣服，并发警告服用洋货的摩登士女书。"当时北京、上海也有此类组织。参看《花边文学·洋服的没落》。

〔4〕 文字狱 封建时代迫害知识分子的冤狱，往往故意从作者诗文中摘取字句，罗织罪名。信中所说清代的文字狱，据梁启超《中国近三百年学术史》载，顺治、康熙、雍正、乾隆四朝各类文字狱难以计算，仅乾隆一朝就多达一百三十起以上，从乾隆三十九年至四十七年即烧书二十四次，共焚书籍一万三千八百六十二部。

〔5〕 "邻猫生子" 这是梁启超《中国史界革命案》中所引英国斯宾塞的话："或有告者曰：邻家之猫，昨日产一子，以云事实，诚事实也；然谁不知为无用之事实乎？何也？以其与他事毫无关涉，于吾人生活上之行为，毫无影响也。"


# 340409②　致 魏猛克〔1〕

××先生：

七日信收到。古人之"铁线描"，在人物虽不用器械，但到屋宇之类,是利用器械的,我看是一枝界尺,还有一枝半圆的木杆,将这靠住毛笔,紧紧捏住,换了界尺划过去,便既不弯曲,又无粗细了,这种图,谓之"界画"。

学吴友如画的危险,是在只取了他的油滑,他印《画报》[2],每月大约要画四五十张,都是用药水画在特种的纸张上,直接上石的,不用照相。因为多画,所以后来就油滑了,但可取的是他观察的精细,不过也只以洋场上的事情为限,对于农村就不行。他的沫流是会文堂[3]所出小说插画的画家。至于叶灵凤[4]先生,倒是自以为中国的 Beardsley[5]的,但他们两人都在上海混,都染了流氓气,所以见得有相似之处了。

新的艺术,没有一种是无根无蒂,突然发生的,总承受着先前的遗产,有几位青年以为采用便是投降,那是他们将"采用"与"模仿"并为一谈了。中国及日本画入欧洲,被人采取,便发生了"印象派"[6],有谁说印象派是中国画的俘虏呢?专学欧洲已有定评的新艺术,那倒不过是模仿。"达达派"[7]是装鬼脸,未来派[8]也只是想以"奇"惊人,虽然新,但我们只要看 Mayakovsky[9]的失败(他也画过许多画),便是前车之鉴。既是采用,当然要有条件,例如为流行计,特别取了低级趣味之点,那不消说是不对的,这就是采取了坏处。必须令人能懂,而又有益,也还是艺术,才对。《毛哥哥》虽然失败,但人们是看得懂的;陈静生[10]先生的连环图画,我很用心的看,但老实说起来,却很费思索之力,而往往还不能解。我想,能够一目了然的人,恐怕是不多的。

报上能够讨论,很好,不过我并无什么多意见。

我不能画,但学过两年解剖学,画过许多死尸的图,因此略知身体四肢的比例,这回给他[11]加上皮肤,穿上衣服,结果还是死板板的。脸孔的模样,是从戏剧上看来,而此公的脸相,也实在容易画,况且也没有人能说是像或不像。倘是"人",我就不能画了。

此复,即颂

时绥。　　　　　　　　　　　　　　迅　上　四月九夜

＊　　　＊　　　＊

〔1〕　此信据 1937 年 7 月 21 日《北平新报·文艺周报》所载编入,发表时收信人姓名被略去。

〔2〕　《画报》　即《点石斋画报》,旬刊,附属于《申报》发行的一种石印画报。吴友如主编,1884 年创刊,1898 年停刊。

〔3〕　会文堂　上海的一家书局,1903 年由沈玉林、汤寿潜等人筹建,1916 年至 1926 年间陆续印行《历朝通俗演义》十一种,书中插图粗劣。1926 年后该书局经过改组,改称为会文堂新记书局。

〔4〕　叶灵凤(1904—1975)　江苏南京人,作家、画家。曾是创造社成员,1926 年至 1927 年初,在上海与潘汉年合办《幻洲》半月刊,鼓吹"新流氓主义"。

〔5〕　Beardsley　毕亚兹莱(1872—1898),英国画家。多用带图案性的黑白线条描绘社会生活。常把人画得形象瘦削。

〔6〕　"印象派"　十九世纪八十年代形成于欧洲的一种画派。参看 330801② 信注〔5〕。

〔7〕　"达达派"　通称达达主义,第一次世界大战期间流行于法

国、瑞士、美国的文艺流派。其最初的宣言称，"达达""是忍耐不住的痛苦的嗥叫，是各种束缚、矛盾、荒诞的东西和不合逻辑的事物的交织"。它反对艺术规律，否定一切有意义的事物，以梦呓、混乱的语言和怪诞荒谬的形象表现不可思议的事物，是当时青年一代痛恨战争的精神状态的反映。

〔8〕　未来派　二十世纪初形成于意大利的一种艺术流派。它否定文化遗产和一切传统，强调面向未来，表现现代机械文明、力量和速度，用离奇的形式表现动态的直觉和凌乱的想象，作品多难以理解。

〔9〕　Mayakovsky　即马雅可夫斯基（В. В. Маяковский，1893—1930），苏联诗人，著有长诗《列宁》、《好》等。十月革命后，他配合自己的诗歌画了一些插画，其中有些画因受未来派的影响，令人难以理解。

〔10〕　陈静生　四川人，当时的连环图画作者。

〔11〕　他　指《朝花夕拾·后记》中鲁迅作的插图"无常"。

# 340412①　致　陈烟桥

雾城先生：

十日晚信并木刻均收到；这三幅都平平，《逃难》较好。

印行木刻，倘非印一千部，则不能翻印。譬如你的《赋别》，大约为四十八方时，每方时制版费贵者一角二，便宜者八分，即非四元至五元不可，每本二十幅，单是制版费便要一百元左右了。而且不能单图价廉，因为价廉，则版往往不精，有时连线的粗细，也与原本不合。所以只能就用原版去印。入选之画，倘在外埠，便请作者将原版寄来，用小包，四五角即可，则连寄回之费，共不过一元而已。其中如有无法取得原版者,则加入翻板者数幅亦可。

M.K. 社倘能主持此事[1],最好。但我以为须有恒性而极负责的〖的〗人,虽是小事情,也看作大事情做,才是。例如选纸,付印,付订,都须研究调查过。据我所知,则——

抄更纸每刀约九十张,价壹元二三角(九华堂),倘多买,可打八折,其中有破或污者,选后可剩七十张,一开二,即每张需洋一分。

在木版上印,又只百部,则当用手摇机,在中国纸上印,则当用好墨,以油少者为好。

封面的纸,不妨用便宜之洋纸,但须厚的。

此外还有,都须豫先研究确定,然后进行付印。而内容选择,尤应谨严,与其多而不佳,不如少而好;又须顾及流布,风景,静物,美女,亦应加入若干。

工场情形,我也不明白,但我想,放汽时所用之汽,即由锅炉中出来,倘不烧煤,锅炉中水便不会沸。大约烧煤是昼夜不绝的,不过加煤有多少之别而已,所以即使尚未开工,烟通中大概也还有烟的,但这须问一声确实知道的人,才好。

此复,即颂

时绥。　　　　　　　　　　　　迅　上　四月十二日

*　　　*　　　*

〔1〕 指出版木刻刊物之事。参看 340405②信注〔2〕。

# 340412② 致台静农

静农兄：

　　七日惠函收到。兼士之作，因我是外行，实不敢开口，非不为也，不能耳。令我作刻石之书[1]，真如生脑膜炎，大出意外，笔画尚不能平稳，不知可用否？上海幽默已稍褪色，语堂转而编小品文，名曰《人间世》，顷见第一期，有半农国博《冬天行》[2]云："比得朝鲜美人图一幅，纸墨甚新而布局甚别致，想是俗工按旧时粉本绘成者。"纸墨一新，便是俗工，则生今日而欲雅，难矣，此乾隆纸之所以贵欤？年来诚常有归省之意，但跋涉不易，成否此时殊未能定也。此复，即颂

曼福不尽。

隼 顿首 四月十二夜。

\*　　　　\*　　　　\*

　　〔1〕 刻石之书　指鲁迅手书《韦素园墓记》，后收入《且介亭杂文》。

　　〔2〕 半农国博　指刘半农，参看320618②信注〔8〕。《冬天行》，是他所作《双凤凰砖斋小品文》中的一篇，载《人间世》第一期（1934年4月5日）。

# 340412③ 致姚克

姚克先生：

　　顷收到八日来信；一日信亦早到，当即于九日奉复，现想

已于恩赐检查之后,寄达左右矣。给杨某信[1],我不过说了一部分,历来所遇,变化万端,阴险诡随如此辈者甚多,倒也惯而不以为怪,多说又不值得,所以仅略与答复而止,而先生已觉其沈痛,可见向来所遇,尚少此种人,此亦一幸事,但亦不可不小心,大约满口激烈之谈者,其人便须留意。

徐何创作问题之争[2],其中似尚有曲折,不如表面上之简单,而上海文坛之不干不净,却已于此可见。近二年来,一切无耻无良之事,几乎无所不有,"博士""学者"诸尊称,早已成为恶名,此后则"作家"之名,亦将为稍知自爱者所不乐受。近颇自憾未习他业,不能改图,否则虽驱车贩米,亦较作家干净,因驱车贩米,不过车夫与小商人而已,而在"作家"一名之中,则可包含无数恶行也。

来信谓好的插画,比一张大油画之力为大,这是极对的。但中国青年画家,却极少有人注意于此。第一,是青年向来有一恶习,即厌恶科学,便作文学家,不能作文,便作美术家,留长头发,放大领结,事情便算了结。较好者则好大喜功,喜看"未来派""立方派"[3]作品,而不肯作正正经经的画,刻苦用功。人面必歪,脸色多绿,然不能作一不歪之人面,所以其实是能作大幅油画,却不能作"末技"之插画的,譬之孩子,就是只能翻筋斗而不能跨正步。其二,则他们的先生应负责任,因为也是古里古怪的居多,并不对他们讲些什么,中国旧式插画与外国现代插画,青年艺术家知道的极少;尤其奇怪的是美术学校中几乎没有藏书。我曾想出一刊物,专一绍介并不高超而实则有益之末技,但经济,文章,读者,皆不易得,故不成。

上海虽春，而日日风雨，亦不暖。向来索居，近则朋友愈少了，真觉得寂寞。不知先生至迟于何日南来，愿得晤谈为幸耳。

此布，即颂

时绥。

豫　顿首　四月十二夜

＊　　　＊　　　＊

〔1〕　给杨某信　指《答杨邨人先生公开信的公开信》，后收入《南腔北调集》。

〔2〕　徐何创作问题之争　1934 年初，林希隽根据韩侍桁提供的材料，用"清道夫"的化名在《文化列车》第九期（2 月 1 日）发表《"海派"后起之秀何家槐小说别人做的》一文，揭发何家槐以自己的名义发表徐转蓬的小说多篇；接着，《申报·自由谈》、《文化列车》等连续刊载当事人的"自白"及杨邨人、韩侍桁、宇文宙（任白戈）等人的评论文章多篇，形成一场争论。

〔3〕　"立方派"　即立体派，二十世纪初形成于法国的一种艺术流派。它强调多面表现物体的立体形态，主张以几何学图形（立方体、球体和圆锥体）作为造型艺术的基础，作品构图怪诞。

# 340413　致母亲

母亲大人膝下，敬禀者，四月七日来信，今已收到，知京寓一切平安，甚喜甚慰。和森及子佩〔1〕，均未见过，想须由家中出来过上海时，始来相访了。海婴早已复元，医生在给他吃一种丸药,每日二粒,云是补剂,近日胃口极开,而终不见胖,大约如此年龄,终日玩皮,不肯安静,是未必能胖的了。医生又谓在今年夏天,须令常晒太阳,将皮肤晒黑,但此事须在海边或野外,沪寓则殊不便,只得临时再想方法耳。今年此地天气极坏,几乎每日风雨,且颇冷。害马多年想看南镇及禹陵[2],今年亦因香市时适值天冷且雨,竟不能去,现在夜间亦尚可穿棉袄也。害马安好,男亦安,惟近日胃中略痛,此系老病,服药数天即愈,乞勿远念为要。专此布达,恭请

金安。

男树 叩上。广平海婴随叩。四月十三日。

＊　　＊　　＊

〔1〕 和森　即阮和孙。参看 340315②信注〔1〕。子佩,即宋琳。参看 360201①信注〔1〕。

〔2〕 南镇及禹陵　均为绍兴古迹。禹陵在绍兴城外会稽山麓,相传夏禹死后葬于此。陵边有禹庙。南镇,位于禹陵东南约二里处,有南镇庙。

# 340414　致 黎 烈 文

烈文先生:

顷收到十三日函并原稿六篇,费神甚感。"此公"是先生之同乡,年未"而立",看文章,虽若世故颇深,实则多从书本或

推想而得,于实际上之各种困难,亲历者不多。对于投稿之偶有删改,已曾加以解释,想不至有所误解也。

日前又收到一篇,今附上。

此布,即请

道安。

迅　顿首 四月十四日

## 340415　致 林语堂[1]

顷收到十三日信,谨悉种种。弟向来厚于私而薄于公,前之不欲以照片奉呈,正因并"非私人请托",而有公诸读者之虑故。近来思想倒退,闻"作家"之名,颇觉头痛。又久不弄笔,实亦不符;而且示众以后,识者骤增,于逛马路,进饭馆之类,殊多不便。《自选集》中像未必竟不能得,但甚愿以私谊吁请勿转灾楮墨,一以利己,一以避贤。此等事本不必絮絮,惟既屡承下问,慨然知感,遂辄略布鄙怀,万乞曲予谅察为幸。此复即请

道安。

迅　上 四月十五日

＊　　　＊　　　＊

〔1〕 此信据 1949 年 2 月上海万象图书馆出版《作家书简》所载收入,称呼被略去。

## 340416　致陶亢德

亢德先生：

有一个相识者[1]持一卷文稿来，要我寻一发表之地，我觉得《人间世》或者相宜，顷已托书店直接寄去。究竟可用与否，自然是说不定的。倘可用，那就没有什么。如不合用，则对于先生，有一件特别的请托，就是从速寄还我，以便交代。费神之处，至感。那文稿名《泥沙杂拾》[2]，作者署"闲斋"。

此布，即颂

时绥。

迅　顿首　四月十六日

＊　　　＊　　　＊

〔1〕　相识者　指徐诗荃。

〔2〕　《泥沙杂拾》　散文随笔，载《人间世》第三期至第六期（1934年5、6月）、第十八期（12月）和第十九期（1935年1月）。

## 340417　致罗清桢

清桢先生：

日前收到来信，并尊照一张，木刻一幅，感谢之至。这一幅也并无缺点，但因其中之人物姿态，与前回之《劫后余生》相似，所以印行起来，二者必去其一，我想，或者还是留这一幅罢。

　　见寄之二十余幅，早经收到。《或人之家》平稳，《被弃之后》构图是很有力的，但我以为站着的那人不相称，也许没有她，可以更好。《残冬》最佳，只是人物太大一点，倘若站起来，不是和牌坊同高了么。

　　我离开日本，已经二十多年，与现在情形大不相同，恐怕没有什么可以奉告了。又来信谓要我的朋友写书面字，不知何人，希示知，倘为我所熟识，那是可以去托的。

　　专此布复，即颂

时绥。

迅　上　四月十七夜。

# 340419　致　陈　烟　桥

雾城先生：

　　昨天才寄一函，今日即收到十六日来信，备悉种种。做一件事，无论大小，倘无恒心，是很不好的。而看一切太难，固然能使人无成，但若看得太容易，也能使事情无结果。

　　我曾经看过ＭＫ社的展览会，新近又见了无名木刻社的《木刻集》[1]（那书上有我的序，不过给我看的画，和现在所印者不同），觉得有一种共通的毛病，就是并非因为有了木刻，所以来开会，出书，倒是因为要开会，出书，所以赶紧大家来刻木刻，所以草率，幼稚的作品，也难免都拿来充数。非有耐心，是克服不了这缺点的。

木刻还未大发展,所以我的意见,现在首先是在引起一般读书界的注意,看重,于是得到赏鉴,采用,就是将那条路开拓起来,路开拓了,那活动力也就增大;如果一下子即将它拉到地底下去,只有几个人来称赞阅看,这实在是自杀政策。我的主张杂入静物,风景,各地方的风俗,街头风景,就是为此。现在的文学也一样,有地方色彩的,倒容易成为世界的,即为别国所注意。打出世界上去,即于中国之活动有利。可惜中国的青年艺术家,大抵不以为然。

况且,单是题材好,是没有用的,还是要技术;更不好的是内容并不怎样有力,却只有一个可怕的外表,先将普通的读者吓退。例如这回无名木刻社的画集,封面上是一张马克思像,有些人就不敢买了。

前回说过的印本[2],或者再由我想一想,印一回试试看,可选之作不多,也许只能作为"年刊",或不定期刊,数目恐怕也不会在三十幅以上。不过罗君[3]自说要出专集,克白[4]的住址我不知道,能否收集,是一个疑问,那么,一本也只有二十余幅了。

此复即颂

时绥。　　　　　　　　　　　　　迅　上　四月十九日

又前信谓先生有几幅已寄他处发表,我想他们未必用,即用,也一定缩小,这回也仍可收入的。

＊　　　＊　　　＊

〔**1**〕　**无名木刻社**　后改名为未名木刻社,1933年底成立于上海

美术专科学校,成员为刘岘、黄新波。《木刻集》,即该社自编的《无名木刻集》,署"一九三四年五月出版"。鲁迅曾为之作《〈无名木刻集〉序》,后收入《集外集拾遗》)。

〔2〕　印本　指后来印成的《木刻纪程》。

〔3〕　罗君　指罗清桢。

〔4〕　克白　即陈铁耕。参看331204信注〔1〕。

# 340422　致姚　克

姚克先生:

十三日函早收到;近来因发胃病,腹痛而无力,躺了几天,以致迟复,甚歉。中国人总只喜欢一个"名",只要有新鲜的名目,便取来玩一通,不久连这名目也糟蹋了,便放开,另外又取一个。真如黑色的染缸一样,放下去,没有不乌黑的。譬如"伟人""教授""学者""名人""作家"这些称呼,当初何尝不冠冕,现在却听去好像讽刺了,一切无不如此。

石刻画象印起来,是要加一点说明的,先生肯给我译成英文,更好。但做起来颇不易,青年也未必肯看,聊尽自己的心而已。《朱鲔石室画象》我有两套,凑合起来似乎还不全,倘碑帖店送有数套来,则除先生自己所要的之外,其余的请替我买下,庶几可以凑成全图。这石室,四五年前用泥塞起来了(古怪之至,不知何意),未塞之前,拓了一次,闻张继〔1〕委员有一套,曾托人转辗去借,而亦不肯借,可笑。此复即请文安。

豫 顿首 四月二十二夜。

＊　　　＊　　　＊

〔1〕 张继(1882—1947) 原名溥,字溥泉,河北沧县人。历任国民党中央监察委员、司法院院长等,当时兼任教育部古物保管委员会主任委员、北平故宫博物院理事等。

## 340423　致 陈 烟 桥

雾城先生:

廿一函并木刻二幅均收到。这回似乎比较的合理,但我以为烟还太小,不如索性加大,直连顶颠,而连黑边也不留,则恐怕还要有力。不知先生以为怎样。

ＭＫ木刻社已有信来,我想慢慢的印一本试试罢。

先生的作品,容我再看一回之后,仔细排定,然后再奉函借版。这回我想不必将版收罗完全,然后付印,凡入选之作,即可陆续印存,到得有二十余幅,然后订好发行的。

此复即颂

时绥。

迅 上 二十三日

## 340424<sup>①</sup>　致 杨 霁 云<sup>〔1〕</sup>

霁云先生:

惠函读悉。所举的三种青年中,第一种当然是令人景仰的；第三种也情有可原，或者也不过暂时休息一下；只有第二种，除说是投机之外，实在无可解释。至于如戴季陶〔2〕者，还多得很，他的忽而教忠，忽而讲孝，忽而拜忏，忽而上坟，说是因为忏悔旧事，或藉此逃避良心的责备，我以为还是忠厚之谈，他未必责备自己，其毫无特操者，不过用无聊与无耻，以应付环境的变化而已。

　　来问太大，我不能答复。自己就至今未能牺牲小我，怎能大言不惭。但总之，即使未能径上战线，一切稍为大家着想，为将来着想，这大约总不会是错了路的。

　　专此布复，即颂

时绥。

迅　上　四月廿四夜

＊　　　　＊　　　　＊

　　〔1〕　杨霁云(1910—1996)　江苏常州人，曾在上海复旦中学、正风文学院任教。1934 年曾收集、整理鲁迅集外佚文印行《集外集》。

　　〔2〕　戴季陶　参看 270925① 信注〔4〕。他曾捐款修建吴兴孔庙，提倡"仁爱"和"忠恕"；又宣扬"忠孝仁爱信义和平"的"八德"，由国民党当局强令机关团体制匾悬挂于礼堂；1933 年初又在南京东郊汤山修建别墅，命名为"孝园"，自称"孝思不匮"；他在担任国民党政府考试院院长时，于考试院内设置佛堂，在书斋内设置佛经佛像，持斋茹素；1934 年 4 月他又去陕西扫祭文武周公墓，并以"救国救民"、"培国本而厚国力"为名，发出严禁"研究国学科学诸家发掘古墓"的通电。

# 340424<sup>②</sup>　致何白涛

白涛先生：

　　四月十八日信，顷已收到，并木刻两幅，初学者急于印成一样东西，开手是大抵如此的，但此后似切不可忽略了基本工夫，因为这刻法开展下去，很能走入乱刻的路上去，而粗粗一看，很像有魄力似的。

　　木刻书〔1〕印成后，当寄上一二十本，其时大约要在五月中旬了。木刻刀当于日内到书店去问，倘有，即嘱其寄上。《文学杂志》上的木刻，先前是我选的，后来我退出，便不过问，近来只登着德国一派的木刻，不知何人所为。我想，恐怕是黄源〔2〕或傅东华罢。

　　近来上海谣言很多，我不大出门。但我想印一种中国木刻的选集，看情形定为季刊或不定期刊。每本约二十幅，用原版付印刷局去印，以一百本或百五十本为限，以为鼓吹。先生之作，我想选入的有《街头》《工作》《小艇》《黑烟》四幅〔3〕，未知可否？倘可，则希将原版用小包寄至书店，印后仍即寄还，或托便人带来亦可，因为还不是急于出版的。

　　专此布复，即颂

时绥。

　　　　　　　　　　　　　迅　上　四月二十四夜

＊　　　　＊　　　　＊

　〔1〕　木刻书　指《引玉集》。

〔2〕 黄源 参看 340814② 信注〔1〕。

〔3〕 按其中的《工作》,后未收入《木刻纪程》。

# 340425① 致 母 亲

母亲大人膝下,敬禀者,四月十六日来示,早经收到。和森兄因沪地生疏,又不便耽搁,未能晤谈,真是可惜。紫佩亦尚未来过,大约在家中多留了几天。今年南方天气太冷,果菜俱迟,新笋干尚未上市,不及托紫佩带回,只能将来由邮局寄送了。男胃病先前虽不常发,但偶而作痛的时候,一年中也或有的,不过这回时日较长,经服药约一礼拜后,已渐痊愈,医言只要再服三日,便可停药矣,请勿念为要。害马亦好。海婴则已颇健壮,身子比去年长得不少,说话亦大进步,但不肯认字,终日大声叱咤,玩耍而已。今年夏天,拟设法令晒太阳,则皮肤可以结实,冬天不致于容易受寒了。老三亦如常,但每日作事八点钟,未免过于劳苦而已。余容续禀。专此布达,恭请

金安。

男树 叩上 广平及海婴随叩 四月二十五日

# 340425② 致 何 白 涛

白涛先生:

上午方寄一函,想已达。顷至内山书店问木刻刀,只有五

把一套者,据云铁质甚好,每套二元。不知可用否？倘若要的,可用小包邮寄,候回示办理。

此致即颂

时绥。

迅 上 四月廿五日

# 340430　致 曹 聚 仁

聚仁先生：

惠函顷奉到。《南腔北调集》于月初托书局付邮,而近日始寄到,作事之慢,令人咋舌。多伤感情调,乃知识分子之常,我亦大有此病,或此生终不能改；杨邨人却无之,此公实是一无赖子,无真情,亦无真相也。

习西医大须记忆,基础科学等,至少四年,然尚不过一毛胚,此后非多年练习不可。我学理论两年后,持听诊器试听人们之胸,健者病者,其声如一,大不如书上所记之了然。今幸放弃,免于杀人,而不幸又成文氓,或不免被杀。倘当崩溃之际,竟尚幸存,当乞红背心[1]扫上海马路耳。

周作人自寿诗[2],诚有讽世之意,然此种微辞,已为今之青年所不憭,群公相和,则多近于肉麻,于是火上添油,遂成众矢之的,而不作此等攻击文字,此外近日亦无可言。此亦"古已有之",文人美女,必负亡国之责,近似亦有人觉国之将亡,已在卸责于清流或舆论矣[3]。

专此布复,即请

道安。

迅　顿首 四月卅日。

＊　　　＊　　　＊

〔1〕　红背心　旧时上海租界上清洁工人穿的工装。

〔2〕　周作人自寿诗　载《人间世》第一期(1934 年 4 月 5 日)，目录页题作《五秩自寿诗》，正文系手迹影印，题为《偶作打油诗二首》，其中有"街头终日听谈鬼，窗下通年学画蛇"的句子。接着《申报·自由谈》、《人言周刊》等相继发表文章批评周作人。如埜容在 1934 年 4 月 14 日《申报·自由谈》上以《人间何世》为题，写诗挖苦他"自甘凉血懒如蛇"，"怕惹麻烦爱肉麻"等。

〔3〕　《汗血月刊》第二卷第三期(1933 年 12 月)曾发表署名"本俊"的《明代士大夫之矫激卑下及其误国的罪恶》一文。其中说："明代士大夫因为陷于卑下无耻，所以便致附和宦官乱政，因为流于虚矫偏激，便造成剧烈的党争，贻误抗清之大计，结果明朝社稷，便告颠覆；民族史上又添上沉痛一页。"

# 340501　致娄如瑛[1]

如暎[瑛]先生：

　　惠函诵悉。我不习于交际，对人常失之粗卤，方自歉之不暇，何敢"暗骂"。阔人通外，盖视之为主人而非敌人，与买书恐不能比拟。丁玲被捕，生死尚未可知，为社会计，牺牲生命当然并非终极目的，凡牺牲者，皆系为人所杀，或万一幸存，于社会或有恶影响，故宁愿弃其生命耳。我之退出文学社，曾有一信公开于《文学》[2]，希参阅，要之，是在宁可与敌人明打，不欲受同人暗算也。何家槐窃文，其人可耻，于全个文坛无关系，故未尝视为问题。匆复，顺颂

时绥。　　　　　　　　　　　　鲁迅 上 五月一夜。

＊　　　＊　　　＊

〔1〕 娄如瑛(1914—1980)　又名娄怀庭，浙江绍兴人，当时上海正风文学院学生。

〔2〕 指《给文学社信》，后收入《南腔北调集》。

## 340502　致 郑 振 铎

西谛先生：

再版《北平笺谱》，不知已在进行否？初版之一部，第二本中尚缺王诏[1]画梅(题云：《寄与陇头人》)一幅，印时希多印此一纸，寄下以便补入为荷。此致即请

著安。

迅 上 五月二夜。

＊　　　＊　　　＊

〔1〕 王诏　未详。

## 340504① 致 母 亲

母亲大人膝下敬禀者，四月三十日来示，顷已收到。紫佩已来

过，托其带上桌布一条，枕头套二个，肥皂一盒，想已早到北平矣。男胃痛现已医好，但还在服药，医生言因吸烟太多之故，现拟逐渐少，至每日只吸十支，惟不知能否做得到耳。害马亦安好。海婴则日见长大，每日要讲故事，脾气已与去年不同，有时亦懂道理，容易教训了。　大人想必还记得李秉中君，他近因公事在上海，见了两回，闻在南京做教练官，境况似比先前为佳矣。余容续禀，敬请

金安。

  男树　叩上。海婴及广平同叩。五月四日。

# 340504② 致 林 语 堂

语堂先生：

  来示诵悉。我实非热心人，但关于小品文之议论，或亦随时涉猎。窃谓反对之辈，其别有三。一者别有用意，如登龙君[1]，在此可弗道；二者颇具热心，如《自由谈》上屡用怪名之某君[2]，实即《泥沙杂拾》之作者，虽时有冷语，而殊无恶意；三则　先生之所谓"杭育杭育派"[3]，亦非必意在稿费，因环境之异，而思想感觉，遂彼此不同，微词詈论，已不能解，即如不佞，每遭压迫时，辄更粗犷易怒，顾非身历其境，不易推想，故必参商到底，无可如何。但《动向》[4]中有数篇稿，却似为登龙者所利用，近盖已悟，不复有矣。此复，即请

文安。

    迅　顿首 五月四夜

先生自评《人间世》〔5〕,谓谈花树春光之文太多,此即作者大抵能作文章,而无话可说之故,亦即空虚也,为一部分人所不满者,或因此欤? 闻黎烈文先生将辞职〔6〕,《自由谈》面目,当一变矣。 又及。

\* \* \*

〔1〕 登龙君 指章克标,浙江海宁人,著有《文坛登龙术》一书。

〔2〕 某君 指徐诗荃。

〔3〕 "杭育杭育派" 林语堂在 1934 年 4 月 28 日、30 日及 5 月 3 日《申报·自由谈》所载《方巾气研究》一文中说:"在批评方面,近来新旧卫道派颇一致,方巾气越来越重。凡非哼哼唧唧的文字,或杭育杭育文字,皆在鄙视之列。"又说:"《人间世》出版,动起杭育杭育派的方巾气,七手八脚,乱吹乱擂,却丝毫没有打动了《人间世》。"方巾气,即道学气。

〔4〕 《动向》 上海《中华日报》的副刊之一,聂绀弩主编,1934 年 4 月 11 日创刊,同年 12 月 18 日停刊。

〔5〕 自评《人间世》 指《方巾气研究(三)》,载 1934 年 5 月 3 日《申报·自由谈》。文中说:"例如我自己认为第一期谈花树春光游记文字太多不满之处,就没有人指出。"

〔6〕 闻黎烈文将辞职 黎烈文于 1934 年 5 月 9 日辞去《申报·自由谈》编辑职务。

# 340505 致 陶亢德

亢德先生:

惠示谨悉。《泥沙杂拾》之作者,实即以种种笔名,在《自由谈》上投稿，为一部分人疑是拙作之人，然文稿则确皆由我转寄。作者自言兴到辄书，然不常见访，故无从嘱托，亦不能嘱托。今手头但有杂感三篇，皆《自由谈》不敢登而退还者，文实无大碍，然亦平平。今姑寄奉，可用则用，太触目处删少许亦不妨，不则仍希掷还为荷。此请

文安。

迅　顿首　五月五夜

## 340506　致　杨霁云

霁云先生：

四日惠函已读悉。关于近日小品文的流行，我倒并不心痛。以革新或留学获得名位，生计已渐充裕者，很容易流入这一路。盖先前原着鬼迷，但因环境所迫，不得不新，一旦得志，即不免老病复发，渐玩古董，始见老庄[1]，则惊其奥博，见《文选》，则惊其典赡，见佛经，则服其广大，见宋人语录[2]，又服其平易超脱，惊服之下，率尔宣扬，这其实还是当初沽名的老手段。有一部分青年是要受点害的，但也原是脾气相近之故，于大局却无大关系，例如《人间世》出版后，究竟不满者居多；而第三期已有随感录，虽多温暾话，然已与编辑者所主张的"闲适"[3]相矛盾。此后恐怕还有变化，倘依然一味超然物外，是不会长久存在的。

我们试看撰稿人名单[4]，中国在事实上确有这许多作者存在，现在都网罗在《人间世》中，藉此看看他们的文章，思想，

也未尝无用。只三期便已证明,所谓名家,大抵徒有其名,实则空洞,其作品且不及无名小卒,如《申报》"本埠附刊"或"业余周刊"[5]中之作者。至于周作人之诗,其实是还藏些对于现状的不平的,但太隐晦,已为一般读者所不憭,加以吹擂太过,附和不完,致使大家觉得讨厌了。

我的不收在集子里的文章,大约不多,其中有些是遗漏的,有些是故意删掉的,因为自己觉得无甚可取。《浙江潮》[6]中所用笔名,连自己也忘记了,只记得所作的东西,一篇是《说钼》(后来译为雷锭),一篇是《斯巴达之魂》(?);还有《地底旅行》,也为我所译,虽说译,其实乃是改作,笔名是"索子",或"索士",但也许没有完。

三十年前,弄文学的人极少,没有朋友,所以有些事情,是只有自己知道的。现在都说我的第一篇小说是《狂人日记》,其实我的最初排了活字的东西,是一篇文言的短篇小说[7],登在《小说林》(?)上。那时恐怕还是革命之前,题目和笔名,都忘记了,内容是讲私塾里的事情的,后有恽铁樵[8]的批语,还得了几本小说,算是奖品。那时还有一本《月界旅行》,也是我所编译,以三十元出售,改了别人的名字了。又曾译过世界史[9],每千字五角,至今不知道曾否出版。张资平式的文贩,其实是三十年前就有的,并不是现在的新花样。攻击我的人物如杨邨人者,也一向就有,只因他的文章,随生随灭,所以令人觉得今之叭儿,远不如昔了,但我看也差不多。

娄如瑛君和我,恐怕未必相识,因为我离开故乡已三十多年,他大约不过二十余,不会有相见的机会。日前曾给我一信,想是问了　先生之后所发的,信中有几个问题,即与以答复,以后尚无信来。

　　"碎割"之说[10],是一种牢骚,但那时我替人改稿,绍介,校对,却真是起劲,现在是懒得多了,所以写几句回信的工夫倒还有。

　　此复,即颂

时绥。

鲁迅　五月六夜。

　　＊　　　＊　　　＊

　　〔1〕　老庄　指《老子》和《庄子》。《老子》,即《道德经》,相传为春秋时老聃著,是道家的主要经典。《庄子》,参看 331105 信注〔5〕。

　　〔2〕　宋人语录　宋代的一种纪录授业、传道的文体,不重文字修饰,随讲随记,如《程颐语录》、《朱熹语录》等。林语堂在《论语》第二十六期(1933 年 10 月 1 日)发表《论语录体之用》一文,鼓吹"吾恶白话之文,而喜文言之白,故提倡语录体。""盖语录简练可如文言,质朴可如白话,有白话之爽利,无白话之啰嗦。"

　　〔3〕　"闲适"　《人间世》编者在创刊号(1934 年 4 月 5 日)《发刊词》中说,小品文"特以自我为中心,以闲适为格调"。

　　〔4〕　指《人间世》创刊号所列四十九人的"特约撰稿人"名单。

　　〔5〕　《申报》"本埠附刊"　即《申报·本埠增刊》。"业余周刊"为该增刊的一个专栏。

　　〔6〕　《浙江潮》　综合性月刊,孙翼中、许寿裳等编辑,光绪二十九年(1903)二月在东京创刊,出至第十二期停刊。

　　〔7〕　一篇文言短篇小说　指《怀旧》。该篇在《小说月报》(非《小

说林》)第四卷第一号(1913 年 4 月)发表时,篇末附有恽铁樵的按语:"实处可致力。然初步不误。灵机人所固有。非难事也。曾见青年才解握管。便讲词章。卒致满纸饾饤。无有是处。亟宜以此等文字药之。"《小说林》,文艺月刊,黄摩西主编,1907 年 1 月创刊,1908 年 9 月出至第十二期停刊。

〔8〕 恽铁樵(1878—1935) 名树珏,别名冷风,江苏武进人。民国初年曾主编《小说月报》,后行医。

〔9〕 世界史 未详,译稿未发现。

〔10〕 "碎割"之说 指把生命"碎割"用在给他人看稿、改稿、校书等事情上。参看《两地书·七一》。


# 340508 致 许 寿 裳〔1〕

季市兄:

《嘉业堂书目》〔2〕早收到。日来连去两次,门牌已改为八九九号,门不肯开,内有中国巡捕,白俄镖师,问以书,则或云售完,或云停售,或云管事者不在,不知是真情,抑系仆役怕烦,信口拒绝也。但要之,无法可得。兄曾经买过刘氏〔3〕所刻书籍否?倘曾买过,如何得之,便中希示及。

　　此布,即颂

曼福。

　　　　　　　　　弟令飞 顿首 五月八夜


＊　　　＊　　　＊

〔1〕 此信据许寿裳亲属录寄副本编入。

〔2〕《嘉业堂书目》　即《嘉业堂丛书书目》。《嘉业堂丛书》,1916年起印行,其中有一些是清朝的禁书。嘉业堂,刘承干在浙江南浔的藏书室名,亦雕版印书,上海设有分室。刘于1914年为清皇陵植树捐巨资,得清废帝溥仪赏赐"钦若嘉业"匾额,即以名室。

〔3〕　刘氏　指刘承干(1882—1963),字翰怡,浙江吴兴人,藏书家。曾刻印《嘉业堂丛书》、《求恕斋丛书》等。

# 340510　致台静农

静农兄:

六日函收到。书六本[1]寄出后,忘了写信,其中五本,是请转交霁,常,魏,沈,亚,五人的。此书系我自资付印,但托人买纸等,就被剥削了一通,纸墨恶劣,印得不成样子,真是可叹。

不久又有木刻画集[2]出版,印成后当寄七本,其一是送钧初[3]兄的,特先说明。但因为重量关系,只有六本也说不定,若然,则亚兄的是另寄的了。

北平诸公,真令人齿冷,或则媚上,或则取容,回忆五四时,殊有隔世之感。《人间世》我真不解何苦为此,大约未必能久,倘有被麻醉者,亦不足惜也。

此布即颂

时绥。

豫　顿首　五月十日

＊　　　＊　　　＊

〔1〕　书六本　指《解放了的堂·吉诃德》。

〔2〕　木刻画集　指《引玉集》。

〔3〕　钧初　即王钧初（1904—?），又名胡蛮、祜曼，河南扶沟人，美术家。

# 340511　致　王志之

思远先生：

前得信后，曾写回信，顷得四月八日函，始知未到。后来因为知道要去教书，也就不写了。近来出版界大不景气，稿子少人承收，即印也难索稿费，我又常常卧病，不能走动，所以恐怕很为难。但，北方大约也未必有适当的书店，所以姑且寄来给我看看，怎么样呢？看后放在这里，也许会有碰巧的机遇的。

《文史》〔1〕收到，其一已转交〔2〕，里面的作者，杂乱得很，但大约也只能如此。像《文学季刊》上那样的文章〔3〕，我可以写一篇，但，寄至何处？还有一层，是登出来时，倘用旧名，恐于《文史》无好处，现在是不管内容如何了，雁君之作亦然，这一层须与编辑者说明，他大约未必知道近事。至于别人的作品，却很难，一者因为我交际少，病中更不与人往来了，二则青年作家大抵苦于生活，倘有佳作，只能就近卖稿。

这里也没有什么新出版物，惟新近印了一本剧本〔4〕，不久当又有木刻集〔5〕一本出来，那时当一同寄上。

　　《北平笺谱》我还有剩下的，但有缺页，已函嘱郑君补印，待其寄到后，当补入寄奉。小包收取人当有印章，我想郑女士〔6〕一定是有的罢，我想在封面上只写她的姓名，较为简截，请先行接洽。

　　这里出了一种杂志:《春光》，并不怎么好——也不敢好，不准好——销数却还不错，但大约未必久长。其余则什九乌烟瘴气，不过看的人也并不多，可怜之至。

　　我总常常患病，不大作文，即作也无处用，医生言须卫生，故不大出外，总是躺着的时候多。倘能转地疗养，是很好的，然而又办不到，真是无法也。

　　专此布复，即颂

时绥。

豫　启上　五月十一夜

　　＊　　　　＊　　　　＊

　　〔1〕《文史》　学术性双月刊，吴承仕编辑，1934 年 4 月创刊，12 月停刊，共出四期。北平中国学院国学系出版。

　　〔2〕系转交给沈雁冰。下文所说"雁君"，即指沈雁冰。

　　〔3〕文章　指《选本》，后收入《集外集》。

　　〔4〕剧本　指《解放了的堂·吉诃德》。

　　〔5〕木刻集　指《引玉集》。

　　〔6〕郑女士　指郑瑛，王志之在北京师范大学国文系求学时的同学。

# 340515<sup>①</sup>　致　杨霁云

霁云先生：

惠示收到，并剪报，甚感。《小说林》中的旧文章，恐怕是很难找到的了。我因为向学科学，所以喜欢科学小说，但年青时自作聪明，不肯直译，回想起来真是悔之已晚。那时又译过一部《北极探险记》<sup>〔1〕</sup>，叙事用文言，对话用白话，托蒋观云先生绍介于商务印书馆，不料不但不收，编辑者还将我大骂一通，说是译法荒谬。后来寄来寄去，终于没有人要，而且稿子也不见了，这一部书，好像至今没有人检去出版过。

张资平式和吕不韦<sup>〔2〕</sup>式，我看有些不同，张只为利，吕却为名。名和利当然分不开，但吕氏是为名的成分多一点。近来如哈同<sup>〔3〕</sup>之印《艺术丛编》和佛经，刘翰怡之刻古书，养遗老，是近于吕不韦式的。而张式气味，却还要恶劣。

汉奸头衔，是早有人送过我的，大约七八年前，爱罗先珂君从中国到德国<sup>〔4〕</sup>，说了些中国的黑暗，北洋军阀的黑暗。那时上海报上就有一篇文章，说是他之宣传，受之于我，而我则因为女人是日本人，所以给日本人出力云云。这些手段，千年以前，百年以前，十年以前，都是这一套。叭儿们何尝知道什么是民族主义，又何尝想到民族，只要一吠有骨头吃，便吠影吠声了。其实，假使我真做了汉奸，则它们的主子就要来握手，它们还敢开口吗？

集一部《围剿十年》<sup>〔5〕</sup>，加以考证：一、作者的真姓名和变化史；二、其文章的策略和用意……等，大约于后来的读者，也许不无益处。但恐怕也不多，因为自己或同时人，较知底细，所以容易了然，后人则未曾身历其境，即如隔鞋搔痒。譬如小孩子，未曾被火所灼，你若告诉他火灼是怎样的感觉，他到底莫名其妙。我有时也和外国人谈起，在中国不久的，大约不相信天地间会有这等事，他们以为是在听《天方夜谈》。所以应否编印，竟也未能决定。

二则，这类的文章，向来大约很多，有我曾见过的，也有没有见过的，那见过的一部分，后来也随手散弃，不知所在了。大约这种文章，在身受者，最初是会愤懑的，后来经验一多，就不大措意，也更无愤懑或苦痛。我想，这就是菲洲黑奴虽日受鞭挞，还能活下去的原因。这些（以前的）人身攻击的文字中，有卢冀野[6]作，有郭沫若的化名之作[7]，先生一定又大吃一惊了罢，但是，人们是往往这样的。

烈文先生不做编辑，为他自己设想，倒干净，《自由谈》是难以办好的。梓生[8]原亦相识，但他来接办，真也爱莫能助。我不投稿已经很久了，有一个常用化名，爱引佛经的，常有人疑心就是我，其实是别一人[9]。

此复即颂

时绥。

迅　上　五月十五日

＊　　　＊　　　＊

〔1〕《北极探险记》　未详，译稿未发现。

〔2〕 吕不韦(？—前235) 战国末年卫国濮阳(今河南)人,原为大商人,后任秦相国。曾招致食客三千人,令他们编著《吕氏春秋》,"布咸阳市门,悬千金其上,延诸侯游士宾客有能增损一字者予千金。"(据《史记·吕不韦列传》)

〔3〕 哈同(S.A.Hardoon 1847—1931) 英国籍犹太人。1874年来华,曾任上海公共租界工部局董事,开办哈同洋行,是上海最大的房地产资本家。他曾出资刊印《艺术丛编》,参看210630信注〔6〕。又出资刊印《大藏经》,共一九一六部,八四一六卷,1913年以上海频伽精舍名义全部出版。

〔4〕 指爱罗先珂1923年4月离开北京回国,同年8月初在德国纽伦堡参加第十五次万国世界语大会。

〔5〕 《围剿十年》 鲁迅拟编的集子,后未编成。

〔6〕 卢冀野(1905—1951) 原名卢前,江苏南京人,当时任国民党政府教育部标准教科书审查委员、中央大学教授。他在1929年8月8日《中央日报·青白》发表短文《茶座琐语》,诬蔑鲁迅。

〔7〕 指《文艺战线上的封建余孽》,署名"杜荃"(郭沫若),载《创造月刊》第二卷第一期(1928年8月)。

〔8〕 梓生 即张梓生(1892—1967),浙江绍兴人。曾任《东方杂志》编辑、《申报年鉴》主编,1934年5月接替黎烈文编辑《申报·自由谈》。

〔9〕 别一人 指徐诗荃。

# 340515<sup>②</sup> 致 曹 靖 华

汝珍兄：

四月廿五日信早收到。翻译材料既没有,只好作罢了。

到现在为止,陆续收到杂志一份,《文学报》数份,今日已托书店挂号寄奉。报的号数,并不相连,可见途中时常失少的。又近印剧本[1]一种,托农转交,已收到否? 印的很坏。

现代书局的稿子[2],函索数次,他们均置之不理。

木刻集不久可以出版,拟寄赠作者,那时当分两包,请兄分写纸两张(五人与六人)寄下,俾可贴上。作者是 D. I. Mitrokhin, V. A. Favorsky, P. Y. Pavlinov, A. D. Goncharov, M. Pikov, S. M. Mocharov, L. S. Khizhinsky, N. V. Alekseev, S. M. Pozharsky, A. I. Kravchenko, N. I. Piskarev。[3]

我们都好。此布,即颂

时绥。

弟豫　顿首 五月十五日

＊　　　　＊　　　　＊

〔1〕　剧本　即《解放了的堂·吉诃德》。

〔2〕　指《烟袋》及《第四十一》。

〔3〕　即密德罗辛、法沃尔斯基、保夫理诺夫、冈察罗夫、毕珂夫、莫察罗夫、希仁斯基、亚历克舍夫、波查日斯基、克拉甫兼珂、毕斯凯莱夫。他们都是苏联木刻家,《引玉集》中选有他们的作品。

# 340516① 致 母 亲

母亲大人膝下敬禀者,紫佩已早到北平,当已经见过矣。昨闻三弟说,笋干已买来,即可寄出。又,三日前曾买《金粉世家》一部十二本,又《美人恩》一部三本,皆张恨水[1]所作,分二包,由世界书局寄上,想已到,但男自己未曾看过,不知内容如何也。上海已颇温暖,寓中一切平安,请勿念为要。专此布达,恭请

金安。

　　　　男树 叩上 广平及海婴同叩。五月十六日

　　　*　　　　*　　　　*

　　〔1〕 张恨水(1895—1967)　安徽潜山人,通俗小说家,早期为鸳鸯蝴蝶派作家。曾任《益世报》、《世界晚报》、《世界日报》编辑。《金粉世家》、《美人恩》,都是长篇章回体小说,上海世界书局出版。此外,尚著有长篇章回体小说《啼笑姻缘》等。

# 340516②　致 郑 振 铎

西谛先生:顷得十二日惠函,复印木刻图等一卷,亦同时收到。

　　能有《笺谱补编》,亦大佳,但最好是另有人仿办,倘以一人兼之,未免太烦,且只在一件事中打圈子也。加入王、马[1]两位为编辑及作序,我极赞同,且以为在每书之首叶上,可记明原本之所从来,如《四部丛刊》[2]例,庶几不至掠美。《十竹斋笺谱》刻成印一二批后,以板赠王君,我也赞成的,但此非繁销书,印售若干后,销路恐未必再能怎么盛大,王君又非商人,不善经营,则得之亦何异于骏骨[3]。其实何妨在印售时,即每本增价壹二成,作为原

本主人之报酬,买者所费不多,而一面反较有实益也。至于版,则当然仍然赠与耳。《雕版画集》[4]印刷甚好,图则《浣纱》《焚香》最佳,《柳枝》较逊,所惜者纸张不坚,恐难耐久,然亦别无善法。此书无《北平笺谱》之眩目,购者自当较少,但百部或尚可售罄。有图无说,非专心版本者莫名其妙,详细之解说,万不可缺也。

得来函后,始知《桂公塘》[5]为先生作,其先曾读一遍,但以为太为《指南录》[6]所拘束,未能活泼耳,此外亦无他感想。别人批评,亦未留意。《文学》中文,往往得酷评,盖有些人以为此是"老作家"集团所办,故必加以打击。至于谓"民族作家"者,大约是《新垒》[7]中语,其意在一面中伤《文学》,侪之民族主义文学,一面又在讥刺所谓民族主义作家,笑其无好作品。此即所谓"左打左派,右打右派",《铁报》[8]以来之老拳法,而实可见其无"垒"也。《新光》[9]中作者皆少年,往往粗心浮气,傲然陵人,势所难免,如童子初着皮鞋,必故意放重脚步,令其橐橐作声而后快,然亦无大恶意,可以一笑置之。但另有文氓,恶劣无极,近有一些人,联合谓我之《南腔北调集》乃受日人万金而作,意在卖国,称为汉奸;[10]又有不满于语堂者,竟在报上造谣,谓当福建独立[11]时,曾秘密前去接洽。是直欲置我们于死地,这是我有生以来,未尝见此黑暗的。

烈文系他调,其调开之因,与"林"之论战[12]无涉,盖另有有力者,非其去职不可,而暗中发动者,似为待[侍]桁。此人在官场中,盖已颇能有作为,且极不愿我在《自由谈》

投稿。揭发何家槐偷稿事件〔13〕，即彼与杨邨人所为，而《自由谈》每有有利于何之文章，遂招彼辈不满，后有署名"宇文宙"者之一文〔14〕，彼辈疑为我作，因愈怒，去黎之志益坚，然宇文实非我，我亦终未知其文中云何也。梓生忠厚，然胆小，看这几天，投稿者似与以前尚无大不同，但我看文氓将必有稿勒令登载，违之，则运命与烈文同。要之，《自由谈》恐怕是总归难办的。

不动笔诚然最好。我在《野草》中，曾记一男一女，持刀对立旷野中，无聊人竞随而往，以为必有事件，慰其无聊，而二人从此毫无动作，以致无聊人仍然无聊，至于老死，题曰《复仇》，亦是此意。但此亦不过愤激之谈，该二人或相爱，或相杀，还是照所欲而行的为是。因为天下究竟非文氓之天下也。匆复，即请

道安。

迅 顿首 五月十六夜。

短文〔15〕当作一篇，于月底寄上。 又及

\*　　\*　　\*

〔1〕 王 即王孝慈（1883—1936），名立承，字孝慈，河北通县（今属北京）人，古籍收藏家。鲁迅与郑振铎合编《十竹斋笺谱》时，他提供明崇祯十七年刊本。马，即马廉（1893—1935），字隅卿，浙江鄞县人，古典小说研究家。曾任北京大学、北京师范大学教授。

〔2〕 《四部丛刊》 丛书，张元济辑，分经、史、子、集四部，影印中国古籍善本。1919 年至 1922 年商务印书馆出版初编三五〇种，三十年

代又出版续编八十一种和三编七十三种。

〔3〕　骏骨　骏马之骨。《战国策·燕军》中有"以千金求千里马，千里马不可得，遂以五百金买千里马之骨"的故事。这里用以比喻有佳名而无实用之物。

〔4〕　《雕版画集》　郑振铎当时计划编印的一部中国古代版画集。1940 年至 1942 年出版时定名为《中国版画史图录》，内收唐五代至民国版画史实及图录，正文四卷，图录二十卷（共一千七百余幅）。当时已搜集到明代传奇剧本《浣纱记》、《焚香记》和元明杂剧集《柳枝集》等，并已试印插图样张。

〔5〕　《桂公塘》　历史小说，郭源新（郑振铎）著，系根据文天祥《指南录》写成。载《文学》月刊第二卷第四期（1934 年 4 月）。

〔6〕　《指南录》　诗集，宋代文天祥奉使北营后得间南归期间作，共四卷。

〔7〕　《新垒》　文艺月刊，汪精卫改组派部分政客支持的刊物，李焰生主编，1933 年 1 月在上海创刊，1935 年 6 月停刊。该刊第三卷第四期、第五期（1934 年 4、5 月）连续发表署名"马儿"（李焰生）的《郭源新的〈桂公塘〉》、"天狼"的《评〈桂公塘〉》，它们在攻击左翼作家作品、抱怨"民族主义文学""没有一篇好东西出来"的同时，认为《桂公塘》"是真正的民族文艺，国家文艺"。

〔8〕　《铁报》　在上海出版的小报，1929 年 7 月 7 日创刊，初为三日刊，后改日刊，1949 年 6 月 13 日停刊。该报自称"铁面无私，有闻必录"。

〔9〕　《新光》　当为《春光》，该刊于 1934 年 5 月第一卷第三期载有艾金（宋之的）的《〈桂公塘〉和〈天下太平〉》一文，说郑振铎"根本就没有描写历史题材的能力"。

〔10〕　诬蔑鲁迅为汉奸的事见上海《社会新闻》第七卷第十二期

(1934 年 5 月 6 日)署名"思"的《鲁迅愿作汉奸》一文。其中诬蔑鲁迅"搜集其一年来诋毁政府之文字,编为《南腔北调集》,丐其老友内山完造介绍于日本情报局,果然一说便成,鲁迅所获稿费几及万元……乐于作汉奸矣"。

〔11〕 福建独立 指 1933 年 11 月的福建事变,参看 331205④信注〔3〕。《社会新闻》第七卷第十二期曾发表署名"天一"的《林语堂幻变记》,说林语堂在福建事变时,"大吊蔡廷锴、蒋光鼐的膀子……写信给蔡廷锴表示钦佩。人民政府成立了,他曾到福建去了一趟。"

〔12〕 "林"之论战 指林语堂退出《人言》另办《人间世》而引起的一场论战。1934 年 4 月 26、28、30 日及 5 月 3 日《申报·自由谈》曾刊载《人言》周刊编辑郭明、谢云翼、章克标与林语堂之间的通讯,在通讯中,林语堂指责《人言》等刊物攻击《人间世》。

〔13〕 揭发何家槐偷稿事 指韩侍桁写了《何家槐的创作问题》,载 1934 年 3 月 7 日《申报·自由谈》。杨邨人写了《关于何家槐》,载《文化列车》第十一期(1934 年 3 月 5 日)。

〔14〕 署名"宇文宙"者一文 指《对于何徐创作问题的感想》,载 1934 年 3 月 21 日《申报·自由谈》。宇文宙,任白戈(1906—1987)的笔名。

〔15〕 短文 指《看图识字》,后收入《且介亭杂文》。

# 340516③ 致 陶亢德

亢德先生:

奉上剪报一片,是五月十四的《大美晚报》》〔1〕。"三个怪人"之中,两个明明是畸形,即绍兴之所谓"胎里疾";"大头汉"

则是病人,其病是脑水肿,而乃置之动物园,且谓是"动物中之特别者",真是十分特别,令人惨然。随手剪寄,不知可入"古香斋"〔2〕否？此布即请

著祺。

迅　启上　五月十六夜。

＊　　　　＊　　　　＊

〔1〕《大美晚报》　1929年4月美国人在上海创办的英文报纸。1933年1月增出中文版,由宋子文出资。1949年上海解放后停刊。

〔2〕"古香斋"《论语》自第四期起增辟的一个栏目,刊载当时各地记述复古迷信等荒谬事件的新闻和文字。鲁迅剪寄《大美晚报》所载《玄武湖怪人》并作按语,现编入《集外集拾遗补编》,题为《〈玄武湖怪人〉按语》。

# 340518①　致　陶亢德

亢德先生：

惠示谨悉,蒙设法询嘉业堂书买法,甚感。以敝"指谬"拖为"古香斋"尾巴,自无不可,但署名希改为"中头",倘嫌太俳,则"準"亦可。《论语》虽先生所编,但究属盛家赘婿〔1〕商品,故殊不愿与之太有瓜葛也。

专此布复,即请

文安。

迅　上　五月十八日

＊　　　＊　　　＊

〔1〕 盛家赘婿　指邵洵美,《论语》半月刊当时系由他开办的时代图书印刷公司发行。

# 340518<sup>②</sup>　致 何 白 涛

白涛先生:

九日函收到。展览会以不用我的序言为便,前信已奉陈,而且我亦不善于作此等文字也。

木刻刀已托书店照寄,其寄法闻为现银换取法,即物存邮局,而由邮局通知应付之款,交款,取件,比平常为便。

木刻选集<sup>〔1〕</sup>拟陆续付印,先生之版,未知能从速寄下否?又外国木刻选集名《引玉集》<sup>〔2〕</sup>者,不久可出,计五十九页,实价一元五角,未知广州有无购取之人,倘能预先示知数目,当寄上也。此布即颂

时绥。

迅 上 五月十八夜。

＊　　　＊　　　＊

〔1〕 木刻选集　指《木刻纪程》。

〔2〕 《引玉集》　鲁迅选编的苏联版画集,收冈察罗夫、法沃尔斯基等作品五十九幅。署 1934 年 3 月三闲书屋出版。

## 340518[③]　致　陈　烟　桥

雾城先生：

久未通信，近想安健如常，为念。

ＭＫ木刻社已送来原版六块[1]，现即拟逐渐进行。先生之作，想用《窗外》、《风景》、《拉》三种，可否于便中交与书店，于印后送还。最近之二种，则版木太大，不能容也。

白涛兄处已去信，但尚未寄来。铁耕兄之原版，不知在上海否？否则，只能移入下一期印本了。

复制苏联木刻，下月初可成，拟寄奉一本，以挂号寄上，不知仍可由陈南溟[2]先生代收，无失误否？便中乞示知。

此布即颂

时绥。

迅　上　五月十八夜

＊　　　　＊　　　　＊

〔1〕　指《出路》、《负伤的头》、《丐》、《猪》、《船夫》、《黄包车夫》等。后与下文提到的三种同收入《木刻纪程》。

〔2〕　陈南溟　陈烟桥之弟，当时上海大夏大学学生。

## 340519　致　李　小　峰

小峰兄：

再版《伪自由书》印证收条，与《呐喊》等合为一纸，今检出寄上,请改写寄下可也。

　　此布即请

刻安。

　　　　　　　　　　　　迅 上 五月十九日


# 340522[①]　致 徐懋庸

懋庸先生:

　　别后一切如常,可纾锦注。Montaigne[1]的姓名,日本人的论文中有时也提起他,但作品却未见译本,好像不大注意似的。

　　巴罗哈之作[2]实系我所译,所据的是笠井镇夫[3]的日译本,名《バスク牧歌調》[4],为《海外文学新选》中之第十三编,新潮社出版,但还在一九二四年,现在恐怕未必买得到了。又曾见过一本《革命家ノ手記》[5],也是此人作,然忘其出版所及的确的书名。

　　巴罗哈是一个好手,由我看来,本领在伊巴涅支[6]之上,中国是应该绍介的,可惜日本此外并无译本。英译记得有一本《Weed》[7],法译不知道,但想来是不会没有的。

　　此复即颂

时绥。

　　　　　　　　　　　　迅 上 五月二十二日

＊　　　＊　　　＊

〔1〕　Montaigne　蒙田(1533—1592),文艺复兴时期法国思想家和散文作家,著有《散文集》等。

〔2〕　这里指《山中笛韵》,短篇小说,译文载《文学》第二卷第三号(1934年3月),后改题为《山民牧唱》,并以此题巴罗哈短篇小说集集名。

〔3〕　笠井镇夫(1895—?)　日本的西班牙文学研究者。曾留学西班牙,回国后任东京外国语大学教授。著有《西班牙语入门》等。

〔4〕　《バスク牧歌調》《跋司珂牧歌调》,即《山民牧唱》,短篇小说集。跋司珂,通译巴斯克(Basque),是居住在西班牙东北部的一个民族。

〔5〕　《革命家ノ手記》《革命家的手记》,即《一个活动家的回忆录》,长篇小说。

〔6〕　伊巴涅支　参看210825信注〔3〕。

〔7〕　《Weed》《杂草》,长篇小说。

# 340522②　致　杨霁云

霁云先生:

惠示谨悉。刘翰怡听说是到北京去了。前见其所刻书目,真是"杂乱无章",有用书亦不多,但有些书,则非傻公子如此公者,是不会刻的,所以他还不是毫无益处的人物。

未印之拙作,竟有如此之多,殊出意外,但以别种化名,发表于《语丝》,《新青年》,《晨报副刊》而后来删去未印者,恐怕还不少;记得《语丝》第一年的头几期中,有一篇仿徐志摩诗而骂之的文章[1]，也是我作，此后志摩便怒而不再投稿，盖亦为他人所不知。又，在香港有一篇演说:《老调子已经唱完》，因为失去了稿子，也未收入，但报上是登载过的。

至于《鲁迅在广东》中的讲演，则记得很坏，大抵和原意很不同，我也未加以订正，希　先生都不要它。

登了我的第一篇小说之处，恐怕不是《小说月报》，倘恽铁樵未曾办过《小说林》，则批评的老师，也许是包天笑[2]之类。这一个社，曾出过一本《侠女奴》(《天方夜谈》中之一段)及《黄金虫》(A. Poe 作)[3]，其实是周作人所译，那时他在南京水师学堂做学生，我那一篇也由他寄去的，时候盖在宣统初。现商务印书馆的书[4]，没有《侠女奴》，则这社大半该是小说林社了。

看看明末的野史，觉得现今之围剿法，也并不更厉害，前几月的《汗血月刊》[5]上有一篇文章，大骂明末士大夫之"矫激卑下"，加以亡国之罪，则手段之相像，他们自己也觉得的。自然，辑印起来，可知也未始不可以作后来者的借鉴。但读者不察，往往以为这些是个人的事情，不加注意，或则反谓我"太凶"。我的杂感集中，《华盖集》及《续编》中文，虽大抵和个人斗争，但实为公仇，决非私怨，而销数独少，足见读者的判断，亦幼稚者居多也。

平生所作事，决不能如来示之誉，但自问数十年来，于自己保存之外，也时时想到中国，想到将来，愿为大家出一点微力，却可以自白的。倘再与叭儿较，则心力更多白费，故《围剿十年》或当于暇日作之。

　　专此布复,顺颂

时绥。

迅　启上　五月廿二日

再北新似未有叭儿混入,但他们懒散不堪,有版而不印,
适有联华[6]要我帮忙,遂移与之,尚非全部也。到内山
无定时,如见访,最好于三四日前给我一信,指明日期,时
间,我当按时往候,其时间以下午为佳。　　又及

＊　　　　　＊　　　　＊

　〔1〕　文章　指《"音乐"?》,后收入《集外集》。

　〔2〕　包天笑(1876—1973)　名公毅,字朗孙,江苏吴县人,鸳鸯蝴
蝶派主要作家之一。曾任上海时报社、有正书局和大东书局编辑,主编
过《小说大观》和《星期》周刊。

　〔3〕　《侠女奴》　即《阿里巴巴和四十大盗》,《一千零一夜》中的
一个故事,署"萍云译,初我润"。《黄金虫》,即《玉虫缘》,短篇小说,署
"美安仑坡著,碧罗译,初我润"。两书均于 1905 年由上海小说林社出
版。A.Poe,爱伦·坡(1809—1849),美国作家,著有短篇小说《黑猫》等。

　〔4〕　指《小说月报丛书》。

　〔5〕　《汗血月刊》　综合性月刊,潘公展主办,刘达行编辑,1933
年 4 月创刊,1937 年 10 月停刊。这里所说的文章,参看 340430 信注
〔3〕。

　〔6〕　联华　即联华书局,曾化名同文书店、兴中书局,费慎祥主
办。当时鲁迅将《南腔北调集》、《准风月谈》等交该书局出版。

# 340523<sup>①</sup>　致　曹　靖　华

汝珍兄：

十八日函收到。现代存稿，又托茅兄写信去催，故请暂勿去信，且待数日，看其有无回信，再说。倘仍无信，则当通知，其时再由农兄写信可也。

书报挂号，全由书店办理，我并不加忙，但不知于兄是否不便，乞示知。倘无不便，则似乎不如挂号，因为偶或遗失，亦殊可惜也。

沪寓均安好。弟胃病已愈，但此系多年老病，断根则不能矣，只能常常小心而已。此地友人，甚望兄译寄一些短篇及文坛消息应用，令我转告。

此复即颂

时绥。

弟豫 顿首 五月二十三日

# 340523<sup>②</sup>　致　许　寿　裳<sup>〔1〕</sup>

季市兄：

顷收到惠函；《祝蔡先生六十五岁论文集》<sup>〔2〕</sup>，则昨日已到，其中力作不少，甚资参考。兼士兄有抽印者一篇<sup>〔3〕</sup>，此中无有，盖在下册，然则下册必已在陆续排印矣。

来函言下月上旬，当离开研究院，所往之处，未知是否已

经定局,甚以为念,乞先示知一二也。此布,即颂

曼福。

弟飞　顿首　五月廿三日

＊　　　＊　　　＊

〔1〕　此信据许寿裳亲属录寄副本编入。

〔2〕　《祝蔡先生六十五岁论文集》　即《庆祝蔡元培先生六十五岁论文集》上册,1933 年国民党中央研究院历史语言研究所出版。

〔3〕　即《右文说在训诂学上之沿革及其推阐》。

# 340523③　致 曹 靖 华

汝珍兄:

上午方寄一函,想已达。

木刻集已印好了,而称称重量,每包只能容四本,所以寄与作家的书,须分四包了,每包三本(其中之一是送 VOKS[1] 的),请　兄再一费神,另再[写]四张寄下为祷。至于寄书人,则书店会打印章的。

赠兄之一本,当于日内寄农兄(因为一共有赠人的数本),托其转交耳。

专此布达,顺请

文安。

弟豫　顿首　五月廿三日

阖府均吉。

\* \* \*

〔1〕 VOKS 苏联对外文化协会俄文缩写ВОКС的英语音译。

# 340523④ 致 陈 烟 桥

雾城先生：

午后方寄一信，而晚间便得来信并木版三块。木刻集本可寄，但因已托了书店，不想再去取回，所以索性不寄了。仍希照前信托友持条于便中前去一取为荷。这回印得颇不坏，可惜的是有几幅大幅，缩小不少了。

白涛兄处我亦有信去催，但未得回信。铁耕兄的作品，恐怕只能待第二集付印时再说了。因为我备下之项款〔款项〕，存着是很靠不住的，能够为了别事花完，所以想办的事，必须早办。现在已去买抄更纸二十帖，从下月初起，就想陆续印起来[1]，待积到二十余幅，便装订发售。此次拟印百二十本，除每幅之作者各得一本外，可有百本出卖，大约每本五角或六角，就可收回本钱矣。

此布，即颂

时绥。

迅 上 五月二十三夜。

\* \* \*

〔1〕 指《木刻纪程》。

# 340524[①]　致杨霁云

霁云先生：

顷得廿三日函，蒙示曹霑[1]诸事，甚感。《小说史略》尚在北新，闻存书有千余册，一时盖未能再版，他日重印，当改正也。

所举三凶[2]，诚如尊说，惟杨邨人太渺小，其特长在无耻；居心险毒，而手段尚不足以副之，近已为《新上海半月刊》[3]编辑，颇有腾达之意，其实盖难，生成是一小贩，总难脱胎换骨，但多演几出滑稽剧而已。

宋明野史所记诸事，虽不免杂恩怨之私，但大抵亦不过甚，而且往往不足以尽之。五六年前考虐杀法[4]，见日本书[5]记彼国杀基督徒时，火刑之法，与别国不同，乃远远以火焙之，已大叹其苛酷。后见唐人笔记，则云有官杀盗，亦用火缓焙，渴则饮以醋，此又日本人所不及者也。[6]岳飞[7]死后，家族流广州，曾有人上书，谓应就地赐死，则今之人心，似尚非不如古人耳。

倘蒙赐教，乞于下星期一（二十八）午后二点钟惠临书店，当在其地相候，得以面晤，可稍详于笔谈也。

匆复，并候

刻安。

迅　上　五月廿四夜。

＊　　　＊　　　＊

〔1〕 曹霑(?—1763,一作 1764)　字梦阮,号雪芹,清满洲正白旗包衣人,文学家,著有长篇小说《红楼梦》。当时杨霁云将胡适有关曹雪芹卒年等新考证告知鲁迅。

〔2〕 三凶　据收信人回忆,指当时报载鲁迅拟予"三嘘"的三个人物,即梁实秋、杨邨人和张若谷。

〔3〕《新上海半月刊》　应为《大上海半月刊》,文艺刊物,杨邨人等编辑,1934 年 5 月创刊,同年 10 月停刊,共出三期。

〔4〕 考虐杀法　1927、1928 年间,鲁迅有感于国民党"屠戮之凶",曾作《虐杀》一文,原稿无存。参看《二心集·做古文和做好人的秘诀》。

〔5〕 指《切支丹殉教记》。原名《切支丹の殉教者》,日本松崎实作,1922 年出版。1925 年修订再版时改为现名。书中记述十六世纪以来天主教在日本的流传,以及日本江户幕府时代封建统治阶级对天主教徒的残酷迫害和屠杀的情况。"切支丹"(也称"切利支丹"),是"天主教"(及天主教徒)的日本译名。

〔6〕 关于唐人笔记所载的虐杀法,据《太平广记》卷二六八引《神异经》记载,唐代武则天时酷吏来俊臣审讯犯人时,"每鞫囚无轻重,先以醋灌鼻,禁地牢中,以火围绕。"

〔7〕 岳飞(1103—1142)　字鹏举,相州汤阴(今属河南)人,南宋抗金名将。后因宋高宗推行求和路线,听信内奸秦桧的谗言,以"谋反"的罪名将他下狱处死。据《宋人轶事汇编》卷十五引宋王明清《玉照新志》记载:"秦桧既杀岳氏父子,其子孙皆徙重湖闽岭,日赈钱米以活其命。绍兴间,有知漳州者建言:'叛逆之后,不应留,乞绝其急需,使尽残年。'秦得其牍,使札付岳氏。"

# 340524② 致 王志之

思远兄:

十九日信收到。关于称呼的抗议,自然也有一理,但时候有些不同,那时是平时,所以较有秩序,现在却是战时了,因此时或有些变动,甚至乱呼朋友为阿伯,叫少爷为小姐,亦往往有之。但此后我可以改正。

那位"古董",不知是否即吴[1],若然,则他好像也是太炎先生的学生,和我可以说是同窗,不过我们没有见过面。文章[2]当赶月底寄出。但雁君之作,则一定来不及,因为索文之道,第一在于"催",而我们不易见面,只靠写信,大抵无甚效力也。

得来信,才知道兄亦与郑君认识,这人是不坏的。《北平笺谱》正在再版,六月间可出,也有我的豫约在里面,兄可就近取得一部,我已写信通知他了,一面也请你自己另作一信,与他接洽为要。这书在最初计画时,我们是以为要折本的,不料并不然,现在竟至再版,真是出于意外,但上海的豫约者,却只两人而已。

前几天,寄出《春光》三本,剧本[3]一本,由郑女士转交,不知已收到否?《春光》也并不好,只是作者多系友人,故寄上。剧本译的很好,但印得真坏,此系我出资付印,而先被经手印刷人剥削了。今天又以书一包付邮,系直寄,内有旧作[4]二本,兄或已见过,又木刻集一本,则新出,大约中国图版之印工,很少胜于这一本者,然而是从东京印来的,岂不可叹。印了三百本,看来也是折本生意经,此后大约不见得能印书了。

上海的空气真坏,不宜于卫生,但此外也无可住之处,山巅海滨,是极好的,而非富翁无力住,所以虽然要缩短寿命,也还只得在这里混一下了。

此复即颂

时绥。

豫　上　五月廿四日

\*　　　\*　　　\*

〔1〕　那位"古董"　参看340528②信。

〔2〕　文章　指《儒术》,后收入《且介亭杂文》。

〔3〕　剧本　指《解放了的堂·吉诃德》。据鲁迅日记,此书及《春光》杂志于5月15日寄出。

〔4〕　旧作　据收信人回忆,系《呐喊》和《彷徨》。

# 340524③　致　郑　振　铎

西谛先生:

新俄木刻集已印成,今日寄奉一本,想可与此信同时到达。此系从东京印来,每本本钱一元二角,并不贵,印工也不坏,但二百五十本恐怕难以卖完,则折本也必矣。

《北平笺谱》除内山之卅部外,我曾另定两部,其中之一部,是分与王思远君的,近日得他来信,始知亦与先生相识,则出版后此一部可就近交与,只以卅一部运沪就好了。一面则由我写信通知他,令他自行与先生接洽。

再版出时,写书签之两沈[1],似乎得各送一部,不知然否?

《文学季刊》中文[2],当于月底写寄,但无聊必仍与《选本》相类也。上海盛行小品文,有人疑我在号召攻击,其实不然。但看近来名家的作品,却真也愈看愈觉可厌。此布即请著安。

迅　顿首　五月廿四日

\*　　　\*　　　\*

〔1〕　两沈　指沈兼士、沈尹默。当时他们分别为《北平笺谱》书签和扉页题字。

〔2〕　即《看图识字》,后收入《且介亭杂文》。

# 340524④　致姚　克

莘农先生:

今晚往书店,得见留字,欣幸之至。本星期日(二十七)下午五点钟,希惠临"施高塔路大陆新邨第一弄第九号",拟略设菲酌,藉作长谈。令弟是日想必休息,万乞同来为幸。

大陆新邨去书店不远,一进施高塔路,即见新造楼房数排,是为"留青小筑",此"小筑"一完,即新邨第一弄矣。

此布并请

文安。

豫 顿首 五月二十四夜。

# 340525 致 陶亢德

亢德先生：

顷蒙惠函，谨悉种种，前函亦早收到，甚感。

作家之名颇美，昔不自量，曾以为不妨滥竽其列，近来稍稍醒悟，已羞言之。况脑里并无思想，寓中亦无书斋；"夫人及公子"，更与文坛无涉，雅命三种[1]，皆不敢承。倘先生他日另作"伪作家小传"时，当罗列图书，摆起架子，扫门欢迎也。

专此布复，即请

著安。

迅 上 五月廿五日

徐讦[2]先生均此不另。

\*　　　\*　　　\*

〔1〕 雅命三种　据收信人回忆：当时《人间世》辟"作家访问记"专栏，曾函请鲁迅接待访问，以书斋为背景摄一影，并与许广平、海婴合摄一影。

〔2〕 徐讦　参看351204④信注〔1〕。

## 340526 致 徐懋庸

懋庸先生:

来示谨悉。我因为根据着前五年的经验[1],对于有几个书店的出版物,是决不投稿的,而光华即是其中之一[2]。

他们善于俟机利用别人,出版刊物,到或一时候,便面目全变,决不为别人略想一想。例如罢,《自由谈半月刊》[3]这名称,是影射和乘机,很不好的,他们既请先生为编辑,不是首先第一步,已经不听编辑者的话了么。则后来可想而知了。

我和先生见面过多次了,至少已经是一个熟人,所以我想进一句忠告:不要去做编辑。先生也许想:已经答应了,不可失信的。但他们是决不讲信用的,讲信用要两面讲,待到他们翻脸不识时,事情就更糟。所以我劝先生坚决的辞掉,不要跳下这泥塘去。

先生想于青年有益,这是极不错的,但我以为还是自己向各处投稿,一面译些有用的书,由可靠的书局出版,于己于人,益处更大。

以上是完全出于诚心的话,请恕其直言。晤谈亦甚愿,但本月没有工夫了,下月初即可。又因失掉了先生的通信住址,乞见示为荷。

专此布复,即请
著安。

迅 启上 五月廿六日

\* \* \*

〔1〕 前五年的经验 1930年,鲁迅应上海神州国光社之约,主编专收苏联文学作品的《现代文艺丛书》,后该社中途毁约。参看《集外集拾遗·〈铁流〉编校后记》。

〔2〕 关于光华的事,参看321212和330209信。

〔3〕《自由谈半月刊》 出版时改名《新语林》,当时光华书局约请徐懋庸主编的文艺半月刊。

# 340528① 致 罗 清 桢

清桢先生:

顷收到大作第二集〔1〕一本,佳品甚多,谢谢。

弟拟选中国作家木刻,集成一本,年出一本或两三本,名曰《木刻纪程》〔2〕,即用原版印一百本,每本二十幅,以便流传,且引起爱艺术者之注意。先生之作,拟用《爹爹还在工厂里》,《韩江舟子》,《夜渡》,《静物》,《五指峰的白云》五种〔3〕,但须分两期,不在一本内登完,亦无报酬,仅每幅赠书一本。不知可否以原版见借? 倘以为可,则希即用小包寄至书店,印讫当即奉还也。

去年所印新俄木刻,近已印成,似尚不坏,前日已由书店寄上一本,想能到在此信之前也。

匆布即请

文安。

迅 上 五月廿八夜。

＊　　　　＊　　　　＊

〔1〕　第二集　指《清桢木刻画》第二集。

〔2〕　《木刻纪程》　木刻画集,鲁迅编辑,共收木刻二十四幅。作者为何白涛、李雾城、陈铁耕、一工、陈普之、张致平、刘岘、罗清桢等,1934 年 6 月(据鲁迅日记,系同年 8 月 14 日编讫付印)以"铁木艺术社"名义自费出版,初版印一二〇本。

〔3〕　按其中的《五指峰的白云》后未收入《木刻纪程》。


# 340528② 　致　王志之〔1〕

《文史》之文〔2〕已成,今寄上,塞责而已。

前函谓吴君为太炎先生弟子,今思之殊误,太炎先生之学生乃名承仕〔3〕,末一字不同也。

前寄画集等三本,想已达。

此布,即颂

时绥。　　　　　　　　　　　　　　豫　启　五月二十八夜。


＊　　　　＊　　　　＊

〔1〕　此信手稿缺称谓。

〔2〕　《文史》之文　指《儒术》,后收入《且介亭杂文》。

〔3〕　吴承仕(1884—1939)　字检斋,安徽歙县人,学者。章太炎的学生。九一八事变后,参加中国共产党领导的抗日民主运动。当时任北平中国学院国文系主任,《文史》主编。

# 340529[①]　致　何　白　涛

白涛先生：

　　木刻刀三套,早由书店寄出,想已收到。前日又寄赠《引玉集》一本,印工尚佳,不知能收到否?

　　现拟印中国木刻一本,前函已经提及,昨纸已购好,可即开手。　先生之原版,务希早日寄下,以便印入为祷。

　　专此布达,即颂

时绥。

　　　　　　　　　　　　　迅　上　五月二十九日

# 340529[②]　致　杨　霁　云

霁云先生：

　　昨蒙见访,藉得晤谈,甚忭。前惠函谓曹雪芹卒年,可依胡适所得脂砚斋本[1]改为乾隆二十七年。此事是否已见于胡之论文[2],本拟面询,而遂忘却,尚希拨冗见示为幸。

　　专此布达,并请

文安。

　　　　　　　　　　　　　迅　上　五月二十九日

＊　　　＊　　　＊

〔1〕　胡适所得脂砚斋本　指清代刘铨福所藏《脂砚斋重评石头记》抄本,存十六回,又称甲戌本。1927 年在上海发现,后为胡适所得。

〔2〕　论文　指《考证〈红楼梦〉的新材料》,载《新月》第一卷第一号(1928 年 3 月),后曾分别收入《胡适文存》三集及《胡适文选》。

# 340529③　致母　亲

母亲大人膝下,敬禀者,五月十六日来函,早已收到。胃痛大约很与香烟有关,医生说亦如此,但减少颇不容易,拟逐渐试办,且已改吸较好之烟卷矣。至于痛,则早已全愈,停药已有两星期之久了,请勿念。害马及海婴均安好,惟海婴日见长大,自有主意,常出门外与一切人捣乱,不问大小,都去冲突,管束颇觉吃力耳。

十六日函中,并附有太太〔1〕来信,言可铭〔2〕之第二子,在上海作事,力不能堪,且多病,拟招至京寓,一面觅事,问男意见如何。可铭之子,三人均在沪,其第三子由老三荐入印刷厂中,第二子亦曾力为设法,但终无结果。男为生活计,只能漂浮于外,毫无恒产,真所谓做一日,算一日,对于自己,且不能知明日之办法,京寓离开已久,更无从知道详情及将来,所以此等事情,可请太太自行酌定,男并无意见,且亦无从有何主张也。以上乞转告为祷。专此布达,恭请

金安。

男树　叩上　广平及海婴同叩　五月廿九日

＊　　　＊　　　＊

〔1〕 太太　指朱安。

〔2〕 可铭　朱鸿猷(1880—1931),字可民,浙江绍兴人,朱安之兄。

# 340531[1]　致 郑 振 铎

西谛先生：

前几日寄上《引玉集》一本,想已达。

拙文[1]附上,真是"拙"极,已经退化,于此可见,倘能厕"散文随笔"之末,则幸甚矣。

专此布达,即请

道安　　　　　　　　　　　　　迅 顿首 五月卅一日

近正在收集中国新作家之木刻,拟以二十幅印成一本,名之曰《木刻纪程》,存案,以觇此后之进步与否。　又及。

＊　　　＊　　　＊

〔1〕 即《看图识字》。刊登于 1934 年 7 月 1 日出版的《文学季刊》第一卷第三期"散文随笔"专栏。

# 340531[2]　致 杨 霁 云

霁云先生：

顷收到卅日信,并《胡适文选》[1]一本,甚感。

徐先生也已有信来,谓决计不干。[2]这很好。否则,上海之所谓作家,鬼蜮多得很,他决非其敌,一定要上当的。但是"作家"之变幻无穷,一面固觉得是文坛之不幸,一面也使真相更分明,凡有狐狸,尾巴终必露出,而且新进者也在多起来,所以不必悲观的。

《鹦哥故事》[3]我没有见过译本,单知道是一部印度古代的文学作品,是集合许多小故事而成的结集。大约其中也讲起中国事,所以那插图有中国的一幅。不过那时中国还没有辫子,而作者却给我们拖起来了,真可笑。他们以为中国人是一向拖辫子的。二月初[4]我曾寄了几部古装人物的画本给他们,倘能收到,于将来的插画或许可以有点影响。

《引玉集》后记有一页倒印了,相隔太远,无法重订,真是可惜。此书如能售完,我还想印一部德国的。　专此布复,即颂时绥。

迅　上　五月卅一日晚。

＊　　　　＊　　　　＊

〔1〕　《胡适文选》　胡适论文自选集,1930年12月上海亚东图书馆出版。

〔2〕　指徐懋庸受邀为光华书局编刊物事。按后来他仍为该局编辑《新语林》。

〔3〕　《鹦哥故事》　苏联出版的一部印度故事集。

〔4〕　据鲁迅日记,二月初应为一月初。

# 340601 致 李小峰

小峰兄:

《两地书》印证已印好,因系长条,邮寄不便,希嘱店友于便中来寓一取。来时并携《两地书》三本,无印者即可,可在此贴上,而付出之印,则减为千四百九十七枚也。

《桃色的云》,《小约翰》纸板,亦希一并带来,因今年在故乡修坟,故须于端节前,设法集一笔现款,只好藉此设法耳。

迅 上 六月一夜。

# 340602<sup>①</sup> 致 曹聚仁

聚仁先生:

惠函奉到。我不习画,来问未能确答,但以意度之,论理,是该用什么笔都可以的。不过倘用钢笔,则开手就加上一层钢笔之难——刮纸,墨完,等——能令学者更觉吃力,所以大约还是用铅笔——画用的铅笔——为是。

前回说起的书,是继《伪自由书》之后的《准风月谈》,去年年底,早已被人[1]约去,因恐使烈文先生为难,所以不即付印。现在印起来,还是须照旧约的。对于群众[2],只好以俟将来了。

我之被指为汉奸[3],今年是第二次。记得十来年前,因爱罗先珂攻击中国缺点,上海报亦曾说是由我授意,而我之叛国,则因女人是日妇云。今之衮衮诸公及其叭儿,盖亦深知中国已将卖绝,故在竭力别求卖国者以便归罪,如《汗血月刊》之以明亡归咎于东林[4],即其微意也。

然而变迁至速,不必一二年,则谁为汉奸,便可一目了然矣。

此复即请

道安。　　　　　　　　　　　　　　迅　顿首　六月二日


＊　　　　＊　　　　＊

〔1〕　指联华书局的费慎祥。

〔2〕　群众　指上海群众图书公司。

〔3〕　被指为汉奸　参看 340516②信注〔10〕。

〔4〕　以明亡归咎于东林　参看 340430 信注〔3〕。


# 340602②　致 郑 振 铎

西谛先生:

五月二十八日信,今日午后收到。去年底,先生不是说过,《十竹斋笺谱》文求堂云已售出了么?前日有内山书店店员从东京来,他说他见过,是在的,但文求老头子[1]惜而不卖,他以为还可以得重价。又见文求今年书目,则书名不列在内,他盖藏起来,当作宝贝了。我们的翻刻一出,可使此宝落价。

但我们的同胞,真也刻的慢,其悠悠然之态,固足令人佩

服,然一生中也就做不了多少事,无怪古人之要修仙,盖非此则不能多看书也。年内先印两种,极好。旧纸及毛边,最好是不用,盖印行之意,广布者其一,久存者其二,所以纸张须求其耐久。倘办得到,不如用黄罗纹纸,买此种书者必非精穷人,每本贵数毛当不足以馁其气。又闻有染成颜色,成为旧纸之状者,倘染工不贵而所用颜料不至蚀纸使脆,则宣纸似亦可用耳。

另选百二十张以制普及版,也是最要紧的事,这些画,青年作家真应该看看了。看近日作品,于古时衣服什器无论矣,即画现在的事,衣服器具,也错误甚多,好像诸公于裸体模特儿之外,都未留心观察,然而裸体画仍不佳。本月之《东方杂志》(卅一卷十一号)上有常书鸿[2]所作之《裸女》,看去仿佛当胸有特大之乳房一枚,倘是真的人,如此者是不常见的。盖中国艺术家,一向喜欢介绍欧洲十九世纪末之怪画,一怪,即便于胡为,于是畸形怪相,遂弥漫于画苑。而别一派,则以为凡革命艺术,都应该大刀阔斧,乱砍乱劈,凶眼睛,大拳头,不然,即是贵族。我这回之印《引玉集》,大半是在供此派诸公之参考的,其中多少认真,精密,那有仗着“天才”,一挥而就的作品,倘有影响,则幸也。

《引玉集》印三百部,序跋是在上海排好,打了纸板寄去的(但他们竟颠倒了两页),印,纸,装订,连运费在内,共三百二十元(合中国钱),但印中国木刻,恐怕不行。《引玉集》原图,本多小块,所以书不妨小,这回却至少非加大三分之一不可,加大的印价,日前已去函问,得复后当通知。大约每本六十图,则当需二元,百二十图分两本,成本当在四元至三元半,售价至少也得定五元了。

　　投稿家非投稿不可,而所见又不多,得一小题,便即大做,而且往往反复不已。《桂公塘》事[3]即其一,我以为大可置之不理,此种辩论,废时失业,实不如闲坐也。近来时被攻击,惯而安之,纵令诬我以可死之罪,亦不想置辩,而至今亦终未死,可见与此辈讲理,乃反而上当耳。例如乡下顽童,常以纸上画一乌龟,贴于人之背上,最好是毫不理睬,若认真与他们辩论自己之非乌龟,岂非空费口舌。

　　小品文本身本无功过,今之被人诟病,实因过事张扬,本不能诗者争作打油诗;凡袁宏道李日华[4]文,则誉为字字佳妙,于是而反感随起。总之,装腔作势,是这回的大病根。其实,文人作文,农人掘锄,本是平平常常,若照相之际,文人偏要装作粗人,玩什么"荷锄带笠图",农夫则在柳下捧一本书,装作"深柳读书图"之类,就要令人肉麻。现已非晋,或明,而《论语》及《人间世》作者,必欲作飘逸闲放语,此其所以难也。

　　但章之攻林[5],则别有故,章编《人言》[6],而林辞编辑,自办刊物,故深恨之,仍因利益而已,且章颇恶劣,因我在外国发表文章,而以军事裁判暗示当局[7]者,亦此人也。居此已近五年,文坛之堕落,实为前此所未见,好像也不能再堕落了。

　　本月《文学》已见,内容极充实,有许多是可以藉此明白中国人的思想根柢的。顷读《清代文字狱档》[8]第八本,见有山西秀才欲娶二表妹不得,乃上书于乾隆,请其出力,结果几乎杀头。真像明清之际的佳人才子小说,惜结末大不相同耳。清时,许多中国人似并不悟自己之为奴,一叹。

专此布达,即请

著安。

迅 顿首 六月二日夜。

\* \* \*

〔1〕 文求老头子 指日本文求堂(书店)的店主田中庆太郎(1880—1951),该店专门出版销售中国书籍。

〔2〕 常书鸿(1904—1994) 浙江杭州人,美术家,当时留学法国,1935年毕业于巴黎高等美术学院。

〔3〕 《桂公塘》事 参看340516②信及其有关注。

〔4〕 袁宏道(1568—1610) 字中郎,湖北公安人,明代文学家。著有《袁中郎全集》。他与兄宗道、弟中道提倡"独抒性灵,不拘格套"的文学创作,被称为"公安派"。李日华(1565—1635),字君实,浙江嘉兴人,明代文学家。著有《紫桃轩杂缀》、《味水轩日记》等,作品主要表现封建士大夫的闲适情调。

〔5〕 章之攻林 章,指章克标,浙江海宁人。林,指林语堂。参看340516②信注〔12〕。

〔6〕 《人言》 综合性周刊,郭明(邵洵美)、章克标等编辑,1934年2月19日在上海创刊,1936年6月13日停刊。

〔7〕 章克标以"军事裁判暗示当局"的事,参看340306②信注〔5〕。

〔8〕 《清代文字狱档》 前故宫博物院文献馆编,据军机处档案、宫中所存官员缴回的朱批奏折、实录等辑录,共九辑。1931年至1934年陆续出版。这里所说的事,见该书第八辑内"冯起炎注解易诗二经欲

行投呈案"，参看《且介亭杂文·隔膜》。

# 340602③　致 何 白 涛

白涛先生：

　　顷接到五月廿六信。木刻集于廿四日寄上一本，现在想已收到了罢。三四日内，当嘱书店再寄上十六本，分四包，无须用现银换取法，只要看包上所贴之邮票，平分每册邮费，加上每册若干，将来一并付还书店就好了。

　　同时又得铁耕兄信，谓他的旧刻木板，皆存先生处。倘此信到日，尚未回汕，则希回汕时将他的《等父亲回来》[1]（即刻母子二人，一坐一立者）那一块一并寄下。但如来不及，就只好等将来再说。

　　此复，即颂

时绥。

迅 上 六月二夜。

＊　　　　＊　　　　＊

〔1〕　《等父亲回来》后收入《木刻纪程》时，改名为《母与子》。

# 340603　致 杨 霁 云

霁云先生：

　　二日函收到。叽儿无穷之虑，在理论上是对的，正如一人开口发声，空气振动，虽渐远渐微，而凡有空气之处，终必振动下去。然而,究竟渐远渐微了。中国的文坛上,人渣本来多。近十年中,有些青年,不乐科学,便学文学;不会作文,便学美术,而又不肯练画,则留长头发,放大领结完事,真是乌烟瘴气。假使中国全是这类人,实在怕不免于糟。但社会里还有别的方面,会从旁给文坛以影响;试看社会现状,已岌岌不可终日,则叭儿们也正是岌岌不可终日的。它们那里有一点自信心,连做狗也不忠实。一有变化,它们就另换一副面目。但此时倒比现在险,它们一定非常激烈了,不过那时一定有人出而战斗,因为它们的故事,大家是明白的。何以明白,就因为得之现在的经验,所以现在的情形,对于将来并非只是损。至于费去了许多牺牲,那是无可免的,但自然愈少愈好,我的一向主张"壕堑战",就为此。

记得清朝末年,也一样的有叭儿,但本领没有现在的那么好。可是革命者的本领也大起来了,那时的讲革命,简直像儿戏一样。

《新社会半月刊》<sup>〔1〕</sup>曾经看过几期,那缺点是"平庸",令人看了之后,觉得并无所得,当然不能引人注意。来信所述的方针<sup>〔2〕</sup>,我以为是可以的,要站出来,也只能如此。但有一种可叹的事,是读者的感觉,往往还是叭儿灵。叭儿明白了,他们还不懂,甚而至于连讥刺,反话,也不懂。现在的青年,似乎所注意的范围,大抵很狭小,这却比文坛上之多叭儿更可虑。然而也顾不得许多,只好照自己所定的做。至于碰壁而或休息,那是当然的,也必要的。

办起来的时候,我可以投稿,不过未必能每期都有。我的名字,也还是改换好,否则,无论文章的内容如何,一定立刻要出事情,于刊物未免不合算。

　　《引玉集》并不如来函所推想的风行,需要这样的书的,是穷学生居多,但那有二百五十个,况且有些人是我都送过了。至于有钱的青年,他不需要这样的东西。但德国版画集,我还想计划出版,那些都是大幅,所以印起来,书必加大,幅数也多,因此资本必须加几倍,现在所踌躇的就是这一层。

　　我常常坐在内山书店里,看看中国人的买书,觉得可叹的现象也不少。例如罢,倘有大批的关于日本的书(日本人自己做的)买去了,不久便有《日本研究》之类出板;近来,则常有青年在寻关于法西主义的书。制造家来买书的,想寻些记载着秘诀的小册子,其实那有这样的东西。画家呢,凡是资料,必须加以研究,融化,才可以应用的好书,大抵弃而不顾,他们最喜欢可以生吞活剥的绘画,或图案,或广告画,以及只有一本的什么"大观"。一本书,怎么会"大观"呢,他们是不想的。其甚者,则翻书一通之后,书并不买,而将其中的几张彩色画撕去了。

　　现在我在收集中国青年作家的木刻,想以二十幅印成一本,名曰《木刻纪程》,留下来,看明年的作品有无进步。这回只印一百本,大约需要者也不过如此而已。

　　此上,即颂
时绥。

　　　　　　　　　　　迅　顿首　六月三夜

＊　　　＊　　　＊

〔1〕《新社会半月刊》　即《新社会》,综合性半月刊,俞颂华等编辑,1931 年 7 月在上海创刊、1935 年 6 月停刊。

〔2〕　来信所述方针　据收信人回忆,他对《新社会》的内容不满,计划进行革新,后未成。

# 340606①　致 陶 亢 德

亢德先生:

我和日本留学生之流,没有认识的,也不知道对于日本文,谁算较好,所以无从绍介〔1〕。

但我想,与其个人教授,不如进学校好。这是我年青时候的经验,个人教授不但化费多,教师为博学习者的欢心计,往往迁就,结果是没有好处。学校却按步就班,没有这弊病。

四川路有夜校,今附上章程;这样的学校,大约别处还不少。　此上即颂

时绥。　　　　　　　　　　　　迅　顿首 六月六日

再:某君〔2〕之稿,如《论语》要,亦可分用,因他寄来时,原不指定登载之处的。　又及。

＊　　　＊　　　＊

〔1〕　无从绍介　当时陶亢德请鲁迅介绍日文老师。

〔2〕　某君　指徐诗荃。

# 340606② 致 黎 烈 文

烈文先生：

我们想谈谈闲天，本星期六（九日）午后五点半以后，六点以前之间，请　先生到棋盘街商务印书馆编辑处（即在发行所的楼上）找周建人，同他惠临敝寓，除谈天外，且吃简单之夜饭。

另外还有玄先生〔1〕一人，再无别个了。

专此布达，并请

道安。

迅　顿首 六月六日

＊　　　＊　　　＊

〔1〕　玄先生　指沈雁冰。

# 340606③ 致 王 志 之

思远兄：

雁先生为《文史》而作的稿子〔1〕已交来，今寄上，希收转为荷。

小说稿两篇已收到，并闻。

此布，即颂

时绥

豫 顿首 六月六日

\*　　　\*　　　\*

〔1〕 指《莎士比亚与现实主义》,作者署名"昧茗",载北平《文史》
第一卷第三号(1934 年 8 月)。

# 340606④ 致 吴 渤

吴渤先生:

五月廿五日的信已收到,使我知道了种种,甚感。在这
里,有意义的文学书很不容易出版,杂志则最多只能出到三
期。别的一面的,出得很多,但购读者却少。

那一本《木刻法》[1],一时也无处出版。

新近印了一本木刻,叫作《引玉集》,是东京去印来的,所
以印工还不坏。上午已挂号寄上一本,想能和此信同时收到。
此外,则我正在准备印一本中国新作家的木刻,想用二十幅,
名曰《木刻纪程》,大约秋天出版。

我们一切如常。

此复,即颂

时绥。

树 上 六月六夜。

寄出去的木刻[2],至今还是毫无消息。 又及

＊　　　＊　　　＊

〔1〕　《木刻法》　即《木刻创作法》。

〔2〕　指鲁迅寄往巴黎举办展览的中国木刻家作品。参看331204
信注〔3〕。

# 340606⑤　致　陈铁耕

铁耕先生：

　　昨收到廿二日函并木刻，欢喜之至。许多事情，真是一言
难尽，在这里只好不说了。

　　木刻，好像注意的人多起来了，各处常见用为插画，但很
少好的。我为保存历史材料和比较进步与否起见，想出一种
不定期刊，或年刊，二十幅，印一百二十本，名曰《木刻纪程》，
以作纪念。但正值大家走散的时候，收集很不容易（新近又有
一个木刻社被毁了〔1〕），你的原版，我此刻才知道在白涛兄
处，而他人在广州，版则在汕头。他来信说，日内将回去一趟，
所以我即写信嘱他将你的那一块《等爸爸回来》寄来，但不知
道他能否在未走之前，收到我的信。

　　《岭南之春》的缺点是牛头似乎太大一点，但可以用的，倘
不费事，望将版寄来（这只能用小包寄），不过用在第二本上也
难说。十五张连环图画〔2〕，我是看得懂的，因为我们那里也
有这故事，但构图和刻法，却诚如来信所说，有些草率。

　　我做不出什么作品来，但那木刻集却印好了，印的并不
坏，非锌板印者所能比，上午已寄上一本，想能与此信同时寄

到的罢。我还想绍介德国版画（连铜刻，石印），但幅数较多，需款不小，所以恐怕一时办不到。

记得去年你曾函告我，要得一部《北平笺谱》。现在是早已印成，而且已经卖完了。但你所要的一部，还留在我的寓里，我也不要收钱。不知照现在的地址收转，确可以收到无误否？因为这部书印得不多，所以我于邮寄时须小心一点。等来信后，当用小包寄上。

此复，即颂

时绥。

树 上 六月六夜。

\* \* \*

〔1〕 又有一个木刻社被毁 指 M.K. 木刻研究社。1934 年 5 月间，该社有的成员（周金海、陈葆真等）被法租界工部局逮捕，有的被迫走散，因而停止活动。

〔2〕 连环图画 即《廖坤玉的故事》，陈铁耕据广东兴宁一带民间故事创作的木刻画。

# 340607 致 徐懋庸

懋庸先生：

六日信顷收到。

本星期六（九日）午后两点钟，希驾临北四川路底（第一点[路]电车终点）内山书店，当在其地相候。

此布即请

刻安。

迅　上　六月七夜。

# 340608　致　陶亢德

亢德先生：

长期的日语学校，我不知道。我的意见，是以为日文只要能看论文就好了，因为他们介绍得快。至于读文艺，却实在有些得不偿失。他们的新语，方言，常见于小说中，而没有完备的字典，只能问日本人，这可就费事了，然而又没有伟大的创作，补偿我们外国读者的劳力。

学日本文要到能够看小说，且非一知半解，所需的时间和力气，我觉得并不亚于学一种欧洲文字，然而欧洲有大作品。先生何不将豫备学日文的力气，学一种西文呢？

用种种笔名的投稿[1]，倘由我再寄时，请　先生看情形分用就是，稿费他是不计较的。　此复即请

著安。

迅　顿首　六月八日

＊　　　＊　　　＊

〔1〕　指徐诗荃用多种笔名投寄稿件。鲁迅当时也受托多次为他推荐稿件给书店、报刊出版和发表。

# 340609<sup>①</sup> 致 台 静 农<sup>〔1〕</sup>

对于印图,尚有二小野心。一,拟印德国版画集,此事不难,只要有印费即可。二,即印汉至唐画象,但唯取其可见当时风俗者,如游猎,卤簿,宴饮之类,而著手则大不易。五六年前,所收不可谓少,而颇有拓工不佳者,如《武梁祠画象》,《孝堂山画象》,《朱鲔石室画象》等,虽具有,而不中用;后来出土之拓片,则皆无之,上海又是商场,不可得。 兄不知能代我补收否? 即一面收新拓,一面则觅旧拓(如上述之三种),虽重出不妨,可选其较精者付印也。 此复即颂

时绥。

豫 顿首 六月九日


＊　　　＊　　　＊

〔1〕 此信不全。


# 340609<sup>②</sup> 致 曹 聚 仁

聚仁先生:

不敢承印《准风月谈》事,早成过去;后约者乃别一家,现正在时时催稿也。

读经,作文言,磕头,打屁股,正是现在必定兴盛的事,当和其主人一同倒毙。但我们弄笔的人,也只得以笔伐之。望

道<sup>〔1〕</sup>先生之所拟,亦不可省,至少总可给一下打击。

此布即请

道安。 　　　　　　　　　　　　　　迅　上　六月九日

　\*　　　　\*　　　　\*

〔1〕　望道　陈望道(1890—1977),浙江义乌人,教育家、语言学家。留学日本,曾任《新青年》杂志编辑,复旦大学等校教授,创办大江书铺、《大江月刊》、《太白》半月刊等。当时为了回应汪懋祖等人复兴文言的言论,他参与发起"大众语"运动,并筹办文艺半月刊。

# 340609<sup>③</sup>　致　杨　霁　云

霁云先生:

六日函收到。杂志原稿既然先须检查,则作文便不易,至多,也只能登《自由谈》那样的文章了。政府帮闲们的大作,既然无人要看,他们便只好压迫别人,使别人也一样的奄奄无生气,这就是自己站不起,就拖倒别人的办法。倘用聚仁先生出面编辑,他们大约会更加注意的。

来信所述的忧虑,当然也有其可能,然而也未必一定实现。因为正如来信所说,中国的事,大抵是由于外铄的,所以世界无大变动,中国也不见得单独全局变动,待到能变动时,帝国主义必已凋落,不复有收买的主人了。然而若干叭儿,忽然转向,又挂新招牌以自利,一面遮掩实情,以欺骗世界的事,却未必会没有。这除却与之战斗以外,更无别法。这样的战

斗,是要继续得很久的。所以当今急务之一,是在养成勇敢而明白的斗士,我向来即常常注意于这一点,虽然人微言轻,终无效果。

专此布复,即颂

时绥。

迅 上 六月九夜

# 340611 致 曹 靖 华

汝珍兄:

八日信并稿收到,先前所寄的地址[1]四张及插画本《城与年》[2],也早收到了。和书一对照,则拓本[3]中缺一幅,但也不要紧,倘要应用,可以从书上复制出来的。

木刻集系由东京印来,中国的印工,还没有这么好。寄给作者们的十二本,已于一星期前寄去了。我从正月起,陆续寄给了他们中国旧木刻书共四包,至今毫无回信,也不知收到了没有。

日前寄上《文学报》四份,收到否?该报似中途遗失的颇多。

上海已颇热,我们都好的,不过我既不著作,又不翻译,只做些另碎事,真是懒散,以后我想来译点书。

此布即颂

时绥。

弟豫 顿首 六月十一日

＊　　　＊　　　＊

〔1〕　地址　指鲁迅委托曹靖华用俄文书写的"苏联对外文化协会"的地址,一式四份。

〔2〕《城与年》　长篇小说,苏联费定著,亚历克舍夫作木刻插图二十八幅,后由曹靖华译成中文,1947年出版。

〔3〕　拓本　指手拓的《城与年》木刻插图,鲁迅拟单独印行,后未成。参看《集外集拾遗·〈城与年〉插图小引》。


# 340612　致杨霁云

霁云先生:

快信收到。《词话》[1]书价,系三十六元。其书共二十一本,内中之绣像一本,实非《词话》中原有,乃出版人从别一种较晚出之版本[2]中,取来附上的。又《胡适文选》已用过,因乘便奉还,谢谢。

二十二日午后二时,倘别无较紧要之事,当在书店奉候也。

此复即颂

时绥。

迅　上　六月十二日


＊　　　＊　　　＊

〔1〕《词话》　指北平古佚小说刊行会影印明万历刻本的《金瓶梅词话》。

〔2〕 指明崇祯年间刻本《金瓶梅》。

# 340613 致 母 亲

母亲大人膝下,敬禀者:来信已经收到。海婴这几天不到外面去闹事了,他又到公园和乡下去。而且日见其长,但不胖,议论极多,在家时简直说个不歇。动物是不能给他玩的,他有时优待,有时则要虐待,寓中养着一匹老鼠,前几天他就用蜡烛将后脚烧坏了。至于学校,则今年拟不给他去,因为四近实无好小学,有些是骗钱的,教员虽然打扮得很时髦,却无学问;有些是教会开的,常要讲教,更为讨厌。海婴虽说是六岁,但须到本年九月底,才是十足五岁,所以不如暂且任他玩着,待到足六岁时再看罢。

上海从今天起,已入了梅雨天,虽然比绍兴好,但究竟也颇潮湿。一面则苍蝇蚊子,都出来了。男胃病已愈,害马亦安好,可请勿念。李秉中君在南京办事,家眷即住在南京,他自己则有时出外,因为他是在陆军里做训育事务的,所以有时要跟着走,上月见过一回,比先前胖得多了。

余容续禀,专此布达,恭请

金安。

　　　　男树 叩上。广平及海婴同叩 六月十三日

# 340618<sup>①</sup>　致　台　静　农

静农兄：

今晚得十三日函，书<sup>[1]</sup>则昨已收到。如此版本，可不至增加误字，方法殊佳，而代为"普及"，意尤可感，惜印章殊不似耳。倘于难得之佳书，俱以此法行之，其有益于读者，当更大也。

石刻画象，除《君车》残石<sup>[2]</sup>（有阴）外，翻刻者甚少，故几乎无须鉴别，惟旧拓或需问人。我之目的，（一）武梁祠，孝堂山二种，欲得旧拓，其佳者即不全亦可；（二）嵩山三阙<sup>[3]</sup>不要；（三）其余石刻，则只要拓本较可观，皆欲收得，虽与已有者重出亦无害，因可比较而取其善者也。但所谓"可观"者，系指拓工而言，石刻清晰，而拓工草率，是为不"可观"，倘石刻原已平漫，则虽图象模胡，固仍在"可观"之列耳。

济南图书馆所藏石，昔在朝时，曾得拓本少许；闻近五六年中，又有新发见而搜集者不少，然我已下野，遂不能得。兄可否托一机关中人，如在大学或图书馆者，代为发函购置，实为德便。凡有代价，均希陆续就近代付，然后一总归还。

《引玉集》已售出五十本以上，较之《士敏土之图》，远过之矣。我所藏德国版画，有四百余幅，颇欲选取百八十幅，印成三本以绍介于中国，然兹事体大，万一生意清淡，则影响于生计，故尚在彷徨中也。

上海算是已入"梅雨天"，但近惟多风而无雨；前日为端午,家悬蒲艾,盛于往年,敝寓亦悬一束,以示不敢自外生成之意。文坛,则刊物杂出,大都属于"小品"。此为林公语堂所提倡,盖骤见宋人语录,明人小品,所未前闻,遂以为宝,而其作品,则已远不如前矣。如此下去,恐将与老舍[4]半农,归于一丘,其实,则真所谓"是亦不可以已乎"者也。

贱躯如常,脑膜无恙,惟眼花耳。孩子渐大,善于捣乱,看书工夫,多为所败,从上月起,已明白宣言,以敌人视之矣。

近见《新文学运动史》[5],附有作者之笔名,云我亦名"吴谦",似未确,又于广平下注云"已故",亦不确也。专复,即颂曼福。

隼 顿首 六月十八夜

\*　　　\*　　　\*

〔1〕 指《南腔北调集》的北平翻印本,系照相石印。

〔2〕 《君车》残石　未详。

〔3〕 嵩山三阙　指河南登封嵩山的东汉石刻,分太室石阙(隶书)、少室石阙(篆书)和开母庙石阙(隶书、篆书及画像)三种。

〔4〕 老舍(1898—1966)　原名舒庆春,字舍予,笔名老舍,北京人,小说家、戏剧家。曾任齐鲁大学、山东大学教授,并常在《论语》上发表小品。

〔5〕 《新文学运动史》　即《中国新文学运动史》,王哲甫著,1933年9月北平杰成印书局出版。下面所说的事,见该书第十章附录《作家笔名一览》。

# 340618<sup>②</sup>　致杨霁云

霁云先生：

　　日来自患胃病，眷属亦罹流行感冒，所约文<sup>[1]</sup>遂止能草草塞责，歉甚。今姑寄呈，能用与否，希酌定。

　　又，倘能用，而须检查，则草稿殊不欲送去，自又无法托人抄录，敢乞　先生觅人一抄，而以原稿见还为祷。

　　此布即请

道安。

迅　上　六月十八夜

＊　　　＊　　　＊

　　〔1〕　指《倒提》，后收入《花边文学》。据收信人回忆，因他拟编的杂志未出成，后遂将该稿退还作者。

# 340619　致曹靖华

汝珍兄：

　　端节前一夕信已收到。《南北集》翻本，静兄已寄我一本，是照相石印的，所以略无错字，纸虽坏，定价却廉，当此买书不易之时，对于读者也是一种功德，而且足见有些文字，是不能用强力遏止的。

　　《引玉集》其实是东京所印，上海印工，价贵而成绩还不能如此之好。至今为止，已售出约八十本，销行也不算坏。此书如在年内卖完，则恰恰不折本。此后想印文学书上之插画一本，已有之材料，即《城与年》，又，《十二个》[1]。兄便中不知能否函问 V.O.K.S.，可以将插画（木刻）见寄，以备应用否？最好是中国已有译本之插画，如《铁流》，《毁灭》，《肥料》之类。

我们都好。此布即颂

时绥。

弟豫 上 六月十九日

＊　　＊　　＊

〔1〕《十二个》 长诗，苏联勃洛克（A.A.Блок）著，玛修丁（B. Масютин）作插图四幅，胡敩译，鲁迅为作《后记》，1926 年 8 月北京北新书局出版。

# 340620①　致 郑 振 铎

西谛先生：

再版《北平笺谱》，此地有人要预约两部，但不知尚有余本否？倘有，则希于将来汇运时，加添两部，并在便中以有无见示为荷。 此布，即请

道安。

迅 顿首 六月二十日

# 340620② 致 陈烟桥

雾城先生：

　　木刻集[1]拟付印，而所得的版，还止十七块，因为铁耕和白涛两位的，都还没有寄来。

　　ＭＫ社原要出一本选集[2]，稿在我这里，不知仍要出版否？其实，集中佳作并不多；致平[3]的《负伤的头》最好，比去年的《出路》，进步多了，我想也印进去，不知你能否找他一问，能否同意。即使那选集仍要出，两边登载也不要紧的，倘以为可，则乞借我原版，如已遗失，则由我去做锌版亦可。

　　一个美国人告诉我，他从一个德国人听来，我们的绘画（这是北平的作家的出品）及木刻，在巴黎展览，很成功；又从一苏联人听来，这些作品，又在莫斯科展览，评论很好云云。但不知详情；而收集者[4]也不直接给我们一封信，真是奇怪。

　　专此，即颂

时绥。

迅 上 六月廿夜。

＊　　　＊　　　＊

　　〔1〕　木刻集　指《木刻纪程》。

　　〔2〕　选集　指 M.K. 木刻研究会第四次展览会的作品选集。该会曾选出展品二十多幅，并送鲁迅审定，后因该会遭受破坏，木板被国民党当局没收而未出版。

〔3〕 致平　即张望，参看 340406 信注〔6〕。

〔4〕 收集者　指绮达·谭丽德。

# 340621①　致 徐 懋 庸

懋庸先生：

十九日信收到。《新语林》〔1〕第二期的文章很难说，日前本在草一篇小文〔2〕，也是关于清代禁书的，后来因发胃病，孩子又伤风，放下了，到月底不知如何，倘能做成，当奉上。闲斋〔3〕尚无稿来，但有较长之稿一篇在我这里，叫作《攻徐专著》，《自由谈》不要登。其实，对于　先生，是没有什么恶意的，我想，就在自己所编的刊物上登出来，倒也有趣，明天当挂号寄上，倘不要，还我就好了。

《动向》近来的态度，是老病复发，五六年前，有些刊物，一向就这样。有些小说家写"身边琐事"，而反对这种小说的批评家，却忘记了自己在攻击身边朋友。有人在称快的。但这病很不容易医。

不过，我看先生的文章（如最近在《人间世》上的），大抵是在作防御战。这事受损很不小。我以为应该对于那些批评，完全放开，而自己看书，自己作论，不必和那些批评针锋相对。否则，终日为此事烦劳，能使自己没有进步。批评者的眼界是小的，所以他不能在大处落墨，如果受其影响，那就是自己的眼界也给他们收小了。假使攻击者多，而一一应付，那真能因此白活一世，于自己，于社会，都无益处。

　　但这也须自己有正当的主见,如语堂先生,我看他的作品,实在好像因反感而在沈沦下去。

　　《引玉集》的图[4]要采用,那当然是可以的。乔峰的文章,见面时当转达,但他每天的时间,和精力一并都卖给了商务印书馆,我看也未必有多少工夫能写文章。我和闲斋的稿费,托他也不好(他几乎没有精神管理琐事了),还是请先生代收,便中给我,迟些时是不要紧的。

　　此布,即颂

时绥。　　　　　　　　　　　　　迅　上　六月二十一日

　　因时间尚早,来得及寄挂号信,故将闲斋(＝区区)稿附上了。　又及。

　　＊　　　　＊　　　　＊

　　〔1〕　《新语林》　文艺半月刊,1934 年 7 月 5 日创刊,第一期至第四期为徐懋庸主编,后为新语林社编,1934 年 10 月出至第六期停刊,上海光华书局出版。

　　〔2〕　小文　指《买〈小学大全〉记》,后收入《且介亭杂文》。

　　〔3〕　闲斋　即徐诗荃。下文的《攻徐专著》,杂文,署名"区区",载《新语林》第二期(1934 年 7 月 20 日)。

　　〔4〕　指徐懋庸拟移用《引玉集》中的作品为《新语林》的封面画。后来该刊第一、二、四期的封面都采用了其中的作品。

# 340621②　致 郑 振 铎

西谛先生:

　　六月十八日函及《十竹斋笺谱》样张,今天都收到。《笺

谱》刻的很好,大张的山水及近于写意的花卉,尤佳。此书最好是赶年内出版,而在九或十月中,先出珂罗版印者一种。我想,购买者的经济力,也应顾及,如每月出一种,六种在明年六月以内出全,则大多数人力不能及,所以最好是平均两月出一种,使爱好者有回旋的余地。

对于纸张,我是外行,近来上海有一种"特别宣",较厚,但我看并不好,砑亦无用,因为它的本质粗。夹贡有时会离开,自不可用。我在上海所见的,除上述二种外,仅有单宣,夹宣(或云即夹贡),玉版宣,煮硾了。杭州有一种"六吉",较薄,上海未见。我看其实是《北平笺谱》那样的真宣,也已经可以了。明朝那样的棉纸,我没有见过新制的。

前函说的《美术别集》[1]中的《水浒图》[2],非老莲作,乃别一明人本,而日本翻刻者,老莲之图,我一张也未见过。周子兢[3]也不知其人,未知是否蔡先生的亲戚?倘是,则可以探听其所在。我想,现在大可以就已有者先行出版;《水浒图》及《博古页子》,页数较多,将来得到时,可以单行的。

至于为青年着想的普及版,我以为印明本插画是不够的,因为明人所作的图,惟明事或不误,一到古衣冠,也还是靠不住,武梁祠画象中之商周时故事画,大约也如此。或者,不如(一)选取汉石刻中画象之清晰者,晋唐人物画(如顾凯之《女史箴图》[4]之类),直至明朝之《圣谕像解》[5](西安有刻本)等,加以说明;(二)再选六朝及唐之土俑,托善画者用线条描下(但此种描手,中国现时难得,则只好用照相),而一一加以说明。青年心粗者多,不加说明,往往连细看一下,想一想也不肯,真是费力。但位高望重如李毅士教授,其作《长恨歌画意》,也不过将梅兰芳放在广东大旅馆中,而道士则穿着八卦衣,如戏文中之诸葛亮[6],则于青年又何责焉呢?日本人之画中国故事,还不至于此。

六月号之《文学》出后,此地尚无骂声,但另有一种脾气,是专做小题,与并非真正之敌寻衅。此本多年之老脾气,现在复发了,很有些人为此不平,但亦无以慰之,而这些批评家之病亦难治。他们斥小说家写"身边琐事",而不悟自己在做"身边批评",较远之大敌,不看见,不提起的。但(!),此地之小品文风潮,也真真可厌,一切期刊,都小品化,既小品矣,而又唠叨,又无思想,乏味之至。语堂学圣叹[7]一流之文,似日见陷没,然颇沾沾自喜,病亦难治也。

骂别人不革命,便是革命者,则自己不做事,而骂别人的事做得不好,自然便是更做事者。若与此辈理论,可以被牵连到白费唇舌,一事无成,也就是白活一世,于己于人,都无益处。我现在得了妙法,是谣言不辩,诬蔑不洗,只管自己做事,而顺便中,则偶刺之。他们横竖就要消灭的,然而刺之者,所以偶使不舒服,亦略有报复之意云尔。

《十竹斋笺谱》刻工之钱,当于月底月初汇上一部分。

专此布复,即请

道安。

　　　　　　　　　　　　　　　隼 上 六月廿一日

寄茅兄函,顷已送去了。 又及

＊　　　＊　　　＊

〔1〕《美术别集》　指《世界美术全集（别卷）》。

〔2〕《水浒图》　指明代杜堇作的《水浒图赞》。

〔3〕周子兢（1892—1973）　原名周仁，江苏江宁人，蔡元培的内弟。曾留学美国，当时任国民党中央研究院工程研究所所长。

〔4〕顾凯之《女史箴图》　参看340403<sup>②</sup>信注〔4〕。

〔5〕《圣谕像解》　清代梁延年编，共二十卷。康熙九年（1670）曾颁布"敦孝弟、笃宗族、和乡党、重农桑……"等"上谕"十六条，"以为化民成俗之本"。《圣谕像解》即根据这些"上谕"配图和解说的书。编者在序文中说："摹绘古人事迹于上谕之下，并将原文附载其后……且粗为解说，使易通晓。"按此处明朝应为清朝。

〔6〕诸葛亮（181—234）　字孔明，琅琊阳都（今山东沂南）人，三国时政治家和军事家。

〔7〕圣叹　即金圣叹（1608—1661），名人瑞，字圣叹，长洲吴县（今属江苏）人。明末清初文人。当时林语堂认为金圣叹等的文章属于语录体，"此后编书，文言文必先录此种文字，取中郎、宗子、圣叹、板桥冠之"。（见《论语录体之用》，载《论语》第二十六期）

# 340624<sup>①</sup>　致许寿裳<sup>〔1〕</sup>

季黻兄：

廿二日信奉到。师曾画照片<sup>〔2〕</sup>，虽未取来，却已照成，约一尺余，不复能改矣。

有周子竞［兢］先生名仁，兄识其人否？因我们拟印陈老莲插画集，而《博古叶子》无佳本，蟫隐庐<sup>〔3〕</sup>有石印本，然其底本甚劣。郑君振铎言曾见周先生藏有此画原刻,极想设法借照,郑重处理,负责归还。兄如识周先生,能为一商洽否?

　　此布,即颂

曼福不尽。

弟索士　顿首　六月二十四日

　　*　　　　　*　　　　　*

〔1〕　此信据许寿裳亲属录寄副本编入。

〔2〕　当时许寿裳将陈师曾生前所赠的几幅国画摄成照片,供印行《陈师曾画集》之用。

〔3〕　蟫隐庐　罗振常在上海开设的书庄名。

# 340624② 致　王志之

思远兄:

　　廿日信已到;《文史》未到,书是照例比信迟的。《春光》已经迫得停刊了,那一本只可在我这里暂存〔1〕。

　　《北平笺谱》尚未印成,大约当在七月内。郑君处早有信去,他便来问住在何处,我回说由他自己直接通知,因为我不喜欢不得本人同意,而随便告诉。现在你既有信去,倘已写明通信处,则书一订好,我想是必来通知的了。但此后通信时,我还当叮嘱他一下。

　　吴先生处通信,本也甚愿,但须从缓,因为我太"无事忙"〔2〕,——但并非为了黛玉之类。一者,通信之事已多,每天总须费去若干时间;二者,也时有须做短评之处,而立言甚难,所以做起来颇慢,也很不自在,不再如先前之能一挥而就了。因此,看文章也不能精细,所以你的小说,也只能大略一看,难以静心校读,有所批评了。如此情形,是不大好的,很想改正一点,但目下还没有法。

　　此复,即颂

时绥。

豫　上　六月二十四日

＊　　　＊　　　＊

　〔1〕　指王志之请鲁迅转送《春光》编者的《文史》第一卷第二号。
　〔2〕　"无事忙"　《红楼梦》中贾宝玉的绰号。见于该书第三十七回。

# 340624③　致 楼 炜 春〔1〕

炜春先生:

　　昨收到惠函,并适夷兄笺。先前时闻谣言,多为恶耗,几欲令人相信,今见其亲笔,心始释然。来日方长,无期〔2〕与否实不关宏恉,但目前则未必能有法想耳。原笺奉还,因恐遗失,故以挂号寄上,希

察收为幸。

　　专此布复,即颂

时绥。

迅　顿首　六月廿四夜。

※　　　※　　　※

〔1〕　楼炜春(1910—1994)　浙江余姚人,楼适夷堂弟,曾任天马
书店副经理。

〔2〕　无期　指无期徒刑。1934 年 5 月楼适夷被判处无期徒刑,
关押在南京军人监狱。

# 340625　致 徐懋庸

懋庸先生:

某君[1]寄来二稿,其《古诗新改》,似不能用,恐《自由谈》
亦不能用,因曾登此种译诗也。今姑扣留,寄上一阅,取半或
全收均可。

专此即颂
时绥。

迅　上　六月廿五夜。

※　　　※　　　※

〔1〕　某君　指徐诗荃。

# 340626①　致 何白涛

白涛先生:

十五日信,在前天收到,木版六块,是今天下午收到的。
新作的木板二块中,《马夫》一看虽然生动,但有一个缺点,画

面上之马夫,所拉之马在画外,而画中之马,则为别一个看不见之马夫所拉,严酷的批评起来,也是一种"避重就轻"的构图,所以没有用。《上市》[1]却好,挑担者尤能表现他苦于生活的神情,所以用了这一幅了。

耀唐兄的那一幅[2],正是我所要的。我还在向他要一幅新刻的《岭南之春》,但尚未寄来。

《引玉集》早已寄上十六本,不知已到否?此书尚只卖去一半,稍迟当再寄上八本。

木刻集大约七月中便可付印,共二十四幅。

专此布复,即颂

时绥。

迅 上 六月廿六夜

※　　　　※　　　　※

〔1〕 《上市》 后收入《木刻纪程》。

〔2〕 指《等爸爸回来》(《母与子》)。

# 340626②　致 郑 振 铎

西谛先生:

前几天寄上一函,想已到。

今由开明书店汇上洋叁百元,为刻《十竹斋笺谱》之用,附上收条,乞便中一取为荷。

再版之《北平笺谱》,前曾预定二部,后又发信,代人定二部。其中之一部,则曾请就近交与王君[1],并嘱他自己直接接洽,现不知已有信来否?

　　已刻成之《十竹斋笺》,暂借纸店印少许,固无大碍,但若太多,则于木刻锋棱有损,至成书时,其中之有一部分便不是"初印"了。所以我想:如制笺,似以书成以后为是。

　　此版刻成后,至少可印五六百部;别种用珂罗版印者,则只有百部,多少之数,似太悬殊。先前上海之老同文石印,亦极精细,北京不知亦有略能臻此者否? 倘有之,则改用石印,似亦无不可,而书之贵贱,只要以纸质分,特制者用宣纸,此外以廉纸印若干,定价极便宜,使学生亦有力购读,颇为一举两得,但若无好石印,则自然只能仍如前议。

　　上海昨今大热,室内亦九十度以上了。

　　专此布达,并请

著安。

隼　顿首 六月廿六夜

＊　　　＊　　　＊

　　〔1〕　王君　指王志之。

# 340628[①]　致台静农

静兄:

　　有寄许先生[1]一函,因不知其住址,乞兄探明,封好转寄。倘兄能自去一趟，尤好，因其中之事，可以面商了。

〔六月二十八日〕

＊　　　＊　　　＊

〔1〕　许先生　指许寿裳。

## 340628② 致 李霁野

转霁兄：

廿四日信收到。许先生函已写，托静兄转交。兄事亦提及，但北平学界，似乎是"是非蜂起"之乡，倘去津而至平，得乎失乎，我不知其中详情，不能可否，尚希细思为望。

关于素兄文[1]，当于七月十五左右写成寄上。

廿八日

＊　　　＊　　　＊

〔1〕　指《忆韦素园君》，后收入《且介亭杂文》。

## 340629① 致 曹靖华

汝珍兄：

二十四日信已收到。前日得霁兄函，言及兄事，我以为季黻已赴校，因作一函，托静兄转交，于今晨寄出。不料他并未走，于午前来寓，云须一星期之后，才能北上，故即将兄事面托，托静兄转交之一函，可以不必交去了，见时乞告知为荷。

我和他极熟，是幼年同窗，他人是极好的，但欠坚硬，倘为人所包围，往往无法摆脱。我看北平学界，是非蜂起，难办之至，所以最先是劝他不要去；后来盖又受另一些人所劝，终于答应了。对于兄之增加钟点，他是满口答应的，我看这没有问题。

印在书内之插图，与作者自印的一比，真有天渊之别，不能再制玻璃版。以后如要求看插画者之人增多，我想可以用锌版复制，作一廉价本，以应需要，只要是线画，则非木刻亦不妨，但中国倘未有译本，则须每种作一该书之概略，俾读者增加兴趣。此事现拟暂不办，所以兄之书[1]可以且勿寄下。《一周间》之画并不佳，且太大，是不能用的。（插画本《水门汀》[2]，我也有。）

《肥料》之插画本，不知兄有否？极想一看。那一篇是从日文重译的，但看别一文中有引用者，多少及语句颇不同，不知那一边错。这样看来，重译真是一种不大稳当的事情。

《粮食》本已编入《文学》七月号中，被检查员抽掉了。

向现代索稿后，仍无回信，真是可恶之至，日内当再去一信，看如何。他们只要无求于人的时候，是一理也不理的，连对于稿费也如此。

我的英文通信地址，如下，但无打字机，只好请兄照抄送去，他们该是能写的罢——

　　Mr. Y. Chow,

　　Uchiyama Book‐store,

11 Scott Road,

Shanghai, China.[3]

这里近来热极了,我寓的室内九十二度。听说屋外的空中百另二度,地面百三十余度云。但我们都好的。　此布,即请

刻安。　　　　　　　　弟豫 上 六月二十九日下午

合府均好!

＊　　　　＊　　　　＊

〔1〕　指曹靖华收集的附插图的苏联文学作品。

〔2〕　插画本《水门汀》　即《梅斐尔德士敏土之图》。

〔3〕　即中国,上海,施高塔路11号,内山书店,周先生。

# 340629②　致 郑 振 铎

西谛先生:

二十七日寄奉一函并汇款三百元,不知已收到否?

周子兢先生这人,以问许季茀,说是认识的,他是蔡先生的亲戚,但会不见,今天已面托蔡先生,相见时向其转借了。我想,那么,迟迟早早,总该有回信。

假如肯借的话,挂号寄至北平呢,还是由我在此照相呢?如用后一法,则照片应大多少?凡此均希示及。

前二三星期,在二酉书店见一本《笔花楼新声》,顾仲芳[1]画,陈继儒[2]序,万历丙申刊,颇破烂,已修好,价六十

元。过了几天又去,则已卖去了。其图是山水,但我看也并不好。

此布,即请

道安。　　　　　　　　　　隼　顿首　六月二十九日

又《北平笺谱》再版本,前由我豫约者共四部,现又有一人要买,所以再添一部,共五部,其中除一部直接交与北平王君外,余四部乞于内山书箱中附下为荷。　　又及

\*　　　　\*　　　　\*

〔1〕　顾仲芳　顾正谊,字仲芳,号亭林,松江华亭(今属上海)人,明代万历时曾任中书舍人。山水画家。华亭画派创始人。著有《亭林集》、《顾氏丛书》。

〔2〕　陈继儒(1558—1639)　字仲醇,号眉公,松江华亭(今属上海)人,诸生,明代文学家、书画家,著有《陈眉公全集》。

# 340703　致 陈 铁 耕

铁耕先生:

六月廿一日信及木版〔1〕一块,都已收到。《引玉集》已有两礼拜多,而尚未到,颇可诧异,但此书是挂号的,想不至于失落也。

《北平笺谱》一部六本,已于昨日托书店作小包寄出,此书共印一百部,店头早已售罄了。今在北平再版,亦一百部,但尚未印成。

连环图画〔2〕在兴宁竟豫约至七百部之多,实为意想不到之事。这可见木刻的有用,亦可见大家对于图画的需要也。印成后,倘能给我五部,则甚感。 此致即颂

时绥。

迅 上 七月三日

＊　　　　＊　　　　＊

〔1〕 木版 指《岭南之春》。

〔2〕 连环图画 指《廖坤玉的故事》。


# 340706　致 郑 振 铎

西谛先生:

二日函收到,致保宗〔1〕兄笺已交去。

《十竹斋笺谱》我想豫约只能定为八元,非豫约则十二元,盖一者中国人之购买力,恐不大;二则孤本为世所重,新翻即为人所轻,定价太贵,深恐购者裹足不至。其实豫约本即最初印,价值原可增大,但中国读者恐未必想到这一著也。

有正书局之《芥子园画谱》三集,定价实也太贵;广告虽云木刻,而有许多却是玻璃板,以木版著色,日本人有此印法,盖有正即托彼国印之,而自谓已研究木刻十余年,真是欺妄。

三根〔2〕是必显神通的,但至今始显,已算缓慢。此公遍身谋略,凡与接触者,定必麻烦,倘与周旋,本亦不足惧,然别人那有如许闲工夫。嘴亦本来不吃,其呐呐者,即因虽谈话时,亦在

169

运用阴谋之故。在厦大时,即逢迎校长以驱除异己,异己既尽,而此公亦为校长所鄙,遂至广州,我连忙逃走,不知其何以又不安于粤也。现在所发之狗性,盖与在厦大时相同。最好是不与相涉,否则钩心斗角之事,层出不穷,真使人不胜其扰。其实,他是有破坏而无建设的,只要看他的《古史辨》,已将古史"辨"成没有,自己也不再有路可走,只好又用老手段了。

石印既多弊病而价又并不廉,还是作罢的好。但北平的珂罗版价,却也太贵。我前印《士敏土》二百五十本,图版十页,连纸张装订二百二十余元。今商务印书馆虽不再作此生意,但他处当尚有承印者,如书能南运,似不妨在上海印,而且买纸之类,亦较便利。不知暑假中,先生将南来否?

周子竞果系蔡子民先生之亲戚,前曾托许季茀打听,昨得蔡先生信,谓他可以将书借出,并将其住宅之电话号数开来,谓可自去接洽。我想,倘非立刻照相,借来放着是不好的,还是临用时去取的好。先生以为何如?还是就先买一批黄色罗纹纸,先将它印成存下,以待合订呢?

许季茀做了北平什么女校[3]长了,在找教员。该校气魄远不如燕大之大,是非恐亦多。但不知先生肯去教否?希示及。

上海近十日室内九十余度,真不可耐,什么也不能做,满身痱子,算是成绩而已。

专此布达,并请

著安。

　　　　　　　　　　　　　　隼　顿首 七月六夜

　*　　　　*　　　　*

〔1〕　保宗　即沈雁冰。

〔2〕　三根　指顾颉刚。

〔3〕　指北平大学女子文理学院。


# 340707　致 王 志 之

思远兄：

三日信已收到。"通信从缓"和"地址不随便告诉"〔1〕,是两件事,不知兄何以混为一谈而至于"难受",我是毫不含有什么言外之意的。

郑君已有信来,言《笺谱》印成后,一部当交王□□〔2〕旧名,然则他是已经知道的了。

《国闻周报》已收到。此地书店,必有□阀〔3〕占据,我辈出版颇难,稍凉当一打听,倘有法想,当再奉告。

此复即颂

时绥。

　　　　　　　　　　　豫 上 七月七日


　*　　　　*　　　　*

〔1〕　参看 340624② 信。

〔2〕　王□□　即王志之,当时他已改名王思远。

〔3〕　□阀　疑为文阀。

# 340708　致徐懋庸

懋庸先生：

　　此系闲斋寄来，不知可作《新语林》补白之用否？今姑寄上。[1]

　　此颂

时绥。

迅　顿首　七月八夜

\*　　　　\*　　　　\*

　　〔1〕　指徐诗荃的诗《读小品文（将苏东坡读孟郊诗二章改窜作）》，作者署名"无名氏"，后载《新语林》第二期（1934年7月20日）。

# 340709　致徐懋庸

懋庸先生：

　　八日信收到。我没有做过《非政治化的高尔基》[1]，也许是一直先前，我绍介给什么地方的别人的作品。

　　《新语林》实在和别的东西太像。商人是总非像别人不可的，试观中华书局必开在商务印书馆左近，即可见。光华老版，决不能独树一帜也。

　　闲斋仅有歪诗两首，昨已寄上，此外没有。我也没有什么，遍身痱子，无暇想到中国文学也。

　　胃病无大苦，故患者易于疏忽，但这是极不好的。

此复，即颂

时绥。

　　　　　　　　　　　隼　上　九日

　　＊　　　　＊　　　　＊

　　〔1〕《"非政治化"的高尔基》　杂文，商廷发（瞿秋白）作，载《新语林》第二期（1934 年 7 月 20 日）。

# 340712[①]　致　母　亲

母亲大人膝下，敬禀者，久不得来信了，今日上午，始收到一函，甚慰。但大人牙痛，不知已否全愈，至以为念。牙既作痛，恐怕就要摇动，一摇动，即易于拔去，故男以为俟稍凉似可与一向看惯之牙医生一商量，倘他说可保无痛，则不如拔去，另装全口假牙，不便也不过一二十天，用惯之后，即与真牙无异矣。

说到上海今年之热，真是利害，晴而无雨，已有半月以上，每日虽房内也总有九十一二至九十五六度，半夜以后，亦不过八十七八度，大人睡不着，邻近的小孩，也整夜的叫。但海婴却好的，夜里虽然多醒一两次，而胃口仍开，活泼亦不减，白天仍然满身流汗的忙着玩耍。现于他的饮食衣服，皆加意小心，请释念为要。

害马亦还好；男亦如常，惟生了许多痱子，搽痱子药亦无大效，盖旋好旋生，非秋凉无法可想也。为销夏起见，在喝啤酒；王贤桢[1]小姐的家里又送男杨梅烧一坛，够吃一夏天了。

上海报上，亦说北平大热，今得来函，始知不如报章所传之甚。而此地之炎热，则真是少见，大家都在希望下雨，然直至此刻，天上仍无片云也。

专此布复，恭请

金安。

男树　叩上。广平及海婴同叩。七月十二日

\*　　　\*　　　\*

〔1〕　王贤桢(1900—1990)　即王蕴如，浙江上虞人，周建人夫人。

# 340712②　致　陈铁耕

铁耕先生：

七月四日信并木刻三幅，已收到。我看《讲，听》最好，《神父……》这一幅，一般怕不容易懂，为大众起见，是不宜用这样的画法的。书二本尚未到。《北平笺谱》已于一星期前用小包寄出了，但从上海到你的故乡，挂号信件似乎真慢得可以。

《岭南之春》版及白涛兄所寄的一块，均已收到。书已编好，纸亦买好，本来即可付印了，但近来非常之热，终日流汗，没法想，只得待稍凉时再付印。此书共二十四幅，拟印百二十本，除分送作者二十四本外，只有九十六本发卖。

木刻在法、俄听说已展览过，批评不坏，但得不到详细的消息。

连环图画要在这里卖版权,大约很难。刊物上虽时有木刻,然而不过东拉西扯,不化一文钱。要他们出钱,可就没人肯要了。你的《法网》[1],也至今并未印出。

《引玉集》可以用邮票买的,昨到书店去问,他们说已寄出,书价及邮费均够。

德国版画怕一时不易办,因为原画大,所以也想印得大些(比《引玉集》至少大一倍),于是本钱也就大,而我则因版税常被拖欠,收入反而少了。还有一层,是我太不专一,忽讲木刻,忽讲文学,自己既变成打杂,敌人也因之加多,所以近来颇想自己用点功,少管种种闲事,因此就引不起计画的兴趣。但是,迟迟早早是总要印的,要不然,不是白收集一场了么?

此地热极,九十度以上者已两星期余,连晚上也睡不大安稳了。

此复即颂

时绥　　　　　　　　　　迅　上　七月十二日

＊　　　＊　　　＊

〔1〕《法网》　指陈铁耕为丁玲小说《法网》所作的木刻插图。

# 340714　致　徐懋庸

懋庸先生:

十二日信昨收到。宴 L. Körber[1],到者如此之少,真出意料之外。中国的事情，她自己看不出，也没有人告诉她，真是无法可想。外国人到中国来的，大抵如此，也不但她。

《非政治化……》系别人所作[2]，由我托人抄过，因为偶有不愿意拿出原稿去的投稿者，所以绍介人很困难。他还有一篇登在《文学季刊》(一)[3]上。

光华老病[4]，是要发的，既是老病，即不能不发。此后编辑人怕还要难。钱如拿不到，十五日请不必急于送来，天气大热，我也不在书店相候了。近日做了一篇无聊文[5]，今寄上，又，建人者一篇[6]，一并寄上。我希望　先生能在十五以前收到，不至于在九十多度的炎热中跑远路。

此复，即颂

时绥。

迅　上　七月十四晨

\*　　　\*　　　\*

〔1〕　L. Körber　莉莉·珂贝，奥地利女作家，著有《新俄女工日记》、《新德国的犹太人》等。1934 年 6 月来我国访问时，新语林社等三个文艺团体在上海联合举行欢迎宴会，出席者只五人。

〔2〕　《非政治化……》　指瞿秋白作《"非政治化"的高尔基》，参看 340709 信注〔1〕。

〔3〕　指杂文《读房龙的〈地理〉》。商霆(瞿秋白)作，载《文学季刊》第一卷第一期(1934 年 1 月)。

〔4〕　光华老病　指光华书局拖欠《新语林》的作者稿费。

〔5〕　指《买〈小学大全〉记》，后收入《且介亭杂文》。

〔6〕　建人者一篇　指《特权者的哲学和科学》，作者署名"克士"，后载《新语林》第三期(1934 年 8 月 5 日)。

# 340717<sup>①</sup>  致 吴  渤

吴渤先生：

十一日信收到，在途中不过六天，而一本《引玉集》却要走廿一天，真是奇怪。这书销行还不坏，已卖去一百多本。印费是共三百五十余元，连杂费在内，平均每本一元二角。书的销场，和推销法实是大有关系的，但可靠的书店，往往不善于推销，有推销手段者，大抵连书款（打了折扣的）也不还，所以我终于弄不好。

《城与年》的插画有二十七幅，倘加入集中，此人的作品便居一半，别人的就挤出了，因此留下，拟为续印别种集子之用。现又托友写信到那边去[1]，征求名作的全部插图，倘有效，明年当可又出一种插画集。

木刻书印起来，我看八十元是不够的，当估为百二十元，因为现在纸价贵，而这书又不能用报纸。

《木刻纪程》的材料，已收集齐全，纸亦买好，而近二十天来，每日热至百度左右，不能出去接洽，俟稍凉，就要付印的。

听说我们的木刻，已在巴黎，莫Ｓ科展览，批评颇好，但收集者[2]本人，却毫无消息给我，真不知是怎么一回事。

此布，即颂

时绥。

迅 上 七月十七日

＊　　　＊　　　＊

〔1〕　友　指曹靖华；那边，指苏联对外文化协会。

〔2〕　收集者　指绮达·谭丽德。

# 340717②　致　杨霁云

霁云先生：

顷奉到十六晚信。临行时函及《连环》[1]，亦俱早收到。

《浙江潮》实只十期，后不复出。范爱侬[2]辈到日本，比我稍迟，那《题名》[3]大约印在他们未到之前，所以就找不出了。

威男[4]的原名，因手头无书可查，已记不清楚，大约也许是 Jules Verne，他是法国的科学小说家，报上作英，系错误。梁任公的《新小说》[5]中，有《海底旅行》，作者题焦士威奴（？），也是他。但我的译本，似未完，而且几乎是改作，不足存的。

我的零零碎碎的东西，查起来还有这许多，殊出自己的意外，但有些是遗落，有些当是删掉的，因为觉得并无足观。先生要印成一书[6]，只要有人肯印，有人要看，就行了，我自己却并没有什么异议。

这二十天来，上海每日总在百度左右，于做事颇多阻碍，所以木刻尚未印，也许要俟秋初了。我因有闲，除满身痱子之外，别无损害，诸希释念为幸。

专此布复，顺颂

时绥。

迅 启上 七月十七日

＊　　　＊　　　＊

〔1〕 《连环》 即《连环两周刊》，综合性杂志，乐嗣炳编辑，1934年6月在上海创刊，后改名《乒乓世界》。

〔2〕 范爱农 参看 100815 信注〔7〕。

〔3〕 《题名》 即《浙江同乡留学东京题名（癸卯三月调查）》，载《浙江潮》第三期（1903年4月）。

〔4〕 威男（Jules Verne，1828—1905） 曾译焦士威奴，通译儒勒·凡尔纳，法国科学幻想小说家，著有《格兰特船长的儿女》、《海底二万里》等。鲁迅曾译有他的《月界旅行》（《从地球到月球》），1903年日本东京进化社出版，还译有《地底旅行》（《地心游记》），1906年南京启新书局发行。

〔5〕 《新小说》 月刊，梁启超主编，1902年11月在日本横滨创刊，1905年1月迁至上海出版，同年12月停刊，共出二卷二十四期。该刊第一至第六期、第十期和第十二期曾连载《海底旅行》（《海底二万里》），未完，署"英国萧鲁士原著，南海卢籍东译意，东越红溪生润文"。

〔6〕 指《集外集》。

# 340717③　致 罗清桢

清桢先生：

　　七日及十六日示，并木版一块，均已收到。张先生〔1〕已就痊可，甚慰，可惜的是不能东游了，但这也是没法的事。

做序文实非我所长,题字比较的容易办。[2]张先生不知要写怎样的几个字,希示下为盼。

专此布复,即请

暑安。　　　　　　　　　　　　迅　上　七月十七夜。

＊　　　＊　　　＊

〔1〕　张先生　指张慧。东游,鲁迅介绍张慧去日本独立美术会学习木刻,张因病未能成行。

〔2〕　指为张慧自费出版的木刻集题写书名:"张慧木刻画"。

# 340717④　致　徐　懋　庸

懋庸先生:

十六日信收到。光华的真相是一定要来的,去年的拉拉藤(这是绍兴话,先生认识这植物么?),今年决不会变作葡萄的。

两点东西,今译上。[1]短的一幅是诗,但译起来就不成诗,只好算是两句话。

"谈言"[2]上那一篇早见过,十之九是施蛰存做的。但他握有编辑两种杂志[3]之权,几曾反对过封建文化,又何曾有谁不准他反对,又怎么能不准他反对。这种文章,造谣撒谎,不过越加暴露了卑怯的叭儿本相而已。

而且"谈言"自己曾宣言停止讨论大众语[4],现在又登此文,真也是叭儿血统。

　　祝

安健。

　　　　　　　隼　上　七月十七日

　克姑娘[5]原文及拙译附上。　　又及


　　　　＊　　　　　＊　　　　　＊

　　〔1〕　指《题〈新语林〉诗》和《致〈新语林〉读者辞》,莉莉·珂贝作,
张禄如(鲁迅)译,载《新语林》第三期(1934 年 8 月 5 日),发表时并附原
文手迹。

　　〔2〕　"谈言"　《申报·本埠增刊》的杂文专栏。1934 年 7 月 7 日
该栏发表《大众语在中国底重要性》一文,作者署名"寒白"。

　　〔3〕　指施蛰存编辑的《现代》月刊和《文艺风景》月刊。

　　〔4〕　"谈言"曾宣言停止讨论大众语　1934 年 7 月 5 日《申报》载
《编辑室启事》:"关于建设大众语的问题,理论方面,已发挥得够了,本
刊于今天以后,拟停登此项文字。文言白话问题,亦拟停止讨论。"

　　〔5〕　克姑娘　指莉莉·珂贝。参看 340714 信注〔1〕。


# 340721　致　徐懋庸

懋庸先生:

　　顷得某君信,谓前寄我之克女士德文稿一篇[1],今以投
《新语林》,嘱我译出,或即以原文转寄,由　先生另觅人翻译
云云。我德文既不好,手头又无一本字典,无法可想,只得以
原文转寄,希察收。

　　又新得闲斋文一篇,似尚可用,一并寄呈。

此布,即颂

时绥。 　　　　　　　　　　　迅　上　七月二十一日


＊　　　　＊　　　　＊

〔1〕　指《睡着了的上海》,莉莉·珂贝作,惠天译,载《新语林》第四期(1934 年 8 月 20 日)。


# 340725　致 黎 烈 文

烈文先生:

《红萝卜须》作者[1]小照,已去复照(因为书是不能交给制版所的,他们喜欢毁坏),月初可晒好,八月五日以前必可送上,想当来得及插入译本罢。

这回《译文》[2]中的译品,最好对于作者及作品,有一点极简略的说明,另纸写下,拟一同附在卷末,就算是公共的《编辑后记》。

专此布达,并请

道安。 　　　　　　　　　　　隼　顿首　七月廿五日


＊　　　　＊　　　　＊

〔1〕　《红萝卜须》作者　即法国作家列那尔。参看 330729 信注〔3〕。

〔2〕　《译文》　翻译和介绍外国文学的月刊,1934 年 9 月创刊,最初三期由鲁迅编辑,后由黄源接编,撰稿人有鲁迅、茅盾、黎烈文、孟十

还等。上海生活书店出版,1935 年 9 月出至第十三期停刊;次年 3 月复刊,改由上海杂志公司出版,1937 年 6 月出至第三卷第四期停刊。共出二十九期。

## 340727<sup>①</sup>　致 何 白 涛

白涛先生:

七月十九的信,昨天收到了。《引玉集》一时销不出,也不要紧,慢慢的卖就好。

耀唐兄的连环图画,已见过,大致是要算好的,但为供给大众起见,我以为还可以多采用中国画法,而且有些地方还可以画得更紧张,如瞎子遭打之类。

前几天热极,什么也不能做,现已稍凉,中国木刻选要开始付印了,共二十四幅,因经济关系,只能印百二十本,除送赠每幅之作者共二十四本及别处外,只有八十本可以发售,每本价六角或八角,要看印后才可以决定。

专此布复,即颂

时绥。

迅 上 七月二十七日

## 340727<sup>②</sup>　致 唐 弢<sup>〔1〕</sup>

唐弢先生:

来信问我的几件事情之中,关于书籍的,我无法答复,因为向来没有注意过。社会科学书，我是不看中国译本的。但日文的学习书，过几天可以往内山书店去问来，再通知，这几天因为伤风发热，躺在家里。

日本的翻译界，是很丰富的，他们适宜的人才多，读者也不少，所以著名的作品，几乎都找得到译本，我想，除德国外，肯绍介别国作品的，恐怕要算日本了。但对于苏联的文学理论的绍介，近来却有一个大缺点，即常有删节，甚至于"战争""革命""杀"（无论谁杀谁）这些字，也都成为××，看起来很不舒服。

所以，单靠日本文，是不够的，倘要研究苏俄文学，总要懂俄文才好。但是，我想，你还是划出三四年工夫来（并且不要间断），先学日本文，其间也带学一点俄文，因为，一者，我们先就没有一部较好的华俄字典，查生字只好用日本书；二者他们有专门研究俄文的杂志，可供参考。

自修的方法，我想是不大好，因为没有督促，很容易随便放下，不如进夜校之类的稳当。我的自修，是都失败的，但这也许因为我太懒之故罢，姑且写出以备考。

此复，即颂

时绥。

迅　上　七月廿七日

＊　　　　＊　　　　＊

〔1〕　唐弢（1913—1992）　浙江镇海（今属宁波）人，作家。当时在上海邮局工作，业余从事杂文写作。

# 340727<sup>③</sup>　致　徐懋庸

懋庸先生：

对于光华，我是一丝的同情也没有，他们就利用别人的同情和穷迫的。既然销路还好，怎么会没有钱，莫非他们把杂志都白送了人吗？

生活书店办起来，稿费恐怕不至于无着落；[1]但我看望道先生的"决心"[2]，恐怕很要些时光罢。

在大风中睡了一觉，生病了，但大约也就要好起来的。

此复，即颂

时绥。

迅　上　七月廿七日

\*　　　\*　　　\*

〔1〕　指徐懋庸拟与生活书店交涉出版《新语林》，后未成。

〔2〕　望道先生的"决心"　指陈望道计划编辑出版《太白》半月刊，后于1934年9月20日创刊。

# 340727<sup>④</sup>　致　罗清桢

清桢先生：

惠示谨悉。前日因在大风中睡了一觉，遂发大热，不能久坐，一时恐难即愈。

先生归期又如此之促，以致不能招待，真是抱歉得很。诸希谅察为幸。

专此布复，并请

暑安。　　　　　　　　　　　迅　上　七月廿七日

## 340727⑤　致韩白罗[1]

白罗先生：

信及《士敏土》两本，均已收到。印得这样，供给不学艺术的大众，也可以了，但因为从书中采取，所以题名和原画略有不同。印本上，原文也写错了几个。此书初出时，我是寄给未名社代卖的，但不知道为什么，好像没有给我陈列。

这回的《引玉集》，目的是在供给学艺术的青年的参考，所以印工不能不精，一精，价钱就贵，本钱就每本一元二角，倘印得多，还可以便宜些，但我没有推销的本领，不过，只要有人翻印，也就好了。现在又在去信讨取大著作上的木刻插图，但有没有不可知，以后有没有力量印也不可知。

《母亲》的插图没有单张的，但从一本完整的书里拆出来，似乎也可惜，因为这书在中国不到三百本。我这里有一本缺页的，已无用处，所以将那十四幅拆下，另封托书店寄上了。至于说明，我无法写，因为我也不能确知每图是针对那几句，今但作二百字绍介[2]，附上，用时请觅人抄一抄。

《新俄画选》[3]已无处买，其实那里面的材料是并不好

的。《山民牧唱》[4]尚不知何日出版,因为我译译放放,还未译成。

专此布复,并颂

时绥。

迅 上 七月廿七日

\* \* \*

〔1〕 韩白罗 原名韩宝善,天津人,世界语学者。曾参加北方"左联"。当时在太原晋绥兵工筑路总指挥部工作,业余用晒图方法翻印鲁迅辑印的梅斐尔德的《士敏土之图》及亚历克舍夫所作高尔基《母亲》木刻插图。

〔2〕 即《〈母亲〉木刻十四幅序》,现编入《集外集拾遗补编》。

〔3〕 《新俄画选》 即《艺苑朝华》第五辑。鲁迅编选,收苏联绘画、木刻十三幅,1930 年 3 月光华书局出版。

〔4〕 《山民牧唱》 短篇小说集,西班牙巴罗哈著,鲁迅重译后生前未出版。1938 年由鲁迅全集出版社编入《鲁迅全集》第十八卷。

# 340729　致 曹 聚 仁

聚仁先生:

我对于大众语的问题[1],一向未曾研究,所以即使下问,也说不出什么来。现在但将得来信后,这才想起的意见,略述于下——

一、有划分新阶段,提倡起来的必要的。对于白话和国语,先不要一味"继承",只是择取。

二、秀才想造反,一中举人,便打官话了。

三、最要紧的是大众至少能够看。倘不然,即使造出一种
　"大众语文"来,也还是特殊阶级的独占工具。

四、先建设多元的大众语文,然后看着情形,再谋集中,或
　竟不集中。

五、现在答不出。

我看这事情复杂,艰难得很。一面要研究,推行罗马字拼音;一面要教育大众,先使他们能够看;一面是这班提倡者先来写作一下。逐渐使大众自能写作,这大众语才真的成了大众语。

但现在真是哗啦哗啦。有些论者,简直是狗才,借大众语以打击白话的,因为他们知道大众语的起来还不在目前,所以要趁机会先将为害显然的白话打倒。[2]至于建立大众语,他们是不来的。

中国语拉丁化;到大众中去学习,采用方言;以至要大众自己来写作,都不错。但迫在目前的明后天,怎么办?我想,也必须有一批人,立刻试作浅显的文章,一面是试验,一面看对于将来的大众语有无好处。并且要支持欧化式的文章,但要区别这种文章,是故意胡闹,还是为了立论的精密,不得不如此。

照现在的情形看来,倘不小心,便要弄到大众语无结果,白话文遭毒打,那么,剩下来的是什么呢?

草此布复,顺请

道安。

迅 上 七月二十九日

＊　　　＊　　　＊

〔1〕 大众语的问题　1934 年 5 月，汪懋祖在南京《时代公论》周刊第一一○期发表《禁习文言与强令读经》一文，主张小学高年级起参教文言，习读经书。当时吴研因在南京、上海报纸同时发表《驳小学参教文言中学读孟子》一文，加以反驳。于是在文化界展开了关于文言与白话的论战。同年 6 月 18、19 日《申报·自由谈》先后刊出了陈子展的《文言——白话——大众语》和陈望道的《关于大众语文学的建设》二文，提出了有关语文改革的大众语问题；随后各报刊陆续发表不少文章，展开了关于大众语问题的讨论。

7 月 25 日，当时《社会月报》编者曹聚仁发出一封征求关于大众语意见的信，信中提出五个问题："一、大众语文的运动，当然继承着白话文运动国语运动而来的；究竟在现在，有没有划分新阶段，提倡大众语的必要？ 二、白话文运动为什么会停滞下来？ 为什么新文人（五四运动以后的文人）隐隐都有复古的倾向？ 三、白话文成为特殊阶级（知识分子）的独占工具，和一般民众并不发生关涉；究竟如何方能使白话文成为大众的工具？ 四、大众语文的建设，还是先定了标准的一元国语，逐渐推广，使方言渐渐消灭？ 还是先就各大区的方言，建设多元的大众语文，逐渐集中以造成一元的国语？ 五、大众语文的作品，用什么方式去写成？ 民众所惯用的方式，我们如何弃取？"

〔2〕 在大众语问题讨论中，《申报·谈言》于 1934 年 6 月 26 日、28 日、30 日先后发表了垢佛的《文言与白话论战宣言》，家为的《历史固会重演的吗？》，白兮的《文言，白话，大众语》，又《大晚报·火炬》7 月 6 日发表了霓璐的《大众语问题批判》。这些文章认为"'白话文'中正潜伏着

189

封建意识的妖孽,和含蓄着帝国主义毒素";并说:"目前提倡建设大众
语,是必然的要把文言文跟白话文完全抛弃。"

# 340730　致母　亲

母亲大人膝下,敬禀者,七月十六日信,早已收到。现在信上
笔迹,常常不同,大约俞小姐她们[1]不大来,所以只好随
时托人了罢。上海在七八天前,因有大风,凉了几日,此
刻又热起来了,但时亦有雨,比先前要算好的。男因在风
中睡熟,生了两天小伤风,现已痊愈。害马海婴都好。但
海婴因大起来,心思渐野,在外面玩的时候多,只在肚饥
之时,才回家里,在家里亦从不静坐,连看看也吃力的。
前天给他照了一张相,大约八月初头可晒好,那时当寄
上。他又要写信给母亲,令广平照钞,今亦附上,内有几
句上海话,已在旁边注明。女工又换了一个,是绍兴人,
年纪很大,大约可以做得较为长久;领海婴的一个则照
旧,人虽固执,但从不虐待小孩,所以我们是不去回复他
的。

专此,恭请

金安。

男树　叩上 七月三十日

＊　　　＊　　　＊

〔1〕　指俞芳、俞藻姐妹,浙江绍兴人。当时俞芳是北京师范大学

数学系学生,经常去鲁迅母亲家,代她给鲁迅写信。

# 340731<sup>①</sup> 致 李 小 峰

小峰兄:

印花三千,顷已用密斯王<sup>〔1〕</sup>名义,挂号寄出。

关于半农,我可以写几句<sup>〔2〕</sup>,不过不见得是好话,但也未必是坏话。惟来信云"请于本月内见惠",而署的日子是"七月三十一日",那么,就是以今天为限,断断来不及的了。

此颂

时绥。

迅 上 七月卅一晚。

倘那限期是没有这么促的,即希通知。

\*　　　\*　　　\*

〔1〕 密斯王 指王蕴如。参看340712<sup>①</sup>信注〔1〕。

〔2〕 后写成《忆刘半农君》,收入《且介亭杂文》。

# 340731<sup>②</sup> 致 陶 亢 德

亢德先生:

来信谨悉。闲斋久无稿来,但我不知其住址,无从催起,只得待之而已。

此复,即颂

夏祉。

迅　顿首 七月三十一日

# 340803　致　徐懋庸

懋庸先生：

　　顷收到一日信。光华忽用算盘，忽用苦求，也就是忽讲买卖，忽讲友情，只要有利于己的，什么方法都肯用，这正是流氓行为的模范标本。我倒并不"动火"，但劝你也不要"苦闷"了，打算一下，如果以发表为重，就明知吃亏，还是给他；否则，斩钉截铁的走开，无论如何苦求，都不理。单是苦闷，是自己更加吃亏的。

　　我生胃病，没有好，近又加以肚泻，不知是怎么的。现在如果约定日子，临时说不定能出门与否，所以还是等我好一点，再约面谈罢。

　　生活的条件，这么苛，那么，是办不来的。

　　我给曹先生信里所说的"狗才"，还不是傅红蓼[1]，傅红蓼还不过无聊而已。我所指的是"谈言"和《火炬》上的有几篇文章的作者，虽然好像很急进，其实是在替敌人缴械，这无须一年半载，就有事实可以证明。至于《动向》中人，主张大抵和我很接近（只有一篇说小说每篇开头的作法不同，就是新八股的，我以为颇可笑），我何至于如此骂他们呢？

　　辩解，说明之类，我真是弄得疲乏了，我想给曹先生一封信，不要公开就算。

此复,即颂

时绥。　　　　　　　　　　迅　上　八月三日

　　*　　　　　*　　　　　*

〔1〕　傅红蓼　当时《大晚报·火炬》的编辑。参看《伪自由书·"以夷制夷"》及其附录。

# 340805　致 郑 振 铎

西谛先生:

　　二日函收到;前一信也早收到了,因闻先生有来沪之说,故未复,而不料至今仍未行。不知究要来否?

　　《北平笺谱》到时,当照办。

　　《十竹斋》笺样花卉最好,这种画法,今之名人就无此手腕;山水刻得也好,但因为画稿本纤巧,所以有些出力不讨好了。原书既比前算多一倍,倘环境许可,只好硬着头皮干完。每刻一张即印,寄存我处,亦好,现在我尚有地方可藏,不过将来也难说,然而现在的事,也豫算不了这许多。先生说的第一二本,是否即前半本?我想,先卖是不错的,单面印,毛装,算是前一期。后半本为后期,那时再来一次预约。

　　先生如南来,就印陈老莲画集何如?材料带来,周子兢君处亦待先生去接洽。倘上海无好印刷,可以自己买好纸张,托东京去印的。我这回印木刻,他们于原底子毫无损坏。

　　静事〔1〕已闻,但未详。我想,总不外乎献功和抢饭碗,此

193

风已南北如一。段执政时，我以为"学者文人"已露尽了丑态，现在看起来，这估计是错的。昔读宋明末野史，尝时时掷书愤叹，而不料竟亲身遇之也，呜呼！

上海又大热，我们是好的。穆木天[2]被捕，不知何故，或谓与希图反日有关云。

专此布复，即请

道安。

隼　顿首　八月五日

＊　　　＊　　　＊

〔1〕　静事　1934年7月26日，台静农以"共党嫌疑"被北平国民党特别市党部委托宪兵第三团逮捕。不久即被解押南京警备司令部囚禁，次年获释。

〔2〕　穆木天(1900—1971)　吉林伊通人，诗人、翻译家。曾参加中国共产党，中国左翼作家联盟成员，担任过"左联"宣传部长。1933年任国民御侮自救会秘书长。1934年7月在上海被国民党当局逮捕，同年9月获释。

## 340807　致　徐懋庸

懋庸先生：

还是没有力气，就胡诌了这一点[1]塞责罢。

此布，即颂

时绥。

隼　顿首　八月七日

＊　　　＊　　　＊

〔1〕　指《从孩子的照相说起》,后收入《且介亭杂文》。

# 340809　致唐弢

唐弢先生:

　　内山书店的关于日文书籍的目录,今寄上。上用箭头的是书店老版所推举的;我以为可缓买或且不买的,就上面不加圈子。

　　内山书店店员有中国人,无须用日语。

　　学校我说不出好的来,但我想,放弃发音,却很不好。不如就近找一个学校(不管好坏)或个人,学字母正音及拼法,学完之后,才自修。无论怎样骗钱的学校,教拼音之类,也拖不到两个月的。

　　此复,即颂

时绥。

名知 顿首 八月九夜。

# 340812<sup>①</sup>　致母亲

母亲大人膝下,敬禀者,六日的信,已收到。给海婴的信,也读给他听了,他非常高兴。他的照片,想必现在已经寄到,其实他平常是没有照片上那样的老实的。今年我们本想在夏初来看母亲,后来因为男走不开,广平又不愿男独自留在上海,牵牵扯扯,只好中止了。但将来我们总想找机会北上一次。

老三是好的,但他公司里的办公时间太长,所以颇吃力。所得的薪水,好像每月也被八道湾逼去一大半,而上海物价,每月只是贵起来,因此生活也颇窘的。不过这些事他决不肯对别人说,只有他自己知道。男现只每星期六请他吃饭并代付两个孩子的学费,此外什么都不帮,因为横竖他去献给八道湾,何苦来呢?八道湾是永远填不满的。钦文出来了[1],见过两回,他说以后大约没有事了。

余容续禀,恭请

金安。

　　　　男树　叩上。广平及海婴同叩　八月十二日


＊　　　　＊　　　　＊

　〔1〕　指许钦文第二次被捕经营救于本年 7 月 10 日出狱,参看 330820①信注〔2〕。


# 340812②　致 李 小 峰

小峰兄:

关于半农的文章,写了这一点,今呈上。

作者的署名,现在很有些人要求我用旧笔名,或者是没有什么大关系了。但我不明白底细,请　兄酌定。改用唐俟亦可。

此布即颂

时绥

迅 上 八月十二日

## 340813 致 曹聚仁

聚仁先生：

十一日信，十三才收到。昨天我没有去，虽然并非"兄弟素不吃饭"[1]，但实在有些怕宴会。办小刊物[2]，我的意见是不要帖大广告，却不妨卖好货色；编辑要独裁，"一个和尚挑水吃，两个和尚抬水吃，三个和尚无水吃"，是中国人的老毛病，而这回却有了两种上述的病根，书坊老板代编辑打算盘，道不同，必无是处，将来大约不容易办。但是，我说过做文章，文章当然是做的。

关于大众语问题，我因为素无研究，对个人不妨发表私见，公开则有一点踌躇，因为不豫备公开的，所以信笔乱写，没有顾到各方面，容易引出岔子。我这人又是容易引出岔子的人，后来有一些人会由些[此]改骂鲁迅而忘记了大众语。上海有些这样的"革命"的青年，由此显示其"革命"，而一方面又可以取悦于某方。这并不是我的神经过敏，"如鱼饮水，冷暖自知"[3]，一箭之来，我是明白来意的。但如 先生一定要发表，那么，两封[4]都发表也可以，但有一句"狗才"云云，我忘了原文了，请代改为"客观上替敌人缴械"的意思，以免无谓的纠葛。

　　语堂是我的老朋友,我应以朋友待之,当《人间世》还未出世,《论语》已很无聊时,曾经竭了我的诚意,写一封信,劝他放弃这玩意儿,我并不主张他去革命,拚死,只劝他译些英国文学名作,以他的英文程度,不但译本于今有用,在将来恐怕也有用的。他回我的信是说,这些事等他老了再说。这时我才悟到我的意见,在语堂看来是暮气,但我至今还自信是良言,要他于中国有益,要他在中国存留,并非要他消灭。他能更急进,那当然很好,但我看是决不会的,我决不出难题给别人做。不过另外也无话可说了。

　　看近来的《论语》之类,语堂在牛角尖里,虽愤愤不平,却更钻得滋滋有味,以我的微力,是拉他不出来的。至于陶徐[5],那是林门的颜曾,不及夫子远甚远甚,但也更无法可想了。

　　专复即请

道安。

迅　顿首 八月十三日

　　＊　　　　＊　　　　＊

　　〔1〕"兄弟素不吃饭"　北洋政府参政院参政屈映光的话。据《屈映光纪事》(未署作者、出版处):"映光前年赴京觐见,有友某招其晚餐,映光复书谢之曰弟向不吃饭,更不吃晚饭云云,京内外传为笑柄。"

　　〔2〕　这里指曹聚仁、徐懋庸筹办的《芒种》半月刊。

　　〔3〕"如鱼饮水,冷暖自知"　语出北宋僧人道言《传灯录·蒙山道明》:"如人饮水,冷暖自知。"南宋岳珂《桯史·记龙眠海会图》又有"如

鱼饮水,冷暖自知"的话。

〔4〕 指 340729 信及《答曹聚仁先生信》(后者收入《且介亭杂文》)。

〔5〕 陶徐 指陶亢德和徐讦。下文的颜曾,指孔子的学生颜回和曾参。


# 340814<sup>①</sup> 致 郑 振 铎

西谛先生:

七日函并取书<sup>〔1〕</sup>条一张,存根二张,早已收到,惟书尚未到,这是照例要迟一些的。

先生此次南来,希将前回给我代刻的印章携来为祷。

余容面罄,即请

旅安。

隼 顿首 八月十四夜。

\* \* \*

〔1〕 指《北平笺谱》再版本。


# 340814<sup>②</sup> 致 黄 源<sup>〔1〕</sup>

河清先生:

我想将《果戈理私观》<sup>〔2〕</sup>后面译人的名和《后记》里的署名,都改作邓当世。因为检查诸公,虽若"并无成见",其实是靠不住的,与其以一个署名,引起他们注意,(决定译文社中,必有我在内,)以致挑剔,使办事棘手,不如现在小心点的好。

迅 上 八月十四夜

\*　　　\*　　　\*

〔1〕 黄源(1906—2003) 字河清,浙江海盐人,翻译家。当时任《文学》、《译文》编辑。

〔2〕 《果戈理私观》 文艺论文,日本立野信之著,鲁迅译,刊载于《译文》第一卷第一期(1934 年 9 月)。《后记》,即《〈果戈理私观〉译后记》。

# 340820　致 楼 炜 春

炜春先生:

适夷兄是那一年生的,今年几岁?因为有一个美国人〔1〕译了他一篇小说〔2〕,要附带讲起作者的事情,所以写信来问。先生如知道,希即示知,信寄"北四川路底内山书店转周豫才收"为荷。

此布即请

暑安。

迅 上 八月二十日

\*　　　\*　　　\*

〔1〕 美国人 指伊罗生,曾任上海出版的中英文合印的刊物《中

国论坛》编辑。当时拟编选中国短篇小说集。

〔2〕 指《盐场》。参看 340921 信注〔1〕。

## 340821 致 母 亲

母亲大人膝下敬禀者,十五日来信,前日收到。张恨水们的小
说,已托人去买去了,大约不出一礼拜之内,当可由书局
直接寄上。

海婴的痢疾,长久不发,看来是断根了;不过容易伤风,但
也是小毛病,数日即愈。今年大热,孩子大抵生病或生
疮,他却只伤风了一回,此外都很好,所以,他是没有什么
病的。

但他大约总不会胖起来。他每天约七点钟起身,不肯睡
午觉,直至夜八点钟,就没有静一静的时候。要吃东西,
要买玩具,闹个不休。客来他要陪(其实是来吃东西的),
小事也要管,怎么还会胖呢。他只怕男一个人,不过在楼
下闹,也仍使男不能安心看书,真是没有法子想。

上海近来又热起来,每天总在九十度以上,夜间较凉,可
以安睡。男及广平均好,三弟亦好,大约每礼拜可以见一
回,并希勿念为要。

专此布复,敬请

金安。

男树 叩上 广平海婴同叩 八月二十一日

# 340831<sup>①</sup>　致　母　亲

母亲大人膝下，敬禀者，八月廿三及廿八日两信，均已收到。

海婴这人，其实平常总是很顽皮的，这回照相，却显得很老实。现在已去添晒，下星期内可寄出，到时请转交。

小说已于前日买好，即托书店寄出，计程瞻庐〔1〕作的二种，张恨水作的三种，想现在当已早到了。

何小姐〔2〕确是男的学生，与害马同班，男在家时，她曾来过两三回，所以　母亲觉得面熟。如果到上海来，我们是可以看见的，当向她道谢。

近几天，上海时常下雨，所以颇为凉爽了，不过于旱灾已经无可补救，江浙乡下，确有抢米的事情。上海平安，惟米价已贵至每石十二元六角。男及害马海婴均安好，请勿念。

专此布达，恭请

金安。

　　　　男树　叩上　广平及海婴同叩　八月三十一日

＊　　　　＊　　　　＊

〔1〕　程瞻庐（？—1943）　字观钦，别署望云居主，江苏吴县人，鸳鸯蝴蝶派小说家。著有《茶寮小史》、《快活神仙传》及《藕丝缘弹词》等。

〔2〕　何小姐　指何昭容，广东人，曾是北京女子师范大学国文系

学生。

# 340831[②] 致姚　克

Y先生：

二十二日的信，前天收到了。法文批评等件[1]，却至今没有收到，不知道是什么缘故，一两天内，我想写信去问令弟去。

还有前一回的信，也收到的。S夫人要我找找这里的绘画，毫无结果。因为清醒一点的青年画家，已经被人弄得七零八落，有的是在做苦工，有的是走开了，所以抓不着一点线索。

我在印一本《木刻纪程》，共二十四幅，是中国青年的新作品，大约九月底可以印出，那时当寄上一本。不过这是以能够通行为目的的，所以选入者都是平稳之作，恐怕不能做什么材料。

北平原是帝都，只要有权者一提倡"惰气"，一切就很容易趋于"无聊"的，盖不独报纸为然也。这里也一样。但出版界也真难，别国的检查是删去，这里却是给作者改文章。那些人物，原是做不成作家，这才改行做官的，现在他却来改文章了。你想被改者冤枉不冤枉。所以我现在的办法是倘被改动，就索性不发表。

前一些时，是女游泳家"美人鱼"[2]很给中国热闹了一通；近来热闹完了，代之而兴的是祭孔[3]，但恐怕也不久的。衮衮诸公的脑子，我看实在也想不出什么更好的玩艺来，不过中小学生，跟着他们兜圈子，却令人觉得可怜得很。

张天师作法[4]无效，西湖之水已干，这几天却下雨了，对于田禾，已经太迟，不过天气倒因此凉爽了不少。我们都好的，只是我这几天不在家里[5]，大约须看看情形再回去。

先生所认识的贵同宗[6]，听说做了小官了，在南京助编一种杂志，特此报喜。

专此布达，并请

暑安。

L 上 八月卅一日

S君及其夫人前乞代致候。

＊　　　＊　　　＊

〔1〕　法文批评等件　未详。

〔2〕　"美人鱼"　广东女游泳运动员杨秀琼的绰号。她在1933年10月第五届全国运动会上获得女子游泳全部五个项目的冠军，又在1934年5月第十届远东运动会上获得三项冠军。当时从广东到沪宁表演，报纸上连日刊登关于她的消息，其中并有国民党政府行政院秘书长褚民谊在南京为她拉缰和挥扇等记事。

〔3〕　祭孔　1934年7月，国民党政府根据蒋介石提议，明令公布以8月27日孔子生日为国定纪念日，当时南京、上海等地曾举行规模盛大的"孔诞纪念会"。

〔4〕　张天师作法　1934年7月，第六十三代张天师（瑞龄）在上海大世界诵经作法求雨。

〔5〕　当时内山书店两个中国职员以"共党嫌疑"被捕，鲁迅自8月23日起避居千爱里内山完造家，9月中旬返寓。

〔6〕　贵同宗　指姚蓬子(1905—1969)，浙江诸暨人，作家。曾参加中国共产党和"左联"。1933年12月在天津被捕，次年5月14日在南京《中央日报》发表《脱离共产党宣言》。出狱后曾担任国民党中央文化运动委员会委员，国民党中央图书杂志审查委员会委员。并为国民党特务曾养甫的《扶轮日报》编辑副刊。

# 340901　致赵家璧

家璧先生：

顷收到来信，并版税单一纸；又承送我《文学丛书》〔1〕两本，谢谢。以前的九本〔2〕，我都有的。近一年来，所发表的杂文，也还不少，但不宜于给良友公司印，因为文字都很简短，一被删节，就会使读者不知道说什么，所以只好自己出版。能够公开发行的东西，却还没有，也许在检阅制度之下，是不见得有的了。

来信所说的木刻集，当是《引玉集》，出版之后，因为有一个人要走过公司前面，我便将送先生的一本托他带去交出，直到今天，才知道竟被他没收了，有些人真是靠不住。现当于下星期一托书店挂号寄上，以免错误。

《记丁玲》中，中间既有删节，后面又被截去这许多，原作简直是遭毁了。以后的新书，有几部恐怕也不免如此罢。

专此布复，即请

暑安。

迅　上　九月一日

　　＊　　　　＊　　　　＊

　　〔1〕《文学丛书》　即良友图书印刷公司出版的《良友文学丛书》。两本,指《记丁玲》(沈从文著)、《赶集》(老舍著)。

　　〔2〕　九本　指《竖琴》(鲁迅译)、《暧昧》(何家槐著)、《雨》(巴金著)、《一天的工作》(鲁迅译)、《一年》(张天翼著)、《剪影集》(蓬子著)、《母亲》(丁玲著)、《离婚》(老舍著)、《善女人行品》(施蛰存著)。

# 340904　致王志之

思远兄:

　　一日信收到,但稿尚未来。前两函也收到的,并小说两本〔1〕,惟金君〔2〕终未见访也。丁君〔3〕确健在,但此后大约未必再有文章,或再有先前那样的文章,因为这是健在的代价。

　　我因向不交际,与出版界很隔膜,绍介译作,总是碰钉子居多,现在是不敢尝试了。郑君〔4〕已南来,日内当可见面,那时当与之一谈。

　　我一切如前,但因小病,正在医治,再有十来天,大约可以全愈,回到家里去了。〔5〕

　　此布,即颂

时绥。

　　　　　　　　　　　　　豫　顿首 九月四日

　　＊　　　　＊　　　　＊

　　〔1〕　小说两本　中篇小说指《风平浪静》,1934年北京人文书店

出版。

〔2〕 金君 指金湛然。1934年下半年他绕道上海回朝鲜时,王志之曾介绍他去见鲁迅。

〔3〕 丁君 指丁玲(1904—1986),湖南临澧人,作家。著有短篇小说集《在黑暗中》、中篇小说《水》等。1933年5月14日,由于叛徒的出卖,在上海被捕,后转至南京。

〔4〕 郑君 指郑振铎。

〔5〕 隐指避难。参看340831②信注〔5〕。

# 340910 致郁达夫

达夫先生:

生活书店要出一种半月刊,大抵刊载小品,曾请客数次,当时定名《太白》[1],并推定编辑委员十一人,先生亦其一。时先生适在青岛,无法寄信,大家即托我见面时转达。今已秋凉,未能觌面,想必已径返杭州,故特驰书奉闻,诸希

照察为幸。专此布达,即请

道安。

迅 顿首 九月十日

密斯王阁下均此请安不另。

\* \* \*

〔1〕 《太白》 文艺半月刊,陈望道主编,1934年9月创刊,1935年9月停刊,共出二十四期。"编辑委员十一人",即艾寒松、傅东华、郑振铎、朱自清、黎烈文、陈望道、徐调孚、徐懋庸、曹聚仁、叶绍钧、郁达夫。

# 340916<sup>①</sup>  致母亲

母亲大人膝下敬禀者，来信已收到。给老三的信，亦于前日收
　　到，当即转寄了。长连〔1〕所要的照相，因要寄紫佩书籍，
　　便附在里面，托其转交　大人，想不久即可收到矣。

张恨水的小说，定价虽贵，但托熟人去买，可打对折，其实
　　是不贵的。即如此次所寄五种，一看好像要二十元，实则
　　连邮费不过十元而已。

何小姐已到上海来，曾当面谢其送母亲东西，但那照相，
　　却因光线不好，所以没有照好，男是原想向她讨一张的，
　　现在竟讨不到。

上海久旱，昨夜下了一场大雨，但于秋收恐怕没什么益处
　　了。合寓都平安如常，请勿念。

海婴也好的，他要他母亲写了一张信，今附上。他是喜欢
　　夏天的孩子，今年如此之热，别的孩子大抵瘦落，或者生
　　疮了，他却一点也没有什么。天气一冷，却容易伤风。现
　　在每天很忙，专门吵闹，以及管闲事。

专此布达，恭请

金安。

　　　　　男树　叩上。广平及海婴随叩。九月十六日

＊　　　＊　　　＊

〔1〕　长连　即阮善先。参看360215<sup>②</sup>信注〔1〕。

208

# 340916<sup>②</sup>　致 徐懋庸

アンドレ・ジイド[1]作　竹内道之助译

《ドストイエフスキイ研究》[2]　　　一円八十钱

　　东京淀桥区户冢町一,四四九, 三笠书房出版

アンドレ・ジイド作　秋田滋译

《ドストエフスキー论》[3]　　　一円八十钱

　　东京市品川区上大崎二丁目五四三,芝书店出版

　　以上两种,竹内氏译本内另有ジイド关于ド氏[4]的小文数篇,

　　便于参阅,但译文是谁的的确,则无从知道。此上

懋庸先生

　　　　　　　　　　　迅　顿首 九月十六日


　　＊　　　＊　　　＊

　　〔1〕　アンドレ・ジイド　即安德列·纪德(André Gide)。参看340920 信注〔1〕。

　　〔2〕《ドストイエフスキイ研究》《陀思妥耶夫斯基研究》,1933 年东京三笠书房出版。

　　〔3〕《ドストエフスキー论》《陀思妥耶夫斯基论》,1933 年东京芝书店出版。

　　〔4〕 ド氏　陀氏,即陀思妥耶夫斯基。

# 340920　致　徐懋庸

懋庸先生：

　　来信收到。《译文》因为恐怕销路未必好，所以开首的三四期，算是试办，大家白做的，如果看得店里有钱赚了，然后再和他们订定稿费之类，现在还说不上收稿。

　　如果这杂志能立定了，那么，如 Gide 的《D. 论》[1]恐怕还太长，因为现在的主意，是想每本不登，或少登"未完"的东西，全篇至多以万余字为度。每一本，一共也只有五万字。

　　Gide 的作家评论，我看短的也不少，有的是评文，有的则只说他的生活状态（如 Wilde[2]），看起来也颇有趣，先生何妨先挑短的来试试呢？

　　先生去编《新语林》，我原是不赞成的，上海的文场，正如商场，也是你枪我刀的世界，倘不是有流氓手段，除受伤以外，并不会落得什么。但这事情已经过去了，可以不提。不过伤感是不必的，孩子生疮，也是暂时的事。由我想来，一做过编辑，交际是一定多起来的，而无聊的人，也就乘虚而入，此后可以仍旧只与几个老朋友往还，而有些不可靠的新交，便断绝往来，以省无谓的口舌，也可以节省时间，自己看书。至于投稿，则可以做得隐藏一点，或讲中国文学，或讲外国文学，均可。这是专为卖钱而作，算是别一回事，自己的真意，留待他日发表就是了。

　　专此布复，即请

秋安。

迅 上 九月廿日

＊　　　＊　　　＊

〔1〕 Gide 的《D. 论》 即纪德的《陀思妥耶夫斯基论》。纪德（1869—1951），法国作家，著有小说《窄门》、《地粮》、《田园交响乐》等。

〔2〕 Wilde 王尔德（1854—1900），英国唯美派作家，著有童话《快乐王子集》、剧本《莎乐美》等。

# 340921 致 楼炜春

炜春先生：

蒙惠函并适兄笺，得知近状，甚慰。

适兄译成英文之小说，即《盐场》〔1〕，并非登在杂志上，乃在一本中国小说选集，名《草鞋脚》〔2〕者之中，其书选现代作品，由我起至新作家止，共为一书，现稿已寄美国，尚未出书，待印出后，当寄阅也，希便中转告。

所要之书九种〔3〕，现在收得六种。此外一种不久可有，惟卢氏《艺术论》与《艺术社会学》〔4〕则上海已无有，今日托书店向东京去买，至多三礼拜后可得回音，惟有无殊不可必。现有之六种，是否先生先行至书店来取，抑待余书消息确定后再说，希示及。倘先来取此六种，当交与书店后，再行通知也。

此复，即请

秋安。

迅　顿首　九月二十一夜

＊　　　＊　　　＊

〔1〕《盐场》　短篇小说,建南(楼适夷)作,载《拓荒者》月刊第二期(1930年2月)。

〔2〕《草鞋脚》　英译中国现代短篇小说集,鲁迅、茅盾选编,伊罗生等译,内收作品二十六篇,当时未出版,后经伊罗生重编,1974年由美国麻省理工学院出版社出版。按"草鞋脚"系鲁迅讲演《再论第三种人》中的用语(见《中国论坛》第二卷第一期所载《鲁迅在北平的讲演》)。

〔3〕　指楼适夷在狱中托鲁迅买的有关文艺理论方面的日文书。

〔4〕《艺术社会学》　文艺论著,苏联弗里契著。

# 340924<sup>①</sup>　致 何 白 涛

白涛先生:

十九日信收到。中国木刻选集因木刻版不易用机器印,故进行甚慢,大约须十月初可以订成,除每一幅入选画即赠一本共二十四本外,可以发卖的只有八十本。

我任北大教授,绝无此事,他们是不会要我去教书的。

《引玉集》款,可俟卖完后再寄。先生所刻之《风景》一幅,曾寄与太白社,他们在第一本上印出,得发表费四元,此款希即在书款中扣除为幸。

用过之木版,当于日内作小包寄还。木刻集一出版,亦当

从速寄上。　此布,即颂

时绥。

迅　上　九月廿四夜。


# 340924<sup>②</sup>　致　曹　靖　华

亚兄:

九月廿一日信收到,甚慰,前一信也收到的。

《文学报》已有十余份在此,日内当挂号寄校。又前日得克氏〔1〕一信并木刻画十五张信已拆开,缺少与否不可知,其信亦当与《文学报》一同寄上也。

我们如常,请勿念。　兄寓是否仍旧,此后信可直接寄寓否,便中希示及。

专此布达,即请

秋安。

弟豫　顿首　九月廿四日

令夫人均此致候不另。


＊　　　＊　　　＊

〔1〕　克氏　指苏联木刻家克拉甫兼珂。


# 340925　致　黎　烈　文

烈文先生:

廿二信并稿两篇,顷已收到。

　　佛朗士小说及护肚带均已购得,今持上。带之大小,不知合式否? 倘太大,希示知,当另买较小者,此二枚可留为明年之用。如太小,则上面之带,可以自行放长,尚不合,则可退换,这是与店铺先已说好的。

　　徐君来译稿[1]一,并原文,今附上,希一阅,最好是一改,以登《译文》。将来看来稿大约要比自译还要苦。

　　此复,即请

道安。

　　　　　　　　　　　　迅　顿首　九月廿五日

　　插画法文书有二三本,存他处,日内当去取回奉　览。

　　　　　　　　　　　　　　又及。

　　　　＊　　　　＊　　　　＊

　　〔1〕　译稿　指《论心理描写》,苏联库希诺夫作,徐懋庸译,后载《文学丛报》第二期(1936 年 5 月)。

# 340927<sup>①</sup>　致　郑　振　铎

西谛先生:

　　廿四日信并纸样及笺样,顷已收到;惟书未到,例必稍迟。开明买纸事,因久无消息,曾托丐尊[1]去问,后得来信,谓雪村赴粤,此外无人知其事云云,落得一个莫名其妙。日前,又托梓生去问其熟人之纸铺,追寄纸样来,则所谓“罗甸纸”者,乃类乎连史之物,又落得一个莫名其妙。今得实物,大佳,日内当自去探门路一访,倘不得要领,当再托开明,因我颇疑开明亦善于渺无消息者也。

《十竹斋》首册已刻好,我以为可以先卖,不待老莲。但豫约之法颇难,当令卖[买]者付钱四元,取书一册,至半年后乃有第二册,而尚止半部。较直截之法,则不如于书印出后,每本卖特价二三月,两块钱一本也。但如此办法,每本销数,必有不同,于善后有碍。如何是好,请 先生决之。

后之三本,还是催促刻工,赶至每五个月刻成一本,如是,则明年年底,可以了结一事了。太久不好。

《水浒牌子》[2]恐不易得,但当留心。《凌烟阁图》[3]曾一见,亦颇佳,且看纸价如何,如能全附在后,不如全印,而于序中志其疑。因上官周[4]之作,亦应绍介,《竹庄画传》尚流行,我辈自不重印,趁机会带出一种,亦大佳也。

专此布复,即请

著安。　　　　　　　　　　迅 顿首 九月廿七日

《译文》只印二千五百,销路未详,但恐怕未必好。　又及。

＊　　　＊　　　＊

〔1〕 丏尊　夏丏尊(1886—1946),浙江上虞人,翻译家、出版家。早年留学日本,归国后在浙江两级师范学堂、暨南大学等校任教。开明书店创办人之一,创办并编辑《中学生》杂志。

〔2〕 《水浒牌子》　即陈老莲的《水浒叶子》。

〔3〕 《凌烟阁图》　即《凌烟阁功臣图像》。清初刘源绘,朱圭刻。内有唐代功臣像二十四幅,附大士、关帝像各三幅。康熙七年(1668)印

行，1930 年涉园影印。

〔4〕 上官周（1665—约 1745） 字文佐，号竹庄，福建长汀人，清代画家。著有《晚笑堂诗集》及《晚笑堂画传》（即《竹庄画传》）等。

# 340927<sup>②</sup> 致 母 亲

母亲大人膝下敬禀者，来信收到。秉中不肯说明地址，即因恐怕送礼之故，他日相见，当面谢之。海婴照相，系便中寄与紫佩，托其转交，并有一信。今紫佩并无信来言不收到，想必不至于遗失。近见《申报》，往郑州开国语统一会〔1〕之北平代表，有紫佩名，然则他近日盖不在北平也。海婴近来较为听话，今日为他出世五周年之生日，但作少许小菜，大家吃了一餐，算是庆祝，并不请客也。

专此布达，恭请

金安。

男树 叩上 广平及海婴同叩。九月廿七日

\* \* \*

〔1〕 国语统一会 即国语罗马字促进会。1934 年 9 月 24 日在郑州举行第一次全国代表大会。同月 26 日《申报》载《国语罗马字促进会在郑举行代表大会》消息中有"北平代表宋琳"之语。

# 340928 致 郑 振 铎

西谛先生：

昨得惠函，即奉复，想已达。今午得书三本，纸二百二十枚,共一包无误。《凌烟功臣图》曾在上海见过一部,版较大,与寄来者不同,盖小者又系摹本。翻阅一过,觉其技尚在上官竹庄下远甚,疑系取《竹庄画传》中人物,改头换面,以欺日本人者,并沈南苹[1]跋亦属伪造,盖南苹在日本颇有名也。南苹虽专长花卉,但对于人物,当亦不至不能辨别至此。我看连一二幅亦不必附,或仅于总序中一提,但即不提亦可。

午前持"罗甸纸"问纸铺,多不识,谓恐系外国品,然则此物在南方之不多见,亦可知矣。看纸样,帘纹甚密,或者高丽产亦说不定。现已一面以样张之半寄夏丐尊,托其择内行人再向纸铺一访,一面托内山去问日本纸店,有无此物,并取日本纸样张,看可有宜于使用者否。

《九歌图》[2]每页须照两次,制版费必贵。如每页纸价二分,则百页之书,本钱已在三元左右,非卖五元不可了。

现在的问题,是倘有罗甸,自然即用罗甸。倘没有,则用毛太纸,抑用日本纸乎(如果每页不逾二分的话),希给与意见为幸。

专此布达,即请

道安。　　　　　　　　　　　　迅　上　九月廿八日

\*　　　\*　　　\*

〔1〕　沈南苹(1682—约1760)　名铨,字南苹,浙江德清人,清代画家,以画花鸟走兽著名。雍正中曾受聘往日本授画,三年后回国,将所得金资散发戚友。

〔2〕　《九歌图》　明代陈洪绶画,收关于《九歌》的画十一幅及《屈

子行吟》一幅。

## 340930　致　黎　烈　文

烈文先生：

　　日译法朗士小说一本及肚围二枚，已于一星期前送往申报馆，托梓生转交。昨晚始知道　先生并不常到馆去，然则函件不知梓生已为设法转致否？殊念。如未收到，希往馆一问为幸。

　　专此布达，即请
道安。

迅　顿首　九月卅夜。

## 341001　致　罗　清　桢

清桢先生：

　　来示敬悉。《木刻纪程》已在装订，大约再有十来天，便可成功，内有先生之作四幅，应得四本，一成当即寄奉。因为经济关系，只印了一百二十本，发售的大约不多了。

　　学生要印木刻[1]，倘作为一种"校刊"，自无不可，但如算是正式的作品，恐怕太早一点，我是主张青年发表作品，要"胆大心细"的，因为心若不细，便容易走入草率的路。至于题字，只要将格式及大小见示，自当写寄。

　　日本的两个画家，也许有回信，但恐怕只是普通的应酬信,他们的作家,和批评家分工,不是极熟的朋友,是不会轻发意见的。

此复,即请

秋安。

迅 上 十月一日

\* \* \*

〔1〕 学生要印木刻 指广东梅县松口中学学生手印的《松中木刻》。鲁迅曾为之题字。

# 341005 致 曹 靖 华

亚兄:

一日信奉到,甚慰。克氏信附奉,弟亦无甚话要说,惟欲知画片[1]有无缺少耳,收到者为大小十五幅,未知信中提及否?本年一月至六月止之《星花》版税已结算,仅十二元,较常年减少五分之四,今呈上汇票一纸,乞在后面署名盖印,往琉璃厂商务印书馆分店账房(在楼上)一取为荷。《文学报》当于十日左右寄上。弟一切如常,内人及孩子亦均安好,希勿念是幸。

专此布达,即请

秋安。

弟豫 顿首 十月五日夜。

附汇票一张;克氏信一张。

＊　　　＊　　　＊

〔1〕　画片　指苏联木刻家自印的手拓原版木刻。

# 341006<sup>①</sup>　致 何 白 涛

白涛先生：

《木刻纪程》已印出，即托书店寄奉四本，不知已收到否？此次付印，颇费心力，经费亦巨，而成绩并不好，颇觉懊丧。第二本能否继续，不可知矣。

木版亦当于数日内作小包寄还，至希检收。铁耕兄之两块，亦附在内的。

专此布达，即颂

时绥。

迅 上 十月六日

# 341006<sup>②</sup>　致 罗 清 桢

清桢先生：

《木刻纪程》已订出，即托书店寄上四本，因所选先生画为四幅，故每幅以一本为报酬。

木版亦当于数日内作小包寄还，至希检收。

此次印工并不佳，而颇费手续，所费亦巨，故第二本何时可出，颇在不可知之数。先生之版，现仅留《五指山之松》一块在敝处，《在码头上》已见他处发表，似可不必复印，故一并附还耳。

专此布达，即颂

时绥。

迅　上　十月六日

## 341008<sup>①</sup>　致　郑　振　铎

西谛先生：

三日信已收到。日本纸样已去取，但无论如何，价必较中国贵。丐尊尚无信来，黄色罗纹纸事，且稍待后文罢。想周子竞[兢]会心急，但只得装作不知。

我前函谓《九歌图》须照两次，系想当然，因为书不能拆开，则前后半页恐须分照也。至于印工，则总不会在五六元。

《十竹斋》第一本，印成大约总在老莲画册之前，则单独先行豫约，似亦无不可。价自当增加，但若每本四元，则全书即要十六元，今定为三元半，豫约满后五元，何如？豫约须有截止期，以第二本刻成发售豫约时（明年二月）为度，不知太长否？或以今年十二月为止亦可。老成人死后，此种刻印本即不可再得，自当留其姓名。中国现行之板权页，仿自日本，实为彼国维新[1]前呈报于诸侯爪牙之余痕，但如《北平笺谱》，颇已变相，也还看得过去。我想这回不如另出新样，于书之最前面加一页，大写书名，更用小字写明借书人及刻工等事，如所谓"牌子"之状，亦殊别致也。

近选了青年作者之木刻二十四页，印成一本，名《木刻纪

221

程》,用力不少,而印订殊不惬意,下午当托书店寄上一本,乞察收。另有二本(其一本内有展览会广告,是还他的),乞转交施乐(E. Snow)先生,他住在军机处八号(8 Chun Chi Ch'u),离学校[2]当不远,也许他也在学校教书的。但第一页上均已写字,希察及。

　　此布,即请

著安。

　　　　　　　　　　迅　顿首 十月八日

　　※　　　　※　　　　※

　　〔1〕　维新　指明治维新,日本明治年间(1868—1912)的维新运动。它结束了德川幕府的统治,由明治天皇掌握政权,实行有利于发展资本主义的各种改革。

　　〔2〕　学校　指燕京大学。

# 341008②　致 郑 振 铎

西谛先生:

　　上午寄一函并《木刻纪程》,不知已达否? 顷得丐尊回信,附上备览。

　　最好是仍由王伯祥[1]先生托来青阁[2],能得黄色者,如须染色,必大麻烦,至少,由京寄沪,由沪又寄东京,纸张要旅行两回了。

　　先生函问内山之《北平笺谱》款为若干。查系叁百,晨函似忘记答复,故续以闻。

此布即请

著安。

迅 顿首 十月八日晚

\* \* \*

〔1〕 王伯祥(1890—1975) 名钟麒,江苏吴县人。当时是上海开明书店编辑。

〔2〕 来青阁 上海的一家古籍书店,创办人为杨寿琪。

## 341009① 致罗清桢

清桢先生:

有复张慧先生一信,而忘其确实之通信地址,乞费神转寄,不胜感荷。

此布,即请

秋安。

迅 上 十月九日

## 341009② 致张 慧

张慧先生:

蒙赐函及木刻,甚感。拜观各幅,部分尽有佳处,但以全体而言,却均不免有未能一律者。如《乞丐》,树及狗皆与全图

223

不相称,且又不见道路,以致难云完全。弟非画家,不敢妄说,惟以意度之,木刻当亦与绘画无异,基本仍在素描,且画面必须统一也。

专此布复,即颂

时绥。

迅　上　十月九日

## 341009③　致萧　军〔1〕

萧军先生:

给我的信是收到的。徐玉诺〔2〕的名字我很熟,但好像没有见过他,因为他是做诗的,我却不留心诗,所以未必会见面。现在久不见他的作品,不知道那里去了?

来信的两个问题的答复——

一、不必问现在要什么,只要问自己能做什么。现在需要的是斗争的文学,如果作者是一个斗争者,那么,无论他写什么,写出来的东西一定是斗争的。就是写咖啡馆跳舞场罢,少爷们和革命者的作品,也决不会一样。

二、我可以看一看的〔3〕,但恐怕没工夫和本领来批评。稿可寄“上海、北四川路底、内山书店转、周豫才收”,最好是挂号,以免遗失。

我的那一本《野草》,技术并不算坏,但心情太颓唐了,因为那是我碰了许多钉子之后写出来的。我希望你脱离这种颓唐心情的影响。

专此布复,即颂

时绥。

迅 上 十月九夜。

＊　　　＊　　　＊

〔1〕 萧军(1907—1988) 原名刘鸿霖,笔名萧军、田军等,辽宁义县人,作家。当时从日本侵占的东北流亡到上海,从事文学创作。著有《八月的乡村》等。

〔2〕 徐玉诺(1893—1958) 河南鲁山人,诗人,文学研究会成员。著有《将来之花园》等。

〔3〕 据收信人回忆,指萧红的《生死场》手稿和萧军、萧红合著的小说散文集《跋涉》。

# 341010　致杨霁云

霁云先生:

中国新作家的木刻二十四幅,已经印出,名《木刻纪程》;又再版《北平笺谱》亦已到沪,不及初版,我可以换一部初版的给 先生的。但不知寄到府上,还是俟 先生来沪时自取好呢? 大约邮寄是有小小损毁之虑的。希示为幸。

此布,即颂

时绥。

迅 上 十月十日

# 341013<sup>①</sup>　致　合　众　书　店<sup>〔1〕</sup>

径启者，得　惠函，要将删余之《二心集》改名出版<sup>〔2〕</sup>，以售去版权之作者，自无异议。但我要求在第一页上，声明此书经中央图书审查会<sup>〔3〕</sup>审定删存；倘登广告，亦须说出是《二心集》之一部分，否则，蒙混读者的责任，出版者和作者都不能不负，我是要设法自己告白的。此请

合众书店台鉴

鲁迅　十月十三日

＊　　　＊　　　＊

〔1〕　合众书店　1932 年由方家龙创办于上海。

〔2〕　删余之《二心集》改名出版　《二心集》于 1932 年 10 月上海合众书店出版后不久，即被国民党当局查禁，后来该店将其删余的十六篇改名《拾零集》，于 1934 年 10 月出版。

〔3〕　中央图书审查会　即国民党中央宣传委员会图书杂志审查委员会，是国民党查禁进步书刊、实行文化统制的机构。1934 年 6 月 6 日成立于上海，1935 年 7 月 8 日，该会检查官项德言等七人因"《新生》事件"被撤职，此后即无形解体。

# 341013<sup>②</sup>　致　杨霁云

霁云先生：

十一日惠函收到。新印的杂感集<sup>〔1〕</sup>，尚未校完，也许出

版要在　先生来沪之后的。

小说《发掘》[2]，见过批评[3]，书未见，但这几天想去买来看一看，近来专门打杂，看书的时间简直没有了，自然，闲逛却不能免。"流火"[4]固然太典雅，但我想，"火流"也太生，不如用什么"大旱""火海"之类，直截了当。近来有了检查会，好的作品，除自印之外，是不能出版的，如果要书店印，就得先送审查，删改一通，弄得不成样子，像一个人被拆去了骨头一样。

我平常并不做诗，只在有人要我写字时，胡诌几句塞责，并不存稿。自己记得的也不过那一点，再没有什么了。

专此布复，顺颂

时绥。

迅　顿首　十月十三日

＊　　　　＊　　　　＊

〔1〕　杂感集　指《准风月谈》。

〔2〕　《发掘》　历史小说集，圣旦著，1934年5月上海天马书店出版。

〔3〕　批评　指曹聚仁的《从〈发掘〉谈到历史小说》。

〔4〕　据收信人回忆，鲁迅这里所说系他人所作反映当年旱灾的小说篇名。

# 341013③　致　黎烈文

烈文先生：

《译文》第三期收稿期已将届，茅先生又因生病不能多写字，　先生能多译而且速译一点否？并希以拟译或已译之篇名及作者名见示，以便计划插图也。

专此布达，即请

道安。

迅　顿首 十月十三夜。

# 341014　致　曹　靖　华

亚兄：

十日信已到。三四日前，曾寄《文学新闻》[1]一卷，不知已收到否？兄寓是否仍旧，希便中示及，那么，信就可以不必由学校转了。

《引玉集》不到，真奇，那是挂号寄的，一包内五本，这样看来，就五本都不到了。我当于日内寄给克氏[2]一本。今年正月间，我寄给美术家团体六七部书，由 V.[3]收，内中有些是清朝初年的木刻，都挂号，还有一封信，是它兄代写的。但至今没有一封回信，莫非都不到么？要是这样，以后寄书可就难了。

克氏我想兄得写一点回信，说明曾经寄过不少中国旧书给美术家，还有，当于日内寄一本《引玉集》，因为他的作品，收到的只有一张，所以最少。至于中国的青年木刻家，已被弄得七零八落，连找也无处找，但我已选印了近一年中所得的作品，名《木刻纪程》，亦当寄给一本。

此信请兄写好，并信封一同寄下（V 地址附上），由我寄去。

又日前得冈氏[4]信并木刻十四张,今将信附上,如要回信,可以附在给克氏的回信里的。

《引玉集》大约冈氏必也没有收到,现在可以补寄(同作一包),因为邮费横竖一样的。但请在给克氏的信中声明。

如来信,请写克氏地址两张(即由其夫人收转的地方)附下,一是帖《引玉集》上,一帖《木刻纪程》上的。

新得的木刻,现在有约四十张,选起来,可有三十余张,恐怕还有寄来的,那么,明年可出二集了。

我们都好,请勿念。

专此布达,即请

秋安。

弟豫 顿首 十月十四日

附冈氏信二纸,V 地址一条。

Ул. Лассаля. д. И 2.

В. О. К. С. для:[5]

*       *       *

〔1〕 《文学新闻》 当指苏联《文学报》。

〔2〕 克氏 指苏联木刻家克拉甫钦珂。关于给他寄《引玉集》及回信之事,参看本卷附录一 12 致克拉甫钦珂信。

〔3〕 V. 即 VOKS,苏联对外文化协会。

〔4〕 冈氏 指苏联木刻家冈察罗夫。

〔5〕 即拉萨尔街 2 号、苏联对外文化协会转交。

# 341016<sup>①</sup>　致 吴　　渤

吴渤先生：

　　五日的信，十六日才收到的。《木刻纪程》已出，五六天前曾寄一本，托铁耕先生转交，不知道收到了没有？

　　中国木刻，已在巴黎展览过，那边的作家团体有一封信给中国作者，但并无批评，不过是鼓励的话。这信现在也没法发表。

　　《木刻法》<sup>〔1〕</sup>的稿子，暂时还难以出版，因为上海的出版界，真是艰难极了。

　　专此布复，即颂

时绥。

迅 上 十月十六日

\*　　　\*　　　\*

　〔1〕　《木刻法》　即《木刻创作法》。

# 341016<sup>②</sup>　致 徐懋庸

懋庸先生：

　　《论心理描写》<sup>〔1〕</sup>托黎先生校对了一回，改了一点，现已交来，又由我改了几个字，以避检查者之挑剔，拟编入《译文》第三期，想不至于再有问题。

今将原文寄回,请写一点《后记》,即行寄下,如关于作者履历无可考,那么,只一点译文出于某报某期也可以的。但译者自己的感想,也可以记进去。

专此布达,即颂

时绥。

迅 上 十月十六夜。

＊　　　＊　　　＊

〔1〕 《论心理描写》 参看340925信注〔1〕。

# 341018　致 徐懋庸

懋庸先生:

十七日信收到。那篇译文,黎先生改得并不多,大约有八九处,二三处是较为紧要的。

原文所在的刊物〔1〕的期数,无大关系,既然调查费事,可以不必了。我想,也未必有要对照阅读那么用功的人。

专此布复,并颂

时绥。

迅 上 十月十八日

＊　　　＊　　　＊

〔1〕 刊物 指法国《世界周刊》。

# 341019　致黎烈文

烈文先生：

日译的《田舍医生》，今天为止，只查出《农民文学》[1]中有之，寥寥数十页，必是摘本，不足取。此外尚未知，待后来再查。

《纪德集》日译有两种，皆众人分译而成。一种十八本，每本一元六十五钱，一种十二本，每本二元七十五钱，我看是后一种[2]好。先生要总付（共三十円八十钱，每一円约合中国九角）还是每月分付，希示知。书由书店直接送上（现已出七本，此后每月一本），款可由我代付。

纪德的诗[3]，即用前回写来的一行作为《后记》，但《西班牙书简》[4]的《后记》还请写一点，因为否则读者觉得寂寞。说空话，或讲作者在西班牙时事，或抄文学史，或大发议论均可也。成后希直寄黄河清先生。

专此布达，即请

道安。

迅　上　十月十九日

\*　　　　\*　　　　\*

〔1〕《农民文学》　即《农民文艺十六讲》，大田卯编纂，1926年10月日本春阳堂出版。《田舍医生》是该书第五讲第二章中的一节。

〔2〕　指《安德列·纪德全集》，山内义雄等译，1934年至1935年东

京建设社出版,共十二卷。

〔3〕 纪德的诗 指《今年不曾有过春天》,黎烈文译,载《译文》第一卷第三期(1934年11月)。

〔4〕 《西班牙书简》 法国梅里美(P. Mérimée,1803—1870)作,黎烈文译,连载于《译文》第一卷第三期至第五期(1934年11月至次年1月)。

# 341020 致 母 亲

母亲大人膝下,敬禀者,十月十三日来示,已经收到,这之前的一封信,也收到的。上海出版的有些小说,内行人去买,价钱就和门市不同,譬如张恨水的小说,在世界书店本店去买是对折或六折,但贩到别处,就要卖十足了。不过书店生意,还是不好,这是因为大家都穷起来,看书的人也少了的缘故。海婴渐大,懂得道理了,所以有些事情已经可以讲通,比先前好办,良心也还好,好客,不小气,只是有时要欺侮人,尤其是他自己的母亲,对男却较为客气。明年本该进学校了,但上海实在无好学校,所以想缓一年再说。有一封他口讲,广平写下来的信,今附呈。上海天气尚温和,男及广平均好,请勿念为要。

专此布达,恭请

金安。

男树 叩上 广平及海婴同叩 十月二十日

# 341021<sup>①</sup> 致 罗 清 桢

清桢先生:

十日信并木刻均收到,感谢之至。《木刻纪程》及原版已于数日前寄出,想已收到。这回的印刷是失败的,因为版面不平,所以不合于用机器印。可见木刻莫妙于手印,否则,版面必须弄得极平。

去问书店,据云木刻刀已寄出,但恰没有四本组的,数目所以有些出入。

日本的木刻家,经商量之后,实在无人可问。一者,因为他们的木刻,都是超然的,流派和我们的不同(这一点上,有些日本人也不满于他们自己的艺术家的态度),他们无法批判。二则,他们的习惯和我们两样,大抵非常客气,不肯轻易说话,所以要得一个真实的——不是应酬的批评,是办不到的。

先生的印木刻,的确很进步,就是木刻,也很进步,但我看以风景为最佳,而人物不及,倘对于人体的美术解剖学,再加一番研究,那就好了。

木刻用纸,其实是先生这回所用的算很好,如果成书,只要内衬另外的纸,就好看了;贴在厚纸上,亦极相宜。至于我所用的这信纸(淡赤色的,就是用这纸染上颜色,质地是一样的),名"抄更纸",上海所出,其实是用碎纸捣烂重造,即所谓"还魂纸",并不好的。近来又有一种"特别宣",很厚,却好,但广东怕未必有。

专此布复,即颂

时绥。

迅 上 十月廿一日

附上书面题字[1]二纸,请择用为幸。 又及


＊ ＊ ＊

〔1〕 题字 指为《松中木刻》所题封面字。


# 341021② 致叶 紫[1]

Y.Z.兄:

我昨天才将翻译[2]交卷,今天看了《夜哨线》[3]。

这一篇,有好的地方,也有不好的地方。这大约是出于你的预计之外的。

大约预计是要写赵得胜,以他为中心,展开他内心的和周围的事件来。然而第一段所写的赵公,并不活跃,从第二段起以下的事件,倒是紧张,生动的。于是倒映上来,更显得第一段的不行。

我看这很容易补救,只要反过来,以写事件为主,而不以赵公为主要角色,就成。那办法,是将第一段中描写及解释赵得胜的文章,再缩短一些,就是减少竭力在写他个人的痕迹,便好。不过所谓"减少",是减少字数,也就是用几句较简的话,来包括了几行的原文。

此布,即颂

时绥。

Ｌ　上　十月廿一日

＊　　　＊　　　＊

〔１〕　叶紫(1910—1939)　原名俞鹤林,笔名叶紫、叶芷等,湖南益阳人,作家,"左联"成员。著有短篇小说集《丰收》,鲁迅曾为作序,编为《奴隶丛书》之一。

〔２〕　翻译　指编辑《译文》第三期。

〔３〕　《夜哨线》　短篇小说,叶紫作,载 1934 年《当代文学》第三期(1934 年 9 月),后收入短篇小说集《丰收》。

# 341021③　致　孟　十　还〔１〕

孟先生:

　　由耳耶〔２〕兄寄来《译文》后记〔３〕,即寄往生活书店去了,但开首处添改了一点——因为曹靖华和我都曾绍介过,所以他在中国,不算陌生人——请谅察为幸。

　　插图二幅,底子已不大清楚,重做起来就更不清楚了,只好不用,今寄回。《译文》第三期上,就有一做[？]高尔基的漫画〔４〕,他的像不能常有,第四期只好不用。　先生的那一幅,如底子清楚而又并不急于发表,可否给我(但不忙)看一看。

　　专此布达,即颂

时绥。

迅　上　十月廿一日

寄信地址:本埠北四川路底、内山书店收转、周豫才收

\*　　　\*　　　\*

〔1〕　孟十还　原名斯根,曾留学苏联,《译文》的经常投稿者,
1936年曾主编《作家》月刊。

〔2〕　耳耶(1903—1986)　聂绀弩的笔名,湖北京山人,"左联"成
员。曾任《中华日报·动向》编辑,1936年编辑《海燕》月刊。

〔3〕　《译文》后记　指苏联左琴科的《我怎样写作》一文的译后
记,孟十还作,后载《译文》第一卷第三期(1934年11月)。

〔4〕　高尔基的漫画　指苏联蔼菲莫夫作《高尔基像》。


# 341022①　致　曹靖华

亚兄:

今天收到冈氏一信,今寄上,好像是说木刻集〔1〕已收到
了,不知道是不是。但寄他们的一包,和寄克氏们的不是一
包。

明天拟托书店寄上书一包,内系文学杂志两本;又《译文》
两本,是我们办着玩玩的,销路也不过三千左右。

兄如有工夫,请投稿,大约以短篇为宜,数百至一万字均
可,又须作一点《后记》,绍介作者。稿费很少,每千字约三元。

我们都好,请勿念。

专此布达,即请

秋安。

弟　豫　上　十月二十二日

附冈氏信一纸

\*　　　　\*　　　　\*

〔1〕　木刻集　指《引玉集》。

# 341022②　致　徐懋庸

懋庸先生：

Sheherazade[1]这字，在我的古旧的人地名字典上查不出，又无神话学字典，无法可想。但我疑心这也许是《天方夜谈》里的人名。

　　此复，即颂

时绥。

迅　上〔十月〕二十二日

\*　　　　\*　　　　\*

〔1〕　Sheherazade　舍海尔萨德。《天方夜谭》（《一千零一夜》)中的人物。

# 341024　致　沈振黄[1]

振黄先生：

我们很感谢你对于木刻的关心。

　　木刻为大师之流所不屑道,所以作者都是生活不能安定的人,为了衣食,奔走四方,因此所谓铁木艺术社[2]者,并无一定的社员,也没有一定的地址。

　　这一本《木刻纪程》,其实是收集了近二年中所得的木刻印成的,比起历史较久的油画之类来,成绩的确不算坏。但都由通信收集,作者与出版者,没有见过面的居多,所以也无从介绍。主持者是一个不会木刻的人,他只管付印。

　　先生有志于木刻,是极好的事,但访木刻家是无益的,因为就是已有成绩的木刻家,也还在暗中摸索。大概木刻的基础,也还是素描;至于雕刀,版木,内山书店都有寄售,此外也无非多看外国作品,审察其雕法而已。参考中国旧日的木刻,大约也一定有益。

　　这样的回信,恐怕不能给　先生满意,但为种种事情所限制,也只能如此,希与　谅察为幸。

　　专此布复,顺颂

时绥。

　　　　　　　　　　　铁木社　敬启　十月二十四日


＊　　　＊　　　＊

　〔1〕　沈振黄(1912—1944)　原名沈耀中,浙江嘉兴人,漫画工作者。当时是开明书店美术编辑。

　〔2〕　铁木艺术社　鲁迅以此名义编印《木刻纪程》。

# 341025　致黄　源

河清先生：

　　添进 Becher[1]的诗去，极好，他是德国最有名的普罗诗人，倘不逃走，一定要坐牢的。译诗想无后记，M[2]先生说可以代写一点，迟若干日交卷。

　　我有他的一张铜刻的画像[3]，但颇大，又系原板，须装镜框才可付制板所。放在内山书店，令人持生活书店片子或先生的片子来取，怎样？

　　黎先生来信谓孟斯根常投稿于《论语》，《译文》可否用一新名，也有见地的。但此事颇难与本人说。今日已托一个他的朋友[4]与之商量，所以他的那一篇[5]，送检查可略迟一点，以俟回信。但若名字改动，虽检后亦无关，那就送去也可以了。此复，即颂

时绥。

迅　上　十月廿五夜。

\*　　　\*　　　\*

　　〔1〕　Becher　贝希尔（1891—1958），德国诗人。他的诗，指《饥饿之城》，小默（刘穆）译，载《译文》第一卷第三期（1934 年 11 月）。

　　〔2〕　M　指茅盾。

　　〔3〕　贝希尔铜刻像，德国玛特奈尔作，刊《译文》第一卷第三期。

　　〔4〕　指聂绀弩，参看 341021③信注〔2〕。

〔5〕　指《我怎样写作》,苏联左琴科作,孟十还译,载《译文》第一卷第三期。

# 341026　致 曹 靖 华

汝珍兄:

廿三日信收到。日前又得冈氏一信,即转寄,未知已收到否?其中好像是说《引玉集》已经收到的。前天又得莫城美术批评家 Pavel Ettinger[1]一函(用英文写),说从他的朋友冈氏处,见《引玉集》,他要绍介,可否也给他一本,并问我可要别的木刻及铜版画石版画。书昨已照寄,回信则今日发出,答道都要。

寄莫城的书,一包五本,冈氏的既收到,那么,克氏的一定也收到了。

但我明天就要将寄克氏的信发出,并《引玉集》一本,即使他已有,也可以转送人的。又送克氏及冈氏之《木刻纪程》各一本,则与送 E 氏之一本共作一包,寄给 E 氏,托其转交,他既是冈氏之友,一定也可以找到克氏。

至于给冈氏之信,则不再发,大约要重写了。写的时候,请提明有《木刻纪程》一本。托 E 氏转交。他们要纸,我也极愿送去,不过未得善法。信上似可说明寄纸之困难,因为税关当作商品,不准入境,前一次至于仍复运回,不知可否由他们向 V 说明,我径寄 V,则那是公共机关,想必不至于碰钉子了。

我们都如常,请勿念。

专此布达,并请

秋安。

弟豫 顿首 十月二十六日

令夫人均此问候不另。

\* \* \*

〔1〕 Pavel Ettinger 保惠尔·艾丁格尔。参看 351207(德)信注〔1〕。

# 341027<sup>①</sup> 致 郑振铎

西谛先生:

十月十六日信早收到。《木刻纪程》是用原木版印的,因为版面不平,被印刷厂大敲竹杠,上当不浅。那两本已蒙转交,甚感。

黄罗纹纸想尚无头绪,那么,印毛边纸的也好,或者印一点染色罗纹的,临时再议。我已将毛边,白宣各一种,寄给东京印局,问他印起来怎么样子,并问如《九歌图》之大的价钱,俟有回信,再行奉告。此书大约一时不易印成,周子竞[兢]处只好婉推,但如催得太紧,我想还他也可以。对于这一本,我总有些怀疑它是翻刻,因为连黄子立〔1〕的名字,有时也有刻得歪斜之处。横竖我们也还找不到《水浒图》,离完全很远,先出确是原刻的一本,也可以的。

《十竹斋》预约日期,牌子[2]放处,如来函所言,均好。预约价目,也就这样罢,全部出版以后,可以定二十元。预约限满,每本也五元。因为这是初印,不算贵。而且全部出版以后,可以在英文报上登一广告,收集西洋人的钱,因为《北平笺谱》,别发书店也到内山这里来贩去了两部。

匆复,即请

道安

迅 顿首 十月二十七日

\* \* \*

〔1〕 黄子立 原名建中,安徽徽州人,明末清初的刻工,曾于1653年刻《博古页子》。

〔2〕 牌子 即《〈十竹斋笺谱〉翻印说明》。现编入《集外集拾遗补编》。

# 341027② 致 许 寿 裳[1]

季市兄:

二十三日嫂夫人携世瑒[2]来,并得惠函,即同赴篠崎医院[3]诊察,而医云扁桃腺确略大,但不到割去之程度,只要敷药约一周间即可。因即回乡,约一周后再来,寓沪求治。如此情形,实不如能割之直捷爽快。因现在虽则治好,而咽喉之弱可知,必须永远摄卫;且身体之弱,亦与扁桃腺无关,当别行诊察医治也。后来细想,前之所以往篠崎医院者,只因其有专科,今既不割,而但敷药,内科又须另求一医诊视,所费颇多,实不如另觅一兼医咽喉及内科者之便当也。弟亦识此种医生,俟嫂夫人来沪时,当进此说,想兄必亦以为是耳。又世瑒看书一久,辄眼酸,闻中国医曾云患沙眼,弟以问篠崎医院,托其诊视,则云不然,后当再请另一医一视。或者因近视而不带镜,久看遂疲劳,亦未可知也。舍下如常,可释远念。匆布,即请

道安。

弟飞 顿首 十月二十七日

＊　　　　＊　　　　＊

〔1〕　此信据许寿裳亲属录寄副本编入。

〔2〕　嫂夫人　指陶伯勤(1899—1994),浙江嘉兴人。世瑒,许寿裳的三女。

〔3〕　篠崎医院　日本人篠崎都香佐在上海开设的医院。

# 341030　致　母　　亲

母亲大人膝下,敬禀者,十月二十五日信并照相两张,均已收到,老三的一张,当于星期六交给他,因为他只在星期六夜或星期日才有闲空,会来谈天的。这张相照的很好,看起来,与男前年回家的时候,模样并无什么不同,不胜欣慰。海婴已看过,他总算第一回认识娘娘了。现在他日夜顽皮,女仆的话简直不听,但男的话却比较的肯听,道

理也讲得通了,不小气,不势利,性质还总算好的。现身体亦好,因为将届冬天,所以遵医生的话,在吃鱼肝油了。上海天气尚未大冷,男及害马亦均好,请勿念。和森之女北来,母亲拟令其住在我家,可以热闹一些,男亦以为是好的。专此布复,恭请

金安。

　　　男树　叩上　广平及海婴同叩。十月三十日。


# 341031<sup>①</sup>　致　刘炜明<sup>[1]</sup>

炜明先生:

　　昨天我收到了来信。这几年来,短评我还是常做,但时时改换署名,因为有一个时候,邮局只要看见我的名字便将刊物扣留,所以不能用。近来他们方法改变了,名字可用,但压迫书局,须将稿子先送审查,或不准登,或加删改,书局是营业的,只好照办。所以用了我旧名发表的,也不过是无关紧要的文章。

　　集合了短评,印成一本的,一共有三种,一就是《二心集》,二曰《伪自由书》,三曰《南腔北调集》,出版后不久,都被禁止,印出的书,或卖完,或被没收了。现在只有《伪自由书》还有,不知先生已见过否?倘未见,当寄上。

　　至于别的两种,我自己也无存书,都早给别人拿去了,别处也无法寻觅。倘没有人暗中再印,大约是难以到手的。但我当随时留心,万一可得,自当寄奉。

　　风子<sup>[2]</sup>不是我的化名。

　　专此布复,即颂

时绥。

迅　上　十月卅一日

　　＊　　　　＊　　　　＊

　　〔1〕　刘炜明　原名刘始爱,广东大埔人。当时在新加坡经商,鲁迅作品的读者。

　　〔2〕　风子　唐弢的笔名。

# 341031②　致　孟十还

孟先生:

　　卅日信收到。改名事〔1〕已通知黄先生。

　　高尔基的《科洛连柯》〔2〕,中国好像并无译本,因为这被记的科氏,在中国并非名人,只有关于托尔斯泰的,是被译了好几回了〔3〕。

　　我的想印行文学家(画家不在内)像,是为三种阅者而设,一,画家,尤其是肖像画家;二,收集文学史材料的人;三,好事之徒。所以想专印绘画,木刻,雕刻的像,照相不收。印工和纸张,自然要较好,我想用珂罗版,托东京有名的印刷局去印。

　　不过还要缓一下。因为首先要看《译文》能否出下去(这大约到下月便见分晓了),能出下去,然后可以登揩油广告,而且希望《译文》的一部分的读者,也是画像的阅者。倘出起来,我预备十二张一帖,是散页。你的几张画像,等第一帖出来后,再去取罢。

上次的信，我好像忘记回答了一件事。托翁的《安那·卡列尼那》，中国已有人译过了〔4〕，虽然并不好，但中国出版界是没有人肯再印的。所以还不如译 A. T. 的《彼得第一》〔5〕，此书也有名，我可没有见过。不知长短怎样？一长，出版也就无法想。

那边好像又出了一个作家 TOLSTOI，名字的第一字母是 V，洋文昌帝君〔6〕似乎在托府上了。

此复，即颂

时绥。

迅 上 十月卅一日

\*　　　\*　　　\*

〔1〕　改名事　指孟斯根改名孟十还。参看 341025 信。

〔2〕　《科洛连柯》　指高尔基所作关于柯罗连科的回忆录。以《柯洛连科　回忆录的一章》为题载苏联《革命年鉴》第一期（1922 年）。

〔3〕　1901 年至 1902 年间，高尔基写了回忆列夫·托尔斯泰的笔记四十四则，和给柯罗连科的《一封信》（未完），中译有郁达夫的《托尔斯泰回忆杂记》（载《奔流》第一卷第七期）和柔石的《关于托尔斯泰的一封信》（载《萌芽》月刊第一卷第一期）。

〔4〕　指陈家麟、陈大镫译的《婀娜小史》，1917 年 8 月上海中华书局出版。

〔5〕　A. T.　指阿·托尔斯泰（A. H. Толстой，1883—1945），苏联作家。著有长篇历史小说《苦难的历程》三部曲等。《彼得第一》，今译《彼得大帝》，长篇历史小说，有楼适夷译本。

〔6〕 文昌帝君 据迷信传说,晋时四川人张亚子死后成为掌管人间功名禄籍的神道,称文昌帝君。

# 341101① 致 徐懋庸

懋庸先生:

信及译稿[1]均收到。我所有的讲王尔德的文章,是说他在客栈里生病,直到出丧,系另一篇,不能校对。黎先生又正在呻吟于为书店译书,云须于年底赶好,不好去托他校。 先生如并不急于投到别处,等一下怎么样呢?

复杜谈[2]先生一信,附上,希转交为感。

此布,即颂

时绥。

迅 上 十一月一夜。

\*        \*        \*

〔1〕 指《王尔德》一文,法国纪德作。后载《译文》第二卷第二期(1935 年 4 月)。

〔2〕 杜谈 窦隐大的笔名,参看 341101②信注〔1〕。

# 341101② 致 窦隐夫[1]

隐夫先生:

来信并《新诗歌》[2]第三期已收到,谢谢;第二期也早收到了。

要我论诗，真如要我讲天文一样，苦于不知怎么说才好，实在因为素无研究，空空如也。我只有一个私见，以为剧本虽有放在书卓上的和演在舞台上的两种，但究以后一种为好；诗歌虽有眼看的和嘴唱的两种，也究以后一种为好；可惜中国的新诗大概是前一种。没有节调，没有韵，它唱不来；唱不来，就记不住，记不住，就不能在人们的脑子里将旧诗挤出，占了它的地位。许多人也唱《毛毛雨》，但这是因为黎锦晖[3]唱了的缘故，大家在唱黎锦晖之所唱，并非唱新诗本身，新诗直到现在，还是在交倒楣运。

我以为内容且不说，新诗先要有节调，押大致相近的韵，给大家容易记，又顺口，唱得出来。但白话要押韵而又自然，是颇不容易的，我自己实在不会做，只好发议论。

我不能说穷，但说有钱也不对，别处省一点，捐几块钱[4]在现在还不算难事。不过这几天不行，且等一等罢。

骂我之说，倒没有听人说，那一篇文章[5]是先前看过的，也并不觉得在骂我。上海之文坛消息家，好造谣言，倘使一一注意，正中其计，我是向来不睬的。

专此布复，即颂

时绥。

迅　上　十一月一夜

就是我们的同人中，有些人头脑也太简单，友敌不分，微风社骂我为"文妖"[6]，他就恭恭敬敬的记住："鲁迅是文妖"。于是此后看见"文妖"二字，便以为就是骂我，互相报告了。这情形颇可叹。但我是不至于连这一点辨别力都没有的,请万勿介意为要。　又及。

\*　　　\*　　　\*

〔1〕　窦隐夫(1911—1986)　原名杜兴顺,改名谈,笔名窦隐夫,河南内乡人,"左联"成员,当时任《新诗歌》编辑。

〔2〕《新诗歌》　1933年2月创刊,1934年12月停刊,共出十一期,上海中国诗歌会编辑并出版。

〔3〕　黎锦晖(1891—1967)　湖南湘潭人,音乐家。早期从事儿童歌曲创作,1929年后创办明月歌舞剧社。由他编演的歌舞音乐《毛毛雨》等,在民间颇为流行。

〔4〕　指为《新诗歌》杂志捐款。

〔5〕　指《文学青年与道德》,杜谈作,载《新语林》第五期(1934年10月)。该文指责一些文艺青年打击别人、抬高自己的恶劣作风,但却引用了别人攻击鲁迅的话说:"不久以前申报上就有某文艺社声讨某某'二文妖'的宣言,对这事,我是极其赞同的,如此文坛,早应使此辈'文妖'绝迹才好。"

〔6〕　微风社骂我为"文妖"　微风社,即微风文艺社,由国民党上海市党部主持,1934年7月成立于上海,主要成员有朱小春、林庚白、林众可、章衣萍等。该社在7月25日举行的第一次社务会议上,议决"声讨鲁迅"等各项提案,有关提案中谩骂鲁迅为"文妖",并议决"呈请党政机关严厉制裁"(据1934年7月26日《申报》)。

# 341103　致萧军

刘先生:

来信当天收到。先前的信,书本,稿子,也都收到的,并无遗失,我看没有人截去。

见面的事,我以为可以从缓,因为布置约会的种种事,颇为麻烦,待到有必要时再说罢。

专此布复,即颂

时绥。

迅 上 十一月三日

令夫人〔1〕均此致候。

\*　　　\*　　　\*

〔1〕 指萧红。参看 341112①信注〔1〕。

# 341105①　致 徐懋庸

懋庸先生:

来信收到。我所见的关于 O.W.〔1〕的文章,却并不长,莫非后半段吗?稍暇当一查,倘相联的,当译补,再找黎先生校一下。

寄杜先生〔2〕一笺,乞转寄为荷。

此上,即颂

时绥。

迅 顿首 十一月五日

\*　　　\*　　　\*

〔1〕 O.W. 指王尔德,参看 340920 信注〔2〕。

〔2〕 杜先生 指窦隐夫。

# 341105<sup>②</sup>　致 萧　军

刘先生：

　　四日信收到。我也听说东三省的报上，说我生了脑膜炎[1]，医生叫我十年不要写作。其实如果生了脑膜炎，十中九死，即不死，也大抵成为白痴，虽生犹死了。这信息是从上海去的，完全是上海的所谓"文学家"造出来的谣言。它给我的损失，是远处的朋友忧愁不算外，使我写了几十封更正信。

　　上海有一批"文学家"，阴险得很，非小心不可。

　　你们如在上海日子多，我想我们是有看见的机会的。

　　专复即颂

时绥。

迅　上　十一月五夜。

　　吟女士[2]均此不另。

＊　　　＊　　　＊

　　〔1〕　生了脑膜炎　参看 340324 信注〔1〕。
　　〔2〕　吟女士　指萧红。

# 341107　致 李霁野

霁野兄：

　　四日函到，前一信也收到的。青兄事[1]如此麻烦，殊出意外。

碑帖并非急需，想不收了，但兄赴京时，可将尚存之一部分寄给我看一看，作一结束。山东山西寄来之拓片，我好像并未见过。

我们一切如常，可释远念。我也做不出什么东西来。新近和几个朋友出了一本月刊，都是翻译，即名《译文》而被删之处也不免。兄不知见过否？

此布，即颂

时绥。

豫 启上 十一月七日

\*　　　\*　　　\*

〔1〕 青兄事 指台静农在北平被国民党宪兵逮捕之事。参看340805信注〔1〕。

# 341108 致 郑 振 铎

西谛先生：

四日信收到。《博古牌子》[1]留下照相一份，甚好。但我对于上海情形殊生疏，容易上当，所以上午已托书店寄上，请先生付店一照，较妥。大约将来制版，当与底片之大小无关，只要记下原书尺寸，可以照样放大的。

王君[2]生病，不惟可怜，且亦可惜，好像老实人是容易发疯的。

教书固无聊,卖文亦无聊,上海文人,千奇百怪,批评者谓我刻毒,而许多事实,竟出于我的恶意的推测之外,岂不可叹。近来稍忙,生病了,但三四日就会好的。

匆复,即请

道安。

迅　顿首　十一月八日

＊　　　＊　　　＊

〔1〕　《博古牌子》　即《博古叶子》。

〔2〕　王君　指王孝慈,参看340516②信注〔1〕。

# 341110　致　郑　振　铎

西谛先生:

八日寄奉一函并《博古牌子》一本,想已到。今日得东京洪洋社来信,于玻璃版之估价,是大如《九歌图》全页者,制版及印工每张五分,那么,百张五元,正与北平之价无异。虽然日本钱略廉,但加以寄纸及运送费,也许倒要较贵了。

那么,老莲集索兴在北平印,怎样呢?只好少印而定价贵,不能怎么普遍了。周君〔1〕处也索兴拖延他一会,等先生来沪后,运了纸去(或北平也有?),立刻开手,怎样?那么,照相费也省下了。

专布,即请

道安

迅　上　十一月十日

　　＊　　　　＊　　　　＊

　　〔1〕　周君　指周子兢。鲁迅曾建议向他借用陈老莲作的《水浒叶子》。参看 340621②信注〔3〕。

# 341112①　致 萧 军、萧 红〔1〕

刘、悄两位先生：

　　七日信收到。首先是称呼问题。中国的许多话，要推敲起来，不能用的多得很，不过因为用滥了，意义变成含糊，所以也就这么敷衍过去。不错，先生二字，照字面讲，是生在较先的人，但如这么认真，则即使同年的人，叫起来也得先问生日，非常不便了。对于女性的称呼更没有适当的，悄女士在提出抗议，但叫我怎么写呢？悄婶子，悄姊姊，悄妹妹，悄侄女……都并不好，所以我想，还是夫人太太，或女士先生罢。现在也有不用称呼的，因为这是无政府主义者式，所以我不用。

　　稚气的话，说说并不要紧，稚气能找到真朋友，但也能上人家的当，受害。上海实在不是好地方，固然不必把人们都看成虎狼，但也切不可一下子就推心置腹。

　　以下是答问——

　　一、我是赞成大众语的，《太白》二期所录华圉作的《门外文谈》，就是我做的。

二、中国作家的作品，我不大看，因为我不弄批评；我常看的是外国人的小说或论文，但我看书的工夫也很有限。

三、没有[2]，大约此后一时也不会有，因为不许出版。

四、出过一本《南腔北调集》，早被禁止。

五、蓬子转向；丁玲[3]还活着，政府在养她。

六、压迫的，因为他们自己并不统一，所以办法各处不同，上海较宽，有些地方，有谁寄给我信一被查出，发信人就会危险。书是常常被邮局扣去的，外国寄来的杂志，也常常收不到。

七、难说。我想，最好是抄完后暂且不看，搁起来，搁一两月再看。

八、也难说。青年两字，是不能包括一类人的，好的有，坏的也有。但我觉得虽是青年，稚气和不安定的并不多，我所遇见的倒十之七八是少年老成的，城府也深，我大抵不和这种人来往。

九、没有这种感觉[4]。

我的确当过多年先生和教授，但我并没有忘记我是学生出身，所以并不管什么规矩不规矩。至于字，我不断的写了四十多年了，还不该写得好一些么？但其实，和时间比起来，我是要算写得坏的。

此复，即请

俪安。　　　　　　　　　　　　　　迅　上　十一月十二日

↖这两个字抗议不抗议？

＊　　　＊　　　＊

〔1〕 萧红(1911—1942) 原名张廼莹,笔名萧红、悄吟,黑龙江呼兰人,女作家。当时和萧军流亡上海,从事文学创作。著有中篇小说《生死场》等。

〔2〕 据萧军回忆,这里指当时"左联"刊物事。

〔3〕 蓬子转向 参看 340831② 信注〔6〕;丁玲的事,参看 340904 信注〔3〕。

〔4〕 据萧军回忆,他们曾函询鲁迅平时是否有一种孤独和落寞的感觉。


# 341112②　致　徐懋庸

懋庸先生:

曹先生[1]的住址,记不真切了,大约和先生只差三四号,附笺请代交去为感。

此托,即颂

时绥。

迅 上 十二日


＊　　　＊　　　＊

〔1〕 曹先生 指曹聚仁。当时住在上海金神父路花园坊(今瑞金二路 129 弄)107 号。


# 341116①　致　吕蓬尊

渐斋先生:

蒙惠函指教,甚感。所示第一条[1],查德译本作"对于警察,我得将一切替你取到自己这里来么?"李[2]译"应付",是不错的,后有机会,当订正。第二条诚系譬喻,讥刺系双关,一以讽商人请客之奶油,如坏肥皂,一又以讽理发匠所用之肥皂,如坏奶油,除加注外,殊亦无法也。

专此布复,即颂

时绥。

许遐　谨上　十一月十六日

*　　　　*　　　　*

〔1〕　第一条　指吕蓬尊对果戈理小说《鼻子》译文(鲁迅译)的意见。第一条原译作"你想我会替你去通报警察的吗?"李秉之在《俄罗斯名著二集·鼻子》中译作:"为的是我替你应付警察去么?"第二条原译作:"都涂上了商人做生日的时候,常常请人那样的奶油了。"

〔2〕　指李秉之。俄国文学翻译工作者,译有《俄罗斯名著》一、二集等。

# 341116②　致　曹靖华

汝珍兄:

两信均收到。冈信已发。碑文[1]我一定做的,但限期须略宽,当于月底为止,寄上。因为我天天发热,躺了一礼拜了,好像是流行性感冒,间天在看医生,大约再有一礼拜,总可以好了。

女人和孩子却都好的。请勿念。

专此奉复,即请

冬安。

弟豫 拜上 十一月十六日

＊　　　＊　　　＊

〔1〕 碑文 指为曹靖华父亲曹培元作《河南卢氏曹先生教泽碑文》,后收入《且介亭杂文》。

# 341117 致 萧 军、萧 红

刘吟先生:

十三日的信,早收到了,到今天才答复。其实是我已经病了十来天,一天中能做事的力气很有限,所以许多事情都拖下来,不过现在大约要好起来了,全体都已请医生查过,他说我要死的样子一点也没有,所以也请你们放心,我还没有到自己死掉的时候。

中野重治〔1〕的作品,除那一本外,中国没有。他也转向了,日本一切左翼作家,现在没有转向的,只剩了两个(藏原与宫本〔2〕)。我看你们一定会吃惊,以为他们真不如中国左翼的坚硬。不过事情是要比较而论的,他们那边的压迫法,真也有组织,无微不至,他们是德国式的,精密,周到,中国倘一仿用,那就又是一个情形了。

蓬子的变化,我看是只因为他不愿意坐牢,其实他本来是一个浪漫性的人物。凡有智识分子,性质不好的多,尤其是所谓"文学家",左翼兴盛的时候,以为这是时髦,立刻左倾,待到压迫来了,他受不住,又即刻变化,甚而至于卖朋友(但蓬子未做这事),作为倒过去的见面礼。这大约是各国都有的事。但我看中国较甚,真不是好现象。

以下,答复来问——

一、不必改的。上海邮件多,他们还没有一一留心的工夫。

二、放在那书店里就好[3],但时候还有十来天,我想还可以临时再接洽别种办法。

三、工作难找,因为我没有和别人交际。

四、我可以预备着的,不成问题。[4]

生长北方的人,住上海真难惯,不但房子像鸽子笼,而且笼子的租价也真贵,真是连吸空气也要钱,古人说,水和空气,大家都有份,这话是不对的。

我的女人在这里,还有一个孩子。我有一本《两地书》,是我们两个人的通信,不知道见过没有?要是没有,我当送给一本。

我的母亲在北京。大蝎虎也在北京,不过喜欢蝎虎的只有我,现在恐怕早给他们赶走了。

专此布复,并请

俪安。

迅　上　十一月十七日

＊　　　＊　　　＊

〔1〕 中野重治(1902—1979) 日本文艺批评家、作家。日本无产阶级艺术联盟盟员,1926 年前组织马克思主义艺术研究会。1934 年 5 月在东京上诉院供认共产党员的身份,并保证退出共产主义运动。他的作品,中译本有短篇小说集《中野重治集》,尹庚译,1934 年 3 月上海现代书局出版。

〔2〕 藏原与宫本 即藏原惟人与宫本百合子。藏原惟人,参看 320423①信注〔6〕。他于 1932 年被捕,1940 年出狱。宫本百合子(1899—1951),原名中条百合子,日本女作家,日本无产阶级作家同盟成员。她是宫本显治之妻,曾多次被捕入狱不屈,一直坚持写作。著有《播州平野》等。

〔3〕 据萧军回忆,指《八月的乡村》原稿放于内山书店。

〔4〕 据萧军回忆,指他们向鲁迅借款事。

# 341118　致母　亲

母亲大人膝下,敬禀者,来信并小包两个,均于昨日下午收到。

这许多东西,海婴高兴得很,他奇怪道:娘娘怎么会认识我的呢?

老三刚在晚间来寓,即将他的一份交给他了,满载而归,他的孩子们一定很高兴的。

给海婴的外套,此刻刚刚可穿,内衬绒线衣及背心各一件;冬天衬衣一多,即太小,但明年春天还可以穿的。他的身材好像比较的高大,昨天量了一量,足有三尺了,而且是上海旧尺,倘是北京尺,就有三尺三寸。不知道底细的人,都猜他是七岁。

男因发热,躺了七八天,医生也看不出什么毛病,现在好起来了。大约是疲劳之故,和在北京与章士钊闹[1]的时候的病一样的。卖文为活,和别的职业不同,工作的时间总不能每天一定,闲起来整天玩,一忙就夜里也不能多睡觉,而且就是不写的时候,也不免在想想,很容易疲劳的。此后也很想少做点事情,不过已有这样的一个局面,恐怕也不容易收缩,正如既是新台门周家[2],就必须撑这样的空场面相同。至于广平海婴,都很好,并请勿念。

上海还不见很冷,火炉也未装,大约至少还可以迟半个月。专此布达,恭请

金安。

　　　　男树　叩上　广平海婴随叩　十一月十八日


＊　　　　＊　　　　＊

〔1〕　与章士钊闹　参看 250823 信注〔3〕。

〔2〕　新台门周家　指鲁迅在绍兴东昌坊口的故居。


# 341119①·致 金性尧[1]

惟[性]尧先生:

惠函收到。但面谈一节,在时间和环境上,颇不容易,因为敝寓不能招待来客,而在书店约人会晤,则虽不过平常晤谈,也会引人疑是有什么重要事件的,因此我只好竭力少见

人,尚希谅察为幸。

专此布复,并颂

时绥。

鲁迅 十一月十九日

＊　　　＊　　　＊

〔1〕 金性尧 笔名文载道,浙江定海人,当时在上海中华煤球公司当文书。

# 341119② 致 李霁野

霁野兄:

十六日信并拓片一包,今日同时收到。其中有一信封并汇票,想是误夹在内的,今特寄还。

拓片亦无甚可取者,仅在平店〔1〕未取走之一份中,留下汉画象一份三幅,目录上写价四元。其余当于日内托书店寄还。

《译文》本是几个人办来玩玩的,一方面也在纠正轻视翻译的眼光。但虽是翻译,检查也很麻烦,抽去或删掉,时时有之,要有精采,难矣。近来颇有几位"文学家"做了检查官〔2〕,正在大发挥其本领,颇可笑也。现已出三本,亦当于日内托书店寄上。

并不做事,而总是忙,年纪又大了,记性也坏起来,十日前生病,躺了一礼拜,天天发热,医生详细检查,而全身无病处发现,现已坐起,热度亦渐低,大约要好起来了。

　专此布复,即颂

时绥。

豫　顿首 十一月十九日

＊　　　＊　　　＊

〔1〕　平店　即北平书店。

〔2〕　"文学家"做检查官　国民党中央宣传委员会图书杂志审查委员会成员为:项德言(中宣会文艺科总干事)、朱子爽、张增、展天鹏、刘民皋、陈文熙、王修德。

# 341120①　致 金肇野[1]

肇野先生:

　惠函收到。当即到内山书店去问,《引玉集》还有几本,因即托其挂号寄上一本,想日内便可到达。此书定价一元五角,外加邮费(看到后的包上,便知多少),请勿寄我,只要用一角或五分的邮票,寄给书店,说明系《引玉集》的代价就好了。专此布复,即颂

时绥。

何干 启上 十一月廿日

＊　　　＊　　　＊

〔1〕　金肇野(1912—1996)　辽宁辽中人,九一八事变后参加东

北抗日义勇军,1932年底到北京后从事木刻运动,曾与唐诃等组织平津木刻研究会,并举办第一次全国木刻联合展览会。

# 341120<sup>②</sup> 致 萧 军、萧 红

刘吟先生:

十九日信收到。许多事情,一言难尽,我想我们还是在月底谈一谈好,那时我的病该可以好了,说话总能比写信讲得清楚些。但自然,这之间如有工夫,我还要用笔答复的。

现在我要赶紧通知你的,是霞飞路的那些俄国男女,几乎全是白俄,你万不可以跟他们说俄国话,否则怕他们会疑心你是留学生,招出麻烦来。他们之中,以告密为生的人们很不少。

我的孩子足五岁,男的,淘气得可怕。

此致,即请

俪安。

迅 上 二十日

# 341122 致 孟十还

十还先生:

二十一日信收到,并那一篇论文,谢谢。那篇文章,我是今天第一次才知道的。

　　《五月的夜》[1]迟点不要紧，因为总止能登在第五期上了，第五期是十二月十五日集稿。二万字太长，恐怕要分作两期登。插画没有新的，想就把旧的印上去，聊胜于无，希便中将原书放在书店里就好。

　　后记还是你自己做罢，不是夸口，自说译得忠实，又有何妨呢？倘还有人说闲话，随他去就是了。　　此颂

时绥。

　　　　　　　　　　　　　　迅　上　二十二日

　　　＊　　　　＊　　　　＊

　　〔1〕《五月的夜》　短篇小说，俄国果戈理著，孟十还译。下面说的插画，俄国盖拉尔豆甫作，共六幅；下文说的后记，指孟十还的《〈五月的夜〉译后记》。均载《译文》第一卷第五期（1935 年 1 月）。

# 341124　致　金性尧

惟[性]尧先生：

　　来信早收到。在中国做人，一向是很难的，不过现在要算最难，我先前没有经验过。有些"文学家"，今年都做了检查官了，你想，变得快不快。

　　《新语林》上的关于照相的一篇文章[1]，是我做的。公汗也是我的一个化名，但文章有时被检查官删去，弄得有头没尾，不成样子了。

　　此复，即颂

时绥。

迅 上 十一月廿四日

＊　　　＊　　　　＊

〔1〕 即《从孩子的照相说起》,后收入《且介亭杂文》。

# 341125　致 曹 靖 华

汝珍兄:

二十二日信收到。我从二十二日起,没有发热,连续三天不发热,流行感冒是算是全好的了,这回足足生了二礼拜病,在我一生中,算是较久的一回。

木刻除 K.G.〔1〕两人外,别人都没有信。《引玉集》却将卖完了,现又去再版二百本。

日前挂号寄上《文学报》一包至学校,不知收到否?

我大约从此可以恢复原状了。此外寓中一切都好,请勿念。　此布,即请

学安。

弟豫 上 十一月廿五日

＊　　　＊　　　　＊

〔1〕 K.G. 指苏联木刻家克拉甫兼珂和冈察罗夫。

# 341127<sup>①</sup> 致 许 寿 裳<sup>〔1〕</sup>

季市兄：

惠函早收到。大约我写得太模糊,或者是兄看错了,我说的是扁桃腺既无须割,沙眼又没有,那么就不必分看专门医,以省经费,只要看一个内科医就够了。

今天嫂夫人携世瑒来,我便仍行我的主张,换了一个医生,姓须藤<sup>〔2〕</sup>,他是六十多岁的老手,经验丰富,且与我极熟,决不敲竹杠的。经诊断之后,他说关键全在消化系,与扁桃腺无关,而眼内亦无沙眼,只因近视而不戴镜,所以容易疲劳。眼已经两个医生看过,皆云非沙眼,然则先前之诊断,不大可怪耶。

从月初起,天天发热,不能久坐,盖疲劳之故,四五天以前,已渐愈矣。上海多琐事,亦殊非好住处也。

专此布达,并请

道安。

弟飞 顿首 十一月廿七日

\*　　　　\*　　　　\*

〔1〕 此信据许寿裳亲属录寄副本编入。

〔2〕 须藤 即须藤五百三。参看 360828(日)信注〔1〕。

# 341127[2]　致 萧军、萧红

刘<br>吟先生：

　　本月三十日（星期五）午后两点钟，你们两位可以到书店里来一趟吗？小说[1]如已抄好，也就带来，我当在那里等候。

　　那书店，坐第一路电车可到。就是坐到终点（靶子场）下车，往回走，三四十步就到了。

　　此布，即请

俪安。

迅 上 十一月二十七日

＊　　　＊　　　＊

　　〔1〕 小说　指《八月的乡村》稿。

# 341128[1]　致 金性尧

维[性]尧先生：

　　稿子[1]并无什么不通或强硬处，只是孩子对理发匠说的话似乎太近文言，不像孩子，最好是改一改。

　　另外有几个错字，也无关紧要，现在都改正了。

　　此复，即颂

时绥。

迅　上　十一月廿八日

＊　　　　＊　　　　＊

〔1〕　该稿后未发表。

# 341128②　致　刘炜明

炜明先生：

十五日惠函收到。一个人处在沈闷的时代，是容易喜欢看古书的，作为研究，看看也不要紧，不过深入之后，就容易受其浸润，和现代离开。

我请先生不要寄钱来。一则，因为我琐事多，容易忘记，疏忽；二则，近来虽也化名作文，但并不多，而且印出来时，常被检查官删削，弄得不成样子，不足观了。倘有单行本印出时，当寄上，不值几个钱，无须还我的。

《二心集》我是将版权卖给书店的，被禁之后，书店便又去请检查，结果是被删去三分之二以上，听说他们还要印，改名《拾零集》，不过其中已无可看的东西，是一定的。

现在当局的做事，只有压迫，破坏，他们那里还想到将来。在文学方面，被压迫的那里只我一人，青年作家，吃苦的多得很，但是没有人知道。上海所出刊物，凡有进步性的，也均被删削摧残，大抵办不〔下〕去。这种残酷的办法，一面固然出于当局的意志，一面也因检查官的报私仇，因为有些想做"文学家"而不成的人们,现在有许多是做了秘密的检查官了,他们恨不得将他们的敌手一网打尽。

星洲[1]也非言论自由之地,大约报纸上的消息,是不会确于上海的,邮寄费事,还是不必给我罢。

专此布复,即颂

时绥。

鲁迅 十一月二十八夜。

＊　　　＊　　　＊

〔1〕 星洲　指新加坡。

# 341202　致 郑 振 铎

西谛先生:

装好之《清人杂剧》二集早收到,感谢之至。

《十竹斋笺谱》内山豫约二十部,我要十部,共希留下三十部为感。

底本[1]如能借出,我想,明年一年中,出老莲画集一部,更以全力完成《笺谱》,已有大勋劳于天下矣。

专此布达,即请

撰安。

迅 顿首 十二月二夜。

　＊　　　　＊　　　　＊

〔1〕　底本　指周子兢所藏的《水浒叶子》。

# 341204　致孟十还

十还先生：

　　三日信并译稿，今午收到。稿子我也想最好是一期登完，不过须多配短篇，因为每期的目录，必须有八九种才像样。要我修改，我是没有这能力的，不过有几个错字，我可以改正。

　　插图也很好，但一翻印，缩小，就糟了。原图自当于用后奉还。

　　以后的《译文》，不能常是绍介 Gogol[1]；高尔基已有《童话》[2]，第三期得检查老爷批云：意识欠正确。所以从第五期起，拟停登数期。我看先生以后最好是译《我怎样写作》[3]，检查既不至于怎样出毛病，而读者也有益处。大约是先绍介中国读者比较知道一点的人，如拉甫列涅夫，里别进斯基，斐丁[4]，为合。

　　赠送《译文》的事，当向书店提议。和商人交涉，真是难极了，他们的算盘之紧而凶，真是出人意外。《译文》已出三期，而一切规约，如稿费之类，尚未商妥。我们要以页计，他们要以字数计，即此一端，就纠纷了十多天，尚无结果。所以先生的稿费，还要等一下，但年内是总要弄好的。

　　果戈理虽然古了，他的文才可真不错。日前得到德译的一部全集[5]，看了一下，才知道《鼻子》[6]有着译错的地方。

我想,中国其实也该有一部选集 1.《Dekanka 夜谈》;2.《Mirgorod》;3. 短篇小说及 Arabeske;4. 戏曲;5 及 6,《死灵魂》[7]。不过现在即使有了不等饭吃的译者,却未必有肯出版的书坊。现在是虽是一个平常的小梦,也很难实现。

专此布复,即颂

时绥。

迅 上 十二月四日。

*    *    *

〔1〕 Gogol 即果戈理。

〔2〕《童话》 即《俄罗斯的童话》,高尔基著,邓当世(鲁迅)译,《译文》第一卷第二期至第四期(1934 年 10 月至 12 月)曾连载部分,第二卷第二期(1935 年 4 月)续载一次,未完。全书于 1935 年 8 月由上海文化生活出版社出版,列为《文化生活丛刊》第三种。

〔3〕《我怎样写作》 指《我们怎样写作》,苏联作家创作经验文集,1930 年列宁格勒著作家出版部出版。该书后由曹靖华、孟十还、张仲实等翻译,于 1937 年 4 月由联华书局出版,内附鲁迅收集的十二位作家的照片。

〔4〕 拉甫列涅夫(Б. А. Лавренев,1892—1959) 苏联作家。著有中篇小说《第四十一》、剧本《为了海上的人们》等。里别进斯基(Ю. Н. Либединский,1898—1959),苏联作家,著有中篇小说《一周间》等。斐丁,即费定。

〔5〕 指德译的五卷本《果戈理全集》,奥托·布埃克编,1920 年柏林普罗皮勒恩出版社出版。

〔6〕《鼻子》 短篇小说,果戈理作,许遐(鲁迅)译,载《译文》第

一卷第一期(1934 年 9 月)。

〔7〕《Dekanka 夜谈》　即《狄康卡近乡夜话》,短篇小说集。《Mirgorod》,即《密尔格拉德》,中篇小说集。Arabeske,德语:小品集。《死灵魂》,即《死魂灵》,长篇小说。

# 341205①　致　郑振铎

西谛先生:

　　日前上一函,说内山豫约《十竹斋笺谱》二十部,现在他又要加添十部,那么,连我的共有四十部了,特此声明。

　　记得《博古牌子》的裱本,序跋有些乱,第一页则似倒置卷末,这回复印,似应移正。

　　此布,即请

撰安。

　　　　　　　　　　　　　迅　顿首　十二月五日

# 341205②　致　孟十还

十还先生:

　　昨午寄奉一函后,傍晚遇黄源先生,才知道拉甫列涅夫及里别进斯基的《我怎样写作》,早有靖华译稿〔1〕寄来,所以我前信的话,应该取消。

　　斐定是仍可以用的,他的《花园》曾译成中文。此外不知还有和中国人较熟者否?但即使全生,我想,倘译一篇这作者的短篇一同登载,也就好。

　　不知先生以为何如?

　　专此布达,即颂

时绥。

迅　上　十二月五日

＊　　　＊　　　＊

　〔1〕　曹靖华的这两篇译稿,当时未能在《译文》上发表。拉甫列涅夫的《我怎样写作》,后刊载于《现实文学》第一卷第二期(1936 年 8 月)。

# 341205　　致　杨霁云

霁云先生:

　　顷奉到四日信,始知已在上海。七日(星期五)午后二时,希惠临书店,当在其地奉候,并携交　先生所要之《北平笺谱》及《木刻纪程》。

　　欲将删遗的文字付印,倘不至于对不住读者,本人却无异议。如不急急,亦可自校一遍,惟近几日却难,因生病将近一月,尚无力气也。

　　专此布复,即请

文安。

迅　顿首　十二月五夜。

# 341206<sup>①</sup>　致 孟 十 还

孟先生：

　　五日函奉到。外国的作家，恐怕中国其实等于并没有绍介。每一作家，乱译几本之后，就完结了。屠格涅夫<sup>〔1〕</sup>被译得最多，但至今没有人集成一部选集。《战争与和平》<sup>〔2〕</sup>我看是不会译完的，我对于郭沫若先生的翻译，不大放心，他太聪明，又大胆。

　　计划的译选集<sup>〔3〕</sup>，在我自己，现在只是一个梦而已。近十来年中，设译社，编丛书<sup>〔4〕</sup>的事情，做过四五回，先前比现在还要"年富力强"，真是拚命的做，然而结果不但不好，还弄得焦头烂额。现在的一切书店，比以前更不如，他们除想立刻发财外，什么也不想，即使订了合同，也可以翻脸不算的。我曾在神州国光社上过一次〖一次〗大当<sup>〔5〕</sup>，《铁流》就是他们先托我去拉，而后来不要了的一种。

　　《译文》材料的大纲，最好自然是制定，不过事实上很难。没有能制定大纲的元帅，而且也没有许多能够担任分译的译者，所以暂时只能杂一点，取乌合主义，希望由此引出几个我们所不知道的新的译者来——其实志愿也小得很。

　　稿子是该论页的，但商人的意见，和我们不同，他们觉得与萝卜白菜无异，诗的株儿小，该便宜，塞满全张的文章株儿大，不妨贵一点；标点，洋文，等于缚白菜的草，要除掉的。脑子像石头，总是说不通。算稿费论页，已由我们自己决定了，这回是他们要插画减少,可惜那几张黄纸了,你看可气不可气?

上海也有原是作家出身的老版,但是比纯粹商人更刻薄,更凶。

办一个小杂志,就这么麻烦,我不会忍耐,幸而茅先生还能够和他们"折冲尊俎"[6],所以至今还没有闹开。据他们说,现在《译文》还要折本,每本二分,但我不相信。

此布,即颂

时绥。

迅 上 十二月六日

＊　　　＊　　　＊

〔1〕 屠格涅夫(И. С. Тургенев,1818—1883) 俄国作家。所著长篇小说《父与子》、《罗亭》、《前夜》、《贵族之家》、《烟》,中篇小说《春潮》、《初恋》、《阿霞》等,当时均已有中译本。

〔2〕 《战争与和平》 长篇小说,俄国列夫·托尔斯泰著。郭沫若据德译本译了一部分,于1931年至1933年由上海文艺书店分三册出版。

〔3〕 选集 指《果戈理选集》。

〔4〕 设译社 指创办未名社、朝花社等。编丛书,指编《未名丛刊》、《科学的艺术论丛书》、《朝花小集》、《现代文艺丛书》、《文艺连丛》等。

〔5〕 在神州国光社上当的事,参看340526信注〔1〕。

〔6〕 "折冲尊俎" 语出《国策·齐策五》:"此臣之所谓比之堂上,禽将户内,拔城于尊俎之间,折冲席上者也。"

# 341206<sup>②</sup>　致 萧 军、萧 红

刘<br>吟先生：

　　两信均收到。我知道我们见面之后，是会使你们悲哀的，我想，你们单看我的文章，不会料到我已这么衰老。但这是自然的法则，无可如何。其实，我的体子并不算坏，十六七岁就单身在外面混，混了三十年，这费力可就不小；但没有生过大病或卧床数十天，不过精力总觉得不及先前了，一个人过了五十岁，总不免如此。

　　中国是古国，历史长了，花样也多，情形复杂，做人也特别难，我觉得别的国度里，处世法总还要简单，所以每个人可以有工夫做些事，在中国，则单是为生活，就要化去生命的几乎全部。尤其是那些诬陷的方法，真是出人意外，譬如对于我的许多谣言，其实大部分是所谓"文学家"造的，有什么仇呢，至多不过是文章上的冲突，有些是一向毫无关系，他不过造着好玩，去年他们还称我为"汉奸"，说我替日本政府做侦探〔1〕。我骂他时，他们又说我器量小。

　　单是一些无聊事，就会化去许多力气。但，敌人是不足惧的，最可怕的是自己营垒里的蛀虫，许多事都败在他们手里。因此，就有时会使我感到寂寞。但我是还要照先前那样做事的，虽然现在精力不及先前了，也因学问所限，不能慰青年们的渴望，然而我毫无退缩之意。

《两地书》其实并不像所谓"情书",一者因为我们通信之初,实在并未有什么关于后来的豫料的;二则年龄,境遇,都已倾向了沈静方面,所以决不会显出什么热烈。冷静,在两人之间,是有缺点的,但打闹,也有弊病,不过,倘能立刻互相谅解,那也不妨。至于孩子,偶然看看是有趣的,但养起来,整天在一起,却真是麻烦得很。

你们目下不能工作,就是静不下,一个人离开故土,到一处生地方,还不发生关系,就是还没有在这土里下根,很容易有这一种情境。一个作者,离开本国后,即永不会写文章了,是常有的事。我到上海后,即做不出小说来,而上海这地方,真也不能叫人和他亲热。我看你们的现在的这种焦躁的心情,不可使它发展起来,最好是常到外面去走走,看看社会上的情形,以及各种人们的脸。

以下答问——

1.我的孩子叫海婴,但他大起来,自己要改的,他的爸爸,就连姓都改掉了。阿菩是我的第三个兄弟的女儿。

2.会是开成的[2],费了许多力;各种消息,报上都不肯登,所以在中国很少人知道。结果并不算坏,各代表回国后都有报告,使世界上更明瞭了中国的实情。我加入的。

3.《君山》我这里没有。

4.《母亲》[3]也没有。这书是被禁止的,但我可以托人去找一找。《没落》[4]我未见过。

5.《两地书》我想东北是有的,北新书局在寄去。

6.我其实是不喝酒的;只在疲劳或愤慨的时候,有时喝一点,现在是绝对不喝了,不过会客的时候,是例外。说我怎样爱喝酒,也是"文学家"造的谣。

7.关于脑膜炎的事,日子已经经过许久了,我看不必去更正了罢。

我们有了孩子以后,景宋几乎和笔绝交了,要她改稿子,她是不敢当的。但倘能出版,则错字和不妥处,我当负责改正。

你说文化团体,都在停滞——无政府状态中……,一点不错。议论是有的,但大抵是唱高调,其实唱高调就是官僚主义。我的确常常感到焦烦,但力所能做的,就做,而又常常有"独战"的悲哀。不料有些朋友们,却斥责我懒,不做事;他们昂头天外,评论之后,不知那里去了。

来信上说到用我这里拿去的钱时,觉得刺痛,这是不必要的。我固然不收一个俄国的卢布,日本的金圆,但因出版界上的资格关系,稿费总比青年作家来得容易,里面并没有青年作家的稿费那样的汗水的——用用毫不要紧。而且这些小事,万不可放在心上,否则,人就容易神经衰弱,陷入忧郁了。

来信又愤怒于他们之迫害我。这是不足为奇的,他们还能做什么别的? 我究竟还要说话。你看老百姓一声不响,将汗血贡献出来,自己弄到无衣无食,他们不是还要老百姓的性命吗?

此复,即请

俪安。

迅　上　十二月六日

再：有《桃色的云》及《小约翰》,是我十年前所译,现在
再版印出来了,你们两位要看吗?望告诉我。　又及

　*　　　*　　　*

〔1〕替日本政府做侦探　参看340516②信及其注〔10〕。

〔2〕指世界反对帝国主义战争委员会组织的远东反战会议。
1933年9月30日在上海秘密召开,主题是反对日本帝国主义侵略中
国。到会的有英、法、比等国代表,鲁迅未能到会,但被选为大会主席团
名誉主席之一。

〔3〕《母亲》高尔基著的长篇小说,参看331220①信注〔8〕。

〔4〕《没落》即《阿尔达莫诺夫家的事业》,长篇小说,高尔基
著,陈小航译,1932年8月神州国光社出版。

# 341206③ 致母亲

母亲大人膝下,敬禀者,十一月二十六日来信,早经收到。男
这回生了二十多天病,算是长的,但现在已经好起来
了,胃口渐开,精神也恢复了不少,服药亦停止,可请勿
念。害马也好的。海婴很好,因为医生说给他吃鱼肝
油(清的),从一月以前起,每餐后就给他吃一点,腥气
得很,而他居然也能吃。现在胖了,抱起来,重得像一
块石头,我们现在才知道鱼肝油有这样的力量,但麦精
鱼肝油及男在北平时所吃的那一种,却似乎没有这么有
力。

他现在整天的玩，从早上到睡觉，没有休息，但比以前听话。外套稍小，但明年春天还可以穿一回，以后当给与老三的孩子，他们目下还用不着，大的穿起来太小，小的穿又太大。

上海总算是冷了，寓中已装火炉，昨晚生了火，热得睡不着，可见南边虽说是冷，总还暖和，和北方是比不来的。

专此布达，恭请

金安。

　　　　男树　叩上。广平海婴随叩　十二月六日

## 341209<sup>①</sup>　致　许寿裳<sup>〔1〕</sup>

季市兄：

顷奉到十二月五日惠函，备悉种种。世瑒来就医时，正值弟自亦隔日必赴医院，同道而去，于时间及体力，并无特别耗损，务希勿以为意。至于诊金及药费，则因与医生甚熟，例不即付，每月之末，即开账来取，届时自当将世瑒及陶女士<sup>〔2〕</sup>之帐目检出寄奉耳。

弟因感冒，害及肠胃，又不能悠游，遂全颓惫多日，幸近已向愈，胃口亦渐开，不日当可复原，希勿念为幸。

专此布复，并颂

曼福。

　　　　　　　　　弟飞　顿首　十二月九日

\* \* \*

〔1〕 此信据许寿裳亲属录寄副本编入。

〔2〕 陶女士 指陶振能,浙江嘉兴人,许寿裳的内侄女。

# 341209<sup>②</sup> 致 杨霁云

霁云先生:

蒙惠书,谨悉。集名还是《集外集》好;稿已看了一遍,改了几处,明日当托书店先行挂号寄还,因为托其面交和寄出,在我是一样的,而可省却先生奔波。惟虑先生旅中未带印章,故稿系寄曹先生〔1〕收,希先向曹先生接洽为幸。

那一篇〔2〕四不像的骈文,是序《淑姿的信》,报章虽云淑姿是我的小姨,实则和他们夫妇皆素昧平生,无话可说,故以骈文含胡之。此书曾有一本,但忘却了放在何处,俟稍休息,当觅出录奉。我为别人译作所做的序,似尚有数篇,如韦丛芜译的《穷人》〔3〕之类(集中好像未收),倘亦可用,当于觅《淑姿》时一同留心,搜得录奉也。

旧诗本非所长,不得已而作,后辄忘却,今写出能记忆者数章。《集外集》签已写,与诗一样不佳,姑先寄上,太大或太小,制版时可伸缩也。序文我想能于二十日前缴卷。此复,即颂
时绥。

迅 顿首 十二月九日

聚仁先生处乞代致候。

无题〔4〕

洞庭木落楚天高，眉黛猩红涴战袍。泽畔有人吟不得，秋波渺渺失离骚。

赠人（这与"越女……"那一首是一起的）

秦女端容理玉筝，梁尘踊跃夜风轻。须臾响急冰弦绝，但见奔星劲有声。

二十三年元旦

云封高岫护将军，霆击寒村灭下民。到底不如租界好，打牌声里又新春。

自嘲

运交华盖欲何求，未敢翻身已碰头。破帽遮颜过闹市，漏船载酒泛中流。横眉冷对千夫指，俯首甘为孺子牛。躲进小楼成一统，管它冬夏与春秋。

＊　　　　＊　　　　＊

〔1〕　曹先生　指曹聚仁。

〔2〕　那一篇　指《〈淑姿的信〉序》，后收入《集外集》。1932 年 9 月 26 日《大晚报·读书界》的"文坛新讯"栏曾载《鲁迅为小姨作序》一文，其中说："最近北新书局出版金淑姿女士创作《信》一种，前有鲁迅氏序文一篇，乃以四六句作成，词藻极为富丽，闻金女士乃鲁迅之小姨云。"

〔3〕　《穷人》　这里指《〈穷人〉小引》，后收入《集外集》。

〔4〕　此诗及以下各诗均收入《集外集》。

# 341210<sup>①</sup>　致　郑振铎

西谛先生：

　　七日信收到，印《笺谱》纸，八开虽较省，而看起来颇逼仄，究竟觉得寒蠢，所以我以为不如用六开之大方，刻、印等等，所费已多，最后之纸张费，省俭不得也。或者初版售罄，或全书印成，续行再版时，再用八开，以示区别，亦可。

　　先出《博古页子》，极好。我想，这回一种已足，索性连《九歌图》都不加入，独立可也。先生似应做一跋，说明底本来源，并于罗遗老印行之伪本〔1〕，加以指摘，庶几读者知此本之可贵耳。

　　我想特别用染黄之罗纹纸印五部，内加毛太纸衬，订以成书，页数不多，染色或不大难，不知先生能代为费神布置否？但倘麻烦，便可作罢。

　　此复，即请

撰安。

迅　顿首　十二月十日

＊　　　＊　　　＊

〔1〕　指上海蟫隐庐 1930 年影印的《博古叶子》，底本系清代袁辛夫摹本，由罗振玉题署书名。

# 341210<sup>②</sup>　致 萧 军、萧 红

<sup>刘</sup><sub>吟</sub>先生：

　　八夜信收到。我的病倒是好起来了，胃口已略开，大约可以渐渐恢复。童话两本，已托书店寄上，内附译文两本〔1〕，大约你们两位也没有看过，顺便带上。《竖琴》上的序文〔2〕，后来被检查官删掉了，这是初版，所以还有着。你看，他们连这几句话也不准我们说。

　　如果那边还有官力以外的报，那么，关于"脑膜炎"的话，用"文艺通信"的形式去说明，也是好的。为了这谣言，我记得我曾写过几十封正误信，化掉邮费两块多。

　　中华书局译世界文学的事，早已过去了，没有实行。其实，他们是本不想实行的，即使开首会译几部，也早已暗中定着某人包办，没有陌生人的份儿。现在蒋〔3〕死了，说本想托蒋译，假如活着，也不会托他译的，因为一托他，真的译出来，岂不大糟？那时他们到我这里来打听靖华的通信地址，说要托他，我知道他们不过玩把戏，拒绝了。现在呢，所谓"世界文学名著"，简直不提了。

　　名人，阔人，商人……常常玩这一种把戏，开出一个大题目来，热闹热闹，以见他们之热心。未经世故的青年，不知底细，就常常上他们的当；碰顶子还是小事，有时简直连性命也会送掉，我就知道不少这种卖血的名人的姓名。我自己现在

虽然说得好像深通世故，但近年就上了神州国光社的当，他们与我订立合同，托我找十二个人，各译苏联名作一种，出了几本，不要了，有合同也无用，我只好又磕头礼拜，各去回断，靖华住得远，不及回复，已经译成，只好我自己付版税，又设法付印，这就是《铁流》，但这书的印本一大半和纸版，后来又被别一书局[4]骗去了。

那时的会[5]，是在陆上开的，不是船里，出席的大约二三十人，会开完，人是不缺一个的都走出的，但似乎也有人后来给他们弄去了，因为近来的捕，杀，秘密的居多，别人无从知道。爱罗先珂却没有死，听说是在做翻译，但有人寄信去，却又没有回信来。

义军[6]的记载看过了，这样的才可以称为战士，真叫我似的弄笔的人惭愧。我觉得文人的性质，是颇不好的，因为他智识思想，都较为复杂，而且处在可以东倒西歪的地位，所以坚定的人是不多的。现在文坛的无政府情形，当然很不好，而且坏于此的恐怕也还有，但我看这情形是不至于长久的。分裂，高谈，故作激烈等等，四五年前也曾有过这现象，左联起来，将这压下去了，但病根未除，又添了新分子，于是现在老病就复发。但空谈之类，是谈不久，也谈不出什么来的，它终必被事实的镜子照出原形，拖出尾巴而去。倘用文章来斗争，当然更好，但这种刊物不能出版，所以只好慢慢的用事实来克服。

其实，左联开始的基础就不大好，因为那时没有现在似的压迫，所以有些人以为一经加入，就可以称为前进，而又并无大危险的，不料压迫来了，就逃走了一批。这还不算坏，有的竟至于反而卖消息去了。人少倒不要紧，只要质地好，而现在连这也做不到。好的也常有，但不是经验少，就是身体不强健（因为生活大抵是苦的），这于战斗是有妨碍的。但是，被压迫的时候，大抵有这现象，我看是不足悲观的。

　　卖性的事，我无所闻，但想起来是能有的；对付女性，南方官大约也比北方残酷，血债多得很。

　　此复，即请

俪安。　　　　　　　　　　　　迅　上　十二月十夜。


※　　　※　　　　※

　　〔1〕　译文两本　指《竖琴》和《一天的工作》。

　　〔2〕　序文　指《〈竖琴〉前记》，后收入《南腔北调集》。1933年《竖琴》印行第三版时，《前记》被删。

　　〔3〕　指蒋光慈。

　　〔4〕　别一书局　指光华书局。

　　〔5〕　指远东反战会议。

　　〔6〕　义军　指东北抗日义勇军。


# 341211<sup>①</sup>　致　金性尧

维［性］尧先生：

　　来信收到。先生所责的各点，都不错的。不过从我这面说，却不能不希望原谅。因为我本来不善于给人改文章，而且我也有我的事情,桌上积着的未看的稿子,未复的信件还多得很。对于先生,我自以为总算尽了我可能的微力。先生只要一想,我一天要复许多信,虽是寥寥几句,积起来,所化的时间和力气,也就可观了。

我现在确切的知道了对于先生的函件往还,是彼此都无益处的,所以此后也不想再说什么了。

来稿奉还。我近日尚无什么"杂感"出版。

专此布复,即颂

时绥。

鲁迅 十二月十一日

# 341211② 致 曹聚仁

聚仁先生:

八日信收到;早先收到信,本拟即奉复,但门牌号数记不真切了,遂停止。记得前信说心情有些改变,这是一个人常有的事情,长吉[1]诗云,"心事如波涛",说得很真切。其实有时候虽像改变,却非改变的,起伏而已。

天马书店要送检查[2],随他去送罢,其中似乎也未必有犯忌的地方,虽然检查官的心眼,不能以常理测之。

一月前起每天发热,或云西班牙流行感冒,观其固执不已,颇有西班牙气,或不诬也。但一星期前似终于退去,胃口亦渐开,盖非云已愈不可矣。

专此布复,即请

撰安。

迅　顿首　十二月十一日

致杨先生笺乞转交。

＊　　　　＊　　　　＊

〔1〕　长吉　李贺(790—816)，字长吉，福昌(今河南宜阳)人，唐代诗人。著有《昌谷集》。"心事如波涛"，语出《申胡子觱篥歌》："今夕岁华落，令人惜平生；心事如波涛，中坐时时惊。"

〔2〕　送检查　指送检《门外文谈》书稿，内收鲁迅《门外文谈》等有关语文改革的文章五篇，1935 年 9 月出版。

# 341211③　致　杨　霁　云

霁云先生：

　　《集外集》稿，昨已寄出，不知已收到否？十日来信，顷收到。

　　钟敬文编的书里的三篇演说〔1〕，请不要收进去，记的太失真，我自己并未改正，他们乱编进去的，这事我当于自序中说明。《现代新文学……》序〔2〕，不如不收，书已禁止，序必被删。

　　《南腔北调》失收的有两篇，一即《选本》，议论平常，或不犯忌，可收入；一为《上海杂感》〔3〕，先登日本的《朝日新闻》，后译载在《文学新地》〔4〕上，必被检掉，不如不收；在暨南的讲演〔5〕，即使检得，恐怕也通不过的。

一九三一年[6]到北平时,讲演了五回,报上所登的讲词,只有一篇[7]是我自己改正过的,今寄上,或者可用;但记录人名须删去,因为这是会连累他们的,中国的事情难料得很。录出后,原报仍希掷还。

匆复,并请

旅安。

迅 顿首 十二月十一日

\* \* \*

〔1〕 三篇演说 指收入《鲁迅在广东》一书中的《鲁迅先生的演说》、《老调子已经唱完》、《读书与革命》。

〔2〕 即《〈现代新兴文学的诸问题〉小引》,后收入《译文序跋集》。《现代新兴文学的诸问题》,日本片上伸著,鲁迅译,1929 年 4 月上海大江书铺出版,1934 年 2 月被国民党当局查禁。

〔3〕 《上海杂感》 即《上海所感》,后收入《集外集拾遗》。

〔4〕 《文学新地》 "左联"有关刊物,上海文学新地社编辑,1934 年 9 月创刊,仅出一期。

〔5〕 在暨南的讲演 指《文艺与政治的歧途》,后收入《集外集》。

〔6〕 应为 1932 年。

〔7〕 指《今春的两种感想》,后收入《集外集拾遗》。

# 341212 致 赵 家 璧

家璧先生:

那一本《尼采自传》[1],今送上。约计字数,不到六万,用中等大的本子,四号字印起来,也不过二百面左右。

假如要印的话,则——

一、译者以为书中紧要字句,每字间当距离较远,但此在欧文则可,施之汉文,是不好看的(也不清楚,难以醒目)。所以我给他改为字旁加黑点。但如用黑体字或宋体字,似亦佳。

二、圈点不如改在字旁,因为四号字而标点各占一格,即令人看去觉得散漫。

三、前面可以插一作者像,此像我有,可以借照。

四、译者说是愿意自己校对,不过我觉得这不大妥,因为他不明白印刷情形,有些意见是未必能照办的。所以不如由我校对,比较的便当。但如　先生愿意结识天下各种古怪之英雄,那我也可以由他自己出马。

专此布达,即请

撰安。

迅　上　十二月十二日

前些时送上的一套图表〔2〕,看来《良友》〔3〕是不能用的了,倘能检出,乞于便中令人放在书店,为感。　又及。

＊　　　＊　　　＊

〔1〕《尼采自传》　梵澄(徐诗荃)译,1935年4月良友图书印刷公司出版。

〔2〕图表　指苏联第一个五年计划的图表。当时鲁迅交良友图书印刷公司出版。

〔3〕《良友》　即《良友图画杂志》,月刊,1926年2月创刊,1945

年10月停刊,上海良友图书印刷公司出版。

# 341213[①]　致 曹 聚 仁

聚仁先生:

十一日函奉到。《集外集》那里出版,我毫无成见,群众[1]当然可以;版税也不能要,这本子,我自己是全没有费过力的。惟一的条件,是形式最好和《热风》之类一样。

这本东西,印起来大约不至于犯忌,但内容不佳,卖起来大约也不至于出色。

专此布复,即请

文安。

　　　　　　　　　　　迅　顿首 十二月十三日

附二纸,希转交　杨先生。　又及。

＊　　　＊　　　＊

〔1〕 群众　指上海群众图书公司。

# 341213[②]　致 杨 霁 云

哭范爱农[1](一九一三年)

把酒论天下,先生小酒人。大圜犹酩酊,微醉合沈沦。幽谷无穷夜,新宫自在春。旧朋云散尽,余亦等轻尘。

霁云先生：

《信》序〔2〕已觅得，今抄奉，并旧诗一首。前回说过的《穷人》序，找不到了，倘将别人的译作的序跋都抄进去，似乎太麻烦，而且我本也不善于作序，还是拉倒罢。此请

旅安。

迅 顿首 十二月十三日

前次寄上旧诗数首，不知已收到否？

\* \* \*

〔1〕 哭范爱农　此诗为《哀范君三章》的第三首，后收入《集外集》。全诗编入《集外集拾遗》。

〔2〕 《信》序　指《〈淑姿的信〉序》。

# 341214　致 杨霁云

霁云先生：

十三日函收到。来函所开各篇，我并无异议。那么，还记得了两篇：

一、《〈爱罗先珂童话集〉序》〔1〕　（商务版）

二、《红笑》跋〔2〕　（《红笑》是商务版，梅川〔3〕译，但我的文章，也许曾登《语丝》。）

各种讲演，除《老调子已经唱完》之外，我想，还是都不登罢，因为有许多实在记得太不行了，有时候简直我并没有说或是相反的，改起来非重写一遍不可，当时就因为没有这勇气，

只好放下,现在更没有这勇气了。

《监狱,火……》〔4〕是今年做的,还不能算集外文。

关于检查的事,先生的话是不错的,不过我有时也为出版者打算,即如《南腔北调》,也自己抽去了三篇,然结果也还是似禁非禁。这回曹先生来信,谓群众公司想出版,我回信说我是无所不可的。现在怎么办好呢,我是毫无成见,请你们二位商量一下就好。

那抽下的三篇和《选本》原稿,今都寄上,以备参考,用后仍希掷还。

乾雍禁书,现在每部数十元,但偶然入手,看起来,却并没有什么,可笑甚矣。现正在看《闲渔闲闲录》〔5〕,是作者因此杀头的,内容却恭顺者居多,大约那时的事情,也如现在一样,因于私仇为多也。

专此布复,即请

旅安。

　　　　　　　　迅　顿首 十二月十四日


　　＊　　　　＊　　　　＊

〔1〕 《〈爱罗先珂童话集〉序》 后收入《译文序跋集》。

〔2〕 《红笑》跋 即《关于〈关于红笑〉》,后收入《集外集》。

〔3〕 梅川 王方仁(1905—1946),原名王以芳,笔名梅川,浙江镇海人。鲁迅在厦门大学任教时的学生,朝花社成员。

〔4〕 《监狱,火……》 即《关于中国的两三件事》,后收入《且介亭杂文》。

〔5〕　《闲渔闲闲录》　杂录朝典、时事、诗句的杂记,清代蔡显著,共九卷,乾隆时禁书,1915年吴兴刘氏嘉业堂翻印。据《清代文字狱档》第二辑"蔡显《闲渔闲闲录》案"记载:蔡显(1697—1767),字笠夫,号闲渔,清江苏华亭(今上海松江)人,雍正时举人,乾隆三十二年(1767)两江总督和江苏巡抚告发蔡显所著《闲渔闲闲录》一书"语含诽谤,意多悖逆",结果蔡显被"斩决",其子"斩监候秋后处决",门人等分别"杖流"及"发伊犁等处充当苦差"。

# 341215　致何白涛

白涛先生:

十二月八日信已收到。这几月来,因为琐事多,又生了一个月病,一面又得支持生活,而生活因此又更加杂乱,所以两月前的信,就忘了答复了,但信是收到的,因为我还依稀的记得先生已不在广州。

这回的两张木刻,《收获》较好,我看还是绍介到《文学》去罢,《太白》的读者,恐怕是比较的不大留心艺术的。《相逢》的设想和表现法极有趣,但可惜其中最紧要的两匹主角,并不出色。

先生的作品,我希望再寄一份来,最好是用白色的中国纸印。

关于《引玉集》的账目等事,请直接与内山书店交涉,书款也可直接寄给他们,只要说明系《引玉集》款就好,他们有人懂得汉文的。因为这些卖书的事情,全在归书店办理。《引玉集》已卖得只剩了两本,但我想去添印二百本,这书大约暂时还有人要的。

此复,即颂

时绥。

迅 上。十二月十五日。

# 341216<sup>①</sup> 致 杨 霁 云

霁云先生:

十四十五两函,顷同时收到。在北平共讲五次,手头存有记录者只有二篇[1],都记得很不确,不能用,今姑寄上一阅。还有两回是上车之前讲的,一为《文艺与武力》[2],其一,则连题目也忘记了[3]。其时官员已深恶我,所以也许报上不再登载讲演大略。

帮闲文学实在是一种紧要的研究,那时烦忙,原想回上海后再记一遍的,不料回沪后也一直没有做,现在是情随事迁,做的意思都不起来了,所以那《五讲三嘘集》也许将永远不过一个名目。

来函所说的印法,纸张,我都同意;稿子似乎只要新加的给我看一看就好,前回已经看过的一部分,可以不必寄我了。如有版税,给我一半,我也同意,大约我如不取其半, 先生也一定不肯干休的。至于我因此费力,却并无其事,不必用心的事情,比较的不会令人疲劳。但近来却又休息了几天,那是因为在一天里写了四五千字[4],自己真也觉得精神体力,大不

297

如前了，很想到乡下去，连报章都不看，玩它一年半载，然而新近已有国民服役条例[5]，倘捉我去修公路，那就未免比作文更费力了，这真叫作踢天蹐地。

前信提出了一篇《〈爱罗先珂童话集〉序》，后来一想，是不应当收的，因为那童话也几乎全是我的翻译。

东北文风，确在非常恭顺而且献媚，听说报上论文，十之九是以"王道政治"[6]作结的。又曾见官厅给编辑的通知，谓凡有挑剔贫富，说述斗争的文章，皆与"王道"不合，此后无须送检云云，不过官气倒不及我们这里的霸道政治之十足。但有一件事，好像我们这里的智识者们确是明白起来了，这是可以乐观的。对于什么言论自由的通电[7]，不是除胡适之外，没有人来附和或补充么？这真真好极妙极。

专此布复，顺颂

旅安。

迅　顿首　十二月十六日

＊　　　＊　　　＊

〔1〕　二篇　指《帮忙文学与帮闲文学》和《革命文学与遵命文学》。前者收入《集外集拾遗》。后者系鲁迅于 1932 年 11 月 24 日在北平女子文理学院的讲演。

〔2〕　《文艺与武力》　鲁迅于 1932 年 11 月 28 日在北平中国大学的讲演。

〔3〕　指鲁迅于 1932 年 11 月 27 日在北京师范大学的讲演，讲题为《再论"第三种人"》。

〔4〕 指《病后杂谈》,后收入《且介亭杂文》。

〔5〕 国民服役条例 1934 年 12 月 2 日,蒋介石以"养成劳作习惯,促进建设事业,振发奉公观念"为名,向苏、浙、皖等十六省发出"应即分别规定人民服工役之办法"的通电,电文中有"征工筑路""为今日最急之务"和"凡规定应服工役之人,概须亲自应征,不得纵容规避"等语(据 1934 年 12 月 3 日《申报》)。

〔6〕 "王道政治" 1932 年 3 月 8 日,伪满洲国"执政"溥仪在长春发表《执政宣言》,声称"今吾立国,以道德仁爱为主,除去种族之见,国际之争,王道乐土,当可见诸事实"。1934 年 3 月 1 日,伪满洲帝国成立,溥仪又在《即位诏书》中说:"永远尊重王道政治,绝不变更。"

〔7〕 言论自由的通电 1934 年 11 月 27 日,汪精卫、蒋介石发表致全国的《通电》,其中有"人民及社会团体间,依法享有言论结社之自由,但使不以武力及暴动为背景,则政府必当予以保障,而不加以防制"等语(据 1934 年 11 月 28 日《申报》)。同年 12 月 9 日,胡适在天津《大公报》上发表《汪蒋通电里提起的自由》一文,声称"我们对于这个原则,当然是完全赞成的",并说《通电》用"'不以武力及暴动为背景'一语,比宪法草案里用'依法'和'非依法律'一类字样,清楚多了"。


# 341216② 致 母 亲

母亲大人膝下,敬禀者。海婴要写信给母亲,由广平写出,今寄上。话是他嘴里讲的,夹着一点上海话,已由男在字旁译注,可以懂了。他现在胖得圆圆的,比先前听话,这几天最得意的有三件事,一,是亦能陪客(其实是来捣乱),二是自来水龙头要修的时候,他认识工人的住处,能去叫来,三是刻了一块印章。在信后面说的就是。但字却不大愿意认,说是每天认字,也不确的。母亲寄给我们的照相,现已配好镜框,挂在房中,和三年前见面的时候,并不两样,而且样子很自然,要算照得最好的了。男病已愈,胃口亦渐开;广平亦好,请勿念为要。专此布达,恭请

金安。

男树　叩上　广平海婴随叩　十二月十六日

# 341217　致　萧军、萧红

刘吟先生:

本月十九日(星期三)下午六时,我们请

你们俩到梁园豫菜馆吃饭,另外还有几个朋友[1],都可以随便谈天的。梁园地址,是广西路三三二号。广西路是二马路与三马路之间的一条横街,若从二马路弯进去,比较的近。

专此布达,并请

俪安。

豫广同具　十二月十七日

\*　　　\*　　　\*

〔1〕 据鲁迅日记,指沈雁冰、叶紫、聂绀弩夫妇、胡风夫妇(后未至)等。

# 341218<sup>①</sup>　致　杨霁云

霁云先生：

　　十七日信收到。那两篇讲演，我决计不要它，因为离实际太远。大约记者不甚懂我的话，而且意见也不同，所以我以为要紧的，他却不记或者当作笑话。《革命文学……》则有几句简直和我的话相反，更其要不得了。这两个题目，确是紧要，我还想改作一遍。

　　《关于红的笑》我手头有，今寄奉，似乎不必重抄，只要用印本付排就好了，这种口角文字，犯不上为它费工夫。但这次重看了一遍，觉得这位鹤西[1]先生，真也太不光明磊落。

　　叭儿之类，是不足惧的，最可怕的确是口是心非的所谓"战友"，因为防不胜防。例如绍伯[2]之流，我至今还不明白他是什么意思。为了防后方，我就得横站，不能正对敌人，而且瞻前顾后，格外费力。身体不好，倒是年龄关系，和他们不相干，不过我有时确也愤慨，觉得枉费许多气力，用在正经事上，成绩可以好得多。

　　中国乡村和小城市，现在恐无可去之处，我还是喜欢北京，单是那一个图书馆，就可以给我许多便利。但这也只是一个梦想，安分守己如冯友兰[3]，且要被逮，可以推知其它了。所以暂时大约也不能移动。

　　先生前信说回家要略迟；我的序拟于二十四为止寄出，想来是来得及的罢。

专此布达，即请

旅安。

迅　上　十二月十八日

＊　　　＊　　　＊

〔1〕　鹤西　即程侃声（1907—1999），湖北安陆人。他在 1929 年 4 月 15 日、17 日和 19 日的北京《华北日报》副刊上连载《关于红笑》一文，指摘梅川所译《红的笑》抄袭了他的译本。

〔2〕　这里指署名绍伯（田汉）所作的《调和》一文，参看《且介亭杂文·附记》和 350207① 信。

〔3〕　冯友兰（1895—1990）　字芝生，河南唐河人，哲学家。当时任清华大学文学院院长兼哲学系主任。1934 年 11 月 28 日，他因发表题为《在苏联所得之印象》的讲演，在北平被国民党保定军事委员会行营传讯，次日获释。

# 341218②　致李　桦[1]

李桦先生：

我所知道的通信地址似乎太简略，不知道此信可能寄到。

今天得到来信并画集三本[2]，寄给我这许多作品，真是非常感谢。看展览会目录[3]，才晓得广州曾有这样的画展，但我们却并未知道。论理，以中国之大，是该有一种（至少）正正堂堂的美术杂志，一面绍介外国作品，一面，绍介国内艺术的发展的，但我们没有，以美术为名的期刊，大抵所载的都是低级趣味之物,这真是无从说起。

铜刻和石刻,工具极关紧要,在中国不能得,成果不能如意,是无足怪的。社会上一般,还不知道 Etching 和 Lithography[4]之名,至于 Monotype[5],则恐怕先前未曾有人提起过。但先生的木刻的成绩,我以为极好,最好的要推《春郊小景》,足够与日本现代有名的木刻家争先;《即景》是用德国风的试验,也有佳作,如《蝗灾》,《失业者》,《手工业者》;《木刻集》中好几幅又是新路的探检,我觉得《父子》,《北国风景》,《休息的工人》,《小鸟的运命》,都是很好的。不知道可否由我寄几幅到杂志社去,要他们登载? 自然,一经复制,好处是失掉不少的,不过总比没有好;而且我相信自己决不至于绍介到油滑无聊的刊物去。

北京和天津的木刻情形,我不明白,偶然看见几幅,都颇幼稚,好像连素描的基础工夫也没有练习似的。上海也差不多,而且没有团体(也很难有团体),散漫得很,往往刻了一通,不久就不知道那里去了。我所知道的木刻家中,有罗清桢君,还是孳孳不倦,他是汕头松口中学的教员(也许就是汕头人),不知道加入了没有?

木刻确已得到客观的支持,但这时候,就要严防它的堕落和衰退,尤其是蛀虫,它能使木刻的趣味降低,如新剧之变为开玩笑的"文明戏"一样。我深希望先生们的团体[6],成为支柱和发展版画之中心。至于我,创作是不会的,但绍介翻印之类,只要能力所及,也还要干下去。

专此布达,即颂

时绥。

迅　上　十二月十八夜。

＊　　　＊　　　＊

〔1〕　李桦(1907—1994)　广东番禺人,木刻家。曾留学日本,当时在广州市立美术学校任教。1934年开始从事木刻运动,同年6月发起组织现代创作版画研究会。

〔2〕　据收信人回忆,指他手印出版的木刻集《春郊小景集》、《一九三四年即景》和粘贴的《木刻集》。

〔3〕　目录　指1934年4月在广州举行的李桦个人版画展览会的手印目录。

〔4〕　Etching 和 Lithography　英语:铜版画和石版画。

〔5〕　Monotype　英语:独幅版画。

〔6〕　团体　指现代创作版画研究会。1934年6月成立于广州市立美术学校。主要成员有李桦、赖少麒、张影、唐英伟等,曾出版会刊《现代版画》。

# 341218③　致　金肇野

肇野先生:

十三日信并邮票一元六角五分,已收到并专刊,亦到。《引玉集》又寄一本,大约是书店粗心,没有细看来信的缘故,现已和他们说清楚了。《木刻纪程》我自己还有,日内当寄奉一本,不必付钱;《张慧木刻集》,《无名社之木刻集》〔1〕他们都曾给我,我可以转赠;至于别的那些,则怕难以到手,但便中当托朋友去问一问,因为我自己是很生疏于上海的书局的。但我得警告先生:要技艺进步,看本国人的作品是不行的,因为他们自己还很有缺点;必须看外国名家之作。

良友公司出有麦绥莱勒木刻四种,不知见过没有?但只可以看看,学不得的。

擅长木刻的,广东较多,我以为最好的是李桦和罗清桢;张慧颇倾向唯美,我防其会入颓废一流。刘岘(他好像是河南人)近来粗制滥造,没有进步;新波作则不多见。至于全展会[2]要我代询他们,我实无从问起,因为这里弄木刻的人,没有连络,要找的时候是找不到的。

先生寄给我的四幅,我不会说谎,据实说,只能算一种练习。其实,木刻的根柢也仍是素描,所以倘若线条和明暗没有十分把握,木刻也刻不好。这四幅中,形象的印象,颇为模胡,就因为这缘故。我看有时候是刻者有意的躲避烦难的,最显著的是 Gorky 的眼睛(他的显得眼睛小,是因为眉棱高)。 专此布复,即颂

时绥。

迅 上 十二月十八夜。

\* \* \*

〔1〕 《无名社之木刻集》 即《无名木刻集》。

〔2〕 全展会 指唐诃、金肇野等人组织的以平津木刻研究会名义举办的第一次全国木刻联合展览会,1935 年元旦起先后在北平、天津、上海等地巡回展出。这里指该会的筹备处。

## 341219　致　杨霁云

霁云先生：

　　十八日信并稿，今晨收到；顷已看过，先行另封挂号寄还。序文在这几天就可写出，写后即寄。

　　一切讲稿，就只删《帮闲文学……》及《革命文学……》两篇。《老调子……》原是自己改过的；曹先生记的那一篇[1]也很好，不必作为附录了。

　　诗虽无年月，但自己约略还记得一点先后，现在略加改动，希照此次序排列为荷。

　　此复，即颂

旅安。

迅　顿首　十九午后

　　再：《准风月谈》已出版，上午托书店寄上，想已收到。

　　又及。

\*　　　　\*　　　　\*

　　〔1〕　那一篇　指曹聚仁记录的《文艺与政治的歧途》，后收入《集外集》。

## 341220①　致　杨霁云

霁云先生：

　　昨得来信后，匆匆奉复，忘了一事未答，即悼柔石诗[1]，我以为不必收入了,因为这篇文章已在《南腔北调集》中,不能再算"集外",《哭范爱农》诗虽曾在《朝花夕拾》中说过,但非全篇,故当又作别论。

来信于我的诗,奖誉太过。其实我于旧诗素未研究,胡说八道而已。我以为一切好诗,到唐已被做完,此后倘非能翻出如来掌心之"齐天太圣"[2],大可不必动手,然而言行不能一致,有时也诌几句,自省殊亦可笑。玉谿生[3]清词丽句,何敢比肩,而用典太多,则为我所不满,林公庚白[4]之论,亦非知言;惟《晨报》[5]上之一切讥嘲,则正与彼辈伎俩相合耳。

此布,即请

旅安。

迅 上 二十日

\*      \*      \*

〔1〕 悼柔石诗 指《南腔北调集·为了忘却的记念》中的七律("惯于长夜过春时……")。

〔2〕 "齐天太圣" 原作"齐天大圣",即孙悟空。孙悟空翻如来掌心的故事,见《西游记》第七回。

〔3〕 玉谿生 李商隐(约813—约858),字义山,号玉谿生,怀州河内(今河南沁阳)人,唐代诗人。开成进士,曾官检校工部员外郎等职。后人辑有《樊南文集》及其《补编》。

〔4〕 林庚白(1891—1941) 字浚南,号愚公,福建闽侯人,诗人。曾任国民党南京市政府参事和立法院立法委员等职。他在1933年7月19日上海《晨报》发表的《孑楼诗词话》第十三则中,曾评论鲁迅悼柔石的七律说:"褐衣句,殆以鲁迅常御和服,纪实而云耳";"'梦里依稀慈

母泪'之句,以诗论固佳,然吾侪士大夫阶级之意识与情绪,盖不自觉其流露,'布尔什维克'无是也"。

〔5〕《晨报》　指上海《晨报》。潘公展主办,1932 年 4 月 7 日创刊,1936 年 1 月 26 日停刊。

## 341220<sup>②</sup>　致 萧 军、萧 红

刘<sub>吟</sub>先生:

　　代表海婴,谢谢你们送的小木棒,这我也是第一次看见。但他对于我,确是一个小棒喝团员。他去年还问:"爸爸可以吃么?"我的答复是:"吃也可以吃,不过还是不吃罢。"今年就不再问,大约决定不吃了。

　　田〔1〕的直接通信处,我不知道。但如外面的信封上,写"本埠河南路三〇三号、中华日报馆、《戏》周刊〔2〕编辑部收",里面再用一个信封,写"陈瑜先生启",他该可以收到的。不过我想,他即使收到,也未必有回信,剧本稿子〔3〕是否还在,也是一个问题。试写一信,去问问他也可以,但恐怕百分之九十九是没有结果的。此公是有名的模模糊糊。

　　小说稿〔4〕我当看一看,看后再答复。吟太太的稿子〔5〕,生活书店愿意出版,送给官僚检查去了,倘通过,就可发排。

　　专此布达,并颂

俪安。

迅 上 十二月二十日

＊　　　＊　　　＊

〔1〕　田　　即田汉，曾用"陈瑜"笔名。当时是《中华日报》《戏》周刊的编辑。

〔2〕　中华日报　　国民党汪精卫改组派的报纸。1932 年 4 月创刊于上海，1945 年 8 月 21 日停刊。《戏》周刊，系该报的副刊之一，1934 年 8 月 19 日创刊，袁梅（牧之）主编。

〔3〕　剧本稿子　　据萧军回忆，是他的友人投给《戏》周刊的剧本稿。

〔4〕　小说稿　　指《八月的乡村》稿。

〔5〕　吟太太的稿子　　指《生死场》稿。

# 341223① 致杨霁云

霁云先生：

二十一二两信，顷同时收到。作诗的年代，大约还约略记得，所以添上年份，并号数，寄还，其中也许有些错误，但也无关紧要。

别一篇《帮忙文学……》，并不如记者所自言之可靠，到后半，简直连我自己也不懂了，因此删去，只留较好的上半篇，可以收入集里，有这一点，已足说明题目了。

先生的序〔1〕，我看是好的，我改了一个错字。但结末处似乎太激烈些，最好是改得隐藏一点，因为我觉得以文字结怨于小人，是不值得的。至于我，其实乃是箭在弦上，不得不发。不知先生以为何如？

专此布复，即请

旅安。 　　　　　　　　迅 上 十二月二十三日

＊　·　＊　　＊

〔1〕 指杨霁云的《〈集外集〉编者引言》,《集外集》报送检查时被
抽去。后由许广平作为附录收入《集外集拾遗》。

# 341223<sup>②</sup>　致 王 志 之

思远兄:

十一日信今天才到,殊奇。《文史》及小说<sup>〔1〕</sup>却早到,小
说我只能放在通信的书店里寄售,因为我和别店并无往来,即
使拿去托售,他们收下了,我也无此本领向他们收回书款,我
自己印的书就从未有不折本的。

我和文学社并无深交,不过一年中或投一两回稿,偶然通
信的也只有一个人。所嘱退还稿子的事,当去问一问,但他们
听不听也难说。

少帖邮票,真对不起转信的人,近年来精神差了,而一发
信就是五六封,所以时时有误。

因为发信多,所以也因此时时弄出麻烦,这几天,因一个
有着我的信的人惹了事,我又多天只好坐在家里了。

此复,即颂
时绥。

　　　　　　　　　　豫 上 十二月二十三夜。

＊　　　＊　　　＊

〔1〕　小说　指《风平浪静》,参看 340904 信注〔1〕。

# 341225[①]　致 赵 家 璧

家璧先生:

惠函并图表,顷俱收到。《尼采自传》,良友公司可以接收,好极。但我看最好是能够给他独立出版,因为此公似乎颇有点尼采气,不喜欢混入任何"丛"中,销路多少,倒在所不问。但如良友公司一定要归入丛书,则我当于见面时与之商洽,不过回信迟早不定。

《新文学大系》[〔1〕]的条件,大体并无异议,惟久病新愈,医生禁止劳作,开年忽然连日看起作品来,能否持久也很难定;又序文能否做至二万字,也难预知,因为我不会做长文章,意思完了而将文字拉长,更是无聊之至。所以倘使交稿期在不得已时,可以延长,而序文不限字数,可以照字计算稿费,那么,我是可以接受的。

专复,即请

撰安。

迅 上 十二月廿五日

＊　　　＊　　　＊

〔1〕　《新文学大系》　即《中国新文学大系》。1917 年新文学运动开始到 1926 年十年间的文学创作和理论的选集,计分文学建设理论、

文学论争、小说(一至三集)、散文(一至二集)、诗歌、戏剧、史料、索引等十册,每册各约专人编选,赵家璧主编,上海良友图书印刷公司出版,1935年至1936年间出齐。《小说二集》由鲁迅编选并作序,选入文学研究会和创造社之外的三十三名作者的作品五十九篇,序文后收入《且介亭杂文二集》。

# 341225<sup>②</sup>　致 何 白 涛

白涛先生:

　　前回收到一函并木刻两幅,记得即复一信,现在想已收到了罢。今天又得十六日函并木刻,备悉一切。我看《暴风雨》是稳当的;《田间十月》别的都好,只是那主要的打稻人太近于静止状态,且有些图案化(虽然西洋古代木版中,往往有这画法),却令人觉得美中不足。我希望以后能寄给我每种两张,最好是用白纸印。

　　近来因为生病,又为生活计,须译著卖钱,许多事情都顾不转了。北平要开全国木刻展览会〔1〕,我已寄了你的几张木刻去,但不多。

　　此复;即颂
时绥。

迅 上 十二月二十五日

＊　　　　＊　　　　＊

〔1〕　指第一次全国木刻联合展览会。

# 341225<sup>③</sup> 致 赵 家 璧

家璧先生：

早上寄奉一函，想已达览。我曾为《文学》明年第一号作随笔一篇[1]，约六千字，所讲是明末故事，引些古书，其中感慨之词，自不能免。今晚才知道被检查官删去四分之三，只存开首一千余字。由此看来，我即使讲盘古开天辟地神话，也必不能满他们之意，而我也确不能作使他们满意的文章。

我因此想到《中国新文学大系》。当送检所选小说时，因为不知何人所选，大约是决无问题的，但在送序论去时，便可发生问题。五四时代比明末近，我又不能做四平八稳，"今天天气，哈哈哈"到一万多字的文章，而且真也和群官的意见不能相同，那时想来就必要发生纠葛。我是不善于照他们的意见，改正文章，或另作一篇的，这时如另请他人，则小说系我所选，别人的意见，决不相同，一定要弄得无可措手。非书店白折费用，即我白费工夫，两者之一中，必伤其一。所以我决计不干这事了，索性开初就由一个不被他们所憎恶者出手，实在稳妥得多。检查官们虽宣言不论作者，只看内容，但这种心口如一的君子，恐不常有，即有，亦必不在检查官之中，他们要开一点玩笑是极容易的，我不想来中他们的诡计，我仍然要用硬功对付他们。

这并非我三翻四覆，看实情实在也并不是杞忧，这是要请你谅察的。我还想，还有几个编辑者，恐怕那序文的通过也在可虑之列。

专此布达,即请

撰安。

迅　上　十二月廿五夜。

\*　　　\*　　　\*

〔1〕　随笔一篇　指《病后杂谈》,后收入《且介亭杂文》。

# 341226<sup>①</sup>　致　黎烈文

烈文先生:

惠函收到。《准风月谈》已回来,昨即换外套一件,仍复送出,但仍挂号,现想已收到矣。此书在分寄外埠后,始在内山发售,未贴广告,而已售去三十余本,则风月谈之为人所乐闻也可知。

《译文》比较的少论文,第六期上,请先生译爱伦堡〔1〕之作一篇,可否? 纪得左转〔2〕,已为文官所闻,所以论纪德或恐不妥,最好是如《论超现实主义》〔3〕之类。

专此布达,即请

冬安。

迅　顿首　十二月二十六夜。

\*　　　\*　　　\*

〔1〕　爱伦堡(И. Г. Эренбург, 1891—1967)　苏联作家。黎烈文

所译他的《论莫洛亚及其他》,载《译文》第二卷第一期(1935 年 3 月)。

〔2〕 纪德左转　纪德,参看 340920 信注〔1〕。他于 1932 年初发表《日记抄》,声称对"苏联的状态,抱着太深切的关心",并表示了对马克思主义的兴趣。1933 年 3 月 21 日,他又在法国革命文艺家协会上发表演说,抗议希特勒在德国的法西斯统治,要求革命文艺家和劳动群众联合起来进行斗争。

〔3〕 《论超现实主义》　即《论超现实主义派》,爱伦堡作,黎烈文译,载《译文》第一卷第四期(1934 年 12 月)。

# 341226②　致 萧 军、萧 红

刘<br>吟先生:

廿四日信收到,二十日信也收到的。我没有生病,只因为这几天忙一点,所以没有就写回信。

周女士她们所弄的戏剧组〔1〕,我并不知道底细,但我看是没什么的,不打紧。不过此后所遇的人们多起来,彼此都难以明白真相,说话不如小心些,最好是多听人们说,自己少说话,要说,就多说些闲谈。

《准风月谈》尚未公开发卖,也不再公开,但他必要成为禁书。所谓上海的文学家们,也很有些可怕的,他们会因一点小利,要别人的性命。但自然是无聊的,并不可怕的居多,但却讨厌得很,恰如虱子跳蚤一样,常常会暗中咬你几个疙瘩,虽然不算大事,你总得搔一下了。这种人物,还是不和他们认识好。我最讨厌江南才子,扭扭捏捏,没有人气,不像人样,现在

315

虽然大抵改穿洋服了,内容也并不两样。其实上海本地人倒并不坏的,只是各处坏种,多跑到上海来作恶,所以上海便成为下流之地了。

《母亲》久被禁止,这一部是托书坊里的伙计寻来的,不知道他是怎么一个线索。日前做了一篇随笔到文学社去卖钱,七千字,检查官给我删掉了四分之三,只剩一个脑袋,不值钱了。吟太太的小说,我想不至于此,如果删掉几段,那么,就任它删掉几段,第一步是只要印出来。

这几天真有点闷气。检查官吏们公开的说,他们只看内容,不问作者是谁,即不和个人为难的意思。有些出版家知道了这话,以为"公平"真是出现了,就要我用旧名子[字]做文章,推也推不掉。其实他们是阴谋,遇见我的文章,就删削一通,使你不成样子,印出去时,读者不知底细,以为我发了昏了。如果只是些无关痛痒的话,那是通得过的,不过,这有什么意思呢?

今年不再写信了,等着搬后的新地址。

专此布复,即颂

俪安。

豫　上　十二月二十六夜

＊　　　＊　　　＊

〔1〕　周女士　指周颖(1909—1991),聂绀弩夫人。戏剧组,指当时左翼戏剧家联盟的戏剧供应社,专为演出提供服装、道具。

# 341226<sup>③</sup>　致　许　寿　裳

季市兄：

　　医药费帐已送来。世瑒兄共七元五角,此款可于便中交紫佩,因弟在托其装修旧书也,并请嘱其倘有余款,不必送往寓中,应暂存其处,为他日续修破书之用。陶小姐为十六元,帐单乞转寄,还款不必急急,因弟并无急需也。

　　弟前患病,现已复原;妇孺亦安,可抒锦注耳。

　　匆此布达,即请

文安。

弟飞　顿首　十二月二十六夜

# 341227<sup>①</sup>　致　郑　振　铎

西谛先生：

　　廿四信顷收到。《博古页子》能全用黄罗纹纸,好极,因毛边脆弱,总令人耿耿于心也。但北平工价之廉,真出人意外。

　　《十竹笺谱》牌子等,另拟一纸呈上,乞酌夺。生活的广告[1],未见。《北平笺谱》在店头只内山有五六部,已涨价为廿五元,昨见生活代人以二十元买去,吾国多疑之君子,早不豫约,可叹。鉴于前车,以后豫约或可较为踊跃软?

　　顷见明遗民《茗斋集》(彭孙贻[2]),也提起老莲《水浒图》,然则此书在清初颇通行,今竟无一本,不知何也。

匆复，即请

著安。

迅　顿首　十二月廿七日

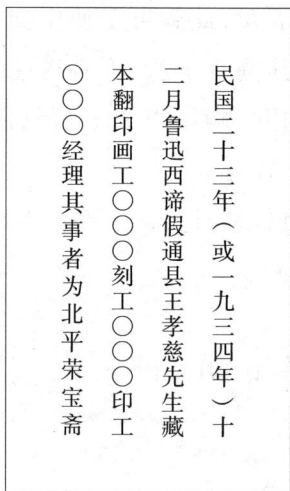

牌子

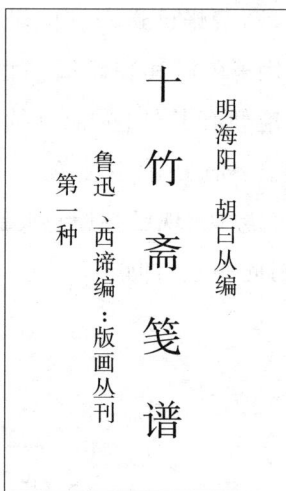

封面

＊　　　＊　　　＊

〔1〕　生活的广告　指《十竹斋笺谱》等书的"发售特价预约"广告，后刊于生活书店出版的《文学》第四卷第五号（1935 年 5 月）。

〔2〕　彭孙贻（1615—1673）　字仲谋，号茗斋，浙江海盐人，明朝选贡生，明亡后闭门不出。《茗斋集》是他所作的诗歌集，共二十三卷（另附《明诗钞》九卷），卷二载有七言古诗《陈章侯画水浒叶子歌》一首及其序。

# 341227<sup>②</sup>　致　孟十还

十还先生：

惠函收到。《译文》稿费，每月有一定，而每期页数，有多有少，所以虽然案页计算，而每月不同（页数少的时候稿费较多，多则反是），并且生出小数，弄得零零碎碎了。

《五月夜》昨天曾面询黄先生，他还不能决定，因为须看别人来稿，长短如何。但我看未必这次来稿，恰巧都是短的居多，而《译文》目录，至少总得有十种左右，所以十之九是要分成两期的。

专复，并颂

时绥。

迅　上　十二月廿七夜。

# 341228<sup>①</sup>　致　曹靖华

汝珍兄：

二十五日信今天收到。我们都好的。我已经几乎复元，写几千字，也并不觉得劳倦；不过太忙一点，要作点杂文帮帮朋友的忙，但检查时常被删掉；近几月又要帮《译文》；而且每天至少得写四五封信，真是连看书的工夫也没有了。

《译文》开初的三期，全由我们三个人（我、雁、黎）包办的，译时也颇用心，一星期前才和书店<sup>[1]</sup>议定稿费，每页约一元二角,但一有稿费,投稿就多起来,不登即被骂为不公;要登,则须各取原文校对,好的尚可,不好,则校对工夫白化,我们几个人全变了校对人,自己倒不能译东西了。这种情形,是难以持久的,所以总得改变办法,可惜现在还想不出好法子。

兄投给《文学》的稿子,是在的,上司对《文学》似乎特别凶,所以他们踌躇着。这回《译文》上想要用一篇试试看。至于书,兄尽可编起来,将来我到良友这些地方去问问看。至于说内容稳当,那在中国是不能说这道理的,他们并不管内容怎么样。数年前,我曾将一部稿子[2]卖给书店,印后不久,即不能发卖。这回送去审查,删去了四分之三,通过了。但那审定了的一本[3],到杭州去卖,又都给拿走了,书店向他们说明已经中央审定,他们的答话是:这是浙江特别禁止的。

木刻第一集[4]全卖完了,又去印再版二百部,尚未印成。二集尚未计划,因为所得只有三个人的作品,而冈氏[5]的又系短篇小说插画,零零碎碎,所以想再迟一下。

日前又寄上《文学报》一束,《译文》(四)及我的小书[6]各一册,不知收到否? 兄只要看我的后记,便知道上海文坛情形,多么讨厌,虽然不过是些蚤虱之流,但给叮了总得搔搔,这就够费工夫了。

专此奉复,即请
冬安。

弟　豫　启上　十二月二十八日

＊　　　＊　　　＊

〔1〕　书店　指生活书店。

〔2〕　一部稿子　指《二心集》。

〔3〕　审定了的一本　指《二心集》"审定"后的删存稿,上海合众书店以《拾零集》为名印行。

〔4〕　木刻第一集　即《引玉集》。

〔5〕　冈氏　指冈察罗夫。

〔6〕　小书　指《准风月谈》。


# 341228②　致张　　慧

张慧先生:

　　顷收到十八日信并木刻三幅,甚感谢;上月廿八日的信,也收到的。先生知道我并非美术批评家,所以要我一一指出好坏来,我实在没有这本领。闻广州新近有一个木刻家团体〔1〕,大家互相切磋,先生何不和他们研究研究呢?

　　就大体而论,中国的木刻家,大抵有二个共通的缺点:一,人物总刻不好,常常错;二,是避重就轻,如先生所作的《船夫》,我就见了类似的作法好几张,因为只见人,不见船,构图比较的容易,而单刻一点屋顶,屋脊,其实是也有这倾向的。先生先前的作品上,还有颓废色采,和所作的诗一致,但这回却没有。　此复,即颂

时绥。

　　　　　　　　　　　迅　上　十二月二十八日

＊　　　＊　　　＊

〔1〕　木刻家团体　指现代创作版画研究会。

## 341228<sup>③</sup>　致　王　志　之

思远兄：

　　日前刚上一函，想已到。顷又得二十四信，具悉一切。小说放在一家书店里，但销去不多，大约上海读者，还是看名字的，作者姓名陌生，他们即不大卖［买］了。兄离上海远，大约不知道此地书店情形，他们都有壁垒，开明苛酷，我一向不与往来，北新则一榻胡涂，我给他们信，他们早已连回信也不给了，我又蛰居，无可如何。介绍稿子，亦复如此，一样的是渺无消息，莫名其妙，我夹在中间，真是吃苦不少，自去年以来，均已陆续闹开，所以在这一方面，我是一筹莫展的。

　　《译文》我担任投稿每期数千字，但别人的稿子，我希望直接寄去，因为我既事烦，照顾不转，而编辑好像不大愿意间接绍介，所以我所绍介者，一向是碰钉子居多。和龚君〔1〕通信，我希望从缓，我并无株连门生之心，但一通信而为老师所知，我即有从中作祟之嫌疑，而且又大有人会因此兴风作浪，非常麻烦。为耳根清静计，我一向是极谨慎的。

　　此复，即颂

时绥。

　　　　　　　　　　　　　　　豫　上　十二月廿八日

\*　　　\*　　　\*

〔1〕 龚君　指龚梅生,湖南人,当时在北京大学求学,是周作人的学生。王志之曾请鲁迅介绍发表他的译作。

# 341229　致 杨霁云

霁云先生:

顷得惠函,知先生尚未回乡。致秉中函〔1〕可以不必要,因此种信札,他处恐尚有公开者,实则我作札甚多,或直言,或应酬,并不一律,登不胜登,现在不如姑且都不收入耳。诗是一九三一年作可以收入,但题目应作《送 O.E. 君携兰归国》〔2〕;又"独记"应改"独托",排印误也。日前又寻得序文一篇〔3〕,今录呈;又旧诗一首,是一九三三年作,亦可存。此复,即请

旅安。

迅 顿首 十二月二十九日

题三义塔

三义塔者,中国上海闸北三义里遗鸠埋骨

之塔也,在日本,农人共建之。

奔霆飞熛歼人子,败井颓垣剩饿鸠。偶值大心离火宅,终遗高塔念瀛洲。精禽梦觉仍衔石,斗士诚坚共抗流。度尽劫波兄弟在,相逢一笑泯恩仇。

\*　　　\*　　　\*

〔1〕 致秉中函　即 310204 信。

〔2〕　《送O.E.君携兰归国》　后收入《集外集》。

〔3〕　序文一篇　指《〈近代世界短篇小说集〉小引》,曾收入《三闲集》。

## 341231　致　刘炜明

炜明先生:

十二日的信,早收到了;《星洲日报》[1]也收到了一期,内容也并不比上海的报章减色,谢谢。《二心集》总算找到了一本,是杭州的书店卖剩在那里的,下午已托书店和我新印的一本短评[2],一同挂号寄上,但不知能收到否。此种书籍,请先生万不要寄书款来,因为我从书店拿来,以作者的缘故,是并不化钱的。

中国的事情,说起来真是一言难尽。从明年起,我想不再在期刊上投稿了。上半年曾在《自由谈》(《申报》)上作文,后来编辑换掉了,便不再投稿;改寄《动向》(《中华日报》),而这副刊明年一月一日起就停刊。大约凡是主张改革的文章,现在几乎不能发表,甚至于还带累刊物。所以在日报上,我已经没有发表的地方。至于期刊,我给写稿的是《文学》,《太白》,《读书生活》[3],《漫画生活》[4]等,有时用真名,有时用公汗,但这些刊物,就是常受压迫的刊物,能出到几期,很说不定的。出版的那几本,也大抵被删削得不成样子。

今年设立的书报检查处,很有些"文学家"在那里面做官,他们虽然不会做文章,却会禁文章,真禁得什么话也不能说。

现在我如果用真名,那是不要紧的,他们只将文章大删一通,删得连骨子也没有;我新近给明年的《文学》写了一篇随笔,约七八千字,但给他们只删剩了一千余字,不能用了。而且办事也不一律,就如那一本《拾零集》,是中央删剩,准许发卖的,但运到杭州去,却仍被没收,他们的理由是:这里特别禁止。

黑暗之极,无理可说,我自有生以来,第一次遇见。但我是还要反抗的。从明年起,我想用点功,索性来做整本的书,压迫禁止,当然仍不能免,但总可以不给他们删削了。

专此布复,并颂

时绥。

迅 上 十二月三十一夜。

＊　　　＊　　　＊

〔1〕　《星洲日报》　新加坡出版的中文报纸,1929年创办。

〔2〕　一本短评　指《准风月谈》。

〔3〕　《读书生活》　综合性半月刊,李公朴等编。1934年11月创刊,1936年11月停刊。上海杂志公司出版。

〔4〕　《漫画生活》　刊载漫画和杂文的月刊,吴朗西、黄士英等编辑。1934年9月创刊,1935年9月停刊,上海美术生活杂志社出版。

# 一 九 三 五 年

## 350104① 致李 桦

李桦先生：

去年十二月廿三四日信，顷已收到。上次的信，我自信并非过誉，那一本木刻[1]，的确很好，但后来的作风有些改变了。我还希望先生时时产生这样的作品，以这东方的美的力量，侵入文人的书斋去。

《现代版画》[2]一本，去年已收到。选择内容且作别论，纸的光滑，墨的多油，就毁损作品的好处不少，创作木刻虽是版画，仍须作者自印，佳处这才全备，一经机器的处理，和原作会大不同的，况且中国的印刷术，又这样的不进步。

《现代版画》托内山书店代卖，已经说过，是可以的，此后信件，只要直接和他们往来就好。至于开展览会事[3]，却没有法子想，因为我自己连走动也不容易，交际又少，简直无人可托，官厅又神经过敏，什么都只知道堵塞和毁灭，还有自称"艺术家"在帮他们的忙，我除还可以写几封信之外，什么也做不来。

木刻运动，当然应有一个大组织，但组织一大，猜疑也就来了，所以我想，这组织如果办起来，必须以毫无色采的人为中心。

色刷木刻[4]在中国尚无人试过。至于上海，现在已无木

刻家团体了。开初是在四年前,请一个日本教师讲了两星期
木刻法,我做翻译,听讲的有二十余人,算是一个小团体,后来
有的被捕,有的回家,散掉了。[5]此后还有一点,但终于被压
迫而迸散。[6]实际上,在上海的喜欢木刻的青年中,确也是急
进的居多,所以在这里,说起"木刻",有时即等于"革命"或"反
动",立刻招人疑忌。现在零星的个人,还在刻木刻的是有的,
不过很难进步。那原因,一则无人切磋,二则大抵苦于不懂外
国文,不能看参考书,只能自己暗中摸索。

　　专此布复,即颂

年禧

迅　上　一月四日

　　　※　　　　※　　　　※

　　〔1〕　指《春郊小景》。

　　〔2〕　《现代版画》　月刊,广州市立美术学校现代创作版画研究
会编。1934 年 11 月创刊,1936 年 5 月出至第十八期停刊。

　　〔3〕　开展览会事　据收信人回忆,当时他拟在沪举办现代创作
版画研究会作品展览,希望鲁迅帮助。后未开成。

　　〔4〕　色刷木刻　即套色木刻。色刷,日文用语。

　　〔5〕　这里指的是:1931 年 8 月,鲁迅主持开办了由日本内山嘉吉
主讲的木刻讲习班,学员主要是上海一八艺社成员;该社于 1932 年一·
二八战争后解体,其骨干于 5 月另组春地美术研究所,至 7 月被国民党
查封,主要成员均被捕。

　　〔6〕　指 1932 年秋成立的野风画会(前身为春地美术研究所),M.
K.木刻研究会和 1933 年成立的野穗木刻研究社等。它们均先后因国

民党当局和租界当局的迫害,或因经济所迫而夭折。

## 350104<sup>②</sup>　致　萧军、萧红

刘<sub>吟</sub>先生:

　　二日的信,四日收到了,知道已经搬了房子,好极好极,但搬来搬去,不出拉都路,正如我总在北四川路兜圈子一样。有大草地可看,在上海要算新年幸福,我生在乡下,住了北京,看惯广大的土地了,初到上海,真如被装进鸽子笼一样,两三年才习惯。新年三天,译了六千字童话〔1〕,想不用难字,话也比较的容易懂,不料竟比做古文还难,每天弄到半夜,睡了还做乱梦,那里还会记得妈妈,跑到北平去呢?

　　删改文章的事,是必须给它发表开去的,但也犯不上制成锌板。他们的丑史多得很,他们那里有一点羞。怕羞,也不去干这样的勾当了,他们自己也并不当人看。

　　吟太太究竟是太太,观察没有咱们爷们的精确仔细。少说话或多说闲谈,怎么会是耗子躲猫的方法呢?我就没有见过猫整天的在咪咪的叫的,除了春天的或一时期之外。猫比老鼠还要沈默。春天又作别论,因为它们另有目的。平日,它总是静静的听着声音,伺机搏击,这是猛兽的方法。自然,它决不和耗子讲闲话的,但耗子也不和猫讲闲话。

　　你所遇见的人,是不会说我怎样坏的,敌对或侮蔑的意思,我相信也没有。不过"太不留情面"的批评是绝对的不足为训的。如果已经开始笔战了,为什么要留情面?留情面是

中国文人最大的毛病。他以为自己笔下留情,将来失败了,敌人也会留情面。殊不知那时他是决不留情面的。做几句不痛不痒的文章,还是不做好。

而且现在的批评家,对于"骂"字也用得非常之模胡。由我说起来,倘说良家女子是婊子,这是"骂",说婊子是婊子,就不是骂。我指明了有些人的本相,或是婊子,或是叭儿,它们却真的是婊子或叭儿,所以也决不是"骂"。但论者却一概谓之"骂",岂不哀哉。

至于检查官现在这副本领,是毫不足怪的,他们也只有这种本领。但想到所谓文学家者,原是应该自己会做文章的,他们却只会禁别人的文章,真不免好笑。但现在正是这样的时候,不是救国的非英雄,而卖国的倒是英雄吗?

考察上海一下,是很好的事,但我举不出相宜的同伴,恐怕还是自己看看好罢,大约通过一两回,是没有什么的。不过工人区域里却不宜去,那里狗多,有点情形不同的人走过,恐怕它就会注意。

近来文字的压迫更严,短文也几乎无处发表了。看看去年所作的东西,又有了短评和杂论各一本[2],想在今年内印它出来,而新的文章,就不再做,这几年真也够吃力了。近几时我想看看古书,再来做点什么书,把那些坏种的祖坟刨一下。

过了一年,孩子大了一岁,但我也大了一岁,这么下去,恐怕我就要打不过他,革命也就要临头了。这真是叫作怎么好。

专此布达,并请

俪安

迅　上　广附笔问候 一月四日

＊　　　　＊　　　　＊

〔1〕　指《表》。参看 350316 信注〔1〕。

〔2〕　指《花边文学》和《且介亭杂文》。


# 350104<sup>③</sup>　致 叶　　紫<sup>〔1〕</sup>

芷兄：

　　除夕信新年四日收到。书籍<sup>〔2〕</sup>印出时,交那个书店<sup>〔3〕</sup>代售一部分,没有问题,但总代售他是不肯的,其实他也没法推销出去,我想,不如和中国书坊小伙计商量,便中当代问。序当作一篇<sup>〔4〕</sup>。铁耕回家去了,我可以写信去说,不过他在汕头的乡下,信札往来,很迟缓,图<sup>〔5〕</sup>又须刻起来,能否来得及也说不定。

〔一月四日〕


＊　　　　＊　　　　＊

〔1〕　此信后部分被裁去,据收信人在原信后所作附注说:"这封信的后半页是回答我关于另一个朋友的话(大概是这封信,现在记不十分清楚了)。我裁下来,寄给那位朋友了。那朋友在北平清华大学读书,写信来要我转请鲁迅先生给他们的文艺社写一块招牌。先生回信给我,说他不能写:一者,是说他的字并不好,写招牌要请字写得漂亮的

人写。二者，他写的招牌不但不能替文艺社生光，而且还有许多不便，甚至有害。三者，他希望中国的青年以后作事或研究文艺，都要脚踏实地地去干，不要只在外表上出风头，图漂亮。招牌的用处是：只在指明这是什么地方而已。……意思大概是这样的。"

〔2〕　指《丰收》，短篇小说集，1935 年 3 月上海容光书局出版，为《奴隶丛书》之一。

〔3〕　指内山书店。

〔4〕　即《叶紫作〈丰收〉序》，后收入《且介亭杂文二集》。

〔5〕　指《丰收》的木刻插图。按该书插图后由鲁迅托黄新波代刻，共十二幅，并封面画一幅。

# 350104④　致 赵家璧、郑伯奇

家璧<br>君平先生：

先想看一看《新青年》及《新潮》，倘能借得，乞派人送至书店为感。

专此布达，即请

著安。

迅 上 一月四日

# 350104⑤　致 母　亲

母亲大人膝下敬禀者，去年十二月二十日的信，早经收到。现在是总算过了年三天了，上海情形，一切如常，只倒了几家老店;阴历年关,恐怕是更不容易过的。男已复原,可请勿念。散那吐瑾[1]未吃,因此药现已不甚通行,现在所吃的是麦精鱼肝油之一种,亦尚有效。至于海婴所吃,系纯鱼肝油,颇腥气,但他却毫不要紧。

去年年底,给他照了一个相,不久即可去取,倘照得好,不必重照,则当寄上。元旦又称了一称,连衣服共重四十一磅,合中国十六两称〔秤〕三十斤十二两,也不算轻了。他现在颇听话,每天也有时教他认几个字,但脾气颇大,受软不受硬,所以骂是不大有用的。我们也不大去骂他,不过缠绕起来的时候,却真使人烦厌。

上海天气仍不甚冷,今天已是阴历十二月初一了,有雨,而未下雪。今年一月,老三那里只放了两天假,昨天就又须办公了。害马亦好,并请放心。

专此布达,恭请

金安。

　　　　　男树 叩上 广平海婴同叩。一月四日


＊　　　＊　　　＊　　　＊

〔1〕 散那吐瑾　德国柏林出产的补脑健胃滋补品。


# 350106[①]　致黄　源

河清先生:

顷收到五日来信。先贺贺你得了孩子,但这是要使人忙起来的。

拉甫列涅夫的照片,那一本破烂书[1]里(一九二页上)就有,当如来示,放在书店里。

那一篇文章,谷曾来信说过,[2]我未复。今天看见,我就请他不要拿出去,待将来再说。至于在《文学》上,我想还不如仍是第二号登《杂谈》,第三号再登《之余》[3],或《之余》之删余。登出之后,我就想将去年一年的杂文汇印,不必再寄到北平去了。

去年曾为生生美术公司做一短文[4],绝无政治意味或讽刺之类的,现在才知道确被抽去。那么,对于我们出版的事,就有比沈先生所说的更大的问题。即:他们还是对人,或有时如此,有时不如此,译文社中是什么人,他们是知道的,我们办起事来,纵使如何小心,他们一不高兴时,就可不说理由,只须一举手之劳,致出版事业的死命。那时我们便完全失败,倘委曲求全,则成为他们的俘虏了,所以这事还须将来再谈一谈。

刚才看见《文学》,插图上题作雨果的,其实是育珂摩耳,至于题作育珂的少年像,本该是雨果了,[5]但他少年时代的像,我没有见过,所以决不定。这一点错误,我看是该在下期订正的。此上,即颂

撰安。

迅　顿首　六夜。

＊　　　＊　　　＊

〔1〕 指《作家——当代俄罗斯散文作家的自传与画像》,理定主编,1928 年莫斯科现代问题出版社出版。

〔2〕 据收信人回忆,鲁迅的《病后杂谈》被国民党当局删削之后,胡风(谷非)曾拟按原样发表。

〔3〕 《之余》 指《病后杂谈之余——关于"舒愤懑"》,后收入《且介亭杂文》。

〔4〕 指《脸谱臆测》,后收入《且介亭杂文》。

〔5〕 雨果(V. Hugo,1802—1885) 法国作家,著有长篇小说《巴黎圣母院》、《悲惨世界》等。育珂摩耳,即约卡伊·莫尔,参看 101115 信注〔9〕。这两张像均刊于《文学》第四卷第一号(1935 年 1 月)。鲁迅所指出的错误,《文学》第四卷第二号作了更正。

# 350106② 致 曹 靖 华

汝珍兄:

去年除夕的信,今天收到了。和《译文》同寄的,就是郑君〔1〕所说的那本书〔2〕,我希望它们能够寄到。其中都是些短评,去年下半年在《申报》上发表的。末了有一篇后记,大略可见此地的黑暗。

上海出版界的情形,似与北平不同,北平印出的文章,有许多在这里是决不准用的;而且还有对书局的问题(就是个人对书局的感情),对人的问题,并不专在作品有无色采。我新近给一种期刊〔3〕作了一点短文,是讲旧戏里的打脸的,毫无别种意思,但也被禁止了。他们的嘴就是法律,无理可说。所以凡是较进步的期刊,较有骨气的编辑,都非常困苦。今年恐怕要更坏,一切刊物,除胡说八道的官办东西和帮闲凑趣的"文学"杂志而外,较好〔的〕都要压迫得奄奄无生气的。

《创作经验》〔4〕望抄毕即寄来,以便看机会介绍。

此地尚未下雪,而百业凋敝不堪,阴历年关,必有许多大铺倒闭的。弟病则已愈,似并无倒闭之意;上月给孩子吃鱼肝油,胖起来了;女人亦安好,可释远念。它嫂平安,惟它兄仆仆道途,不知身体如何耳。此布,即请

冬安。

　　　　　　　　　　　弟豫　顿首 一月六夜。


＊　　　　＊　　　　＊

〔1〕　郑君　指郑振铎。

〔2〕　指《准风月谈》。下面的"去年",当系"前年"。

〔3〕　指《生生》,文艺月刊,李辉英、朱菉园编辑,1935 年 2 月创刊,仅出一期。上海图画书局发行。鲁迅寄给该刊的短文,即《脸谱臆测》。

〔4〕　《创作经验》　指《我们怎样写作》的译稿。


# 350108　致 郑 振 铎

西谛先生:

　　四夜信收到。记得去年年底,生活书店曾将排好之校样

一张送给我，问有无误字，即日为之改正二处，寄还了他。此即《十竹斋》广告，计算起来，该是来得及印上的，而竟无有，真不知何故。和商人交涉，常有此等事，有时是因为模模胡胡，有时却别有用意，而其意殊不可测（《译文》在同一书店所出的别种刊物上去登广告，亦常被抽去），只得听之，而另行延长豫约期间，或卖特价耳。

在同一版上，涂以各种颜色，我想是两种颜色接合之处，总不免有些混合的，因为两面俱湿，必至于交沁。倘若界限分明，那就恐怕还是印好几回，不过板却不妨只有一块，只是用笔分涂几回罢了。我有一张贵州的花纸（新年卖给人玩的），看它的设色法，乃是用纸版数块，各将应有某色之处镂空，压在纸上，再用某色在空处乱搭，数次而毕。又曾见 E. Mun-ch[1]之两色木版，乃此版本可以挖成两块，分别涂色之后，拼起来再印的。大约所谓采色版画之印法，恐怕还不止这几种。

营植排挤，本是三根惟一之特长，我曾领教过两回，令人如穿湿布衫，虽不至于气绝，却浑身不舒服，所以避之惟恐不速。但他先前的历史，是排尽异己之后，特长无可施之处，即又以施之他们之同人，所以当他统一之时，亦即倒败之始。但现在既为月[2]光所照，则情形又当不同，大约当更绵长，更恶辣，而三根究非其族类，事成后也非藏则烹[3]的。此公在厦门趋奉校长[4]，颜膝可怜，迨异己去后，而校长又薄其为人，终于下安于位，殊可笑也。现在尚有若干明白学生，固然尚可小住，但与月孽争，学生是一定失败的，他们孜孜不倦，无所不为，我亦曾在北京领教过，觉得他们之凶悍阴险，远在三根先生之上。和此辈相处一两年，即能幸存，也还是有损无益的，因为所见所闻，决不会有有益身心之事，犹之专读《论语》或《人间世》一两年，而欲不变为废料，亦殊不可得也。但萌退志是可以不必的，我亦尚在看看人间世，不过总有一天，是终于要"一走了之"的，现在是这样的世界。

偶看明末野史，觉现在的士大夫和那时之相像，真令人不得不惊。年底做了一篇关于明末的随笔，去登《文学》（第一期），并无放肆之处，然而竟被删去了五分之四，只剩了一个头，我要求将这头在第二期登出，聊以示众而已。上海情形，发狂正不下于北平。青年好游戏，请游戏罢。其实中国何尝有真正的党徒，随风转舵，二十余年矣，可曾见有人为他的首领拚命？将来的狂热的扮别的伟人者，什九正是现在的扮Herr Hitler[5]的人。穆公木天[6]也反正了，他与另三人作一献上之报告，毁左翼惟恐不至，和先前之激昂慷慨，判若两人，但我深怕他有一天又会激烈起来，判我辈之印古董以重罪也。（穆公们之献文，是登在秘密刊物里的，不知怎的为日本人所得，译载在《支那研究资料》上了，遂使我们局外人亦得欣赏。他说：某翼中有两个太上皇，亦即傀儡，乃我与仲方。其实这种意见，他大约蓄之已久，不过不到时候，没有说出来。然则尚未显出原形之所谓"朋友"也者，岂不可怕？）

S君[7]是明白的。有几个外国人之爱中国，远胜于有些同胞自己,这真足叫人伤心。我们自己也还有好青年,但不知在此世界,究竟可以剩下几个？我正在译童话[8],拟付《译文》,亦尚存希望于将来耳,呜呼！

　　专此布达,即请

著安。

　　　　　　　　　　　　迅　顿首　一月八夜。


　＊　　　＊　　　＊

　　〔1〕　E. Munch　蒙克(1863—1944),挪威油画家和版画家。

　　〔2〕　指新月派。

　　〔3〕　非藏则烹　语出《史记·勾践世家》:"飞鸟尽,良弓藏;狡兔死,走狗烹。"

　　〔4〕　指厦门大学校长林文庆。

　　〔5〕　Herr Hitler　德语:希特勒先生。

　　〔6〕　穆木天　参看 340805 信注〔2〕。下面所说的"献上之报告"及译载它的《支那研究资料》,指日本人在上海编辑出版的日文杂志《中国资料月报》第二卷第一号(1935 年 1 月 1 日)刊载的《左翼作家联盟透视》,该刊编者在文前注明:此文由穆木天、卢森堡、汪绍、刘智民四人"以《左联汇编》为题,发表在上海蓝衣社机关杂志《指南针》上"。鲁迅引述的话,见于该文的第六节。仲方,原文作茅盾。按穆木天生前否认写过这样的文章。

　　〔7〕　S君　指斯诺。

　　〔8〕　童话　指《表》。

# 350109<sup>①</sup>　致　郑振铎

西谛先生：

昨复一函，想已达。顷得六日信，备悉种种。长于营植排挤者，必大嫉妒，如果不是他们的一伙，则虽闭门不问外事，也还是要遭嫉视的。阮大铖还会作《燕子笺》〔1〕，而此辈则并无此种伎俩，退化之状，彰彰明矣。

先生如离开北平，亦大可惜，因北平究为文化旧都，继古开今之事，尚大有可为者在也。许君〔2〕处已去函问，得复后，当即转达。许君人甚诚实，而缺机变，我看他现在所付以重任之人物，亦即将来翻脸不相识之敌人。大约将来非被彼辈所侵入，则亦当被排去，不过现在尚非其时耳。

南方当然不会不黑暗，但状态颇与北方不同。我不明教育界情形，至于文坛，则龌龊琐鄙，真足令人失笑。有救人之英雄，亦有杀人之英雄，世上通例，但有作文之文学家，而又有禁人作文之“文学家”，则似中国所独有也。脸皮之厚，世上无两，尚足与之理论乎。

顷见《文学季刊》，以为先生所揭士大夫与商人之争〔3〕，真是洞见隐密，记得元人曲中，刺商人之貌为风雅之作，似尚多也，皆士人败后之扯淡耳。

专此布达，即请
著安。

迅　顿首　一月九夜

＊　　　＊　　　＊

〔1〕 阮大铖(约1587—约1646) 怀宁(今属安徽)人,明末奸臣。曾挟嫌打击东林党、复社成员。清军南下,首先迎降。《燕子笺》是他写的一本传奇。

〔2〕 许君 指许寿裳,当时任北平女子文理学院院长。

〔3〕 指郑振铎的《论元人所写士子商人妓女间的三角恋爱剧》一文,载《文学季刊》第一卷第四期(1934年12月)。

# 350109② 致许寿裳

季市兄:

去年寄奉一函并医院帐目,想早达览。近闻郑君振铎,颇有不欲久居燕大之意,此君热心好学,世所闻知,倘其投闲,至为可惜。因思今天[年]秋起,学院中不知可请其教授文学否?既无色采,又不诡随,在诸生间,当无反对者。以是不揣冒昧,贡其愚忱,倘其有当,尚希采择,将来或直接接洽,或由弟居中绍介,均无不可。如何之处,且希示复也。专此布达,并请

教安。

弟飞 顿首 一月九夜。

# 350109③ 致叶紫

芷兄:

四日信收到。不明底细的书店,我不想和他们发生关系了,开首说得好好的,后来会出意外的麻烦。譬如《二心集》,

我就不主张去检查,然而稿一付去,权在书店,无法阻止。

　　所以请你回复那书店[1]:我不同意。

　　那集子里,有几篇到现在也还可存留,我自己要设法印它出来,才可以不至于每页字数排得很少,填厚书本,而定价一元。[2]

　　此复,并颂

年禧。

　　　　　　　　　　　　　　　豫　上　一月九夜。


　　＊　　　　＊　　　　＊

　　〔１〕　指上海图画书局。

　　〔２〕　指《拾零集》,收《二心集》中被国民党图书审查机关删余的十六篇,1934 年 10 月上海合众书店出版。


# 350115<sup>①</sup>　致　曹　靖　华

汝珍兄:

　　十一日信昨收到;小包收据,今日亦已送来,明日当可取得,谢谢。

　　农兄病已愈,[1]甚可喜,此后当可健康矣。霁兄来信,亦略言及。

　　此地文艺界前年至去年上半之情形,弟在后记[2]中已言其大略。近更不行了,新书无可观者。拉甫列涅夫之一篇[3],已排入《译文》第五本中,被检查者抽去,此一本中,共被抽去四篇之多(删去一点者不算),稿遂不够,只得我们赶译补足。此为他们虐待异己法之一。使之疲于奔命,一也;使内无佳作,二也;使出版延期,因失读者信用,三也……这真是出版界之大厄,我看是世界上所没有的。

但兄之译稿,仍可寄来,有便当随时探问,因为检查官对于出版者有私人之爱憎,所以此店不能出,彼店或能出的。或者索性加入更紧要之作,让我们来设法自行出版,因为现在官许之印本,必经检查,抽去紧要处,恰如无骨之人,毫无生气了。

这回《译文》中有一篇[4]是讲德国一个小学堂,不肯挂希氏照相的,不准登;有一篇[5]是十九世纪初之法人所作,内有说西班牙之多盗,是政府之故的,被删掉了。今之德国和昔之西班牙都不准提,还有什么可说呢?

近两年来,弟作短文不少。去年的有六十篇,想在今年印出,而今年则不做了。一固由于无处可登,即登,亦不能畅所欲言,最奇的是竟有同人而匿名加以攻击者[6]。子弹从背后来,真足令人悲愤,我想玩他一年了。

此地至昨天始较冷,但室内亦尚有五十余度。寓中大小均安,请释念。此布,即请

冬安。

       弟豫　顿首 一月十五夜。


　　*　　　　*　　　　*

〔1〕 农兄病已愈　喻指台静农被捕获释。被捕事,参看 340805 信注〔1〕。

〔2〕 指《准风月谈·后记》。

〔3〕 指《我怎样写作》。

〔4〕 指《钉丁》,德国威丁塔克作,黎烈文译。希氏,指希特勒(1889—1945),德国法西斯首领,1933 年出任政府总理,自称"元首"。

〔5〕 指《西班牙书简(第三信)》,法国梅里美作,黎烈文译。后未禁,载《译文》第一卷第五期(1935 年 1 月)。

〔6〕 匿名攻击的事,参看 350207[①]信及其有关注。

# 350115[②]  致 赵 家 璧

家璧先生:

十二日信收到。

说起来我真有些荒唐,那感想的事,我竟忘记了,现在写了一点[1]寄上。其实,我还没有看了几本作品,这感想也只好说得少些。

《尼采自传》的事,看见译者时,当问一声,但答复是迟的,因为我不知道他的住址,非等他来找不可。

此布,即请

撰安。

迅 上 一月十五夜


*       *       *

〔1〕 指《〈中国新文学大系·小说二集〉编选感想》。现编入《集外集拾遗补编》。

# 350116　致　母　亲

母亲大人膝下，敬禀者，日前寄上海婴照片一张，想已收到。

小包一个，今天收到了。酱鸭酱肉，略起白花，蒸过之后，味仍不坏，只有鸡腰是全不能吃了。其余的东西，都好的。下午已分了一份给老三去。但其中的一种粉，无人认识，亦不知吃法，下次信中，乞示知。

上海一向很暖，昨天发风，才冷了起来，但房中亦尚有五十余度。寓内大小俱安，请勿念为要。

海婴有几句话，写在另一张纸上，今附呈。

专此布达，恭请

金安。

男树　叩上　广平及海婴同叩　一月十六日

# 350117<sup>①</sup>　致　孟　十　还

十还先生：

十四夜信收到。拉甫列涅夫的文章尚蒙钦删，则法捷耶夫一定是通不过的[1]。官威莫测，此后的如何选材，亦殊难言。我想，最稳当是译较古之作，如 Korolenko, Uspensky[2]等。卢氏[3]之名，就不妥，能否通过，恐怕也很难说的。

所识的朋友中，无可以找到原本《三人》[4]者，其实是因为我在上海，所识的人就不多也。

专复,即颂

时绥。                                迅　上　一月十七日


＊　　　　＊　　　　＊

〔1〕　指法捷耶夫的《我怎样写作》的译文。

〔2〕　Korolenko　即柯罗连科,参看 320624 信注〔2〕。Uspensky,
即乌思宾斯基(Г. И. Успенский,1843—1902),俄国作家。著有特写集
《破产》、《乡村日记片断》等。

〔3〕　卢氏　即卢那察尔斯基,参看 290322<sup>②</sup>信注〔2〕。

〔4〕　《三人》　长篇小说,高尔基著。


# 350117<sup>②</sup>　致　曹聚仁

聚仁先生:

十七日信当日到。官威莫测,即使无论如何圆通,也难办
的,因为中国的事,此退一步,而彼不进者极少,大抵反进两
步,非力批其颊,彼决不止步也。我说中国人非中庸者,亦因
见此等事太多之故。

《寒安五记》〔1〕见赠,谢谢。但纸用仿中国纸,为精印本
之一小缺点。我亦非中庸者,时而为极端国粹派,以为印古色
古香书,必须用古式纸,以机器制造者斥之,犹之泡中国绿茶
之不可用咖啡杯也。

此复,即请

撰安。

迅　顿首　一月十七晚。

致徐先生一笺,乞便中转交为感。　又及。


\*　　　\*　　　\*

〔1〕《寒安五记》　骈文小说,计有《玄玄记》、《拾书记》、《拾书后记》、《归燕记》、《锁骨记》五种。1935年上海汉文正楷印书局印行,署"怀宁潘氏甓止斋据手稿校录",并有"凫公"所作序。按"潘氏甓止斋"和"凫公"实为潘伯鹰一人。


# 350117③　致　徐懋庸

懋庸先生:

今天得信,才知道先生尚在上海,先前我以为是到乡下去了。暂时"消沈"一下,也好的,算是休息休息,有了力气,自然会不"消沈"的,疲劳了还是做,必至于乏力而后已,我憎恶那些拿了鞭子,专门鞭扑别人的人们。

笔记恐怕也不见得稳当,因为无论做什么东西,气息总不会改的。见闻也有,但想起来也大抵无聊的居多,自以为可写的,又一定通不过,一时真也决不下,看将来再说罢。

《春牛图》〔1〕我没有,也不知道何处可买,现今在禁用阴历〔2〕,恐怕未必,有买处罢。

此复,即颂

冬安。

迅　顿首　一月十七夜

＊　　　　＊　　　　＊

〔1〕《春牛图》　即《芒神春牛图》，旧时历书首页印有芒神和耕牛图。

〔2〕　禁用阴历　1929年10月7日，国民党政府发布通令，规定自1930年1月1日起，"适用国历（公历）"，不得"附用阴历"。

# 350118①　致　王志之

思远兄：

十二日信收到。所说的稿子，〔1〕我看是做不来的，这些条件，就等于不许跑，却要走的快。现在上海出版界所要求的，也是这一种文章，我长久不作了。茅先生函已转寄，但恐无结果。其实，投稿难，到了拉稿，则拉稿亦难，两者都很苦，我就是立誓不做编辑者之一人。当投稿时，要看编辑者的脸色，但一做编辑，又就要看投稿者，书坊老版，读者的脸色了。脸色世界。

我的稿子，已函托生活书店，请其从速寄还，此外亦更无办法。

《准风月谈》日内即寄上。

此复，即颂

时绥。

豫　上　一月十八日

＊　　　　＊　　　　＊

〔1〕　据收信人回忆，当时他约请鲁迅写有进步内容但政治色彩

又不显著的作品。


# 350118<sup>②</sup>　致　唐　诃<sup>〔1〕</sup>

唐诃先生：

收到十一日来信,没有回信地址,先前的我忘记了,现在就用信箱,大约也可收到罢,我希望能够如此。

关于木展的刊物<sup>〔2〕</sup>,也都收到,如此盛大,是出于意外的,但在这时候,正须小心,要防一哄而散,要防变相和堕落。

那一本专刊,我或者写几句罢,<sup>〔3〕</sup>不过也没有什么新意思。来信说印画用原版,我印《木刻纪程》时也如此的,不料竟大失败,因为原版多不平,所以用机器印,就有印出或印不出处,必须看木版稍低之处,用纸在机器上贴高,费时费力,而结果还是不好。所以倘用原版,只以手印为限,北平人工不贵,索性用手印,或手摇机印,何如?此一点,须于开印前和印刷局商量好,否则,会印得不成样子的。

德国木刻,似乎此刻也无须去搜集,<sup>〔4〕</sup>他们的新作品,曾在上海展览过,<sup>〔5〕</sup>我看是颇消沈的。德国版画,我早有二百余张,其中名作家之作亦不少,曾想选出其中之木刻六十幅,仿《引玉集》式付印,而原作皆大幅(大抵横约 28cm. 直40cm.),缩小可惜,印得大一点,则成本太贵,印不起,所以一直搁到现在的。但我想,也只得缩小,所以今年也许印出来。

《月谈》,《纪程》,都可寄上,我只在等寄书的切实地

址。又,周涛〔6〕先生,想必认得罢,同样的书两本,我想奉托
转交。

　　此复,即颂

时绥。

迅　上　一月十八日

　　　＊　　　　＊　　　　＊

　　〔1〕　唐诃(1913—1984)　　原名田际华,山西汾阳人。曾在太原
组织文艺团体榴花艺社,当时是北平医学院学生,平津木刻研究会负责
人之一。

　　〔2〕　木展的刊物　　指北平的《北平晨报》、《北辰报》、《东方快报》
等为第一次全国木刻联合展览会而出的专刊。

　　〔3〕　那一本专刊　　指唐诃、金肇野等人计划出版的《全国木刻
联合展览会专辑》,后未出版。鲁迅所作的序,后收入《且介亭杂文二
集》。

　　〔4〕　据收信人回忆,他当时建议北平中德文化学会在北平举办
德国木刻展览。

　　〔5〕　指1932年6月在上海瀛寰图书公司举办的德国版画展览
会。

　　〔6〕　周涛　　原名罗滨荪,湖南安仁人。当时是北京大学学生,平
津木刻研究会成员。

# 350118③　致　段干青〔1〕

干青先生:

　　前天收到《木刻集》〔2〕两本,今天得到来信了,谢谢。照

现在的环境,木运的情况是一定如此的,所以我以为第一着是先使它能够存在,内容不妨避忌一点,而用了不关大紧要题材先将技术磨练起来。所以我是主张也刻风景和极平常的社会现象的。

据来信所说的他们的话,只是诧异,还不是了解或接收。假如使他们挑选要那一张,我恐怕挑出来的大概并不是刻着他们的图画。中国现在的工农们,其实是像孩子一样,喜新好异的,他们之所以见得顽固者,是在疑心,或实在感到"新的"有害于他们的时候。当他们在过年时所选取的花纸种类,是很可以供参考的。各种新鲜花样,如飞机潜艇,奇花异草,也是被欢迎的东西,木刻的题材,我看还该取得广大。但自然,这只是目前的话。

《木刻集》看过了,据我个人的意见,《喜峰口》,《田间归来》,《送饭》,《手》,《两头牛》这五幅,是好的;《豢养》和《手工业的典型》,比较的好。而当刻群像的时候,却失败的居多。现在的青年艺术家,不愿意刻风景,但结果大概还是风景刻得较好。什么缘故呢?我看还是因为和风景熟习的缘故。至于人物,则一者因为基本练习不够(如素描及人体解剖之类),因此往往不像真或不生动,二者还是为了和他们的生活离开,不明底细。试看凡有木刻的人物,即使是群像,也都是极简单的,就为此。要救这缺点,我看一是要练习素描,二是要随时观察一切。

专此布复,即颂

时绥

迅　上　一月十八夜。

\*　　　　\*　　　　\*

〔1〕　段干青(1902—1956)　山西芮城人,木刻家。平津木刻研究会成员。

〔2〕　《木刻集》　指《干青木刻初集》,系自费手印出版。

# 350118<sup>④</sup>　致　赖少麒<sup>〔1〕</sup>

少其先生:

寄给我的《诗与版画》<sup>〔2〕</sup>,早收到了,感谢之至,但因为病与忙,没有即写回信,这是很抱歉的。

那一本里的诗的情调,和版画是一致的,但版画又较倾于印象方面。我在那里面看见了各种的技法:《病与债》是一种,《债权》是一种,《大白诗》是一种。但我以为这些方法,也只能随时随地,偶一为之,难以多作。例如《债权》者,是奔放,生动的,但到《光明来临了》那一幅,便是绝顶(也就是绝境),不能发展了。所以据我看起来,大约还是《送行》,《自我写照》(我以为这比《病与债》更紧凑),《开公路》,《苦旱与兵灾》这一种技法,有着发展的前途。

小品,如《比美》之类,虽然不过是小品,但我觉得幅幅都刻得好,很可爱的。用版画装饰书籍,将来也一定成为必要,我希望仍旧不要放弃。

有寄张影先生的一封信,但不知道他的地址,今附上,先生一定是认识他的,请转交为荷。

专此布达,即颂

时绥。

鲁迅 一月十八夜

＊　　　＊　　　＊

〔1〕　赖少麒(1915—2000)　广东普宁人,美术家。当时是广州市立美术学校学生,现代创作版画研究会成员。

〔2〕　《诗与版画》　配诗木刻集,赖少麒作,系自费手印出版。

# 350118⑤　致　张　影〔1〕

张影先生:

早已收到寄给我的版画集〔2〕,但为了病与忙,未能即复,歉甚。其中的作品,我以为《收获》,《农村一角》,《归》,《夕阳》,这四幅,是好的。人物失败的多,但《饥饿》,《运石》二种,却比较的好。人物不及风景,是近来一切青年艺术学徒的普遍情状,还有一层,是刻动的往往不及静的,先生亦复如此。所以虽是以"奔波"为题目,而人物还是不见奔忙之状。但在学习的途中,这些是并不要紧的,只要不放手,我知道一定进步起来。

专此布复,即颂

时绥。

鲁迅 一月十八夜

＊　　　＊　　　＊

〔1〕　张影(1910—1961)　广东开平人。当时是广州市立美术学校学生,现代创作版画研究会成员。

〔2〕　版画集　即《张影木刻集》,系自费手印出版。

# 350119　致 赵 家 璧

家璧先生:

奉还《新潮》五本。其中有小说四篇,即——

一、汪敬熙:《一个勤学的学生》[1](二号)

二、杨振声:《渔家》[2](三号)

三、罗家伦:《是爱情还是苦痛》[3](三号)

四、俞平伯:《花匠》[4](四号)

乞托公司中人一抄,并仍将抄本寄下为盼。

又《新潮》后五本及《新青年》,如在手头,希派人送下。一九二〔十〕六年为止之《现代评论》,并希设法借来一阅为感。

此布,即请

撰安。　　　　　　　　　　　　　　迅 上 一月十九日

＊　　　＊　　　＊

〔1〕　汪敬熙(1897—1968)　江苏吴县人,小说家。新潮社成员。《一个勤学的学生》,短篇小说,载《新潮》第一卷第二号(1919 年 2 月)。

〔2〕　《渔家》　短篇小说,载《新潮》第一卷第三号(1919 年 3 月)。

〔3〕　《是爱情还是苦痛》　短篇小说,载《新潮》第一卷第三号

（1919 年 3 月）。

　〔4〕　俞平伯（1900—1990）　名铭衡，字平伯，浙江德清人，文学家。新潮社成员。《花匠》，短篇小说，载《新潮》第一卷第四号（1919 年 4 月）。

# 350121<sup>①</sup>　致 赵 家 璧

家璧先生：

　《尼采自传》的译者，昨天已经看见过，他说，他的译本，是可以放在丛书〔1〕里面的。

　特此奉告，并请

撰安。

迅 上 一月二十一日

*　　　*　　　*

　〔1〕　指《良友文库》。

# 350121<sup>②</sup>　致 萧 军、萧 红

刘<sub>岭</sub>先生：

　自己吃东西不小心，又生了几天病，现在又好了。两篇稿子〔1〕早收到，写得很好，白字错字也很少，我今天开始出外走走，想绍介到《文学》去，还有一篇〔2〕，就拿到良友公司去试试罢。

前几天的病,也许是赶译童话的缘故,十天里译了四万多字,以现在的体力,好像不能支持了。但童话却已译成,这是流浪儿出身的 Panterejev[3]做的,很有趣,假如能够通过,就用在《译文》第二卷第壹号(三月出版)上,否则,我自己印行。

现在搬了房子,又认识了几个人(叶[4]这人是很好的),生活比较的可以不无聊了罢。

专此布达,即颂

时绥

　　　　　迅　上　广也说问问您们俩的好。〔一月廿一日〕

"小伙计"比先前胖一点了,但也闹得真可以。


　*　　　　*　　　　　*

　〔１〕　指萧军的《职业》和《樱花》,分别载《文学》第四卷第三、第五期(1935 年 3、5 月)。

　〔２〕　指萧军的《搭客》,后改名《货船》,载《新小说》第一卷第四期(1935 年 5 月)。

　〔３〕　Panterejev　班台莱耶夫(Л. Пантелеев),苏联儿童文学作家。著有《以陀思妥耶夫斯基命名的劳教共和国》(一译《流浪儿共和国》,与别雷赫合著)和《表》等。

　〔４〕　叶　指叶紫。参看 341021[②]信注〔1〕。


# 350123　致 黄　　源

河清先生:

《译文》第六期稿,不知现已如何? 沈先生送来论文《莱蒙托夫》〔1〕一篇,约二千字,但不知能通过否? 倘能用,则可加莱氏画像一幅,莱氏作线画一幅(决斗之状),此二幅皆在德文本《俄国文学画苑》〔2〕中,此书我处不见,大约还在书店里。

《奇闻二则》〔3〕亦已译讫,稿并原本(制图用)都放在内山店,派人来取,如何? 俟回信照办。

专此,即请

撰安。

迅 顿首 一月廿三日

＊　　　＊　　　＊

〔1〕《莱蒙托夫》 苏联勃拉果夷作,谢芬(沈雁冰)译,载《译文》第一卷第六期(1935 年 2 月)。同期刊有俄国沙波尔洛斯基作的油画《莱蒙托夫像》。

〔2〕《俄国文学画苑》 德文名为《Bilder Galerie zur Russ. Lit》,鲁迅于 1930 年 10 月 15 日得徐诗荃从德国购寄一本。

〔3〕《奇闻二则》 即《坏孩子》和《暴躁人》,短篇小说,俄国契诃夫作,译文载《译文》第一卷第六期(1935 年 2 月),并附苏联玛修丁作木刻插图两幅。后收入《坏孩子和别的奇闻》。

# 350124　致 金肇野

肇野先生:

廿日信收到,报〔1〕未到。个人作品,不加选择,即出专集,我是没有来信所说那么乐观的。南方也有几种,前信不过随便说说,并非要替他们寻代售处。

《朝花》[2]的书价,可以不必寄来,因为我的朋友也没有向我要,我看是不要的了,所以我也不要。但那五本收集已颇麻烦,因为已经绝版,所以此后的两部,大约不见得会有的了。

此复,即颂

时绥。

豫　上 一月廿四日

＊　　　＊　　　＊

〔1〕　指天津的《大公报》、《庸报》、《益世报》等。当时第一次全国木刻联合展览会在天津巡回展出,这些报纸均辟有专栏介绍。

〔2〕　《朝花》　指《艺苑朝华》,参看290708信注〔2〕。

# 350126　致 曹 靖 华

汝珍兄:

二十二日信,顷已收到。红枣早取来,煮粥,做糕,已经吃得不少了,还分给舍弟。南边也有红枣买,不知是从那里运来的,但肉很薄,没有兄寄给我的好。

这里的朋友的行为,我真不知道是什么意思,出过一种刊物[1],将去年为止的我们的事情,听说批评得不值一钱,但又秘密起来,不寄给我看,而且不给看的还不止我一个,我恐怕三兄[2]那里也未必会寄去。所以我现在避开一点,且看看究竟是怎么一回事再说。

　　检查也糟到极顶，我自去年底以来，被删削，被不准登，甚至于被扣住原稿，接连的遇到。听说，检查的人，有些是高跟鞋，电烫发的小姐，则我辈之倒运可想矣。兄原稿[3]未取来，但可以取来，因为杂志是用排印了的稿子送检的。我的原稿[4]之被扣，系在一种画报上，故和一般之杂志稍不同。译本抄成后，仍希寄来，当随时设法。我的那一本[5]，是几个书店小伙计私印的，现一千本已将卖完，不会折本。这样的还有一本[6]，并杂文（稍长的）一本[7]，想在今年内印它出来。至于新作，现在可是难了，较好的简直无处发表，但若做得吞吞吐吐，自己又觉无聊。这样下去，著作界是可以被摧残到什么也没有的。

　　木刻除了冈氏、克氏两个人的之外，什么也没有。寄《引玉集》是去年秋天，此后并不得一封回信；去年正月，我曾寄中国古书三包，内多图画，并一信（它兄写的）与 V[8]，请他公之那边的木刻家，也至今并无一句回信，我疑心 V 是有点官派的。

　　捷克的一种德文报上，有《引玉集》绍介，里面说，去世的是 Aleksejev[9]。他还有《城与年》二十余幅在我这里未印，今年想并克氏、冈氏的都印它出来。但如有那小说的一篇大略，约二千字，就更好，兄不知能为一作否？冈氏的是伊凡诺夫[10]短篇的插图，我只知道有二幅是《孩子》，兄译过的，此外如将题目描上，兄也许有的曾经读过。

　　《木刻纪程》如果找不到，那只好拉倒了。

　　这里天气并不算冷，只有时结一点薄冰。我们都好的，但我总觉得力气不如从前了,记性也坏起来,很想玩他一年半载,不过大抵是不能够的,现除为《译文》寄稿外,又给一个书局在选一本别人的短篇小说,[11]以三月半交卷,这只是为了吃饭问题而已。因为查作品,看了《豫报副刊》[12],在里面发见了兄的著作,兄自己恐怕倒已忘记了罢。

农已回平　甚可喜,但不知他饭碗尚存否? 这也是紧要的。

专此布达,即请

冬安。

　　　　　　　　弟豫　顿首 一月廿六日

嫂夫人前均此问候不另。

　*　　　　*　　　　*

〔1〕　指《文学生活》半月刊,"左联"秘书处编印的内部油印刊物。1934 年 1 月创刊,现仅见一期。

〔2〕　三兄　指萧三,当时在苏联国际革命作家联盟工作。

〔3〕　指《粮食》译稿,参看 321212 信注〔3〕。

〔4〕　指《阿金》,投寄《漫画生活》时曾被禁,后收入《且介亭杂文》。

〔5〕　指《准风月谈》。

〔6〕　指《花边文学》。

〔7〕　指《且介亭杂文》。

〔8〕　V　即 VOKS,苏联对外文化协会。

〔9〕　Aleksejev　亚历克舍夫(1894—1934),苏联版画家。

〔10〕　伊凡诺夫(В Иванов,1895—1963)　苏联作家。他的短篇小说《孩子》,曹靖华译为《幼儿》,后收入《烟袋》。

〔11〕 指给良友图书印刷公司编选的《中国新文学大系·小说二集》。

〔12〕《豫报副刊》 日报,1925 年 5 月 4 日创刊,同年 8 月 30 日停刊。开封豫报社编辑出版。

# 350127[①] 致 孟 十 还

十还先生:

来函奉到。三十日定当趋前领教。致黎茅二位柬,已分别转寄了。

专此奉复,即颂

时绥。

迅 上 一月二十七日

# 350127[②] 致 黎 烈 文

烈文先生:

廿五日信奉到。Führer 即指导者,领导者,引伸而为头领及长官。加于希公[1]之上者,似以译领导者为较合适也。

《译文》中之译稿,实是一个问题,不经校阅,往往出毛病,但去索取原文,却又有不信译者之嫌,真是难办。插图如与文字不妨无关,目前还容易办,倘必相关,就成问题。但《译文》中插图的模胡,是书店和印局应负责任的,我看这是印得急促和胡乱的缘故,要是认真的印,即使更精细的图画,也决不至于如此。

孟十还请客,我看这是因为他本月收入较多,谷非[2]诸公敲竹杠的。对于先生之请柬,他托我代转并坚邀,今附上。大约坐中都是熟人,我只得去一下,并望先生亦惠临也。

专布,即请

撰安。

迅 顿首 一月二十七日

\*     \*     \*

〔1〕 希公 指希特勒。

〔2〕 谷非 即胡风。

# 350129① 致 杨霁云

霁云先生:

顷收到二十七日惠函;承寄《发掘》[1]一本,亦早收到,在忙懒中,致未早复,甚歉,见著者时,尚希转达谢忱为幸。

《集外集》既送审查,被删本意中事,[2]但开封事[3]亦犯忌却不可解,大约他们决计要包庇中外古今一切黑暗了。而古诗竟没有一首删去,却亦不可解,其实有几首是颇为"不妥"的。至于引言[4]被删,则易了然,盖他们不许有人为我作序或我为人作序而已。颠倒书名[5],则以显其权威,此亦叭儿脾气,并不足异。

尤奇的是今年我有两篇小文,一论脸谱并非象征,一记娘姨吵架,与国政世变,毫不相关,但皆不准登载。又为《文学》作一文,计七千字,谈明末事,竟被删去五分之四(此文当在二月号刊出);我乃续作一文[6],谈清朝之禁汉人著作,这回他们自己不删了,只令生活书局中人动手删削,但所存较多(大约三月号可刊出)。这一点责任,也不肯负,可谓全无骨气,实不及叭儿之尚能露脸狂吠也。三月以后,拟编去年一年中杂文,自行付印,而将《集外集》之被删者附之,并作后记,略开玩笑,点缀昇平耳。

上海天气已冷,我亦时有小病,此年纪关系,亦无奈何,但小病而已,无大害也,医言心肺脑俱强,此差足以慰　锦注者也。

专此布复,即请
文安

迅　顿首　一月廿九夜


＊　　　　＊　　　　＊

〔１〕《发掘》　参看341013②信注〔2〕。

〔２〕《集外集》被删事,《集外集》出版时被国民党中央宣传委员会图书杂志审查委员会抽去《来信(致孙伏园)》、《启事》、《老调子已经唱完》、《帮忙文学与帮闲文学》、《今春的两种感想》、《英译本〈短篇小说选集〉自序》、《〈不走正路的安得伦〉小引》、《译本高尔基〈一月九日〉小引》、《上海所感》等九篇,后均收入《集外集拾遗》。

〔３〕　开封事　指1925年4月开封发生的兵士强奸女学生的铁塔事件,参看《集外集拾遗》中的《来信(致孙伏园)》和《启事》。

〔4〕　指杨霁云的《〈集外集〉编者引言》。

〔5〕　颠倒书名　《集外集》书名原为"鲁迅∶集外集",送检时被改为"集外集　鲁迅著"。

〔6〕　指《病后杂谈之余——关于"舒愤懑"》。

# 350129② 致 曹 聚 仁

聚仁先生：

廿六信今天才收到。《笔端》[1]早收到,且已读完,我以为内容很充实,是好的。大约各人所知,彼此不同,所以在作者以为平常的东西,也还是有益于别的读者。

《集外集》之被捣乱,原是意中事。那十篇原非妙文,可有可无,但一经被删,却大有偏要发表之意了,我当于今年印出来给他们看。"鲁迅著"三字,请用普通铅字排。

《芒种》[2]开始,来不及投稿了,因为又在伤风咳嗽,消化不良。我的一个坏脾气是有病不等医好,便即起床,近来又为了吃饭问题,在选一部小说[3],日日读名作及非名作,忙而苦痛,此事不了,实不能顾及别的了。并希转达徐先生为托。

专此布复,即请

撰安。

迅 顿首 一月廿九日

＊　　　＊　　　＊

〔1〕　《笔端》　散文集,曹聚仁著,1935 年 1 月天马书店出版。

〔2〕《芒种》 文艺半月刊,徐懋庸、曹聚仁编辑,1935 年 3 月创刊,同年 10 月停刊。原由上海群众杂志公司发行,第一卷第九期起改由北新书局发行。

〔3〕 指《中国新文学大系·小说二集》。

# 350129③ 致 萧军、萧红

萧、吟两兄:

二十及二十四日信都收到了。运动原是很好的,但这是我在少年时候的事,现在怕难了。我是南边人,但我不会弄船,却能骑马,先前是每天总要跑它一两点钟的。然而自从升为"先生"以来,就再没有工夫干这些事,二十年前曾经试了一试,不过架式还在,不至于掉下去,或拔住马鬃而已。现在如果试起来,大约会跌死也难说了。

而且自从弄笔以来,有一种坏习气,就是一样事情开手,不做完就不舒服,也不能同时做两件事,所以每作一文,不写完就不放手,倘若一天弄不完,则必须做到没有力气了,才可以放下,但躺着也还要想到。生活就因此没有规则,而一有规则,即于译作有害,这是很难两全的。还有二层,一是琐事太多,忽而管家务,忽而陪同乡,忽而印书,忽而讨版税;二是著作太杂,忽而做序文,忽而作评论,忽而译外国文。脑子就永是乱七八糟,我恐怕不放笔,就无药可救。

所谓"还有一篇",是指萧兄的一篇,但后来方法变换了,先都交给《文学》,看他们要那一篇,然后再将退回的向别处设法。但至今尚无回信。吟太太的小说[1]送检查处后,亦尚无回信,我看这是和原稿的不容易看相关的,因为用复写纸写,看起来较为费力,他们便搁下了。

您们所要的书,我都没有。《零露集》[2]如果可以寄来,我是想看一看的。

《滑稽故事》[3]容易办,大约会有书店肯印。至于《前夜》[4],那是没法想的,《熔铁炉》[5]中国并无译本,好像别国也无译本,我曾见良士果[6]短篇的日译本,此人的文章似乎不大容易译。您的朋友[7]要译,我想不如鼓励他译,一面却要老实告诉他能出版否很难豫定,不可用"空城计"。因为一个人遇了几回空城计后,就会灰心,或者从此怀疑朋友的。

我不想用鞭子去打吟太太,文章是打不出来的,从前的塾师,学生背不出书就打手心,但愈打愈背不出,我以为还是不要催促好。如果胖得象蝈蝈了,那就会有蝈蝈样的文章。

此复,即请

俪安。

豫　上　一月廿九夜。

＊　　　＊　　　＊

〔1〕　指萧红的《生死场》。

〔2〕《零露集》　俄汉对照诗歌散文选,内收普希金、高尔基等十八人的作品三十四篇,温佩筠译注,1933年3月由译者在哈尔滨自费刊印。

〔3〕《滑稽故事》　金人拟编译的苏联左琴科著短篇小说集。

〔4〕《前夜》 长篇小说,俄国屠格涅夫著,当时已有沈颖中译本。

〔5〕《熔铁炉》 中篇小说,苏联里亚希柯著。

〔6〕良士果 通译里亚希柯(Н. Н. Ляшко,1884—1953),苏联作家。

〔7〕指金人。参看350301③信注〔3〕。

# 350203 致 黄 源

河清先生:

一夜信今日收到。那本散文诗[1]能有一部分用好纸印,就可以对付译者了,经手别人的稿子,真是不容易。

当靖的那一篇拉甫列涅夫文抽去时,我曾通知他,并托他为《译文》译些短篇。那回信说,拉氏那样的不关紧要的文章尚且登不出,也没有东西可译了。他大约不高兴译旧作品,而且也没有原本,听说他本来很多,都存在河南的家里,后来不知道为了一种什么谣言,他家里人就都烧掉,烧得一本不剩了;还有一部分是放在静农家的,去年都被没收。在那边[2]买书,似乎也很不容易,我代人买一本木刻法[3],已经一年多了,终于还没有买到。

杜衡之类,总要说那些话的,倘不说,就不成其为杜衡了。我们即使一动不动,他也要攻击的,一动,自然更攻击。最好是选取他曾经译过的作品,再译它一回,只可惜没有这种闲工夫。还是让他去说去罢。

　　译文社出起书[4]来，我想译果戈理的选集，当与孟十还君商量一下，大家动手。有许多是有人译过的，但只好不管。

　　今天爆竹声好像比去年多，可见复古之盛。十多年前，我看见人家过旧历年，是反对的，现在却心平气和，觉得倒还热闹，还买了一批花炮，明夜要放了。

　　专此布复，并请

春安。

　　　　　　　　　　　　　　迅　上　二月三夜

　　　　＊　　　　　＊　　　　　＊

　　〔1〕　指《巴黎的烦恼》，参看 350425① 信注〔7〕。

　　〔2〕　指苏联。

　　〔3〕　指代陈烟桥购买巴甫洛夫的《木刻技法》。

　　〔4〕　指《译文丛书》。

# 350204①　致　孟十还

十还先生：

　　上月吃饭的时候，耳耶兄对我说，他的朋友[1]译了一篇果戈理的《旧式的田主》[2]来，想投《译文》或《文学》，现已托先生去校正去了。

　　这篇文章，描写得很好，但也不容易译，单据日本译本，恐怕是很难译得好的，至少，会显得拖沓。我希望先生多费些力，大大的给他校改一下。

因为译文社今年想出单行本，黄先生正在准备和生活书店去开交涉，假如成功的话，那么，我想约先生一同来译果戈理的选集，今年先出《Dekanka 夜谈》和《Mirgorod》[3]，每种一本，或分成两本，俟将来再说；每人各译一本或全都合译，也俟将来再说。《旧式地主》在《Mirgorod》下卷中，改好之后，将来就可以收进去，不必另译了。

Korolenko 的小说，我觉得做得很好，在现在的中国，大约也不至于犯忌，但中国除了周作人译的《玛加尔之梦》[4]及一二小品外，竟没有人翻译。不知　先生有他的原本没有？倘有，我看是也可以绍介的。

专此布达，并贺

年(旧的)禧。

　　　　　　迅　上　二月四日＝正月元旦。


＊　　　　＊　　　　＊

〔1〕　指孟式钧，河南人。当时在日本留学，是"左联"东京分盟成员。

〔2〕　《旧式的田主》　又译《旧式地主》，中篇小说，为《密尔格拉德》(《Mirgorod》)集中的一篇。按孟式钧的译文后未发表。

〔3〕　《Dekanka 夜谈》和《Mirgorod》　即《狄康卡近乡夜话》和《密尔格拉德》。

〔4〕　Korolenko　即柯罗连科。周作人所译他的《玛加尔之梦》，1927 年 3 月北新书局出版。

# 350204<sup>②</sup>　致　杨　霁　云

霁云先生：

　　顷收到二月二日大札。《集外集》止抽去十篇，诚为“天恩高厚”，但旧诗如此明白，却一首也不删，则终不免“呆鸟”之讥。阮大铖虽奸佞，还能作《燕子笺》之类[1]，而今之叭儿及其主人，则连小才也没有，“一代不如一代”，盖不独人类为然也。

　　文字请此辈去检查，本是犯不上的事情，但商店为营业起见，也不能深责，只好一面听其检查，不如意，则自行重印耳。《启事》及《来信》，自己可以检得，但《革命文学……》[2]改正稿，希于便中寄下。近又在《新潮》上发见通信一则[3]，此外当还有，拟索性在印杂文时补入。

　　被删去五分之四的，即《病后杂谈》，文学社因为只存一头，遂不登，但我是不以悬头为耻的，即去要求登载，现已在二月号《文学》上登出来了。后来又做了一篇，系讲清初删禁中国人文章的事情，其手段大抵和现在相同。这回审查诸公，却自己不删削了，加了许多记号，要作者或编辑改定，我即删了一点，仍不满足，不说抽去，也不说可登，吞吞吐吐，可笑之至。终于由徐伯䜣［昕］[4]手执铅笔，照官意改正，总算通过了，大约三月号之《文学》上可以登出来。禁止，则禁止耳，但此辈竟连这一点骨气也没有，事实上还是删改，而自己竟不肯负删改的责任，要算是作者或编辑改的。俟此文发表及《集外集》出版后，资料已足，我就可以作杂文后记[5]了。

今年上海爆竹声特别旺盛,足见复古之一斑。舍间是向不过年的,不问新旧,但今年却亦借口新年,烹酒煮肉,且买花炮,夜则放之,盖终年被迫被困,苦得够了,人亦何苦不暂时吃一通乎。况且新生活〔6〕自有有力之政府主持,我辈小百姓,大可不必凑趣,自寻枯槁之道也,想先生当亦以为然的。专此布复,并颂

齐禧。

迅 启上 二月四夜

\*　　　\*　　　\*

〔1〕 阮大铖作《燕子笺》 参看 350109①信注〔1〕。

〔2〕 《革命文学……》 应为《帮忙文学与帮闲文学》。

〔3〕 指《对于〈新潮〉一部分的意见》,后收入《集外集拾遗》。

〔4〕 徐伯昕(1904—1984) 江苏武进人,当时任上海生活书店经理。

〔5〕 指《且介亭杂文·附记》。

〔6〕 新生活 指蒋介石为配合对苏区红军的"围剿"而发起的所谓"新生活运动"。1934 年 2 月 19 日,蒋介石在南昌行营提出"新生活运动",鼓吹"使全国国民的生活能够彻底军事化",要以"礼义廉耻"为"生活准则",随后在南京成立"新生活运动促进会",自任会长,并通电全国推行。

# 350204③ 致李 桦

李桦先生:

先生十二月九日的信和两本木刻集〔1〕,是早经收到了

的，但因为接连的生病，没有能够早日奉复，真是抱歉得很。我看先生的作品，总觉得《春郊小景集》和《罗浮集》最好，恐怕是为宋元以来的文人的山水画所涵养的结果罢。我以为宋末以后，除了山水，实在没有什么绘画，山水画的发达也到了绝顶，后人无以胜之，即使用了别的手法和工具，虽然可以见得新颖，却难于更加伟大，因为一方面也被题材所限制了。彩色木刻也是好的，但在中国，大约难以发达，因为没有鉴赏者。

　　来信说技巧修养是最大的问题，这是不错的，现在的许多青年艺术家，往往忽略了这一点。所以他的作品，表现不出所要表现的内容来。正如作文的人，因为不能修辞，于是也就不能达意。但是，如果内容的充实，不与技巧并进，是很容易陷入徒然玩弄技巧的深坑里去的。

　　这就到了先生所说的关于题材的问题。现在有许多人，以为应该表现国民的艰苦，国民的战斗，这自然并不错的，但如自己并不在这样的旋涡中，实在无法表现，假使以意为之，那就决不能真切，深刻，也就不成为艺术。所以我的意见，以为一个艺术家，只要表现他所经验的就好了，当然，书斋外面是应该走出去的，倘不在什么旋涡中，那么，只表现些所见的平常的社会状态也好。日本的浮世绘[2]，何尝有什么大题目，但它的艺术价值却在的。如果社会状态不同了，那自然也就不固定在一点上。

　　至于怎样的是中国精神，我实在不知道。就绘画而论，六朝以来，就大受印度美术的影响，无所谓国画了；元人的水墨山水，或者可以说是国粹，但这是不必复兴，而且即使复兴起来,也不会发展的。所以我的意思,是以为倘参酌汉代的石刻画像,明清的书籍插画,并且留心民间所赏玩的所谓"年画",和欧洲的新法融合起来,许能够创出一种更好的版画。

专此布复,并颂

时绥。

迅　上　二月四夜。

\*　　　　\*　　　　\*

〔1〕　指《少其版画集》(《现代版画丛刊》之三)和《张影木刻集》。

〔2〕　浮世绘　日本德川幕府时代(1603—1867)的一种民间版画,题材多取自下层市民社会生活,十八世纪末期逐渐衰落。

# 350207①　致 曹 靖 华

汝珍兄:

二月一日信收到。那一种刊物,原是我们自己出版的,名《文学生活》,原是每人各赠一本,但这回印出来,却或赠或不赠,店里自然没有买,我也没有得到。我看以后是不印的了,因为有人以文字抗议那批评,倘续出,即非登此抗议不可,惟一的方法是不再出版——到处是用手段。

《准风月谈》一定是翻印的,只要错字少,于流通上倒也好;《南腔北调集》也有翻板。但这书我不想看,可不必寄来。今年我还想印杂文两本,都是去年做的,今年大约不能写的这么多了,就是极平常的文章,也常被抽去或删削,不痛快得很。

又有暗箭，更是不痛快得很。

《城与年》的概略，是说明内容（书中事迹）的，拟用在木刻之前，使读者对于木刻插画更加了解。木刻画[1]想在四五月间付印，在五月以前写好，就好了。

农兄如位置还在，为什么不回去教书呢？我想去年的事情[2]，至今总算告一段落，此后大约不再会有什么问题的了（我虽然不明详情）。如果另找事情，即又换一新环境，又遇一批新的抢饭碗的人，不是更麻烦吗？碑帖单子已将留下的圈出，共十种，今将原单寄回。又霁兄也曾寄来拓片一次，留下一种，即"汉画象残石"四幅，价四元，这单子上没有。

这里的出版，一榻胡涂，有些"文学家"做了检查官，简直是胡闹。去年年底，有一个朋友收集我的旧文字，在印出的集子里所遗漏或删去的，钞了一本，名《集外集》，送去审查。结果有十篇不准印。最奇怪的是其中几篇系十年前的通信，那时不但并无现在之"国民政府"，而且文字和政治也毫不相关。但有几首颇激烈的旧诗，他们却并不删去。

现在连译文也常被抽去或删削；连插画也常被抽去；连现在的希忒拉，十九世纪的西班牙政府也骂不得，否则——删去。

从去年以来，所谓"第三种人"的，竟露出了本相，他们帮着它的主人来压迫我们了，然而我们中的有几个人，却道是因为我攻击他们太厉害了，以至逼得他们如此。去年春天，有人[3]在《大晚报》上作文，说我的短评是买办意识，后来知道这文章其实是朋友做的，经许多人的质问，他答说已寄信给我解释，但这信我至今没有收到。到秋天，有人把我的一封信[4]，在《社会月报》[5]上发表了，同报上又登有杨邨人的文章，于是又有一个朋友（即田君[6]，兄见过的），化名绍伯，说我已与杨邨人合作，是调和派。被人诘问，他说这文章不是他做的。但经我公开的诘责时，他只得承认是自己所作。不过他说：这篇文章，是故意冤枉我的，为的是想我愤怒起来，去攻击杨邨人，不料竟回转来攻击他，真出于意料之外云云。这种战法，我真是想不到。他从背后打我一鞭，是要我生气，去打别人一鞭，现在我竟夺住了他的鞭子，他就"出于意料之外"了。从去年下半年来，我总觉有几个人倒和"第三种人"一气，恶意的在拿我做玩具。

我终于莫名其妙，所以从今年起，我决计避开一点，我实在忍耐不住了。此外古怪事情还多。现在我在选一部别人的小说，这是应一个书店之托，解决吃饭问题的，三月间可完工。至于绍介文学和美术，我仍照旧的做。

但短评，恐怕不见得做了，虽然我明知道这是要紧的，我如不写，也未必另有人写。但怕不能了。一者，检查严，不容易登出；二则我实在憎恶那暗地里中伤我的人，我不如休息休息，看看他们的非买办的战斗。

我们大家都好的。

专此布复，即请

春安。

弟豫 上 二月七日

＊　　　　＊　　　　＊

　〔１〕　指亚历克舍夫作的《城与年》木刻插画，参看 340611 信注
〔3〕。

　〔２〕　指台静农被捕事。

　〔３〕　指廖沫沙（1907—1990），湖南长沙人，作家。"左联"成员。
他署名"林默"发表文章说鲁迅的"短评是买办意识"的事，参看《花边文
学·倒提》。

　〔４〕　指《答曹聚仁先生信》，收入《且介亭杂文》。该文原与杨邨
人的《赤区归来记》同载《社会月报》第一卷第三期（1934 年 8 月）。"绍
伯"为此指责鲁迅"调和"的事，参看《且介亭杂文·附记》。

　〔５〕　《社会月报》　综合性期刊，陈灵犀编辑，1934 年 6 月创刊，
1935 年 9 月停刊。上海社会出版社发行。

　〔６〕　田君　指田汉。他在鲁迅发表《答〈戏〉周刊编者的信》（收
入《且介亭杂文》）之后，于 1935 年 1 月 29 日致函鲁迅说，《调和》"虽与
我有关，但既非开顽笑，也非恶意中伤，而是有意'冤枉'先生，便于先生
起来提出抗议"。


# 350207②　致孟十还

十还先生：

　　五日信收到。Korolenko〔1〕的较短的小说，我不知上海有
得买否，到白俄书店一找，何如。关于他的文章，我见过
Gorky〔2〕所做的有两篇，一是《珂罗连珂时代》，一好像是印象
记，谷译的不知是那一篇，如果是另一篇，那么先生也还可以
译下去的。

普式庚[3]小说,当不至于见官碰钉子。那一篇《结婚》[4],十年前有李秉之译本,登在《京报副刊》上,虽然我不知道他译得怎样,后来曾否收在什么集子里,以及现在的《文学》编辑者是怎样的意见。但要稳当,还是不译好。不如再拉出几个中国不熟识的作者来。在法租界的白俄书店,不知可能掘出一点可用的东西来不能?

此复,并叩

年禧。

迅 拜 夏历元月四夜〔二月七日〕

\*　　　\*　　　\*

〔1〕　Korolenko　即柯罗连科。

〔2〕　Gorky　即高尔基。他所作关于柯罗连科的文章,参看341031②信注〔2〕。该文在《红色处女地》发表时,曾分为《柯罗连科时代》和《符·加·柯罗连科》两篇。后一篇曾由胡风译成中文,载《译文》新二卷第一期(1936年9月)。

〔3〕　普式庚(А.С.Пушкин,1799—1837)　通译普希金,俄国诗人。著有长诗《叶甫盖尼·奥涅金》和中篇小说《上尉的女儿》等。

〔4〕　《结婚》　剧本,果戈理著,李秉之译。收入《俄罗斯名著二集》。按《京报副刊》发表的是李译果戈理的另一独幕剧《赌徒》。

# 350207③　致　徐懋庸

懋庸先生:

偶在报摊上看见今年历本,内有春牛图,且有说明,虽然画法摩登一点,但《芒种》上似乎也好用的,且也连说明登上。

又偶得十年前之《京报副刊》,见林先生所选廿种书目,和现在有些不同了。[1]

右二种俱附上。此颂

年禧。

迅　顿首　夏历元月四日〔二月七日〕

＊　　　＊　　　＊

〔1〕　林先生　指林语堂。他在 1925 年 2 月 23 日、24 日《京报副刊》向青年推荐中外古今名著,分别开出“国学必读书”十种和“新学必读书”十种。三十年代,林语堂提倡“幽默”、“闲适”的“性灵文学”,为此他曾出版包括《袁中郎全集》在内的《“有不为斋”丛书》,并在序言中强调:“目前几种,却是显然专抒性灵之作,而且都是明末清初的作品,或翻印,或编选,不然便是关于明文小品之谈话。”(见《论语》第四十八期所载《“有不为斋”丛书序》)

# 350209[①]　致 萧 军、萧 红

刘军<br>悄吟先生:

来信早收到;小说稿已看过了,都做得好的——不是客气话——充满着热情,和只玩些技巧的所谓“作家”的作品大两样。今天已将悄吟太太和那一篇寄给《太白》[1]。余两篇让我想一想,择一个相宜的地方,文学社暂不能寄了,因为先前的两篇[2],我就寄给他们的,现在还没有回信。

　　至于你要给《火炬》的那篇,我看不必寄去,一定登不出来的,不如暂留在我处,看有无什么机会发表;不过即使发表,我恐怕中国人也很难看见的。虽然隔一道关,但情形也未必会两样。前几天大家过年,报纸停刊,从袁世凯那时起,卖国就在这时候,这方法留传至今,我看是关内也在爆竹声中葬送了。你记得去年各报上登过一篇《敌乎,友乎?》的文章吗? 做的是徐树铮的儿子,〔3〕现代阔人的代言人,他竟连日本是友是敌都怀疑起来了,怀疑的结果,才决定是"友"。将来恐怕还会有一篇"友乎,主乎?"要登出来。今年就要将"一二八""九一八"的纪念取消,报上登载的减少学校假期,就是这件事,不过他们说话改头换面,使大家不觉得。"友"之敌,就是自己之敌,要代"友"讨伐的,所以我看此后的中国报,将不准对日本说一句什么话。

　　中国向来的历史上,凡一朝要完的时候,总是自己动手,先前本国的较好的人,物,都打扫干净,给新主子可以不费力量的进来。现在也毫不两样,本国的狗,比洋狗更清楚中国的情形,手段更加巧妙。

　　来信说近来觉得落寞,这心情是能有的,原因就在在上海还是一个陌生人,没有生下根去。但这样的社会里,怎么生根呢,除非和他们一同腐败;如果和较好的朋友在一起,那么,他们也正是落寞的人,被缚住了手脚的。文界的腐败,和武界也并不两样,你如果较清楚上海以至北京的情形,就知道有一群蛆虫,在怎样挂着好看的招牌,在帮助权力者暗杀青年的心,使中国完结得无声无臭。

　　我也时时感到寂寞,常常想改掉文学买卖,不做了,并且离开上海。不过这是暂时的愤慨,结果大约还是这样的干下去,到真的干不来了的时候。

　　海婴是好的,但捣乱得可以,现在是专门在打仗,可见世界是一时不会平和的。请客大约尚无把握,因为要请,就要吃得好,否则,不如不请,这是我和悄吟太太主张不同的地方。但是,什么时候来请罢。

　　此请

俪安。

豫　上　二月九日

　　再:那两篇小说的署名,要改一下,[4]因为在俄有一个萧三,在文学上很活动,现在即使多一个“郎”字,狗们也即刻以为就是他的。改什么呢? 等来信照办。

　　又及

　　　　＊　　　　＊　　　　＊

　〔1〕　指《小六》。后载《太白》第一卷第十二期(1935年3月)。

　〔2〕　指萧军的《职业》和《樱花》。

　〔3〕　《敌乎,友乎?》　即《敌乎? 友乎?——中日关系的检讨》,连载于1935年1月26日至30日《申报》,署名徐道邻。徐道邻(1906—1973),江苏萧县(今属安徽)人,曾任国民党政府行政院政务处处长。此文实为蒋介石口述,陈布雷笔录整理。后收入台湾出版的《先总统蒋公全集》第三卷“书告类”。徐树铮(1880—1925),江苏萧县(今属安徽)人,北洋军阀将领。曾任段祺瑞政府陆军部次长、国务院秘书长、西北

边防军总司令等职,后被冯玉祥部捕杀。

〔4〕 萧军的《职业》、《樱花》两篇小说,原署名"萧三郎",发表时改署"三郎"。

# 350209②　致 赵 家 璧

家璧先生:

八日信收到。《新青年》等尚未收到,书店中人又忘记了也说不定的,明天当去问一问。

《弥洒》〔1〕收到;《东方创作集》〔2〕已转交。

照片〔3〕不必寄还,先生留下罢。

前回托抄的几篇小说,如已抄好,希即寄下。如未抄,则请一催,但汪敬熙的《一个勤学的学生》不必抄了,因为我已经买得他的小说集〔4〕,撕下来了。

专此布复,即请

撰安

迅 上 二月九日

\* 　 \* 　 \*

〔1〕 《弥洒》 文学月刊,1923 年 3 月创刊,同年 8 月出至第六期停刊。上海弥洒社编辑并出版。

〔2〕 《东方创作集》 上、下两册。收鲁迅、叶绍钧、许地山、王统照等人的小说十七篇,1923 年上海商务印书馆出版。

〔3〕 指鲁迅作为《中国新文学大系》编选者之一,为该书出版预

告所提供的照片。

　　〔**4**〕　指《雪夜》,1925 年 10 月上海亚东图书馆出版。

# 350209<sup>③</sup>　致 孟 十 还

十还先生:

　　二月七夜信已收到。我想先生且不要厌弃《人间世》之类的稿费,因为稿费还是从各方面取得的好,卖稿集中于一个书店,于一个作者是很不利的,后来它就能支配你的生活。况且译各种选集,现在还只是我们几个人的一方面的空想,未曾和书店接洽过;书店,是无论那一个,手段都是辣的。我想,不如待合同订定后,再作计较罢。而且我还得声明,中国之所谓合同,其实也无甚用处。

　　我说的《D. 夜谈》,就是《D 附近农庄的夜晚》。那第(三),(四)有李秉之译本,〔1〕第(二),(四)有韩侍桁译本,〔2〕但我们可以不管它,不过也不妨买来参考一下。李是从俄文译的,在《俄罗斯名著二集》(亚东书局版,价一元)内;韩大约从英文或日文转译(商务馆版,价未详),不看他也不要紧。听说又有《泰赖·波尔巴》〔3〕,顾民元等译(南京书店出版,七角五分),我未见过。

　　科洛连柯和萨尔蒂珂夫〔4〕短篇小说都能买到,那是好极了。我觉得萨尔蒂珂夫的作品于中国也很相宜,但译出的却很少很少,买得原本后,《译文》上至少还可以绍介他一两回。

　　《射击》〔5〕译成后,请直接送给黄先生。

专此布复,即颂

时绥。

迅 上 二月九日

\* \* \*

〔1〕 第(三),(四)有李秉之译本 第(三)、(四),指鲁迅计划出版的《果戈理选集》第三、第四册,参看 341204 信。李秉之译本,指《俄罗斯名著二集》,收果戈理小说《维侬》、《鼻子》、《二田主争吵的故事》三篇和剧本《结婚》、《赌家》(即《赌徒》)二篇,1934 年 3 月上海亚东图书馆出版。

〔2〕 第(二),(四)有韩侍桁译本 第(二)、(四),指鲁迅计划出版的《果戈理选集》第二、第四册,参看 341204 信。韩侍桁译本,指韩侍桁从《密尔格拉德》中选译的中篇小说《两个伊凡的故事》和《塔拉司·布尔巴》,两书单行本均于 1934 年上海商务印书馆出版。

〔3〕 《泰赖·波尔巴》 通译《塔拉司·布尔巴》。顾民元等的译本,1933 年 5 月南京书店出版。

〔4〕 萨尔蒂珂夫 即萨尔蒂珂夫—谢德林(M. E. Салтыков-Щедрин,1826—1889),俄国讽刺作家,革命民主主义者。著有长篇小说《一个城市的历史》和《戈罗夫略夫老爷们》等。

〔5〕 《射击》 短篇小说,普希金著。孟十还的译文载《译文》第二卷第一期(1935 年 3 月)。

# 350210<sup>①</sup> 致 杨霁云

霁云先生:

七日信下午收到,并《帮闲文学……》稿,谢谢。《南北集》

恰亦于七日托书店寄上一册，现在想是已到了罢。

《文学》既登拙作题头，下一期登出续篇来，前言不搭后语，煞是有趣，倘将来再将原稿印出，也许更有可观。去年所作杂文，除登《自由谈》者之外，竟有二百余页之多，编成一本时，颇欲定名为《狗儿年杂文》[1]，但恐于邮寄有碍耳。

《大义觉迷录》[2]虽巧妙，但究有痕迹，后来好像连这本书也禁止了。现行文学暗杀政策，几无迹象可寻，实是今胜于古，惜叭儿多不称职，致大闹笑话耳。

明末剥皮法，出《安龙逸史》[3]，今录出附上。

专此布复，并贺

旧禧。

　　　　　　迅　顿首　夏历元月七日〔二月十日〕灯下。

再：先生所作《集外集》引言，如有稿，乞录寄，因印《集外集外集》[4]（此非真名，真名未定）时拟补入也。　　又及

《安龙逸史》　　屈大均撰

(孙)可望得(张)应科报，即令应科杀(李)如月，剥皮示众。俄缚如月至朝门，有负石灰一筐，稻草一捆，置于其前。如月问，"如何用此？"其人曰，"是揎你的草！"如月叱曰，"瞎奴！此株株是文章，节节是忠肠也！"既而应科立右角门阶，捧可望令旨，喝如月跪。如月叱曰，"我是朝廷命官，岂跪贼令！？"乃步至中门，向阙再拜，大哭曰，"太祖高皇帝，我皇明从此无谏臣矣！奸贼孙可望，汝死期不远。我死立千古之芳名，汝死遗万年之贼号，孰得孰失？"

应科促令仆地，剖脊，及臀，如月大呼曰，"死得快活，浑身清凉！"又呼可望名，大骂不绝。及断至手足，转前胸，犹微声恨骂；至颈绝而死。随以灰渍之，纫以线，后乃入草，移北城门通衢阁上，悬之。……

　　右见卷下。

此因山东道御史东莞李如月劾孙可望擅杀勋将（即陈邦传，亦剥皮），无人臣礼，故可望亦剥其皮也。可望后降清，盖亦替"天朝"扫除端人正士，使更易于长驱而入者。

　　　＊　　　　＊　　　　＊

　　〔1〕《狗儿年杂文》　后来未用此集名，而将该年所作杂文编为《花边文学》和《且介亭杂文》两本。狗儿年，即1934年。

　　〔2〕《大义觉迷录》　清世宗胤禛授命辑刊，合吕留良案中的曾静、张熙口供（系伪造，名为《归仁说》）和雍正驳吕留良学说的各种文告而成，雍正七年（1729）颁行，定为士大夫必读之书。清高宗弘历接位后即被禁毁。

　　〔3〕《安龙逸史》　清代禁毁书籍之一，作者署"沧州渔隐"（一署"溪上樵隐"），1916年吴兴刘氏嘉业堂刻本题"南海屈大均撰"，分上下两卷；但内容与《残明纪事》（不署作者，古滇罗谦序）相同，字句有小异。

　　〔4〕《集外集外集》　后定名为《集外集拾遗》。

# 350210②　致曹靖华

汝珍兄：

　　七日寄上一函，想已到。

顷得冈氏一信,今附上,希译示。

同时又收到《Первый Всесоюзный Съезд Советских Писателей》[1]一册,颇厚,大约是讲去年作家大会的。兄要看否?如要,得复后当即寄上。

我们都好,请勿念。

此布,即请

春安。

弟豫　上　一〔二〕月十日

*　　　*　　　*

〔1〕　即《第一次全苏作家代表大会》,1934 年 8 月在莫斯科召开的全苏第一次作家代表大会文件汇编。

# 350212　致萧　军

刘先生:

十,十一两信俱收到。印书的事[1],我现在不能答复,因为还没有探听,计划过。

地图[2]在内山书店没有寄卖,因为这是海关禁止入口,一看见就没收的。

此复,即颂

时绥。

豫　上　二,二〔一〕二

＊　　　＊　　　＊

〔1〕 指《八月的乡村》出版事。

〔2〕 据收信人回忆,指日本出版的伪满洲国地图。

# 350214<sup>①</sup>　致吴　　渤

吴渤先生：

惠函奉到。现在的读书界,确是比较的退步,但出版界也不大能出好书。上海有官立的书报审查处,凡较好的作品,一定不准出版,所以出版界都是死气沈沈。

杂志上也很难说话,现惟《太白》,《读书生活》,《新生》[1]三种,尚可观,而被压迫也最甚。至于《人间世》之类,则本是麻醉品,其流行亦意中事,与中国人之好吸雅片相同也。

我的近作三本[2],已托书店挂号寄上。至于先生所要的两本[3],当托友人去打听,倘有,当邮寄。

此复,即颂

时绥

迅 上 二月十四日

＊　　　＊　　　＊

〔1〕《新生》 综合性周刊,杜重远编。1934 年 2 月 10 日创刊,1935 年 6 月 22 日出至第二卷第二十二期被迫停刊。上海新生周刊社出版。

〔2〕　指《伪自由书》、《南腔北调集》和《准风月谈》。

〔3〕　据收信人回忆,指《怒吼吧,中国》和《城与年》。

# 350214② 致 金肇野

肇野先生:

　　来信收到,但已蒙官恩检查,这是北京来信所常见的。唐君〔1〕终于没有见,他是来约我的,但我不能抽工夫一谈,只骗下他汾酒二瓶而已。

　　木刻用原版,只能作者自己手印,倘用机器,是不行的,因为作者大抵事前没有想到这一层,版面未必弄得很平,我印《木刻纪程》时,即因此大失败,除被印刷局面责外,还付不少的钱也。

　　文章我实在不能做了。一者没有工夫,二者材料不够。〔2〕近来东谈西说,而其实都无深研究,发议论是不对的。我的能力,只可以翻印几张版画以供青年的参考。

　　罗、李〔3〕二人,其技术在中国是很好的。抄名作之缺点,是因为多产,急于成集,而最大原因则在自己未能有一定的内容。但我看别人的作品,割取名作之一角者也不少。和德国交换〔4〕,我以为无意义,他们的要交换,是别有用意的,但如果明白这用意,则换一点来看看也好。此复,即颂

时绥。

豫 上 二月十四日

＊　　　＊　　　＊

〔1〕　唐君　指唐诃。

〔2〕　按后来仍作了《〈全国木刻联合展览会专辑〉序》，收入《且介亭杂文二集》。

〔3〕　罗、李　指罗清桢、李桦。

〔4〕　和德国交换　当时北平中德文化学会建议全国木刻联合展览会选送一部分展品去德国展览，作为在北平展出德国木刻的交换。

# 350218①　致 曹 靖 华

汝珍兄：

十三日信收到。《文学生活》是并不发售的，所以很难看见，但有时会寄来。现在这一期，却不给我，沈兄[1]也没有，这办法颇特别。我们所知道的一点，是从别人嘴里先听到，后来设法借来看的。

静兄因讲师之不同，而不再往教，我看未免太迂。半年的准备，算得什么，一下子就吃完了，而要找一饭碗，却怕未必有这么快。现在的学校，大抵教员一有事，便把别人补上，今静兄离开了半年，却还给留下四点钟，不可谓非中国少见的好学校，恐怕在那里教书，还比别处容易吧。

中国已经快要大家"无业"，而不是"失业"，因为根本就没有什么所谓"业"了。上海去[今]年的出版界，景象比去年坏。学生是去年大学生减少，今年中学生减少了。

郑君[2]现在上海，闻不久又回北平，他对于版税，是有些模模胡胡的,不过不给回信,却更不好。我曾见了他,但因为交情还没有可以说给他这些事的程度,所以没有提及。

P. Ettinger[3]并没有描错,看这姓,他大约原是德国人。我曾重寄冈氏《引玉集》一本,托 E. 转的。至 H. 氏[4],则向来毫不知道,不知道为什么冈氏说我可以先写一封信给他。我也没有什么东西托他转。

因为有便人,我已带去宣纸三百大张了,托 E. 氏分赠。我想托兄写一回信,将来当将信稿拟好寄上。兄写好后,仍寄来,由上海发出。

今天寄上《作家会纪事》[5]一本,《译文》二本,《文学报》数张,是由学校转的。

专此布达,即请

秋[?]安。

弟豫 上 二月十八日

＊　　　　＊　　　　＊

〔1〕 沈兄　指沈雁冰。

〔2〕 郑君　指郑振铎。

〔3〕 P. Ettinger　即巴惠尔·艾丁格尔。

〔4〕 H. 氏　未详。

〔5〕 《作家会纪事》　即《第一次全苏作家代表大会》,参看350210②信注〔1〕。

# 350218<sup>②</sup> 致 孟十还

十还先生：

十四信读悉。《艺术》〔1〕我有几本旧的，没有倍林斯基〔2〕像，先生所见的大约是新的了。如果可以，我极愿意看一看，只要便中放在书店里就好。

郑君我是认识的，昨天提起，他说已由黄先生和先生接洽过，翻译纳克拉梭夫〔3〕的诗云云，我看这一定是真的，所以不再说下去。但生活书店来担当这么大的杂志〔4〕，我们印果戈理选集的计划，恐怕一时不能实行了。我是要给这杂志译《死魂灵》。

专此布复，即请

春安。

豫 上 二月十八日

\*　　　\*　　　\*

〔1〕《艺术》 参看340117<sup>①</sup>信注〔2〕。

〔2〕 倍林斯基 即别林斯基。

〔3〕 纳克拉梭夫（Н.А.Некрасов，1821—1877） 通译涅克拉索夫，俄国诗人，革命民主主义者。著有长诗《在俄罗斯谁能快乐而自由》、《严寒，通红的鼻子》等。

〔4〕 杂志 指生活书店当时正在筹办的《世界文库》，参看350309<sup>②</sup>信注〔2〕。鲁迅所译《死魂灵》第一部，后连载《世界文库》第一

至六册(1935 年 5 月至 10 月)。

<h1 style="text-align:center">350224<sup>①</sup>　致孟十还</h1>

十还先生：

前天收到来信并《艺术》两本。倍林斯基刻像〔1〕，是很早的作品，我已在《艺苑朝华》内翻印过了，虽然这是五六年前的事，已为人们所忘却。库尔培〔2〕的像极好，惜无可用之处，中国至今竟没有一种较好的美术杂志，真要羞死人。

这两本书，现已又放在内山书店里，请于便中拿了附上之一笺，取回。包内又有《文学报》数张，是送给先生的。

译诗，真是出力不讨好的事，我的主张是以为可以从缓的，但郑君似不如此想。那么，为稿费起见，姑且译一点罢。

良友图书公司(北四川路八五一号，上海银行附近)出了一种月刊：《新小说》〔3〕。昨天看见那编辑者郑君平先生，说想托先生译点短篇，我看先生可以去访他一回，接洽接洽。公司的办公时间是上午九点起至下午五点，星期日上午休息。去一次自然未必恰能遇见，那么只好再去了。

专此布达，并颂

时绥。

迅　上　二月二十四日

*　　　*　　　*

〔1〕　倍林斯基刻像　苏联木刻家保里诺夫刻，《艺苑朝华》第五

辑《新俄画选》曾翻印。

〔2〕 库尔培(G.Courbet,1819—1877) 通译库尔贝,法国画家。曾任巴黎公社委员、艺术家协会主席。他的像,未详。

〔3〕 《新小说》 文艺月刊,郑君平(郑伯奇)编辑,1935 年 2 月创刊,同年 7 月停刊,共出六期,上海良友图书印刷公司发行。

# 350224<sup>②</sup> 致 杨 霁 云

霁云先生:

二十二日信收到;十二日信并序稿〔1〕,也早收到了。近因经济上的关系,在给一个书坊选一本短篇小说——别人的,时日迫促,以致终日匆匆,未能奉复,甚歉。《集外集》中重出之文〔2〕,已即致函曹先生,托其删去,但未知尚来得及否。

我前次所举尹嘉铨的应禁书目〔3〕,是钞《清代文字狱档》中之奏折的,大约后来又陆续的查出他种,所以自当以见于《禁毁书目》〔4〕中者为完全。尹氏之拚命著书,其实不过想做一个道学家——至多是一个贤人,而皇帝竟与他如此过不去,真也出乎意外。大约杀犬警猴,固是大原因之一,而尹之以道学家自命,因而开罪于许多同僚,并且连对主子也多说话,致招厌恶,总也不无关系的。

中山〔5〕革命一世,虽只往来于外国或中国之通商口岸,足不履危地,但究竟是革命一世,至死无大变化,在中国总还算是好人。假使活在此刻,大约必如来函所言,其实在那时,就已经给陈炯明〔6〕的大炮击过了。

"第九"不必读粤音,只要明白出典,盖指"八仙"[7]之名次而言,一到第九,就不在班列之内了。

专此布复,即请

撰安。　　　　　　　　　　　迅　顿首　二月廿四夜。

＊　　　　＊　　　　＊

〔1〕　即《〈集外集〉编者引言》。

〔2〕　《集外集》中重出之文　参看341229信注〔3〕。

〔3〕　尹嘉铨(？—1781)　清直隶博野(今属河北)人,尹会一子,乾隆举人,官至大理寺卿稽察觉罗学。乾隆四十六年(1781)因为其父请谥和为其父等六人请许从祀孔庙而获罪"处绞",所著书籍全部禁毁。鲁迅在《买〈小学大全〉记》中,曾说及他著述被禁毁的情况。

〔4〕　《禁毁书目》　指清姚观元所编《咫进斋丛书》第三集中的清代《禁书总目》。据该书载"应毁尹嘉铨编纂各书"共九十三种,石刻七种,又山西、甘肃续查出所著、所序书籍及石刻四十种。

〔5〕　中山　即孙中山(1866—1925),名文,字德明,号逸仙,广东香山(今中山)人,民主革命家。

〔6〕　陈炯明(1875—1933)　字竞存,广东海丰人,地方军阀。曾参加辛亥革命,任广东副都督、都督,1917年后任广东省长兼粤军总司令。1922年6月,他在英帝国主义和直系军阀支持下,率部炮轰总统府,公开背叛孙中山。

〔7〕　"八仙"　当指我国神仙故事中的铁拐李(李铁拐)、汉钟离(钟离权)、张果老、何仙姑(女)、蓝采和、吕洞宾、韩湘子和曹国舅八人。民间传说中有"八仙庆寿"、"八仙过海"等故事。

# 350226<sup>①</sup> 致 赵 家 璧

家璧先生：

送上选稿的三分之二——上，中两本，其余的一部分，当于月底续交。序文也不会迟至三月十五日。

目录当于月底和余稿一同交出。

奉还《弥洒》三本；又《新潮》等一包，乞转交，但他[1]现在大约也未必需要，那就只好暂时躺在公司里了。

专此布达，即请

撰安。

迅 启 二月二十六日。

\*     \*     \*

〔1〕 据收信人回忆，指沈雁冰。

# 350226<sup>②</sup> 致 叶 紫

Z兄：

信早收到。小说稿[1]送去后，昨天交回来了。我看也并没有什么改动之处。那插画，有几张刻的很好。但，印起来，就像稿上贴着的一样高低么？那可太低了，我看每张还可以移上半寸。

我因为给书店选一本小说，而且约定了交卷的日期，所以近来只赶办着这事,弄得头昏眼花,没有工夫。等这事弄完后(下月初),我们再谈罢。小说大约急于付印,所以放在书店里,附上一条,请拿了去取为幸。

　　专此,即请

刻安

　　↖(比"时"范围较小,大有革新之意。)

　　　　　　　　　　　　　　　豫　上　二月廿六夜

　　　＊　　　　＊　　　　＊

　　〔1〕　指《丰收》稿。据收信人说明:他请鲁迅将《丰收》稿"送给茅盾先生去看一看,改一改"。

# 350228　致赵家璧

家璧先生:

　　小说的末一本,也已校完了,今呈上,并目录一份。

　　其中,黎锦明[1]和台静农两位的作品,是有被抽去的可能的,所以各人多选了一篇。如果竟不被抽去,那么,将来就将目录上有×记号的自己除掉,每人各留四篇。

　　向培良的《我离开十字街头》[2],是他那时的代表作,应该选入。但这一篇是单行本(光华书局出版),不知会不会发生版权问题。所以现在不订在一起,请先生酌定,因为我对于出版法之类,实在不了然。

　　假使出版上无问题,检阅也通过了,那就除去有×记号的

《野花》,还是剩四篇。但那篇会被抽去也难说。

此外大约都没有危险。不过中国的事情很难说,如果还有通不过的,而字数上发生了问题,那就只好另选次等的来补充了。其实是现在就有了充填字数的作品在里面。

此上,即请

撰安。

迅 启 二月二十八日

*　　*　　*

〔1〕 黎锦明(1905—1999) 字君亮,湖南湘潭人,作家。著有短篇小说集《烈火》,中篇小说《尘影》等。

〔2〕 向培良(1905—1959) 湖南黔阳人,狂飙社主要成员之一。三十年代在南京主编《青春月刊》,提倡"为人类的艺术"和"民族主义文学"。《我离开十字街头》,中篇小说,1926 年 10 月光华书局出版,《狂飙丛书》之一。

# 350301[1] 致 母 亲

母亲大人膝下,敬禀者,来信收到。

俞二小姐[1]如果能够送来,那是最好不过的了,总比别的便人可靠。但火车必须坐卧车;动身后打一电报,我们可以到车站去接。以上二事,当另函托紫佩兄办理。

寓中均安,男亦安好,不过稍稍忙些。海婴也很好,大家都说他大得快;今天又给他种了一回牛痘,是第二回了。

专此布复,恭请

金安。

男树　叩上　广平及海婴随叩　三月一日

\*　　　\*　　　\*

〔1〕　俞二小姐　即俞芳。鲁迅母亲原拟去上海,由她陪伴。后未成行。

# 350301② 致 母 亲

母亲大人膝下,敬禀者:上午刚寄出一函,午后即得二月二十五日来示,备悉一切。男的意思,以为女仆还是不带,因为南北习惯不同,彼此话也听不懂,不见得有什么用处,而且闲暇的时候,和这里的用人闲谈,一知半解,说不定倒会引出麻烦的事情来的。余已详前函,兹不赘。

专此布复,恭请

金安。

男树　叩上　三月一日下午。

# 350301③ 致 萧 军、萧 红

刘军<br>悄吟兄:

一日信收到。我的选小说,昨夜交卷了,还欠一篇序,期限还宽,已约叶〔1〕定一个日期,我们可以谈谈。他定出后,会来通知你们的。

悄吟太太的一个短篇[2]，我寄给《太白》去了，回信说就可以登出来。那篇《搭客》，其实比《职业》做得好（活泼而不单调），上月送到《东方杂志》，还是托熟人拿去的，不久却就给我一封官式的信，今附上，可以看看大书店的派势。现在是连金人的译文，都寄到良友公司的小说报去了，[3]尚无回信。

到各种杂志社去跑跑，我看是很好的，惯了就不怕了。一者可以认识些人；二者可以知道点上海之所谓文坛的情形，总比寂寞好。

那篇在检查的稿子，催怕不行。官们对于文学社的感情坏，这是故意留难的。在那里面的都是坏种或低能儿，他们除任意催［摧］残外，一无所能，其实文章也看不懂。

说起"某翁"[4]的称呼来，这是很奇怪的。这称呼开始于《十日谈》及《人言》，这是时时攻击我的刊物，他们特地这样叫，以表示轻蔑之意，犹言"老了，不中用了"的意思；但不知怎的却影响到我的熟人的笔上去了。现在是很有些人，信上都这么写的。

《文学新闻》[5]我想也用不着看它，不必寄来了。

专此布复，即请

俪安。

豫　上。三月一日

孩子很淘气，昨天给他种了痘，是生后第二回。

＊　　　　＊　　　　＊

〔１〕　叶　指叶紫。参看 341021[②]信注〔1〕。

〔２〕　即《小六》。

〔３〕　金人(1910—1971)　张君悌,笔名金人,河北南宫人,翻译家。当时在哈尔滨法院任俄文翻译。他的译文,指苏联左琴科的短篇小说《滑稽故事》,载《新小说》第二卷第一期"革新号"(1935 年 7 月)。小说报,即《新小说》月刊。

〔４〕　"某翁"　即"鲁迅翁"。《十日谈》等刊物常以此称鲁迅。如第八期(1933 年 10 月)曾发表《毋宁说不是崇拜鲁迅翁》和漫画《鲁迅翁之笛》等。

〔５〕　《文学新闻》　未详。


# 350303　致孟十还

十还先生：

《红鼻霜》固然不对,《严寒,冻红鼻子》太软弱,近于说明,而非翻译。

其实还是《严寒,红鼻子》好,如果看不懂,那是因为下三字太简单了,假如伸长而为《严寒,通红的鼻子》[1],恐怕比较容易懂。

此外真也想不出什么好的来。

专此布复,即颂

时绥。

豫　上　三月三夜。

\*　　\*　　\*

〔1〕《严寒，通红的鼻子》　长诗，俄国涅克拉索夫著。孟十还的译文，载《译文》新一卷第二期(1936年4月)。1936年9月上海文化生活出版社出版单行本，列为《文化生活丛刊》之十五。

## 350306　致 赵 家 璧

家璧先生：

序文总算弄好了，连抄带做，大约已经达到一万字；但"江山好改，本性难移"，无论怎么小心，总不免发一点"不妥"的议论。如果有什么麻烦，请　先生随宜改定，不必和我商量了，此事前已面陈，兹不多赘。

序文的送检，我想还是等选本有了结果之后，以免他们去对照，虽然他们也未必这么精细，忠实，但也还是预防一点的好罢。

"不妥"的印，问文学社，云并无其事。是小报上造出来的。

专此布达，即请

撰安。

迅 上 三月六夜。

## 350309[①]　致 赵 家 璧

家璧先生：

六日信收到。梵澄的来，很不一定，所以那《尼采自传》，至今还搁在我寓里。我本来可以代他校一下,但这几天绝无工夫,须得十五以后才可以有一点余暇。假如在这之前,他终于没有来,那么,当代校一遍送上,只得请印刷所略等一下。但即使他今天就来,我相信也不会比我从十五以后校起来更快。

尼采像是真的,当同校稿一起送上。

专复,即请

撰安。

迅　上　三月九日

# 350309②　致　孟十还

十还先生:

他就是伯奇,但所编的[1],恐怕是"平"常的,所以给他材料,在新俄一定不容易找,也许能在二十年的杂志或文集中遇之。

《世界文库》[2]的详情,我不知道,稿子系寄北平乎,抑在上海有代理乎,都莫名其妙。郑已北上了,先生的事,我当写信去问一声,但第二期恐怕赶不上。涅氏的长诗,在我个人是不赞成的,现在的译诗,真是出力不讨好,尚无善法。译诗,看的人恐怕也不多,效果有限。

我的那一份露[3]《文学报》,真不知是怎样的,并非购买而自来,也不知何人所寄。有时老不见,有时是相同的两三份,现在又久不收到了,所以是靠不住的。

译《密尔戈洛特》[4]，我以为很好，其中的《2 伊凡吵架》和《泰拉司蒲理巴》，有韩侍桁译本[5]（从英或日？），商务印书馆出版。此公的译笔并不高明，弄来参考参考也好，不参考它也好。

近几天重译了果戈理的《死魂灵》两章（还没有完），也是应《世界文库》之约，因为重译，当然不会好。昨天看见辛垦书店的《郭果尔短篇小说集》[6]内，有其第二章，是从英文重译的，可是一榻胡涂。

此复，即颂

时绥。

豫 上 三月九日

\*　　\*　　\*

〔1〕 指郑伯奇用郑君平署名编的《新小说》月刊。

〔2〕 《世界文库》 文学丛刊，整理刊载中国古典文学及译载外国文学名著，郑振铎主编。1935 年 5 月起以月刊形式出版，出满十二本后，次年即在《世界文库》总名下改出单行本，由上海生活书店出版。鲁迅所译《死魂灵》第一部在出单行本前曾连载于该刊第一至第六册。

〔3〕 露 即露西亚。"俄罗斯"的日语译名。

〔4〕 《密尔戈洛特》 即《密尔格拉德》。

〔5〕 韩侍桁译本 参看 350209③信注〔2〕。

〔6〕 《郭果尔短篇小说集》 收果戈理短篇小说四篇和《死魂灵》第一卷第二章。萧华清译。1934 年 12 月上海辛垦书店出版。

# 350309③　致 郑 振 铎

西谛先生：

前日见黄先生，知已赴平了。

近日正在译《死魂灵》，拟于第一期登一，二两章，约二万字，十五日前可毕，此后则每期一章，约一万二三千字，全书不过十五六万字，分十一章，到十期即完结了。

孟君的译笔很好，先生已经知道的，他想每期译点东西（第一期涅氏诗已译就），我的译文不能达豫定之数，大约字数不虞拥挤，但不知此外有无不便，希酌示。如以为可，则指与何种书，或短篇抑中篇小说，并希示知为幸。

专此布达，即请

撰安。

迅 顿首 三月九日

# 350309④　致 李　桦

李桦先生：

今天收到《现代木刻》[1]第四集，内容以至装订，无不优美，欣赏之后，真是感谢得很。

内山书店愿意代售《现代木刻》，他说，从第二至第四集，每集可寄来二十本。但因系手印，不知尚存此数否？倘不足，则较少亦可。

如何之处,希示知。我想:这第四集,也可以发几本到日本去;并寄给俄国木刻家及批评家。

专此布达,并颂

春绥。

迅 上 三月九日。

但关于风俗,外省人有隔膜处,如"新娘茶"[2]之习惯,即为浙江所无也。

\*　　\*　　\*

〔1〕 《现代木刻》 即《现代版画》,参看350104①信注〔2〕。

〔2〕 "新娘茶" 广东有新娘见人须敬茶的风俗。李桦曾以此为题材作木刻《新娘茶》。

# 350312 致 费 慎 祥[1]

慎祥兄:

新出的一本[2],在书店的已售完,来问者尚多,未知再版何时可出?又,上月奉托之《引玉集》序,似乎排得太慢,可否去一催,希即见示为荷。

此上,即颂

时绥

迅 三月十二日

\*　　\*　　\*

〔1〕 费慎祥(1913—约1951) 江苏无锡人。原为北新书局职

员,1933年成立野草书社,1934年自办联华书局(后曾化名同文书局、兴中书局)。

〔2〕　指《准风月谈》。

# 350313<sup>①</sup>　致　陈烟桥

烟桥先生:

　　三月七日信并木刻四幅,都收到了。前一回的信,大约也收到了的,但忘却了答复。近半年来,因为生了一场病,体力颇减,而各种碎事,仍不能不做,加以担任译书等等,每天真像做苦工一样,很不快活,弄得常常忘却,或者疏失了。这样下去,大约是不能支持的。

　　木刻的事,也久已无暇顾及,所以说不出批评,但粗粗的说,我看《黄浦江》是好的。全国木刻会在北平,天津都已开过,南京不知道,上海未开。那时有几天的平,津报上,登些批评,但看起来都不切实,不必注意。有许多不过是以"木刻"为题的八股。去年曾以《木刻纪程》一本寄给苏联的美术批评家Paul Ettinger〔1〕(看这姓,好像他原是德国人),请他批评,年底得到回信,说构图虽多简单,技术也未纯熟,但有几个是大有希望的,即:清桢,白涛,雾城(他特别指出《窗》及《风景》),致平(特别指定《负伤的头》)云云。近来我又集得一些那边的新木刻,但还不够六十幅,一够,就又印一本。此颂

时绥。

　　　　　　　　　　　　　　　　迅　上。三月十三夜。

再:《木刻纪程》不易卖去,随它就是,不必急急的。　又及

\*　　　\*　　　\*

〔1〕　Paul Ettinger　即巴惠尔·艾丁格尔。

# 350313<sup>②</sup>　致 萧 军、萧 红

刘军<br>悄吟 兄:

十日信十三才收到,不知道怎的这么慢。你所发见的两点,我看是对的;至于说我的话可对呢,我决不定。使我自己说起来,我大约是“姑息”的一方面,但我知道若在战斗的时候,非常有害,所以应该改正。不过这和“判断力”大有关系,力强,所做便不错,力一弱,即容易陷于怀疑,什么也不能做了。“父爱”也一样的,倘不加判断,一味从严,也可以冤死了好子弟。

所谓“野气”,大约即是指和上海一般人的言动不同之点,黄大约看惯了上海的“作家”,所以觉得你有些特别。其实,中国的人们,不但南北,每省也有些不同的;你大约还看不出江苏和浙江人的不同来,但江浙人自己能看出,我还能看出浙西人和浙东人的不同。普通大抵以和自己不同的人为古怪,这成见,必须跑过许多路,见过许多人,才能够消除。由我看来,大约北人爽直,而失之粗,南人文雅,而失之伪。粗自然比伪好。但习惯成自然,南边人总以像自己家乡那样的曲曲折折为合乎道理。你还没有见过所谓大家子弟,那真是要讨厌死

人的。

这"野气"要不要故意改它呢？我看不要故意改。但如上海住得久了，受环境的影响，是略略会有些变化的，除非不和社会接触。但是，装假固然不好，处处坦白，也不成，这要看是什么时候。和朋友谈心，不必留心，但和敌人对面，却必须刻刻防备。我们和朋友在一起，可以脱掉衣服，但上阵要穿甲。您记得《三国志演义》上的许褚赤膊上阵[1]么？中了好几箭。金圣叹[2]批道：谁叫你赤膊？

所谓文坛，其实也如此（因为文人也是中国人，不见得就和商人之类两样），鬼魅多得很，不过这些人，你还没有遇见。如果遇见，是要提防，不能赤膊的。好在现在已经认识几个人了，以后关于不知道其底细的人，可以问问叶他们，比较的便当。

《八月》我还没有看，要到二十边，一定有工夫来看了。近来还是为了许多琐事，加以小说选好，又弄翻译。《死魂灵》很难译，我轻率的答应了下来，每天译不多，又非如期交卷不可，真好像做苦工，日子不好过，幸而明天可完了，只有二万字，却足足化了十二天。

虽是江南，雪水也应该融流的，但不知怎的，去年竟没有下雪，这也并不是常有的事。许是去年阴历年底就想来的，因寓中走不开而止。现在孩子更捣乱了，本月内母亲又要到上海，一个担子，挑的是一老一小，怎么办呢？

金人的译文看过了，文笔很不差，一篇寄给了良友，一篇想交给《译文》[3]。

专此布复,并请

俪安。

豫　上　三月十三夜。

＊　　　＊　　　＊

〔1〕 许褚赤膊上阵　见《三国演义》第五十九回《许褚裸衣斗马超》。

〔2〕 金圣叹　参看 340621<sup>②</sup>信注〔7〕。清初毛宗岗曾假托金圣叹批评《三国演义》。

〔3〕 指《少年维特之烦恼》,短篇小说,苏联左琴科作。金人译文载《译文》第二卷第四期(1935 年 6 月)。

# 350315<sup>①</sup>　致　罗清桢

清桢先生:

顷得到九日信,谨悉。今年以来,市面经济衰落,我也在因生计而做苦工,木刻已不能顾及了,这样下去,真不知如何是好。

北平及天津的木刻展览会,是热闹的,上海不知何日可开,大约未必开得成。至于与德国交换<sup>〔1〕</sup>,那是能见于事实的,他们的老手,大抵被压迫了,新的官许的作家,也未必高明,而且其中也还有别的用意,如关于外交之类,现在的时势,是艺术也常为别人所利用的。

木刻实在非手印不可,但很劳。靖华和我甚熟,不过他并

409

不研究艺术,给他也无用,我想,我可以代寄别的人。前曾以《木刻纪程》寄一个俄〔国〕的美术批评家 P. Ettinger,他回信来说,先生的作品,是前途大有希望的,此外,他以为有希望的人,是一工,白涛,雾城,张致平(但指定那一幅《负伤的头》)。

专此布复,即颂

时绥。

迅 上 三月十五日

＊　　　＊　　　＊

〔1〕　与德国交换　参看 350214② 信注〔4〕。

# 350315②　致 赵 家 璧

家璧先生:

《尼采自传》的翻译者至今不来,又失其通信地址,只得为之代校,顷已校毕,将原稿及排印稿各一份,一并奉还。

又书〔1〕一本,内有尼采像(系铜刻版),可用于《自传》上,照出后该书希即掷还。

专此布达,即请

撰安。

迅 上 三月十五夜

＊　　　＊　　　＊

〔1〕　指《察拉图斯特拉如是说》。

# 350316　致　黄　　源

河清先生：

十三日信早收到。《表》[1]能够通过，那总算是好的，但对于这译本，我不想怎么装饰它了，至多，就用《译文》上的原版，另印一点桃林纸的单行本，就好。我倒仍然想把先前说过的那几部，印若干本豪华本，在不景气中来热闹一下。目前日本钱是很便宜了，但我自己却经济状况不高明，工夫也没有。

先前，西谛要我译东西，没有细想，把《死魂灵》说定了，不料译起来却很难，化了十多天工夫，才把第一二章译完，不过二万字，却弄得一身大汗，恐怕也还是出力不讨好。此后每月一章，非吃大半年苦不可，我看每一章一万余字，总得化十天工夫。

文人画像[2]，书店是不会承印的，不全大约只是一句推托的话。倘若全套，化本钱更多，他们肯印么？那时又有那时的理由：不印。作家和出版家的意见不会相合，他们的理想是"又要马儿好，又要马儿不吃草"，但经作家的作梗，那让步也不过"少吃草"而已。

所以我以为印行画像的最可靠的办法，也只有自己印，缩小它，聊胜于无。不过今年的书业也似乎真的不景气，我的版税，被拖欠得很利害。一方面，看看广告，就知道大小书店，都在竭力设法，用大部书或小本书的豫约法，吸收读者的现钱，但距吸干的时候，恐怕也不远了。但好装订的书，我总还想印它几本。

《文学》的"论坛",写了两篇[3],都是死样活气的东西,想不至于犯忌。明天当挂号寄上。同时寄上《死魂灵》译稿一份,乞转交。又左勤克小说一篇,译者(他在哈尔宾)极希望登《译文》,我想好在字数不多,就给他登上去罢。也可以鼓励出几个新的译者来。

《死灵魂》的插画,要写信问孟十还君去,他如有,我想请他直接送至文学社,照出后还给他。

专此布复,即颂

时绥。　　　　　　　　　　　　　迅　上　三月十六夜

＊　　　＊　　　＊

〔1〕　《表》　中篇童话,苏联班台莱耶夫著。鲁迅译文载《译文》第二卷第一期(1935 年 3 月)。同年 7 月由生活书店出版单行本。

〔2〕　文人画像　参看 341031[②]信。下句的书店指生活书店。

〔3〕　指《非有复译不可》和《论讽刺》,均收入《且介亭杂文二集》。

# 350317[①]　致萧　红

悄吟太太:

来信并稿两篇,已收到。

前天,孩子的脚给沸水烫伤了,因为虽有人,而不去照管他。伤了半只脚,看来要有半个月才会好。等他能走路,我们再来看您罢。

专此布复,并请

双安。

豫 上 三月十七日

# 350317② 致 黄 源

河清先生:

上午寄上一函,想已达。今寄上"论坛"两篇,译稿一篇〔1〕,希察收。

其《死魂灵》译稿,原拟同寄,但下午又闻《世界文库》是否照原定计画印行,尚在不可知之数,故暂且不寄,也乐得省去一点邮票也。

专此布达,并颂

春祺。

迅 上 三月十七夜

\* \* \*

〔1〕 指金人所译左琴科的《少年维特之烦恼》。

# 350317③ 致 孟 十 还

十还先生:

我在给《世界文库》译果戈理的《死魂灵》,不知先生有这书的插画本否?倘有,乞借给我一用,照出后即奉还,如能将图下的题句译示，尤感。

此书如有，希直交文学社黄先生。

专此布达，即颂

时绥。

迅　上　三月十七日

## 350319　致萧军

萧军兄：

十八日信收到。那一篇译稿[1]，是很流畅的，不过这故事先就是流畅的故事，不及上一回的那篇[2]沈闷。那一篇我已经寄给《译文》了。

这回孩子给沸水烫伤，其实倒是太阔气了的缘故，并非没有人管，是有人而不管他。寓里原有一个管领他的老妈子，她这几天因为要去求神拜佛，访友探亲，便找了一个替工。那天是她们俩都在的，不过她以为有替工在，替工以为有她在，就两个都不管，任凭孩子奔进厨房去捣乱，弄伤了脚。孩子也太淘气，一不留意，他就乱钻，跑得很快，人家有时也实在追不上。痛一下子也好，我实在看得麻烦极了，痛的经验是应该有一点的，但我立刻给敷了药，恐怕也不怎么痛，现在肿已退，再有十天总可以走得路，只要好后没有疤痕，我的责任算是尽了。

这孩子也不受委屈，虽然还没有发明"屁股温冰法"（上海也无冰可温），但不肯吃饭之类的消极抵抗法，却已经有了的。

这时我也往往只好对他说几句好话,以息事宁人。我对别人就从来没有这样屈服过。如果我对父母能够这样,那就是一个孝子,可上"二十五孝"的了。

《准风月谈》已经卖完了,再版三四天内可以印好;《集外集》我还没有见过,大约还未出版罢,等我都有了,当通知你,并《南腔北调集》一并交付。先前还有一本《伪自由书》,您可有吗?

这几天在给《译文》译东西,不久,我的母亲大约要来了,会令我连静静的写字的地方也没有。中国的家族制度,真是麻烦,就是一个人关系太多,许多时间都不是自己的。

因为静不下,就更不能写东西,至多,只好译一点什么,我的今年,大约也要成为"翻译年"的了。

专此布复,即请

俪安。

豫 上 三月十九夜

\*　　　\*　　　\*

〔1〕 指金人所译《滑稽故事》。

〔2〕 指金人所译《少年维特之烦恼》。

# 350320 致 孟 十 还

十还先生:

十九日信收到,费神谢谢。当我寄出了信之后,就听到

《世界文库》又有什么改变，不过信已寄出了，不知会不会白忙一通。郑君已有回信，今附上，这两个人[1]的原文，恐怕在东方未必容易找，而且现在又不知《文库》怎样，且待下回分解罢。郑寄信时，好像并没有知道生活书店的新花样。

卢卡且[2]的德文著作不少，他大约是德国人。

此复，即颂

时绥。

迅　上　三月廿日

\* 　　　 \* 　　　 \*

〔1〕　指俄国别林斯基和杜勃罗留波夫。据郑振铎的回信说："现在最需要的是俄国的散文，特别是批评，不知他能够先着手译 Bylinsky 和 Dublolubov 的论文否？"

〔2〕　卢卡且(G. Lukács，1885—1971)　通译卢卡契，匈牙利文艺批评家和哲学家。著有《帝国主义时代的德国文学》和《伟大的俄罗斯现实主义者》等。

# 350322①　致　徐懋庸

懋庸先生：

二十日信收到。《表》的原本，的确做得好的，但那肾脏病的警察的最初的举动，我究竟莫名其妙，真想他逃呢？还是不？还有，是误把盆塞子当表，放在嘴里这一点，也有些不自然。此外都不差。

至于那些流浪儿,实在都不坏——连毕塔珂夫。我觉得外国孩子,实在比中国的纯朴,简单,中国的总有些破落户子弟气味。

"不够格"我记得是北方的通行话,但南方人不懂,"弗入调"则北边人不懂的,在南边,恐怕也只有绍兴人深知其意,否则,是可以用的。

序文[1]我可以做,不过倘是公开发卖的书,只能做得死样活气,阴阳搭戤,而仍要被抽去也说不定。做起来,还是给我看一看稿子,较为切实,只要便中放在书店里就好了。

此复,即颂

春绥。

迅 上 三月二十二日

\*　　　\*　　　\*

〔1〕 指徐懋庸杂文集《打杂集》的序。

# 350322<sup>②</sup>　致　罗清桢

清桢先生:

日前得来信后,即寄一信,想已到。

张慧先生要我回信,而我忘了他的详细地址,只好托 先生转寄,今附上,请开了信面,并且付邮为感。

专此布达,并颂

时绥。

迅　上　三月二十二日

## 350322[③]　致张　慧

张慧先生：

委写书面[1]，已写好，请择用其一，如果署名，恐怕反而不好，所以不署了。如先生一定要用，则附上一印，可以剪下，贴在相宜的地方。

因为忘却了通信地址，所以只能托　罗先生转寄。

专达，即颂

时绥。

迅　上　三月二十二日

＊　　　＊　　　＊

〔1〕　指为张慧自费手印木刻集题写"张慧木刻画"书名。

## 350323[①]　致曹靖华

汝珍兄：

十九日来信收到。我们都好的，但想起来，的确久不寄信了，惟一的原因是忙。从一月起，给一个书坊选一本小说，连序于二月十五交卷，接着是译《死灵》，到上月底，译了两章，这书很难译，弄得一身大汗，恐怕还是出力不讨好。这是为生计，然而钱却至今一个也不到手，不过我还有准备，不要紧的，请勿念。其次，是孩子大了起来，会闹了；别的琐事又多，会客，看稿子，绍介稿子，还得做些短文，真弄得一点闲工夫也没有，要到半夜里，才可以叹一口气，睡觉。但同人里，仍然有些婆婆妈妈，有些青年则写信骂我，说我毫不肯费神帮别人的忙。其实是照现在的情形，大约体力也就不能持久的了，况且还要用鞭子抽我不止，惟一的结果，只有倒毙。很想离开上海，但无处可去。

寄 E 的信，还来不及起稿子，过几天罢。弗的信我没有收到，当直接通知他。插画本《死灵》[1]，如不费事，望借我看一看。

今天托书店寄出杂志一包，是寄学校的。还有几本，日后再寄。

专此布复，并颂

春绥。

　　　　　　　　　　弟豫 上 三月二十三日

\* 　　　 \* 　　　 \*

〔1〕 插画本《死灵》 指俄国画家梭可罗夫作插图的《死魂灵》，内有插图十二幅。这些插图后作为附录印入《死魂灵百图》。

# 350323[②] 致 许 寿 裳

季市兄：

从曹君来信，知兄患肺膜炎入院，后已痊愈，顷又知兄曾于二星期前赐函，但此函竟未收到，必已失落矣。

　　弟等均如常，但敷衍孩子，译作，看稿，忙而无聊，在自己这方面，几于毫无生趣耳。

　　蔡先生又在忙笔会[1]；语堂为提倡语录体，在此几成众矢之的，然此公亦诚太浅陋也。

　　专此布达，并颂

春绥。

　　　　　　　　　　　　弟飞　顿首　三月二十三日

　　　＊　　　　＊　　　　＊

　　〔1〕　笔会　英国女作家道生·司各特发起组织的国际性著作家团体，1921 年在英国伦敦成立。该会中国支会于 1929 年 12 月成立于上海，蔡元培为发起人之一，并任会长。一·二八战争后会务停顿，1935年 3 月 22 日在上海举行大会，恢复活动。

# 350325　致萧　军

刘军兄：

　　二十三日信收到。漫画上面，我看是可以不必再添什么，因为单看计划，就已经够复杂，够吃力了，如果再加别的，也许会担不动。[1]

　　孩子的烫伤已好，可以走了，不过痂皮还没有脱，所以不许他多走。我的母亲本说下月初要来，但近得来信又说生病，医生云倘如旅行，因为年纪大了，他不保险。这其〔实〕是医生的官话,即使年纪青,谁能保险呢? 但因此不立刻来也难说。我只能束手等待着。

平林タイ子[2]作品的译本,我不知道有别的。《二心集》很少了,自己还有一两本,当于将来和别的书一同交上,但也许又会寄失的罢?

《八月》在下月五日以前,准可看完,只能随手改几个误字,大段的删改,却不能了,因为要下手,必须看两遍,而我实在没有了这工夫。序文当于看完后写一点。

专复,即问

俪祉。

豫 上 三月二十五日

吟太太怎么样,仍然要困早觉么?


这一张信刚要寄出,就收到搬房子的通知,只好搁下。现在《八月》已看完,序也做好,且放在这里,待得来信后再说。今晚又看了一看《涓涓》[3],虽然不知道结末怎样,但我以为是可以做他完的,不过仍不能公开发卖。那第三章《父亲》,有些地方写得太露骨,头绪也太纷繁,要修改一下才好。

此后的笔名,须用两个,一个用于《八月》之类的,一个用于卖稿换钱的,否则,《八月》印出后,倘为叭儿狗所知,则别的稿子即使并没有什么,也会被他们抽去,不能发表。

还有,现用的“三郎”的笔名,我以为也得换一个才好,虽然您是那么的爱用他。因为上海原有一个李三郎,别人会以为是他所做,而且他也来打麻烦,要文学社登他的信,说明那一篇小说非他所作。声明不要紧,令人以为是他所作却不上算,所以必得将这姓李的撇清,要撇清,除了改一个笔名之外无好办法。

良友收了一篇《搭客》,编辑说要改一个题目,我想这无大关系,代为答应了。《樱花》寄给了文学社(良友退回后),结果未知。

三月三十一夜。

金人的稿子已看过,译笔是好的,至于有无误译,我不知道,但看来不至于。这种滑稽短篇,只可以偶然投稿一两回,倘接续的投,却不大相宜。我看不如索性选译他四五十篇,十万字左右,出一本单行本。这种作品,大约审查时不会有问题,书店也乐于出版的,译文社恐怕就肯接受。

至于他说我的小说有些近于左[4],那是不确的,我的作品比较的严肃,不及他的快活。

《退伍》的作者 Novikov – Priboi[5] 是现在极有名的作家,他原是水兵,参加日俄之战,曾做了俘虏,关在日本多时——这时我正在东京留学。新近做了两大本小说,叫作《对马》(Tsusima,岛名),就是以那时战争为材料的,也因此得名。日本早译出了,名《日本海海战》,但因为删节之处太多(大约是说日本吃败仗之处罢),所以我没有买来看。他的作品,绍介到中国来的还很少,《退伍》也并不坏,我想送到《译文》去。

这一包里,除稿,序,信(吟太太的朋友的)之外,还有你所要的书,但《集外集》还没有,好像仍未出版。

四月四日

　　这几天很懒,不想作文,也不想译,不知是怎么的? 又及。


＊　　　　＊　　　　＊

　　〔1〕 据收信人回忆,当时他设想了一幅漫画的构图,意在表现鲁迅为家累所苦的处境。

　　〔2〕 平林タイ子　平林泰子(1905—1972),日本女小说家。她的作品,当时有沈端先的中译本《平林泰子集》(1933 年 8 月现代书局版)、《在施疗室》(1929 年 7 月水沫书店版)。

　　〔3〕《涓涓》 长篇小说(未完),萧军著。1937 年上海燎原书局出版,仅一、二两章。

　　〔4〕 左　指左琴科。

　　〔5〕 Novikov‐Priboi　诺维柯夫—普里波依(А. С. Новиков‐Прибой,1877—1944),苏联作家。《退伍》,短篇小说,金人译,载《译文》月刊第二卷第四期(1935 年 6 月)。


# 350326<sup>①</sup>　致　黄　源

河清先生:

　　小说译稿[1]已取回,希便中莅寓一取,但亦不必特别苦心孤诣,设法回避吃饭也。

　　专此布达,即颂

时绥。

迅　上　三月廿六日

＊　　　＊　　　＊

〔1〕　小说译稿　指鲁迅所译西班牙巴罗哈的短篇小说《促狭鬼莱哥羌台奇》，载《新小说》第一卷第三期（1935 年 4 月），后收入《山民牧唱》。

# 350326<sup>②</sup>　致 黄　　源

河清先生：

下午方上一函，即得郑伯奇君来函，谓巴罗哈小说，已经排好，且曾在第二期《新小说》上豫告，乞《译文》勿登云云。排好未必确，豫告想是真的，《译文》只好停止发表，便中希携还原稿为荷。

本星期五（弍十九日）下午不在寓，傍晚始归，并闻。

专此布达，即颂

春祺。　　　　　　　　　　　　　迅 上 三月二十六晚

# 350328　致 郑 振 铎

西谛先生：

得北归消息后，即奉一函，寄海甸〔1〕，想已达。兹寄上印画等款项百五十元，请便中一取，并转付。画〔2〕印成后，乞每种各寄下一幅，当排定次序，并序文纸板，寄上，仍乞费神付装订也。

《世界文库》新办法，书店方面仍无消息来。

专此布达,并颂

著安。

迅 顿首 三月二十八日

\*　　　\*　　　\*

〔1〕 海甸　北京西郊的地名,当时燕京大学所在地。

〔2〕 指《博古页子》。

# 350329① 致 曹 聚 仁

聚仁先生:

廿七信奉到。《丰收》序〔1〕肯与转载,甚感,因作者正苦于无人知道,因而没有消路也。

《芒种》文极愿做,但现在正无事忙,所以临时能否交卷,殊不可必。在此刻,却正想能于下月五日以前寄出一篇。

胡考〔2〕先生的画,除这回的《西厢》外,我还见过两种,即《尤三姐》,及《芒种》之所载。神情生动,线条也很精炼,但因用器械,所以往往也显着不自由,就是线有时不听意的指使。《西厢》画得很好,可以发表,因为这和《尤三姐》,是正合于他的笔法的题材。不过我想他如用这画法于攻打偶像,使之漫画化,就更有意义而且路也更开阔。不知先生以为何如?

原稿〔3〕当于还徐先生文稿〔4〕时,一并奉还。

专此布复,即请

道安。

迅 上 三月廿九夜

致徐先生一笺，乞转交。

＊　　　＊　　　＊

〔1〕《丰收》序　指鲁迅的《叶紫作〈丰收〉序》。《芒种》原拟转
载，后未成。

〔2〕胡考(1912—1994)　浙江余姚人，作家、画家。上海新华艺
术专科学校毕业，当时在上海从事美术创作。所作《西厢记》，1935 年 8
月上海千秋出版社出版;《尤三姐》，连载 1935 年 2 月至 4 月《大晚报·火
炬》;《芒种》所载，指《三国志·甄皇后》，连载该刊第一、二、四期(1935 年
3、4 月)。

〔3〕指连环图画《西厢记》。

〔4〕指徐懋庸《打杂集》。

# 350329② 致 徐 懋 庸

懋庸先生：

廿七日函收到。今天才看完一本小说[1]，做了一篇序。
方开封看先生文稿，别事猬集，就又放下。我极愿从速交卷，
那么，大约未必能看原稿后再做，只好对空策了，如说杂文之
了不得之类。所拟的几个名目，我看都不好，欠明白显豁。

撰稿的地方，我不想扩张开去了，因为时间体力，都不容
许，加工要生病，否则，不过约定不算，多说谎话而已。

专此布复，并请

著安。

迅 顿首 三月廿九夜。

\* \* \*

〔1〕 指《八月的乡村》稿。

# 350330 致 郑 振 铎

西谛先生：

二十七日信顷已收到。《死魂灵》的续译，且俟《世界文库》新办法发表后再定罢。至于《古小说钩沉》[1]，我想可以不必排印，因为一则放弃已久，重行整理，又须费一番新工夫；二则此种书籍，大约未必有多少人看，不如暂且放下，待将来有闲工夫时再说。

书店股东若是商人，其弊在胡涂，若是智识者，又苦于太精明，这两者都于进行有损。我看开明书店即太精明的标本，也许可以保守，但很难有大发展；生活书店目下还不至此，不过将来是难说的，这时候，他们的译作者，就止好用雇员。至于不登广告，大约是爱惜纸张之故，纸张现在确也值钱，但他们没有悟到白纸买卖，乃是纸店，倘是书店，有时是只能牺牲点纸张的。

商务的《小说月报》事[2]，我看不过一种谣言（现在又无所闻了），达夫是未必肯干的，而且他和四角号码王公[3]，也一定合不来。至于施杜[4]二公，或者有此野心，但二公大名，却很难号召读者；廉卖自然是一种好竞争法，然究竟和内容相关，一折八扣书，乃另是一批读者也。假如此事实现的话，我想，《文学》还大有斗争的可能，但必须书店方店[面]也有这决心，如果书店仍然掣肘，那是要失败的。

《笺谱》附条〔5〕添了几句，今寄回。闻先生仍可在北平教书，不知确否？倘确，则好极。今年似不如以全力完成《十竹斋笺谱》，然后再图其他。《北平笺谱》如此迅速的成为“新董”，真为始料所不及。今在中国之售卖品，大约只有内山的五部而已——但不久也就要售去的。

二十八日寄奉一函，并附商务汇款百五十元，信封上据前函所示，写了“北总布胡同一号”，今看此次信面所写，乃是“小羊宜宾胡同”，不知系改了地方，还是异名同地？前信倘能收到，则更好，否则大约会退回来（因系挂号），不过印费又迟延了。专此布复，并请

著安。

迅　顿首　三月三十日。

*　　　*　　　*

〔1〕《古小说捣沉》　即《古小说钩沉》。辑录周至隋散佚古小说三十六种，鲁迅生前未出版。

〔2〕《小说月报》事　指当时传说商务印书馆将重新出版《小说月报》事。

〔3〕四角号码王公　指王云五（1888—1979），广东香山（今中山）人。当时任商务印书馆总经理。他以刊行四角号码字典出名。

〔4〕施杜　指施蛰存、杜衡。

〔5〕笺谱附条　即《十竹斋笺谱》第一册的出版说明，粘贴于该书上衬背面的左下角。

## 350331　致　母　亲

母亲大人膝下,敬禀者,廿三的信,早收到了。小包一个,亦于前
　　日收到,当即分出一半,送与老三。其中的干菜,非常好吃,
　　孩子们都很爱吃,因为他们是从来没有吃过这样干菜的。
　　大人的胃病,近来不知如何,万乞千万小心调养为要。寓
　　中均好,惟男较忙,前给海婴种了四粒痘,都没有灌浆,医
　　生云,可以不管,至十多岁再种了。
　　专此布达,恭请
金安。

男树　叩上　广平海婴同叩　三月三十一日

## 350401　致　徐懋庸

懋庸先生:
　　所谓序文[1],算是做好了,今寄上,原稿也不及细看,但
我看是没有关系的,横竖不过借此骂骂林希隽[2]。原稿放在
书店里,附上一笺,乞持以往取,认笺不认人,谁都可以去的,
不必一定亲自出马也。
　　那包里面,有画稿[3]一小本,请转交曹先生。
　　此致,即请
道安。

迅　顿首　四月一日

429

＊　　　＊　　　＊

〔1〕　指《徐懋庸作〈打杂集〉序》，后收入《且介亭杂文二集》。

〔2〕　林希隽　广东潮安人，当时上海大夏大学学生。他曾发表《杂文与杂文家》(载《现代》第五卷第五期)和《文章商品化》(载《社会月报》第一卷第四期)等，攻击杂文创作。

〔3〕　指胡考的连环图画《西厢记》。


# 350402①　致许寿裳

季市兄：

　　顷奉到三月三十日手示，知两星期前并无信，盖曹君误听耳。五[三]月一日函及月底一信，均已收到无误，似尔时忙于译书，遂未奉复。近亦仍忙，颇苦于写多而读少，长此以往，必将空疏。但果戈尔小说，则因出版者并未催促，遂又中止，正未知何时得完也。

　　专此布复，敬颂

春绥。

　　　　　　　　　　　　　　　　弟飞 顿首 四月二日


# 350402②　致萧军

刘军兄：

　　二日信收到。内云"同一条路，只是门牌改了号数"，这回是没有什么"里"的么？那么，莫非屋子是临街的？

还有较详的信,怕寄失,所以先问一问,望即回信。

豫 上 四月二夜

《八月》已看过,序已作好。

# 350402<sup>③</sup> 致 黄 源

河清先生:

上月三十日信收到。沈先生已见过,但看他情形,真也恐怕没有工夫,不能大逼,只可小逼,然而小逼是大抵没有效的。稍迟,看情形再想法子罢。如有可收在插画本里的字数不多的书,或者还可以。

插画本[1]大如《奔流》,我看是够了,再大,未免近于浪费。但往日本印图或者也须中止,因为不便之点甚多,俟便中面谈。

《表》先付印,未始不可,但我对于那查不出的两个字[2],总不舒服,不过也无法可想。现在当先把本文再看一回,那一本德译本[3],望嘱信差或便中交下为荷。

果戈理我实在有些怕他,年前恐怕未必有结果。左勤克的小篇,金人想译他一本,都是滑稽故事,检查是不会有问题的,销路大约也未必坏,就约他译来,收在丛书内,何如?

此复,即请

著安。

迅 上 四月二夜。

＊　　　　＊　　　　＊

〔1〕　指《译文丛书》插画本。后仅出《表》一种。

〔2〕　指德译本《表》中的 Olle(堂表兄弟)和 Gannove(偷儿)。末一字鲁迅原译"头儿",后来曾予订正,参看《集外集拾遗补编·给〈译文〉编者订正的信》。

〔3〕　指《表》的德译本。德国爱因斯坦(女)译,1930 年柏林出版。

# 350404<sup>①</sup>　致萧　军

刘兄：

　　三日信收到。稿、序、并另有信,都作一包,放在书店里,附上一笺,乞拿以去取,但星期日上午,他们是休息的。

豫　上　四月四夜。

# 350404<sup>②</sup>　致李　桦

李桦先生：

　　三月十七及廿八两函,均先后收到。《现代木刻》<sup>〔1〕</sup>六集亦已拜领,谢谢。寄内山书店者尚未到,今日往问代售办法,据云售出后以七折计;并且已嘱其直接通信了。

　　作绍介文字,颇不易为,一者因为我虽爱版画,却究竟无根本智识,不过一个"素人"<sup>〔2〕</sup>,在信中发表个人意见不要紧,倘一公开,深恐贻误大局;二则中国无宜于发表此项文字之杂志,上海虽有挂艺术招牌者,实则不清不白,倘去发表,反于艺术有伤。其实,以中国之大,当有美术杂志固不俟言,即版画亦应有专门杂志,然而这是决不能实现的。现在京沪木刻运动,仍然销沈,而且颇散漫,几有人自为政之概,然亦无人能够使之集中,成一坚实的团体,大势如此,无可如何。我实亦无好方法,但以为只要有人做,总比无人做的好,即使只凭热情,自亦当有成效。德国的 Action, Brücke[3]各派,虽并不久续,但对于后来的影响是大的。我们也只能这么做下去。

日本的黑白社,比先前沈寂了,他们早就退入风景及静物中,连古时候的"浮世绘"的精神,亦已消失。目下出版的,只有玩具集,范围更加缩小了,他们对于中国木刻,恐怕不能有所补益。外国中的欧美人,我无相识者,只有苏联之一美术批评家[4],曾经通信,他也很留心中国美术,研究会似可寄一点作品给他看看,地址附上,通信的文字,用英文或德文都可以的。

中国古时候的木刻,对于现在也许有可采用之点,所以我们有几个人,正在企图翻印(玻璃板)明清书籍中之插画,今年想出它一两种。有一种陈老莲的人物[5],已在制版了。

专此布复,并颂

春绥。

迅 上 四月四夜。

\*　　　\*　　　\*

〔1〕《现代木刻》 即《现代版画》。

〔2〕"素人" 日语:业余爱好者、外行。

〔3〕 Action　应为 Aktion,德语:行动。这里指行动派。Brücke,
德语:桥梁。这里指桥梁派。二者均为二十世纪初流行于德国的表现
主义画派。

〔4〕 美术批评家　指巴惠尔·艾丁格尔。

〔5〕 指《博古页子》。

# 350408　致 曹 靖 华

汝珍兄:

　　三月卅日信收到,插画十一幅[1]也收到了,此画似只到
第四章为止,约居全书的三分之一,所差大约是还很多的。

　　《星花》版税,从去年七月至今年一月止,共二十五元,今
附上汇票一纸,希赴瑠璃厂商务印书馆分店一取,并祈带了印
章去,因为他们的新办法,要签名盖印也说不定的。今年上海
银根紧,二月应付的版税,到现在才交来。

　　我们都好的,但弟仍无力气,而又不能休息,对付各种无
聊之事,尤属讨厌,连自己也整天觉得无味了,现在正在想把
生活整顿一下。

　　专此布达,即请
春安。

弟豫　上　四月八夜。

　　*　　　　*　　　　*

　　〔1〕 指《死魂灵》插图。"十一幅"应为"十二幅",参看 350323①信

注[1]。

## 350409　致黄　源

河清先生：

　　插画本丛书的版心，我看每行还可以添两个字，那么，略成长方，比较的好看(《两地书》如此)，照《奔流》式，过于狭长，和插画不能调和，因为插画是长方的居多。

　　此书请暂缓发排，索性等我全部看一遍后付印罢，我当于十五日以前看完。

　　专此，即请

撰安。

迅　上　四月九日

## 350410[①]　致曹聚仁

聚仁先生：

　　三日八日的信，都已收到；《芒种》三期也读过了，我觉得这回比第二期活泼些。广收外稿，可以打破单调，是很好的，但看稿却是苦事，有些也许要动笔校改一点，那么，仍得有许多工夫化费在那上面，于编者是有损的。

　　那一篇文章[1]，因为不能一直写下去，又难以逞心而谈，真弄得虎头蛇尾，开初原想大发议论，但几天以后，竟急急的结束了。那些维持现状的先生们，貌似平和，实乃进步的大害。最可笑的是他们对于已经错定的，无可如何，毫无改革之意，只在防患未然，不许"新错"，而又保护"旧错"，这岂不可笑。

老先生们保存现状，连在黑屋子开一个窗也不肯，还有种种不可开的理由，但倘有人要来连屋顶也掀掉它，他这才魂飞魄散，设法调解，折中之后，许开一个窗，但总在觑机想把它塞起来。

《集外集》二校还没有到，但我想可以不必等我看过，这才打纸板了，还是快点印出的好，否则，邮件往来，又是许多日子。我在再版《引玉集》，因为重排序文，往往来来，从去年底到现在，才算办妥，足足四个月。一个人活五六十岁，在中国实在做不出什么事来（但，英雄除外），古人之想成仙，或者也是不得已的。

《集外集》付装订时，可否给我留十本不切边的。我是十年前的毛边[2]党，至今脾气还没有改。但如麻烦，那就算了，而且装订作也未必肯听，他们是反对毛边的。

陈先生[3]的漫画，望寄给我。他日印杂感集时，也许可以把它印出来，所流转的四个编辑室，并希见示为幸。

专此布复，并请

著安。

迅　上　四月十日

＊　　　＊　　　＊

〔1〕　文章　指《从别字说开去》，后收入《且介亭杂文二集》。

〔2〕 毛边　书籍装订好后不切边。

〔3〕 陈先生　指陈光宗(1915—1991)，浙江瑞安人。他于1934年秋画的一张鲁迅漫画像，曾由胡今虚先后寄给《文学》、《太白》、《漫画与生活》和《芒种》，均被国民党当局禁止刊用。

# 350410<sup>②</sup>　致 郑 振 铎

西谛先生：

六日信及《十竹斋笺谱》一本，均已收到。我虽未见过原本，但看翻刻，成绩的确不坏；清朝已少有此种套板佳书，将来怕也未必再有此刻工和印手。我想今年除印行《博古牌子》外，不如以全力完成此书，至少也要出他三本，如果完成，亦一好书也。不知先生以为何如？

书中照目录缺四种，但是否真缺，亦一问题，因为此书目录和内容，大约也不一定相合的。例如第二项"华石"第一种上，题云"胡曰从〔1〕临高三益〔2〕先生笔意十种"，但只八幅，目录亦云"八种"，可见此谱成书时，已有缺少的了。

《死魂》译稿，当于日内交出。此复，即请

著安。

迅 上 四月十日

＊　　　＊　　　＊

〔1〕 胡曰从(1584—1674)　名正言，字曰从，号默庵老人，安徽休宁人，明末清初画家。崇祯时曾供职翰林院，明亡后隐居南京鸡笼

山，以"十竹斋"为室名，刊刻书画典籍，其中以《十竹斋画谱》、《十竹斋笺谱》最有名。

〔2〕　高三益　名友，字三益，浙江鄞县人，明代画家。万历时山水画家高阳之侄，时称"二高"。

# 350412　致萧　军

刘军兄：

七日信早到；我们常想来看你们，孩子的脚也好了，但结果总是我打发了许多琐事之后，就没有力气，一天一天的拖，到后来，又不过是写信。

《二心集》中的那一篇[1]，是针对那时的弊病而发的，但这些老病，现在并没有好，而且我有时还觉得加重了。现在是连说这些话的意思，我也没有了，真是倒退得可以。

我的原稿的境遇，许知道了似乎有点悲哀；我是满足的，居然还可以包油条，可见还有一些用处。我自己是在擦桌子的，因为我用的是中国纸，比洋纸能吸水。

金人译的左士陈阔[2]的小短篇，打听了几处，似乎不大欢迎，那么，我前一信说的可以出一本书，怕是不成的了，望通知他。这回我想把那一篇 Novikov－Priboi 的短篇[3]寄到《译文》去。

《搭客》及《樱花》上，都有署名的。《搭客》不知如何；《樱花》已送检查，且经通过，不便改了，以后的投稿再用新名罢。听说《樱花》后面，也许附几句对于李[4]的答复。

一个作者,"自卑"固然不好,"自负"也不好的,容易停滞。我想,顶好是不要自馁,总是干;但也不可自满,仍旧总是用功。要不然,输出多而输入少,后来要空虚的。

《八月》上我主张删去的,是说明而非描写的地方,作者的说明,以少为是,尤其是狗的心思之类。怎么能知道呢。

前信说张君〔5〕要和您谈谈,我想是很好的,他是研究文学批评的人,我和他很熟识。

此复,即请

俪安。

豫　上　四月十二夜

\*　　　\*　　　\*

〔1〕　指《对于左翼作家联盟的意见》。

〔2〕　左士陈阔　即左琴科。

〔3〕　Novikov‐Priboi 的短篇　即诺维柯夫—普里波依的《退伍》。

〔4〕　李　指李三郎,参看 350325 信。

〔5〕　张君　指胡风。

# 350419①　致唐弢

唐弢先生:

初学外国语,教师的中国话或中国文不高明,于学生是很吃亏的。学生如果要像小孩一样,自然而然的学起来,那当然不要紧，但倘是要知道外国的那一句，就是中国的那一句，则教师愈会比较，就愈有益处。否则，发音即使准确，所得的每每不过一点皮毛。

日本的语文是不合一的，学了语，看不懂文。但实际上，现在的出版物，用"文"写的几乎已经没有了，所以除了要研究日本古文学以外，只学语就够。

言语上阶级色采，更重于日本的，世界上大约未必有了。但那些最大敬语，普通也用不著，因为我们决不会去和日本贵族交际；不过对于女性，话却还是说得客气一点的。至于书籍，则用的语法都简单，很少有"御座リマス"〔1〕之类。

清朝的史书，我没有留心，说不出什么好。大约萧一山〔2〕的那一种，是说了一个大略的。还有夏曾佑做过一部历史教科书，我年青时看过，觉得还好，现在改名《中国古代史》了，两种皆商务印书〔馆〕版。〔3〕《清代文字狱档》系北平故宫博物院分册出版，每册五角，已出八册，但不知上海可有代售处。

肯印杂感一类文字的书，现在只有两处。一是芒种社，但他们是一个钱也没有的。一是生活书店，前天恰巧遇见傅东华先生，和他谈起，他说给他看一看。所以先生的稿子〔4〕，请直接寄给他罢（环龙路新明邨六号文学社）。

专此布复，即颂

时绥。

迅　上　四月十九日

＊　　　＊　　　＊

〔1〕 "御座リマス" 日语:表示敬重的语尾词。

〔2〕 萧一山(1902—1978) 江苏铜山人,历史学家。曾任北京大学等校教授。著有《清代通史》上、中册,1932年9月商务印书馆出版。

〔3〕 夏曾佑 参看180104信注〔5〕。所著《中国历史教科书》,1933年改名《中国古代史》,1935年4月上海商务印书馆曾再版。

〔4〕 指《推背集》,参看360317信注〔2〕。

# 350419② 致 赵 家 璧

家璧先生:

昨天收到何谷天[1]君的一封信,说他有一部八九万字的集子,想找地方出版。他的笔墨,先生大概是知道的,至于姓名,大约总得换一个。内容因多系已经发表过,所以当不至于犯讳。不知能有印在良友文学丛书内的希望否?我很[?]先生给我一个回信,或者看了原稿再说也好。

专此布达,并请

撰安。

迅 上 四月十九日

＊　　　＊　　　＊

〔1〕 何谷天 即周文,参看330929②信注〔2〕。他的集子,指短篇小说集《父子之间》,1935年9月上海良友图书印刷公司出版,为《良友文库》之十。

# 350421　致孟十还

十还先生：

　　十九信奉到。译稿[1]请直接寄黄先生，久已专由他编辑了。《译文》被删之多和错字之多，真是无法可想。至于翻译的毛病，恐怕别人是不容易看出来，除非他对了原文，仔细的推究，但我实在没有这本领。

　　郑君的通信处，是：北平、东城、小羊宜宾胡同，一号。

　　《表》将编为电影，曾在一种日报(忘其名)上见过，且云将其做得适合中国国情。[2]倘取其情节，而改成中国事，则我想：糟不可言！我极愿意这不成为事实。

　　专此布复，并颂

时绥。

迅　上　四月二十一日

＊　　　＊　　　＊

　　〔1〕　指孟十还所译格鲁吉亚女作家葛巴丝卫里的短篇小说《叩娜》，载《译文》第二卷第三期(1935 年 5 月)。

　　〔2〕　《表》改编为电影的事，1935 年 4 月 20 日《时事新报·新上海》所载《金时计即将开拍》的消息曾报导说：蔡楚生"于旬日内埋头之下，完成其《金时计》(暂名)剧本。关于此剧骨干，系取材于俄国作家 L. Panteleev 之杰作，为增强剧力及适合国情计，更益以精隽之补充，而成为一非常动人之影剧"。《金时计》，即《表》。

## 350422　致 何 白 涛

白涛先生：

先后两信均收到。先生谓欲以发表酬资偿书款，那当然无所不可的。

但画稿亦不宜乱投，此后当看机会，绍介于相宜之处，希勿念为幸。

匆此布复，并颂

时绥。

迅 上 四月廿二日

## 350423<sup>①</sup>　致 曹 靖 华

汝珍兄：

十一日信早收到。《文学百科全书》[1]一本，也接着收到了，其中的 GOGOL[2] 像，曾经撕下过，但未缺少，不知原系如此，抑途中有人胡闹？此书好极，要用文学家画像，是极为便当的。现想找 Afinogenov[3] 像，不知第一本上有否？倘有，仍希寄下一用。

前日托书店寄上期刊两包，但邮局中好像有着认识我的笔迹的人，凡是我开信面的，他就常常特别拆开来看，这两包也许又被他拆得一塌胡涂了。这种东西，也不必一定负有任务，不过凡有可以欺凌的，他总想欺凌一下；也带些能够发见

443

什么,可以献功得利的野心。但我的信件,却至今还不能对于他有什么益处。

现在的医白喉,只要打针就好,不知怎么要化这许多日子?上海也总是常有流行病,我自去年生了西班牙感冒以来,身体即大不如前;近来天气不好,又有感冒流行,我的寓里,不病的只有许一个人了,但今天也说没有力气。不过这回的病,没有去年底那么麻烦,再过一礼拜,大约就可以全好了。

专此布达,并颂

春祺

弟豫　上　四月二十三日

＊　　　＊　　　　＊

〔1〕　《文学百科全书》　即《苏联文学百科全书》,1929 年起陆续出版。

〔2〕　GOGOL　即果戈理。

〔3〕　Afinogenov　阿菲诺甘诺夫(А. Н. Афиногенов,1904—1941),苏联剧作家。著有剧本《怪物》、《远方》、《玛申卡》等。曹靖华当时在翻译他的剧本《恐惧》。

# 350423② 　致 萧 军、萧 红

刘军<br>悄吟兄:

十六日信早收到。今年北四川路是流行感冒特别的多,从上星期以来,寓中不病的只有许一个人了,但她今天说没有

气力;我最先病,但也最先好,今天是同平常一样了。

帮朋友的忙,帮到后来,只忙了自己,这是常常要遇到的。您的朋友既入大学,必是智识分子,那他一定有道理,如"情面说"之类。我的经验,是人来要我帮忙的,他用"互助论",一到不用,或要攻击我了,就用"进化论的生存竞争说";取去我的衣服,倘向他索还,他就说我是"个人主义",自私自利,吝啬得很。前后一对照,真令人要笑起来,但他却一本正经,说得一点也不自愧。

我看中国有许多智识分子,嘴里用各种学说和道理,来粉饰自己的行为,其实却只顾自己一个的便利和舒服,凡有被他遇见的,都用作生活的材料,一路吃过去,像白蚁一样,而遗留下来的,却只是一条排泄的粪。社会上这样的东西一多,社会是要糟的。

我的文章,也许是《二心集》中比较锋利,因为后来又有了新经验,不高兴做了。敌人不足惧,最令人寒心而且灰心的,是友军中的从背后来的暗箭;受伤之后,同一营垒中的快意的笑脸。因此,倘受了伤,就得躲入深林,自己舐干,扎好,给谁也不知道。我以为这境遇,是可怕的。我倒没有什么灰心,大抵休息一会,就仍然站起来,然而好像终竟也有影响,不但显于文章上,连自己也觉得近来还是"冷"的时候多了。

《樱花》闻已蒙检查老爷通过,署名不能改了。前天看见《太白》广告,有两篇[1]一同发表,不知道去拿了稿费没有?

《集外集》好像还没有出。

匆复并颂

俪祉。

豫　上。〔四月二十三日〕

近来北四川路邮局有了一个认识我的笔迹的人,凡有寄出书籍,倘是我写封面的,他就特别拆开来看,弄得一塌胡涂,但对于信札,好像还不这还〔样〕。呜呼,人面的狗,何其多乎!?　　又及。

\*　　　\*　　　\*

〔1〕　指萧军的《为了活》和《一只小羊》,均载《太白》第二卷第三期(1935 年 4 月 20 日)。

# 350425<sup>①</sup>　致黄源

河清先生:

日前寄上徐懋庸译稿[1]一篇,想已到。

今寄上沈先生译稿[2]一篇。又学昭女士译稿[3]一篇,是她自己从正在排印的《新文学》[4]中,由印刷所里去抽回来的,所以已经检查,而且查得很宽,只抽去"昏蛋的"三字而已。用于《译文》,不知须重新送检否?

后记须由编者重做一段,放在她的泛论之前,但我无关于A. Afinogenov 的材料,也许英文本《国际文学》[5]中曾有的。

Bryusov[6]的照相或画像,我这里有。俄文本《文学百科全书》中想必有更好的像,昨已函靖华去借,或者来得及。

《巴黎的烦恼》[7],不知书店何以还未送来,乞便中一催。

又,巴罗哈小说译稿[8],如尚在,并乞便中掷还。此布即请
著安。

迅 上 四月廿五日

＊　　　＊　　　＊

〔1〕 译稿 指法国纪德的《随笔三则》。译文载《译文》第二卷第
三期(1935 年 5 月)。

〔2〕 沈先生译稿 指沈雁冰所译美国欧·亨利的短篇小说《最后
的一张叶子》。译者署名"芬君",载《译文》第二卷第六期(1935 年 8
月)。

〔3〕 学昭 即陈学昭(1906—1991),浙江海宁人,作家。当时由
法国留学归国,她交给鲁迅的译稿,未详。

〔4〕《新文学》 月刊,新文学社编。1935 年 4 月创刊,仅出两期
停刊。上海中华杂志公司出版。

〔5〕《国际文学》 双月刊,国际革命作家联盟的机关刊物。其
前身为《外国文学消息》、《世界革命文学》,1933 年改名为《国际文学》。
以俄、德、英、法四种文字在莫斯科出版(后三种文字版与俄文版内容不
同)。1943 年苏联卫国战争时停刊。

〔6〕 Bryusov 勃留梭夫(В. Я. Брюсов,1873—1924),苏联诗
人。他的相片刊于《译文》第二卷第三期(1935 年 5 月)。

〔7〕《巴黎的烦恼》 散文诗集,法国波特莱尔著,石民译,1935
年生活书店出版。

〔8〕 巴罗哈小说译稿 指《〈山民牧唱〉序》和《少年别》。分别载
《译文》第一卷第二期、第六期(1934 年 10 月、1935 年 2 月)。

# 350425[②]　致萧　军

刘军兄：

太白社寄来稿费单一张，印已代盖，请填上空白之处并签名，前去一取为要。

取款之处，是会计科，那么，是要到福州路复兴里生活书店去的了。

还有一篇[1]署萧军的，已登出，而没有单子寄来，约是您直接寄去的罢？

此布即颂

春绥。　　　　　　　　　　　　　豫　上　四月廿五日

＊　　　＊　　　＊

〔1〕　指《一只小羊》。

# 350428　致萧　军

刘军兄：

廿六日信收到。许总算没有生病。孩子还有点咳，脚是全好了，不过皮色有点不同，但这没有关系。我已可以说是全好，正在为日本杂志做一篇文章[1]，骂孔子的，因为他们正在尊孔，但不知能登出否？月内此外还欠两篇文债，我看是来不及还清的了，有范围，有定期的文章，做起来真令人叫苦，兴味

也没有,做也做不好。

文学社寄来稿费单一张,今仍代印寄上,印书[2]的钱,大约可以不必另外张罗了罢。

那个杂志的文章,难做得很,我先前也曾从公意做过文章[3],但同道中人,却用假名夹杂着真名,印出公开信来骂我,他们还造一个郭冰若的名,令人疑是郭沫若的排错者。我提出质问,但结果是模模胡胡,不得要领,我真好像见鬼,怕了。后来又遇到相像的事两回[4],我的心至今还没有热。现在也有人在必要时,说我"好起来了",但这是谣言,我倒坏了些了。

再谈。此请

双安。

豫　上　四月廿八夜。

一时不见得搬家罢?


＊　　　＊　　　＊

〔1〕　指应日本《改造》月刊之约作的《在现代中国的孔夫子》,后收入《且介亭杂文二集》。

〔2〕　指《八月的乡村》。

〔3〕　指《辱骂和恐吓决不是战斗——致〈文学月报〉编辑的一封信》(后收入《南腔北调集》)。该文发表后,《现代文化》第一卷第二期(1933 年 2 月)发表了署名首甲(祝秀侠)、方萌、郭冰若、丘东平的《对鲁迅先生的〈恐吓和辱骂决不是战斗〉有言》一文,为芸生诗中所表现的错误辩护,并指责鲁迅的文章具有"戴白手套革命论的谬误","是极危险

449

的右倾的文化运动中和平主义的说法"。

〔4〕　后来又遇到相像的事两回　参看350207①信及其有关注。

# 350429　致曹靖华

汝珍兄：

四月廿六信收到。沪报载是日北平大风,近不知如何,寓中安否,为念。

碑帖两包已收到,因久未得农信,且未知住址是否仍旧,故未作复,兄如见面,乞转告。且拓片似亦不复有佳者,此后可以不必收集了。至于已寄来之两包,当于稍暇时一看,要的留下,余则寄兄处,托转交。

《百科全书》由上海转,甚好,转寄是没有什么不便的。但那边寄书,包纸和线往往不坚牢,我收到时,有些几乎已经全散,而并非邮局所为,这是很容易不能送达的。有一回,邮局来信说有一堆散书,失掉地址,叫我开出书名去领,我不知何书,只好算了。

弟病已愈,请勿念。此布,即请

文安。

弟豫　上　四月廿九日

# 350430　致母　亲

母亲大人膝下敬禀者,四月廿四日来示,已经收到,第二次所寄小包,也早收到了。上海报载廿六日起,北平大风,未知寓中如何,甚以为念。大人胃病初愈,尚无力气,尚希加意静养为要。上海天气亦不甚顺,近来已晴,想可向暖。寓中均安,海婴亦好,可请释念。男身体尚好,但因琐事不少,故不免稍忙,时亦觉得无力耳,但有些文章,为朋友及生计关系,亦不能不做也。专此布达,恭请

金安。

男树 叩上 广平及海婴同叩 四月三十日


# 350503　致 罗清桢

清桢先生:

三月二十一,四月六,二十二日三函,均经先后收到。木刻四本亦已由书店交来,谢谢! 送 Ettinger 的,当于便中寄去,至于高氏[1],则因一向并无信札往还,只好不寄了。寄售之书,一元二角似略贵,已与书店商定,改为每本一元了。

蒙允为拙作刻图,甚感,但近年所作,都是翻译及评论,小说久已没有了。诗也是向不留意,侯先生[2]赐示大作,实在是"问道于盲"而已。

张慧先生常有信来,而我失其通信地址,常烦转寄,殊不安,便中乞以地址见示为感。

匆布,即颂

时绥。

迅 上 五月三日

＊　　　　＊　　　　＊

〔1〕 高氏 指高尔基。

〔2〕 侯先生 指侯汝华,罗清桢的朋友,当时在广东梅县任中学教师。

# 350505　致 黄　源

河清先生:

今寄上《文学》"论坛"一则〔1〕,《文学百题》考卷两篇〔2〕,乞转交;又《饿》〔3〕一篇,似乎做得还不算坏,不知可用于《文学》随笔栏里否? 并乞一问,倘不能用,则希掷还。

《世界文库》好像真的要出版了。从孟先生那里借来的 G集〔4〕插画,有《死魂灵》的第一二章者否? 倘有,希交去,制版后并祈代录题语。并且嘱书店全部照出,以便将书还给人家。但如《文库》不欢迎插图,那不插就是了。

此布,并请

撰安。　　　　　　　　　　　　　　迅 上 五月五日

＊　　　　＊　　　　＊

〔1〕 "论坛"一则 指《不应该那么写》,后收入《且介亭杂文二集》。

〔2〕 《文学百题》考卷两篇 指《六朝小说和唐代传奇文有怎样的区别?》和《什么是"讽刺"?》,后均收入《且介亭杂文二集》。《文学百题》,傅东华编。收有关文学各种问题的征文一百篇,为"《文学》二周年

纪念特辑"。1935 年 7 月生活书店出版。

〔3〕《峨》 文艺随笔,悄吟(萧红)作,载《文学》第四卷第六号(1935 年 6 月)。

〔4〕 G 集 指俄文版的果戈理集子。

# 350509<sup>①</sup> 致 萧 军

刘军兄:

七日信收到。我这一月以来,手头很窘,因为只有一点零星收入,数目较多的稿费,不是不付,就是支票,所以要到二十五日,才到期可取的稿费。不知您能等到这时候否?但这之前,会有意外的付我的稿费,也料不定。那时当再通知。

专此布复,并请

俪安。

豫 上 五月九日

# 350509<sup>②</sup> 致 赵 家 璧

家璧先生:

百五十元期票一纸,昨已收到,甚感。

《尼采自传》译者,久无消息,只能听其自来;周文稿子<sup>〔1〕</sup>出版的迟早,我看是没有关系的罢。

专此布复,即请

撰安。

迅　启上 五月九日

＊　　　　＊　　　　＊

〔1〕　周文稿子　即何谷天的《父子之间》。


# 350510<sup>①</sup>　致 赵 家 璧

家璧先生：

　　上午收到九日信并《尼采自传》两本。

　　小说稿[1]除原可不登者全数删去外，又删去了五篇，大约再也不会溢出豫算页数之外的了。

　　目录仍寄上。

　　专此布复，即请

著安。

迅　上 五月十夜。

＊　　　　＊　　　　＊

〔1〕　指《中国新文学大系·小说二集》稿。


# 350510<sup>②</sup>　致 萧 剑 青[1]

剑青先生：

　　来函诵悉。附寄的画稿[2]，亦已看过，我以为此稿太明了,以能抽出为妙。未审尊意以为如何?

　专此布复,即颂

时绥。

　　　　　　　　　　　　鲁迅 五月十日


＊　　　＊　　　＊

　〔1〕　此信据 1942 年 10 月 20 日《中华日报·中华副刊》所载编入。
　〔2〕　指《圣母像的跪拜者》,萧剑青所作《众生相》插画稿之一。
内容是对当时一味追求肉欲的青年进行讽刺。


# 350514<sup>①</sup>　致　曹靖华

汝珍兄:

　三日信并译稿〔1〕一篇,收到了好几天了,因为琐事多,似乎以前竟未回信,甚歉。昨托书店寄上碑帖一包,不知已到否? 如到,请并现在附上之信转交。又寄学校杂志一包,是同时寄出的,想亦不致失落。

　北平大风事,沪报所记似比事实夸张,所以当时颇担心,及得来信,乃始释然。上海亦至今时冷时暖,伤风者甚多,惟寓中俱安,可请勿念。闻它兄大病〔2〕,且甚确,恐怕很难医好的了;闻它嫂却尚健。

　现在的生活,真像拉车一样,卖文为活,亦大不易,连印翻译杂志〔3〕,也常被检禁,且招谣言;嫉妒者又乘机攻击,因此非常难办。但他们也弄不好,因为译作根本就没有人要看,不过我们却多些麻烦了。

　　闻现代书局大有关门之势,兄稿〔4〕已辗转托人去索回,但尚无回信。

　　小说译稿,日内当交给译文社。

　　专此布达,即请

时安。

弟豫　顿首 五月十四夜。

　　＊　　　　＊　　　　＊

　　〔1〕　据鲁迅日记,系寒筠译稿。篇名未详。

　　〔2〕　它兄大病　隐指瞿秋白 1935 年 2 月 23 日在福建游击区被国民党逮捕事。

　　〔3〕　翻译杂志　指《译文》月刊。

　　〔4〕　指《烟袋》和《第四十一》。

# 350514<sup>②</sup>　致 台 静 农

青兄:

　　二日函收到了;上月之函,却未收到。至于拓片两包,是都收到的,"君车"画象确系赝品,似用砖翻刻,连箈斋〔1〕印也是假的。原刻之拓片,还要有神彩,而且必连碑阴,乃为全份。又包中之《曹望憘造象》,大约也是翻刻的,其与原刻不同之处,见《校碑随笔》。〔2〕

　　从这两包中,各选数种,目另列,其余的已于昨日寄回了。

收集画象事,拟暂作一结束,因年来精神体力,大不如前,且终日劳劳,亦无整理付印之望,所以拟姑置之;今乃知老境催人,其可怕如此。因为我自去冬罹西班牙性感冒之后,消化系受伤,从此几乎每月必有小病一场了。但似未必寿终在即,可请放心耳。

专此布复,并颂

时绥。

豫　顿首 五月十四夜。

第一包拓片留四种(内无目录及定价,姑随手举之,乞查付)——

一、骑马人画象(有树木)一张

二、大定四年造象一份二张

三、汉残画象一份四张

四、一人及一蛇画象一张

第二包拓片留两种——

一、汉鹿一份两张(五元五)

二、宜州画象(?)一份三张(一元五)

以上,共留六种。


＊　　　＊　　　＊

〔1〕 簠斋　陈介祺(1813—1884),字寿卿,号簠斋,山东潍县人,清代古文物收藏家。

〔2〕《曹望憘造象》　即《曹望憘等造象记》,北魏石刻。据《校碑随笔》,原石"正书二十二行,行九字,后余一行,末刻一大字","摹刻本

全失原石笔意"。《校碑随笔》,周秦至五代碑碣五百余通的校勘记,方若著,1921 年杭州西泠印社出版。

# 350517　致　胡　风[1]

十五日信收到了。前天遇见玄先生[2],谈到你要译《草叶》[3]的事,他说,为什么选这个呢? 不如从英德文学里,选一部长的,只要有英日文对照看就好。我后来一想,《草叶》不但字数有限,而且诗这东西,译起来很容易出力不讨好,虽《草叶》并无韵。但刚才看了一下目录,英德文学里实无相宜的东西:德作品都短,英作品多无聊(我和英国人是不对的)。我看波兰的《火与剑》[4]或《农民》[5],倒可以译的,后者有日译本,前者不知有无,英译本都有。看见郑[6]时,当和他一谈,你以为怎样?

那消息[7]是万分的确的,真是可惜得很。从此引伸开来,也许还有事,也许竟没有。

萧[8]有信来,又催信了,可见"正确"的信[9],至今没有发。

这几天因为赶译《死魂灵》,弄得昏头昏脑,我以前太小看了ゴーゴリ[10]了,以为容易译的,不料很难,他的讽刺是千锤百炼的。其中虽无摩登名词(那时连电灯也没有),却有十八世纪的菜单,十八世纪的打牌,真是十分棘手。上田进的译本[11]并不坏,但常有和德译本不同之处,细想起来,好像他错的居多,翻译真也不易。

看《申报》上所登的广告〔12〕,批评家侍桁先生在论从日文重译之不可靠了,这是真的。但我曾经为他校对过从日本文译出的东西,错处也不少,可见直接译亦往往不可靠了。

豫 上 五月十七夜

你有工夫约我一个日子谈谈闲天么?但最好是在二十三日之后。

\*　　　\*　　　\*

〔1〕 此信称呼被收信人裁去。

胡风(1902—1985),原名张光人,笔名胡风、谷非,湖北蕲春人,文艺理论家,曾任"左联"宣传部长及书记。

〔2〕 玄先生　即沈雁冰。

〔3〕《草叶》　即《草叶集》,诗集,美国惠特曼(1819—1892)著。

〔4〕《火与剑》　长篇小说,波兰显克微支(1846—1916)著。

〔5〕《农民》　长篇小说,波兰莱蒙特(1867—1925)著。

〔6〕 指郑振铎。

〔7〕 指瞿秋白被捕的消息。

〔8〕 指萧三。

〔9〕 "正确"的信　指"左联"向国际革命作家联盟汇报工作的信。

〔10〕 ゴーコリ　日文:果戈理。

〔11〕 上田进(1907—1947)　日本翻译家。他翻译的《死魂灵》第一部,1934年10月日本科学社出版。

〔12〕《申报》所登广告　指1935年5月17日《申报》刊登的《星火》文艺月刊创刊号出版广告。所载该刊目录中有韩侍桁的《日译书不

可靠》。

# 350520　致萧军

刘军兄：

今天有点收入，你所要之款，已放在书店里，希持附上之条，前去一取。

因为赶译小说[1]忙，不能多写了，只通知两件事：

一、那一本《八月的乡村》印出后，内山书店是不能寄售的，因为否则他要吃苦。

二、金人译稿[2]，已在本月《译文》上登出了，那稿费，当与下月的《文学》上所登的悄吟太太的稿费同交。那稿[3]是我寄去的，想不至于被抽去，倘登出后，乞自去一取为荷。

匆布，即颂

俪祉。　　　　　　　　　　　　豫　上　五月二十夜。

＊　　　　　＊　　　　　＊

〔1〕　指《死魂灵》。

〔2〕　指《退伍》。

〔3〕　指《饿》。

# 350522①　致邵文熔

铭之吾兄足下：

顷奉到二十日函，知特以干菜笋干见惠，甚感甚感。

中国普通所谓肝胃病,实即胃肠病。药房所售之现成药,种类颇多,弟向来所偶服者为"黑儿补",然实不佳,盖胃病性质,亦有种种,颇难以成药疗之也。鄙意不如首慎饮食,即勿多食不消化物,一面觅一可靠之西医,令开一方,病不过初起,一二月当能全愈。但不知杭州有可信之医生否,此不在于有名而在于诚实也。在沪则弟识一二人,倘有意来沪一诊,当绍介也。且可确保其不敲竹杠,亦不以江湖诀欺人。

弟一切如常,惟琐事太多,颇以为苦,借笔墨为生活,亦非乐事,然亦别无可为。书无新出者,惟有《集外集》一本,乃友人所编,系搜集一切未曾收入总集及自所刊落之作,合为一编,原系糟粕,而又经官审阅,故稍有精采者,悉被删去,遂更无足观,日内当托书坊[1]寄奉一册,以博一粲耳。对于《太白》,时亦投稿,但署名时时不同,新出之第五期内,有"掂斤簸两"三则[2],及《论人言可畏》一篇,实皆拙作也。

专此布复,并请

道安

弟树 顿首 廿四年五月二十二日

\*　　　\*　　　\*

〔1〕 指内山书店。

〔2〕 "掂斤簸两"三则 指《死所》、《中国的科学资料》和《"有不为斋"》,现均编入《集外集拾遗补编》。"掂斤簸两",《太白》半月刊的一个专栏。

# 350522<sup>②</sup>　致　曹靖华

汝珍兄：

十八信收到。它事极确，上月弟曾得确信，然何能为。这在文化上的损失，真是无可比喻。许君[1]已南来，详情或当托其面谈。

许君人甚老实，但他对于人之贤不肖，却不甚了然。李某[2]卑鄙势利，弟深知之，不知何以授以重柄，但他对上司是别一种面目，亦不可知，故易为所欺也。许曾访我一次，未言钟点当有更动事，大约四五日后还当见面，当更嘱之。

弟一切如常，惟琐事太多，颇以为苦，所遇所闻，多非乐事，故心绪亦颇不舒服。上海之所谓"文人"，有些真是坏到出于意料之外，即人面狗心，恐亦不至于此，而居然摇笔作文，大发议论，不以为耻，社会上亦往往视为平常，真大怪事也。

三弟来信一纸，附上，希转交。

专此布达，即请

道安。

弟豫　上　五月二十二夜。

\*　　　　\*　　　　\*

〔1〕　许君　指许寿裳。

〔2〕　李某　即李季谷（1895—1968），原名李宗武，浙江绍兴人。曾留学日本、英国。当时任北平大学女子文理学院文史系主任。

# 350522③ 致 黄 源

河清先生：

前回说,想校正《俄罗斯童话》,再一想,觉得可以不必了,不如就这样的请官检阅。倘不准,而将自行出版,再校正也好。所以那未印的原稿[1],请嘱社中送信人送到书店来,以便编入,并带下《世界文库》样本一本为荷。

孟十还先生的通信地址遗失了,附上一笺,乞加封转寄。

专此布达,即请

撰安。

迅 上 五月二十二夜。

《死魂灵》第四章,今天总算译完了,也到了第一部全部的四分之一,但如果专译这样的东西,大约真是要"死"的。

\* \* \*

〔1〕 未印的原稿　指《俄罗斯的童话》第十至十六篇译稿。

# 350522④ 致 孟 十 还

十还先生：

十九夜信收到。译克雷洛夫[1]之难,大约连郑公自己也不知道的,此公著作,别国似很少译本,我只见过日译三四篇。

《死魂灵》的插图,《世界文库》第一本已用 Taburin[2] 作,不能改了，但此公只画到第六章为止，新近友人寄给我一套别人的插图[3]，共十二幅，亦只画到第六章为止，不知何故。那一本插图多的，我想看一看，但不急，只要便中带给我，或放在文学社，托其转送就好了。

听说还有一种插图的大本[4]，也有一二百幅，还是革命前出版，现在恐怕得不到了。

欢迎插图是一向如此的，记得十九世纪末，绘图的《聊斋志异》[5]出版，许多人都买来看，非常高兴的。而且有些孩子，还因为图画，才去看文章，所以我以为插图不但有趣，且亦有益；不过出版家因为成本贵，不大赞成，所〔以〕近来很少插画本。历史演义（会文堂出版的）[6]颇注意于此，帮他销路不少，然而我们的"新文学家"不留心。此复，即颂

时绥。

迅　上　五月廿二夜

通信处的底子失掉了，便中希再见示。

\*　　　\*　　　\*

〔1〕　克雷洛夫（И. А. Крылов，1769—1844）　俄国寓言作家。

〔2〕　Taburin　塔布林，俄国画家。所作《死魂灵》插图《哪，再见，再见，我的可爱的孩子!》，曾作为鲁迅所译《死魂灵》插图印入1935年5月《世界文库》第一册。

〔3〕　指曹靖华寄赠的梭可罗夫所作《死魂灵》插图。

〔4〕　插图的大本　指《死魂灵百图》，俄国画家阿庚（1817—1875）于1847年完成，培尔那尔斯基刻版。后鲁迅购得原本，于1936年

7月以三闲书屋名义自费印行。

〔5〕 绘图的《聊斋志异》 指《绘画聊斋志异图咏》,清光绪十二年(1886)上海同文书局石印出版。

〔6〕 指上海会文堂书局出版的蔡东藩编撰的《历朝通俗演义》(又名《中国历代通俗演义》),共十一种,1916 年至 1926 年陆续出版,为石印插图本,1935 年改为铅印本。参看 340409②信注〔3〕。

# 350524①　致 陈 烟 桥

烟桥先生:

五月十日信早收到。前回的一封信也收到的。近来因为常常生病,又忙于翻译卖钱之类,弄得头昏眼花,未能即行回信,甚歉。

最近的一幅木刻,我看并不好。从构图上说起来,两面的屋边,是对称的;中间一株大树,布满了空间,本来颇有意思,但我记得英国(?)的一个木刻家,曾有过这样的构图的了。

选选作品,本来并不费事,但我查了一下,先生的作品不到十张。大约一则因为搬来搬去,有些弄得找不到;二则因为绍介出去,他们既不用,又不还我,所以弄得不见了。如果能够另印一份寄给我,我是可以选的,但选起来大约是严的,因为我看新近印出的几种专集,实在收得太随便。

我想把先生的《风景》即好像写意画那样的一张,《黄浦江》二幅绍介到《文学》去,〔1〕望即印给我各一张,寄下;作者用什么署名,也一并示知为荷。

专此布复,即颂

时绥。

迅　上　五月二十四日

＊　　　＊　　　＊

〔1〕《风景》、《黄浦江》　两画经鲁迅推荐,后均载《文学》第五卷
第一号(1935 年 7 月)。

# 350524<sup>②</sup>　致　杨霁云

霁云先生:

十六日信早奉到。《集外集》也收到了,十本以外,又索得
了八本,已够了。印工之类,在现在的出版界,总是如此的,我
看将来还要低落下去。

纸张也已收到,如此拙字,写到宣纸上,真也自觉可笑,但
先生既要我写,我是可以写的,但须拖延时日耳,因为须等一
相宜的时候也。

纸内有两长条,是否对联?乞示知。若然,则一定写得极
坏,因为我没有写过大字,所以字愈大,就愈坏。

专此布复,即请

文安。

迅　上　五月廿四日

# 350524③ 致 郑伯奇

伯奇先生：

　　下午得赵先生信，云将往北平，有事可与先生接洽；并有《小说二集序》排印稿二份。

　　这序里的错字可真不算少，今赶紧校出寄上，务希嘱其照改为托。否则，颇觉得太潦草也。

　　专此布达，即请

撰安。

迅 上 五月廿四夜

附校稿二份。

# 350525① 致 赵家璧

家璧先生：

　　惠函收到。版税单想系指春季结算的那一项，那么，不但收到，而且用掉了。中央怕《竖琴》前记，[1]真是胆小如鼷，其实并无害，因此在别一面，也没有怎样的益，有无都无关紧要，只是以装门面而已。现在剪去以免重印重装，我同意于公司的办法，并无异议也。

　　专此布复，顺颂

文安。

鲁迅 上 五月廿五日

＊　　　＊　　　＊

〔1〕　指《〈竖琴〉前记》被删事,参看 341210② 信注〔2〕。

## 350525② 致 黄　源

河清先生:

《世界文库》已见过,《死魂灵》中错字不少,有几处自己还知道那一个字错,有些是连自己也不记得了。将来印起来,又要费一番查原本的工夫。

于是想,生活书店不知道能将排过之原稿还我否? 那么,将来可以省力不少。所以想请　先生到校对先生那里去运动一下,每期把它取回来。大约书店是用不着这稿子的了。

专此布达,即请

撰安。

迅 上 五月廿五日

## 350528 致 黄　源

河清先生:

廿七日信并校稿,顷已收到。《表》至夜间可以校了,明天当托书店挂号寄上,可以快一点,因为挂号与寄存,都是一个"托",一样的。错字还多,且有改动处,我想,如果能够将四校再给我看一遍,最好。"校对"实是一个问题,普通是只要校者自己觉得看得懂,就不看原稿的,所以有时候,译者想了许多工夫,这才决定了的字,会错得大差其远,使那时的苦心经营,反而成为多事。所以,我以为凡有稿子,最好是译作者自己看一遍。但这自然指书籍而言,期刊则事实上办不到。

《表》的第一页和书面,过几天再商量。

《译文》的稿子确是一个问题,我先前也早虑及此。有些人担任了长篇翻译,固然有影响,但那最大原因,还在找材料的难,找来找去,找到一篇,只能供一回之用,而能否登出,还是一个问题。我新近看了一本日译的キールランド(北欧)小说集[1],也没有一篇合用的。至今也还在常常留心寻找。不过六月份这一本上,恐怕总来不及了,只能将所有的凑一下。

而且第三卷第一号,出版期也快了,以二卷为例,当然必须增大。这怎么办呢? 我想,可以向黎先生豫先声明,敲一个竹杠,请他译《动物志》[2],有图有说,必为读者所乐观。印的时候,把插图做得大一点,不久就可以出单行本。

七月份的《文学》,我大约仍然只能做二则"论坛",至于散文,实在为难。一,固然由于忽译忽作,有些不顺手;二,也因为议论不容易发,如果顾忌太多,做起来就变成"洋八股"了。而且我想,第一期有一篇我的散文,也不足以资号召。

谣言,是他们的惯技,与其说对于个人,我看倒在对于书店和刊物。但个人被当作用具,也讨厌的。前曾与沈先生谈起,以为当略略对付,也许沈先生已对先生说过了。至于到敝寓来,我以为大可不必"谨慎",因为这是于我毫无关系的,我不管谣言。

469

一面在译《死魂灵》,一面也在要译果戈理的短篇小说,但如又先登《译文》,则出起集子来时似乎较为无聊;否则,《译文》上的要另找,就是每月要兼顾三面了。想了几次,终于想不好。

专此布复,即请

撰安。

迅 上 五月廿八日

再:《译文》书面上的木刻,也要列入目录。

＊　　　＊　　　＊

〔1〕 日译キールランド小说集　指日本前田晁所译《凯兰德短篇集》,1934 年东京岩波书店出版。キールランド,即基兰德(A. L. Killand,1849—1906),挪威小说家、戏剧家。

〔2〕 《动物志》　指《动物寓言诗集》,法国诗人阿坡里耐(1880—1918)著,法国杜费作木刻插图。

# 350530<sup>①</sup> 致 曹靖华

汝珍兄:

二十六日信收到。知病五日即愈,甚慰。

许君〔1〕已见过,他说并无减少钟点之事,不过有一种功课,下半年没有,所以要换别的功课的。

他又高兴的说,因为种种节省,已还掉旧债二万。我想,如果还清,那他就要被请出了;他先前做女师校长时,也是造好了热水管之类之后,乃被逐出的。至于李某[2],卑鄙无聊,但他一定要过瘾,这是学校和学生的大晦气;以前他是改组派[3],但像风旗似的转得真快。

先前所作碑文[4],想钞入自己的文稿中,其中有"××曹××先生名××"一句,请兄补上缺字寄下,又碑名云何,亦希见示。不知此碑现已建立否?

弟如常,寓中亦均好,并闻。

专此布达,并颂

时绥。　　　　　　　　　　　　弟豫　上　五月卅日夜

再:木刻[5]付印尚无期,《城与年》之解说,不必急急也。

又及。

\*　　　　\*　　　　\*

〔1〕　许君　指许寿裳。

〔2〕　李某　指李季谷。

〔3〕　改组派　国民党派系之一。1928年,汪精卫派的陈公博、顾孟余在上海成立中国国民党改组同志会,并在各省市发展组织,与其他派系争权夺利。参加该会的人,称为"改组派"。

〔4〕　即《河南卢氏曹先生教泽碑文》,后收入《且介亭杂文》。

〔5〕　指《城与年》插图,苏联亚历舍夫作,共二十八幅。鲁迅曾请曹靖华撰写《城与年》的内容概略,并亲自为各图题词,拟出版单行本,后未印成。参看《集外集拾遗·〈城与年〉插图小引》。《城与年》,长篇小说,苏联费定著。

# 350530② 致黄源

河清先生：

今天为《译文》看了几篇小说，也有好的，但译出来要防不能用；至于无聊的，则译起来自己先觉得无聊。

现在选定了一篇，在有聊与无聊之间，事情是"洋主仆恋爱"，但并不如国货之肉麻，作者是 Rumania 的 M. Sadoveanu[1]，似乎也还新鲜。

明天当动手来译，约有一万字左右，在六月五日以前，必可寄出，先此奉闻。

并请

撰安。

迅　上　五月卅日

＊　　　＊　　　＊

〔1〕　Rumania　罗马尼亚。M. Sadoveanu，萨多维亚努（1880—1961），罗马尼亚作家。这里指他的短篇小说《恋歌》，译载《译文》第二卷第六期（1935 年 8 月）。

# 350602① 致黄源

河清先生：

大约两月之前，曾交上一篇从英文译出的随笔[1]，说是不得已时,或者可以补白的。但现在这译者[2]写信来索还了,所以希即检出寄下,给我可以赶紧还他去。

专此布达,即请

撰安。

迅 上 六月二日

\*　　　\*　　　\*

〔1〕 指《莱比和他的朋友》,英国约翰·布朗(1810—1882)作,刘文贞译,载《译文》第二卷第五期(1935 年 7 月)。按该稿当时已发排,未能寄还。

〔2〕 指刘文贞(1910—1994),天津人,李霁野的学生。当时在天津河北女子师范学院求学。

# 350602②　致 萧 军

刘军兄:

前信早收到。文学社陆续寄来了两篇稿费的单子,今寄上。

金人的稿子,由我寄出了两篇,都不见登出;在手头的还有三篇。《搭客》已登,大约稿费单也快送来了,那时当和金人的译稿一同放在书店里。但那寄出了的两篇,要收回不?望便中通知我。

此布,即请

俪安。

豫 上 六月三[二]夜。

# 350603<sup>①</sup>　致黄　源

河清先生：

　　译稿<sup>〔1〕</sup>（并后记）已于上午挂号寄上，因为匆匆，也许有错处，但管不得这许多了。下一期我大约可以请假；到第六期，我想译一篇保加利亚的 Ivan Vazov<sup>〔2〕</sup>的。

　　同封中有一篇陈翔鹤<sup>〔3〕</sup>的小说稿，他是沈钟社中人，是另一人托我绍介的。但回后得《文学》六号，看见广告<sup>〔4〕</sup>，则对于投稿已定有颇可怕之办法，因此赶写这信，想特别通融一下，如果不用，请先生设法给我取还见寄为感。

　　专布，即颂

撰安。

迅 上 六月三日

　　再：附上书签两条<sup>〔5〕</sup>，乞转交傅先生。　　又及

\*　　　　\*　　　　\*

〔1〕　译稿　即《恋歌》。

〔2〕　Ivan Vazov　即伐佐夫。这里指他的短篇小说《村妇》。译文载《译文》终刊号（1935 年 9 月）。

〔3〕　陈翔鹤（1901—1969）　四川巴县人，作家，浅草社和沉钟社成员。鲁迅受杨晦之托为其介绍文稿。

〔4〕　指《文学》第四卷第六号（1935 年 6 月）《投稿诸君注意》的启事。其中说："本刊为预防投稿遗失及其他纠纷起见，自公告日起，来稿

无论发表与否,亦无论以何手续投交,本刊一律不负退还之责。"

〔5〕 书签两条　指为上海吴淞中学木刻会出版的《中华木刻集》封面题签。该书由马映辉主编,第一册于当年 6 月 16 日出版。傅先生,即傅东华。马转托傅东华请鲁迅题签。

# 350603② 致 孟 十 还

十还先生:

一日信收到。《果集》并不要急看,随便什么时候带给我都好。关于他的书籍,俄文的我一本也没有。

文学社的不先征同意而登广告〔1〕的办法,我看是很不好的;对于我也这样。这样逼出来的成绩,总不见得佳,而且作者要起反感。

先生所说的分段写的办法,我看太细,中国的读者大约未必觉得有意思。个人的意见,以为不如给它一个粗枝大叶的轮廓,如《译文》所登的关于普式庚和莱尔孟妥夫一样,做起来较不繁琐,读者也反而容易领会大概。

此复,即颂

时绥。

迅 上 六月三日

＊　　＊　　＊

〔1〕 指《文学》第四卷第六号(1935 年 6 月)所载《本刊今后的一年计划》,其中列入了鲁迅的中篇小说。又同期所载该刊第五卷第一号

的作品预告中,列入了鲁迅的散文。

# 350607　致萧　军

刘军兄:

二,五两日的信,都收到了。但大约只能草草作复。不知怎的,总是忙,因为有几种刊物,是不能不给以支持的,但有检查,所以要做得含蓄,又要不十分无聊,这正如带了镣铐的进军,你想,怎能弄得好,又怎能不出一身大汗,又怎能不仍然出力不讨好。

《文学》上所登的广告,关于我的几点,是未经我的同意的,这不过是一种"商略",但我不赞成这样的办法。启事也已看过,这好像"官样",乃由于含胡。例如以《文学》的投稿之多,是应该有多人阅看,退还的,但店中不肯多用人,这一层编辑者不好明说,而实则管不过来;近来又有新命令,是不妥之稿,一律没收,但出版者又不肯多化钱,都排印了送检,所以此后的稿子,必有一部份被扣留,不能退还,但这是又不准明说的。以上两种,就足使编辑者只得吞吞吐吐,打一下官话了。但在不知内情的读者和投稿者,是要发生反感的,可又不能说明内情,这是编辑者的失败,也足见新近压迫法之日见巧妙。我看这种事情,还要层出不穷。

金人的译稿给天马去印,我当然赞成的,也许前信已经说过,《罪与罚》大约未必能登出来;至于翻译界的情形,我不能写了,实在没有工夫。

万古蟾[1]这人,我不认识,你应否和他会会,我无意见。

叶的稿子,交出去了,因为我无暇,由编者去改。他前信说不必大改,因为官们未必记得,是不对的,这是"轻敌",最容易失败。《丰收》才去算过不久,现在卖得很少。

那边[2]的文学团体复活,是极好的,不过我恐怕不能出什么力,因为在这里的事情,已经足够了。而且体力也一天一天的不济。

《新小说》的稿费单,尚未送来。

这几天刚把《译文》的稿子弄完,在做《文学》上的"论坛"[3]了,从明天起,就译《死魂灵》,虽每期不过三万字左右,却非化两礼拜时光不可。现在很有些读者,在公开的攻击刊物多登"已成作家"的东西,而我却要这样拚命,连玩一下的功夫也没有,来支持几种刊物。想到这里,真有些灰心。倘有别事可做,真想改行了,不受骂,又能玩,岂不好吗?

寓中都好。孩子也好了,但他大了起来,越加捣乱,出去,就惹祸,我已经受了三家邻居的警告,——但自然,这邻居也是擅长警告的邻居。但在家里,却又闹得我静不下,我希望他快过二十岁,同爱人一起跑掉,那就好了。

此布,即请

俪安。

豫 上 六月七日

\*　　　\*　　　\*

〔1〕 万古蟾(1899—1995) 名嘉祺,江苏南京人,美术工作者,

剪纸电影首创人。当时在上海明星影片公司任职。曾为萧军短篇小说
《货船》作插图三幅。

〔2〕　指哈尔滨。

〔3〕　指《文坛三户》和《从帮忙到扯淡》，后收入《且介亭杂文二
集》。

# 350610　致黄　源

河清先生：

今寄上《文学》"论坛"二篇，散文（？）稿〔1〕一篇，乞转交傅
先生。

数日前寄上一函，系索回前给《译文》之散文（别人译的）译
稿，至今未得回音，务希费神一查，即予寄回，以便了此一件，
为感。

此布，即请

撰安。

迅　上　六月十日

＊　　　　＊　　　　＊

〔1〕　指《"题未定"草》（一——三），后收入《且介亭杂文二集》。

# 350611　致曹靖华

汝珍兄：

端节信收到。三兄有信来，今附上。它兄的事，是已经结

束了,此时还有何话可说。

我的杂文集[1],今年总想印出来,但要自己印也说不定。这里的书店,总想印我的作品,却又怕印。他们总想我写平平稳稳,既能卖钱,又不担心的东西。天下那里有这样的文章呢?

想请兄于稍暇时给我写一封答 Paul Ettinger 的信,稿子附上,写后寄下。信面我自己可以写的。

专布,即颂

时绥。

弟豫 上 六月十一日

\*     \*     \*

〔1〕 杂文集 指《花边文学》、《且介亭杂文》。

# 350615 致萧军

刘军兄:

良友公司的稿费单,写信去催了才寄来,今寄上,但有期限,在本月廿一,不能立刻取。

又寄《新小说》(四)一本来,现亦另封挂号寄上,还有一本是他们给我的,我已看过,不要了,顺便一同寄去,你可以送朋友的。

我们都还好,我在译《死魂灵》,要二十以外才完。

这封信收到之后,望给我一个回信。

此布，即请

双安。

豫　上　六月十五日

# 350616① 致 李霁野

霁野兄：

上月廿八日信早到。前所寄学生译文[1]一篇，已去问过，据云已经排好，俟看机会编入，那么，就算是大半要用，不能寄还的了。

《译文》是我寄的，到期当停止。

前为素园题墓碣[2]数十字，其碣想未立。那碣文，不知兄处有否？倘有，希录寄，因拟编入杂文集中。不刻之石而印之纸，或差胜于冥漠欤？

平津又必有一番新气象。我如常，但速老耳，有几种译作不能不做，亦一苦事。

此复，即颂

时绥。

豫　顿首　六月十六日

\*　　　\*　　　\*

〔1〕　指刘文贞所译《莱比和他的朋友》。

〔2〕　指《韦素园墓记》，后收入《且介亭杂文》。

# 350616<sup>②</sup>　致李　桦

李桦先生：

　　五月廿四日信早收到；每次给我的《现代版画》，也都收到的。但这几年来，非病即忙，连回信也到今天才写，真是抱歉之至。

　　所说的北国的朋友对于木刻的意见和选刊的作品，我偶然也从日报副刊上看见过，但意见并不尽同。所说的《现代版画》的内容小资产阶级的气分太重，固然不错，但这是意识如此，所以有此气分，并非因此而有"意识堕落之危险"，不过非革命的而已。但要消除此气分，必先改变这意识，这须由经验，观察，思索而来，非空言所能转变，如果硬装前进，其实比直抒他所固有的情绪还要坏。因为前者我们还可以看见社会中一部分人的心情的反映，后者便成为虚伪了。

　　木刻是一种作某用的工具，是不错的，但万不要忘记它是艺术。它之所以是工具，就因为它是艺术的缘故。斧是木匠的工具，但也要它锋利，如果不锋利，则斧形虽存，即非工具，但有人仍称之为斧，看作工具，那是因为他自己并非木匠，不知作工之故。五六年前，在文学上曾有此类争论，现在却移到木刻上去了。

　　由上说推开来，我以为木刻是要手印本的。木刻的美，半在纸质和印法，这是一种，是母胎；由此制成锌版，或者简直直接镀铜，用于多数印刷，这又是一种，是苗裔。但后者的艺术价值,总和前者不同。所以无论那里,油画的名作,虽有缩印的铜板,原画却仍是美术馆里的宝贝。自然,中国也许有再也没有手印的余裕的时候,不过这还不是目前,待那时再说。

不过就是锌板,也与印刷术有关,我看中国的制版术和印刷术,时常把原画变相到可悲的状态,时常使我连看也不敢看了。

"连环木刻"也并不一定能负普及的使命,现在所出的几种,大众是看不懂的。现在的木刻运动,因为观者有许多层——有智识者,有文盲——也须分许多种,首先决定这回的对象,是那一种人,然后来动手,这才有效。这与一幅或多幅无关。

《现代木刻》的缺点,我以为选得欠精,但这或者和出得太多有关系。还有,是题材的范围太狭。譬如静物,现在有些作家也反对的,但其实是那"物"就大可以变革。枪刀锄斧,都可以作静物刻,草根树皮,也可以作静物刻,则神采就和古之静物,大不相同了。

其次,是关于外国木刻的事[1]。这时候已经过去了,但即使来得及,也还是不行。因为我的住所不安定,书籍绘画,都放在别处,不能要取就取的。但存着可惜,我正在计画像《引玉集》似的翻印一下。前两月,曾将 K. Kollwitz 的板画[2](铜和石)二十余幅,寄到北平去复印,但将来的结果,不知如何。

我爱版画,但自己不是行家,所以对于理论,没有全盘的话好说。至于零星的意见,则大略如上。中国自然最需要刻人物或故事,但我看木刻成绩,这一门却最坏,这就因为蔑视技术，缺少基础工夫之故，这样下去，木刻的发展倒要受害的。

还有一层，《现代版画》中时有利用彩色纸的作品，我以为这是可暂而〔而〕不可常的，一常，要流于纤巧，因为木刻究以黑白为正宗。

专此布复，即颂

时绥。

迅 顿首 六月十六日

＊　　　＊　　　＊

〔1〕 关于外国木刻的事　据收信人回忆，当时他得悉鲁迅收藏有大量外国版画，并曾举办过展览，想去上海参观。

〔2〕 K. Kollwitz 的板画　指《凯绥·珂勒惠支版画选集》。鲁迅选编，1936 年 5 月以三闲书屋名义出版。该书先在北平印制图画，后在上海补印文字。

## 350617　致 陈 此 生[1]

此生先生：

惠书顷已由书店转到。蒙诸位不弃，叫我赴桂林教书，可游名区，又得厚币，不胜感荷。但我不登讲坛，已历七年，其间一味悠悠忽忽，学问毫无增加，体力却日见衰退。倘再误人子弟，纵令听讲者曲与原谅，自己实不胜汗颜，所以对于远来厚意，只能诚恳的致谢了。

桂林荸荠，亦早闻雷名，惜无福身临其境，一尝佳味，不得已,也只好以上海小马蹄(此地称荸荠如此)代之耳。

　　专此布复,并请

教安。

　　　　　　　　名心印[2]〔六月十七日〕

　　　※　　　　※　　　　※

　　〔1〕　陈此生(1900—1981)　广西贵县人。上海复旦大学毕业,曾在广州中山大学附属中学任历史教员,当时在桂林广西省立师范专科学校任教务长。

　　〔2〕　心印　过去熟人通信时,往往用此签署,含有"知名不具"的意思。

# 350619　致孟十还

十还先生:

　　十四日信收到;《果戈理集》也收到了。此书似系集合各种本子而成,所以插画作者很有几个,而《狂人日记》的图,则出于照相的。所有的图,大约原本还要大,这里都已缩小。

　　《死灵魂》在《世界文库》里,我以为插图只要少点好了,这种印刷之粗,就是有图,也不见得好看。

　　李长之[1]不相识,只看过他的几篇文章,我觉得他还应一面潜心研究一下;胆子大和胡说乱骂,是相似而实非的。

　　看那《批判》的序文[2],都是空话,这篇文章也许不能启发我罢。

专复,即颂

时绥。

迅 上 六月十九日

＊　　＊　　＊

〔1〕 李长之　参看350727<sup>②</sup>信注〔1〕。当时他写的《鲁迅批判》,部分章节自 1935 年 5 月起在天津《益世报·文学副刊》和《国闻周报》上连载;后经修改补充,于 1935 年 11 月由上海北新书局出版单行本。

〔2〕《批判》的序文　指《〈鲁迅批判〉序》,载 1935 年 5 月 29 日天津《益世报·文学副刊》。

# 350624<sup>①</sup>　致 曹 靖 华

汝珍兄:

十四日信早到,近因忙于译书,所以今日才复。

它兄文稿,很有几个人要把它集起来,但我们尚未商量。现代有他的两部[1],须赎回,因为是豫支过板税的,此事我在单独进行。

中国事其实早在意中,热心人或杀或囚,早替他们收拾了,和宋明之末极像。但我以为哭是无益的,只好仍是有一分力,尽一分力,不必一时特别愤激,事后却又悠悠然。我看中国青年,大都有愤激一时的缺点,其实现在秉政的,就都是昔日所谓革命的青年也。

此地出板仍极困难,连译文也费事,中国是对内特别凶

485

恶的。

　　E. 君信非由 VOKS[2]转。他的信头有地址，今抄在此纸后面。记得他有一个地址，还多几字，但现不在手头。兄看现在之地址如果不像会寄不到，就请代发，否则不如将信寄来，由我自发。

　　寄辰兄[3]一笺并稿费单，乞便中转交。我们都好，勿念。

　　此祝

平安

　　　　　　　　　　　　豫　上 六月廿四日

　　　*　　　　　*　　　　　*

　　〔1〕　指《高尔基论文选集》、《现实》。二稿曾向现代书局预支稿费二百元。

　　〔2〕　VOKS　即苏联对外文化协会。

　　〔3〕　辰兄　指台静农。

# 350624②　致台静农

辰兄：

　　一日信早到。买拓片余款，不必送到平寓，可仍存兄处，但有文学社稿费[1]八元，想乞兄转交段干青君，款即由拓片余款中划出。段君住址，我不知道，可函询后孙公园医学院[2]唐诃君，倘他亦不知，就只好作罢了。

　　"日月画象"确在我这里，忘记加圈了，帖店的话不错。

北方情形如此,兄事[3]想更无头绪,但国事我看是即以叩头暂结[4]的。此后类此之事,则将层出不穷。敝寓如常,可释远念,令人心悲之事自然也不少,但也悲不了许多。

我尚可支持,不过忙一点,至于体力之衰,则年龄为之,无可如何,也只好照常办事。

此布,即颂

时绥。

豫　上　六月廿四日

＊　　　＊　　　＊

〔1〕　指《文学》第四卷第六号(1935 年 6 月)所刊段干青木刻《喜峰口》和《手》的稿费。

〔2〕　后孙公园医学院　即北平医学院。

〔3〕　指台静农被捕出狱后正在谋求大学教职的事。

〔4〕　以叩头暂结　1935 年 5 月,日本向中国提出统治华北权,7 月,国民党政府代表何应钦与日军代表梅津美治郎签订《何梅协定》,出卖河北和察哈尔两省的大部分主权。

# 350627　致萧军

刘军兄:

廿三信收到。昨天看见《新小说》的编辑者[1],他说,金人的译稿,已送去审查了。我想,这是不见得有问题的。悄太太的稿子,当于日内寄去。但那第三期,因为第一篇[2]是我译的,不许登广告。

译文社的事,久不过问了。金人译稿的事,当于便中提及。

《死魂灵》第三次稿,前天才交的,近来没有气力多译。身体还是不行,日见衰弱,医生要我不看书写字,并停止抽烟;有几个〖个〗朋友劝我到乡下去,但为了种种缘故,一时也做不到。

近来警告倒没有了,这是因为我们自己戒了严,但真也吃力。

黑面包可以不必买给我们了。近地就要开一个白俄点心铺,倘要吃,容易买到了。

此复,即请

俪安。

豫　上　六月二十七日

刚要发信,就收到廿五来信了。出刊物而终于不出的事情,我是看惯的了,并不为奇。所以我的决心是如果有力,自己来做一点,虽然一点,究竟是一点。这是很坏的现象,但在目前,我以为总比说空话而一点不做好。中国人先在自己把好人杀完,秋[3]即其一。萧参是他用过的笔名,此外还很多。他有一本《高尔基短篇小说集》,在生活书店出版,后来被禁止了。另外还有,不过笔名不同。他又译过革拉特珂夫的小说《新土地》,稿子后来在商务印书馆被烧掉,真可惜。中文俄文都好,像他那样的,我看中国现在少有。

你说做小说的方法,那是可以的。刚才看《大连丸》[4],做得好的,但怕登不出去,《新生》因为"有碍邦交"被禁止[5]了。我看你可以留起各种稿子,将来按时代——在家——入伍——出走——编一本集子,是很有意义的。

我并未为自己所写人物感动过。各种事情刺戟我,早经麻木了,时时像一块木头,虽然有时会发火,但我自己也并不觉痛。

豫 又及 六,二七,下午

\* \* \*

〔1〕 指郑伯奇。

〔2〕 指《促狭鬼莱哥羌台奇》。

〔3〕 秋 指瞿秋白。

〔4〕 《大连丸》 即《大连丸上》,短篇小说,后载《海燕》月刊第一期(1936 年 1 月)。

〔5〕 《新生》被禁止 1935 年 5 月,上海《新生》周刊第二卷第十五期发表易水(艾寒松)的《闲话皇帝》一文,泛论古今中外的君主制度,涉及日本天皇裕仁。当时日本驻上海总领事即以"侮辱天皇,妨害邦交"为名,向国民党政府提出抗议。国民党政府屈从压力,并趁机压制进步舆论,遂将该刊查封,并由法院判决主编杜重远一年二个月的徒刑。

# 350628 致胡风[1]

来信收到。《铁流》之令人觉得有点空,我看是因为作者那时并未在场的缘故,虽然后来调查了一通,究竟和亲历不同,记得有人称之为"诗"[2],其故可想。左勤克那样的创作法[3](见《译文》),是只能创作他那样的创作的。曹的译笔固然力薄,但大约不至就根本的使它变成欠切实。看看德译本,虽然句子较为精练,大体上也还是差不多。

译果戈理,颇以为苦,每译两章,好像生一场病。德译本[4]很清楚,有趣,但变成中文,而且还省去一点形容词,却仍旧累坠,无聊,连自己也要摇头,不愿再看。翻译也非易事。上田进的译本[5],现在才知道错误不少,而且往往将一句译成几句,近于解释,这办法,不错尚可,一错,可令人看得生气了。我这回的译本,虽然也蹩脚,却可以比日译本好一点。但德文译者大约是犹太人,凡骂犹太人的地方,他总译得隐藏一点,可笑。

《静静的顿河》我看该是好的,虽然还未做完。日译本已有外村的,现上田的也要出版了。[6]

检易嘉[7]的一包稿子,有译出的高尔基《四十年》[8]的四五页,这真令人看得悲哀。

猛克来信,有关于韩侍桁的,今剪出附上。韩不但会打破人的饭碗,也许会更做出更大的事业来的罢。但我觉得我们的有些人,阵线其实倒和他及第三种人一致的,虽然并无连络,而精神实相通。猛又来逼我关于文学遗产的意见,[9]我答以可就近看日本文的译作,比请教"前辈"好得多。其实在《文学》上,这问题还是附带的,现在丢开了当面的紧要的敌人,却专一要讨论枪的亮不亮(此说如果发表,一定又有人来辩文学遗产和枪之不同的),我觉得实在可以说是打岔。我觉得现在以袭击敌人为第一火,但此说似颇孤立。大约只要有几个人倒掉,文坛也统一了。

叶君[10]曾以私事约我谈过几次,这回是以公事约我谈话了,已连来两信,尚未复,因为我实在有些不愿意出门。我本是常常出门的,不过近来知道了我们的元帅[11]深居简出,只令别人出外奔跑,所以我也不如只在家里坐了。记得托尔斯泰的什么小说说过,小兵打仗,是不想到危险的,但一看见大将面前防弹的铁板,却就也想到了自己,心跳得不敢上前了。但如元帅以为生命价值,彼此不同,那我也无话可说,只好被打军棍。

消化不良,人总在瘦下去,医生要我不看书,不写字,不吸烟——三不主义,如何办得到呢?

《新文学大系》中的《小说二集》出版了,便中当奉送一本。

此布,即请

夏安

豫 上 六月二十八日

此信是自己拆过的。 又及

*　　*　　*

〔1〕 此信称呼被收信人裁去。

〔2〕 有人称之为"诗" 苏联涅拉陀夫在《绥拉菲摩维支〈铁流〉序言》中称《铁流》为"诗史"。

〔3〕 左勤克的创作法 左琴科在《我怎样写作》(曹靖华译,载

《译文》第一卷第三期)一文中曾说："我有两种工作方法。一种方法是
什么时候有了灵感,什么时候我便以创作的冲动去写……第二种方法
是当没有灵感的时候……我便以技术的训练去写。"

〔4〕　指德国奥托·布埃克(Otto Buek)编译的《果戈理全集》中的
《死魂灵》,1920 年柏林普罗皮勒出版社出版。

〔5〕　上田进译本　参看 350517 信注〔11〕。

〔6〕《静静的顿河》　长篇小说,苏联萧洛霍夫著,共四卷,1926
年至 1940 年陆续出版。该书当时第一卷有外村史郎的日译本,1935 年
3 月东京三笠书房出版;又有上田进的日译本,1935 年 7 月日本科学社
出版。外村,即外村史郎(1891—1951),日本翻译家。

〔7〕　易嘉　即瞿秋白。

〔8〕《四十年》　高尔基长篇小说《克里姆·萨姆金的一生》的副
题。瞿秋白翻译的是该书第一部第一章的开端。

〔9〕　1935 年 3 月,胡风在《文学》第四卷第三号发表《蔼理斯的时
代及其他》,该文第二节附带谈及文学遗产问题。随即"左联"东京分盟
编辑的《杂文》从第一卷第一号(1935 年 5 月)起,开辟"杂论"专栏,讨论
文学遗产问题。该刊编者魏猛克函请鲁迅撰文表示意见。

〔10〕　叶君　指叶紫。

〔11〕　元帅　指周扬,当时任"左联"党团书记。


# 350629①　致　赖少麒

少麒先生:

　　五月二八日的信早收到。文稿,并木刻七幅,后来也收到
了。

太伟大的变动，我们会无力表现的，不过这也无须悲观，我们即使不能表现他的全盘，我们可以表现它的一角，巨大的建筑，总是一木一石叠起来的，我们何妨做做这一木一石呢？我时常做些另碎事，就是为此。

"连环图画"确能于大众有益，但首先要看是怎样的图画。也就是先要看定这画是给那一种人看的，而构图，刻法，因而不同。现在的木刻，还是对于智识者而作的居多，所以倘用这刻法于"连环图画"，一般的民众还是看不懂。

看画也要训练。十九世纪末的那些画派，不必说了。就是极平常的动植物图，我曾经给向来没有见过图画的村人看，他们也不懂。立体的东西变成平面，他们就万想不到会有这等事。所以我主张刻连环图画，要多采用旧画法。

文章应该怎样做，我说不出来，因为自己的作文，是由于多看和练习，此外并无心得或方法的。

那篇《刨烟工人》[1]，写得也并不坏，只是太悲哀点，然而这是实际所有，也没法子。这几天我想转寄给良友公司的《新小说》，看能否登出，因为近来上海的官府检查，真是严厉之极。还有《失恋》及《阿 Q 正传》[2]各一幅，是寄给《文学》去了，倘检查官不认识墨水瓶上的是我的脸，那该是可以登出的。

专此布复，并颂

时绥。

迅 上 六月二十九日。

再：附上给唐英伟先生的信，因为把他的通信地址遗失

了,乞转寄为感。　　又及

＊　　　　＊　　　　＊

〔１〕　《刨烟工人》　短篇小说,后因《新小说》停刊,未发表。

〔２〕　《失恋》及《阿Ｑ正传》　木刻画,均载《文学》第五卷第一号
(1935年7月)。《阿Ｑ正传》画面中的墨水瓶上刻有鲁迅头像。

# 350629②　致　唐英伟〔１〕

英伟先生:

六月一日信早收到,《青空集》〔２〕也收到了。"先生"是现
在的通称,和古代的"师"字不同,我看是不成问题的。

现在只要有人做一点事,总就另有人拿了大道理来非难
的,例如问"木刻的最后的目的与价值"就是。这问题之不能
答复,和不能答复"人的最后目的和价值"一样。但我想:人是
进化的长索子上的一个环,木刻和其他的艺术也一样,它在这
长路上尽着环子的任务,助成奋斗,向上,美化的诸种行动。
至于木刻,人生,宇宙的最后究竟怎样呢,现在还没有人能够
答复。也许永久,也许灭亡。但我们不能因为"也许灭亡"就
不做,正如我们知道人的本身一定要死,却还要吃饭也。

但我看《青空集》的刻法,是需要懂一点木刻的人,看起来
才有意思的,对于美术没有训练的人,他不会懂。先生既习中
国画,不知中国旧木刻,为大众所看惯的刻法中,有可以采取
的没有?

P. Ettinger 那里,我近已给他一封信,送纸的事,可以不必提了。

专此布复,即颂

时绥。

迅 上 六月廿九日

\* \* \*

〔1〕 唐英伟(1915—2000) 广东潮安人。当时广州市立美术学校学生,现代创作版画研究会成员。

〔2〕《青空集》 木刻作品集,唐英伟作,手印出版,为《现代版画丛刊》之十三。

## 350703 致 曹 靖 华

汝珍兄:

廿八日信顷已收到。给 E 的信已经寄出了,上面既有邮支局号数,大约是不至于失落的。他在信头,好像把地名改译了一点,novo 当是 novaya,10—92 即 10 кв.92〔1〕。

今天托书店寄上了杂志数本,直寄寓中。又有《小说二集》两本,请便中分交霁(他大约就要来平了罢)、农二兄,那里面选有他们的作品。

我们都好,勿念。不过我自己忙一点,也一天一天的瘦下去,有朋友劝我玩一年,但实际上是做不到的。

专此布达,即请

夏安。

豫　上　七月三日

＊　　＊　　＊

〔1〕　即新十号九十二室。

# 350704　致　孟　十　还

十还先生：

三日信收到。李长之做的《批判》，早收到了。他好像并不专登《益世报》〔1〕，近来在《国闻周报》里，也看到了一段〔2〕。

《果戈理怎样工作》〔3〕我看过日译本，倘能译到中国来，对于文学研究者及作者，是大有益处的，不过从日文翻译，大约未必译得好。现在先生既然得到原文，我的希望是给他们彻底的修改一下，虽然牺牲太大，然而功德无量，读者也许不觉得，但上帝一定加以保佑。孟、张两位的译稿，可以不必寄给我看了，因为我始终是主张彻底修改的。

日本文很累坠，和中国文差远，大约和俄文也差远，所以从日本重译欧洲著作，其实是不大相宜的，至多，在怀疑时，可以参考一下。

《译文》登《马车》〔4〕，极好。萧某的译本〔5〕，我也有一本，他的根据是英文，但看《死魂灵》第二章，即很有许多地方和德译本不同，而他所译的好像都比较的不好，大约他于英文也并不十分通达的。

专此布复,并颂

时绥。　　　　　　　　　　　　　　迅　上　七月四日


　　＊　　　＊　　　＊

　　〔1〕《益世报》　日报,比利时教士雷鸣远(后入中国籍)编,为中国天主教的机关报。1915年10月在天津创刊,1949年1月天津解放前夕停刊。

　　〔2〕《国闻周报》　参看340111信注〔9〕。该刊第十二卷第二十四期(1935年6月)曾载有李长之作的评论文章《鲁迅创作中表现之人生观》。

　　〔3〕《果戈理怎样工作》　即《果戈理怎样写作的》。苏联魏垒赛耶夫著,孟十还译,后连载《作家》第一卷第一期至第二卷第二期(1936年4月至11月),1937年3月由文化生活出版社出版单行本,列为文化生活丛刊之十八。

　　〔4〕《马车》　短篇小说,果戈理作,孟十还译,载《译文》第二卷第六期(1935年8月)。

　　〔5〕　萧某的译本　即萧华清所译《郭果尔短篇小说集》。参看350309②信注〔6〕。


# 350711　致 楼 炜 春

炜春先生:

　　六月二十四日信早到,因病未能即复为歉。

　　《自选集》〔1〕出普及本事,我是可以同意的。附上印证壹千,希察收为荷。

专此布复,即请

暑安。

鲁迅 上 七月十一日

＊　　　＊　　　＊

〔1〕《自选集》　指《鲁迅自选集》。1933年天马书店出版,1935年出版普及版。

# 350712　致 赵 家 璧

家璧先生:

前蒙允兑换《小说一集》[1]之顶上未加颜色者,今特送上,希察收换给为感。

专布,即请

撰安。

鲁迅 上 七月十二夜。

＊　　　＊　　　＊

〔1〕《小说一集》　当为《小说二集》。

# 350713　致 赵 家 璧

家璧先生:

晚得惠函,并《小说二集》一本,甚感。

我并没有《弥洒》,选小说时所用的几本,还是先生替我借来的。我想,也许是那里的图书馆的藏本。我用后,便即送还了,但我记得一二两卷也并不全。

专此布复,即请

撰安。

迅 上 七月十三夜。

# 350716<sup>①</sup>　致 赖 少 麒

少麒先生:

来函并稿都收到。稿当去探听一下,但出版怕不易,因为现在上海的书店,只在消沈下去。

前回将木刻两幅,绍介给文学社,已在七月份《文学》上登出(他们误印作少麟,真是可气),送来发表费八元,今托友从商务印书馆汇上,请在汇单背后签名盖印,向分馆一取。倘他们问汇钱人,可答以"上海本馆编辑部周建人",但我想是未必问的。

通信用原名在此地尚无妨,或改"何干"亦可。

专此布达,即颂

时绥。

迅 上 七月十六日

附汇单一张

# 350716② 致黄源

河清先生：

天热，坐不住，草草的做了两篇[1]，今寄上，聊以塞责而已。

但如此无聊的东西，大约不至于被抽去。

另有木刻四幅，放在书店，当交由生活店员送上，其中的一本其藻木刻集[2]，用后即送先生，不必寄还了。

此布，即颂

著安。

迅　顿首　十六日

＊　　　＊　　　＊

〔1〕　指《几乎无事的悲剧》和《三论"文人相轻"》，后收入《且介亭杂文二集》。

〔2〕　其藻　胡其藻，广东台山人，广州现代创作版画研究会成员。他的木刻集，即《其藻版画集》，手印出版，为《现代版画丛刊》之二。

# 350716③ 致萧军

刘军兄：

十二日信并以前的一信，书，都收到的。关于出纪念册[1]的事，先前已有几个人提议过了，我不同意，也不愿意说明理由；不过如有一团〔?〕要出，那自然是另一回事，只是我个〔人〕不加入。

对于书[2]，并无什么意见。

月初因为见了几回一个老朋友[3]，又出席于他女儿的结婚，把译作搁起起〔来〕了，后来须赶译，所以弄得没有工夫。今年也热，我们也都生痱子。我的房里不能装电扇，即能装也无用，因为会把纸张吹动，弄得不能写字，所以我译书的时候，如果有风，还得关起窗户来　这怎能不生痱子。对于痱子的药水，有 Watson's Lotion for Prickly Heat[4]，颇灵，大马路屈臣氏大药〔房〕出售，我们近地是二元四角钱一瓶，我们三人大约一年用两瓶就够，你身体大，我怕搽一次就要 1/4 瓶，那可不得了了。

那书的装饰还不算坏，不过几条黑条乱一点。團写作团，难识，但再版时也无须改，看下去会知道的。

近来真太没闲空了，《死魂灵》还只翻译了一章，今天放下，在做《文学》上的"论坛"，刚做完。其实《文学》和我并无关系，不过因为有些人要它灭亡，所以偏去支持一下，其实这也是自讨苦吃。《文坛三户》也是我做的，似乎很有些作家看了不高兴，但我觉得我说的是真话。这回做的是比较的无聊了，不会种下祸根。

贺贺你们的同居三年纪念。我们是相识十多年，同居七八年了，但何年何月何日是开始同居的呢，我可已经忘记了，只记得确是已经同居了而已。

许谢谢你送给她的小说，她正在看，说是好的。切光的都送了人,省得他们裁,我们自己是在裁着看。我喜欢毛边书,宁可裁,光边书像没有头发的人——和尚或尼姑。

此布,即请

俪安。

豫　上　七月十六日

附笺乞便中交芷[5],不急。　又及

　＊　　　＊　　　＊

〔1〕　指瞿秋白纪念册,后未出版。

〔2〕　指《八月的乡村》。

〔3〕　指许寿裳。

〔4〕　Watson's Lotion for Prickly Heat　即屈臣氏痱子药水。

〔5〕　芷　指叶紫。

# 350716④　致　徐懋庸

乞转

徐先生:

星期五(十九)上午十时,当在店相候。

豫　顿首　七月十六夜

# 350716⑤　致　曹靖华

汝珍兄:

八日信早到,近因略忙,故迟复。

《文学百科全书》第八本已寄来,日内当寄上。

暨大[1]情形复杂,新校长究竟是否到校,尚未可知,倘到校,那么,西谛是也去的。我曾劝他勿往,他不取用此言。今日已托人将农事托他,倘能出力,我看他是一定出力的。此次之请教员,其办法异乎寻常,系当由教育部认可,但既由校长推荐,部中大约总是认可的,倘得复信,当续闻。

上海连日大热,室内亦九十四五度,我们都好,不过大家满身痱子而已。并希勿念。

专此布达,即请

暑安。

弟豫 顿首 七月十六夜。

\* \* \*

〔1〕 暨大 指上海暨南大学。当时何炳松继沈鹏飞任该校校长。何炳松(1890—1946),字柏丞,浙江金华人。历史学家。

# 350717① 致 母 亲

母亲大人膝下敬禀者,七月六日及十日(紫佩代写)两信,均已收到。北平匪警[1],阅上海报,知有一弹落京畿道,此地离我家不远,幸未爆炸,否则虽决不至于波及,然必闻其声矣。次日即平, 大人亦未受惊,闻之甚慰。

上海刚刚出梅,即连日大热,今日正午,室中竟至九十五度,街上当在百度以上,寓中均安,但大家都生痱子而已,请勿念。

男仍安好，但因颇忙，故亦难得工夫休息，此乃靠笔墨为生者必然之情形，亦无法可想。害马则自从到上海以来，未曾生过病，可谓能干也。

海婴亦健，他每到夏天，大抵壮健的，虽然终日遍身流汗，仍然嬉戏不停。现每日上午，令裸体晒太阳约一点钟，余则任其自由玩耍。近来想买脚踏车，未曾买给；不肯认字，今秋或当令入学校，亦未可知，至九月底即满六岁，在家颇吵闹也。

老三亦好，并希勿念。十日信也已给他看过了。

专此布达，恭请

金安。

　　　　　　男树　叩上　广平海婴同叩　七月十七日

※　　　　※　　　　※

〔1〕　北平匪警　1935 年 6 月 28 日，原直系军阀白坚武声言组织"华北国"，自封正义自治军总司令，率部在北京丰台暴动。次日上海《申报》报导北平的情况说："城内所闻炮声共有七发，一落东京畿道红文公寓，一在二龙坑土堆上，一在前京畿道艺术学院，一落报子街二十五号，均未爆炸，其余二响未得着落。"此暴动于 30 日被平息。

# 350717[②]　致　李霁野

霁野兄：

十四日信收到；其中并无履历[1]，信又未经检查，我想大约是没有封入罢。许先生[2]曾于十日以前见过，而且正在请英文教员，因不相干，未曾打听。现在却不知道他是回乡，抑已北上了。倘是回乡，那么，他出来时大约十之九会来访我的，那时当为介绍。不过我不知道他所请的英文教员，已经定局与否。

教育界正如文学界，漆黑一团，无赖当路，但上海怕比平津更甚。到英国去看看[3]，也是好的，不过回来的时候，中国情形，必不比现在好。

此复，即颂

时绥。

豫　顿首 七月十七日

＊　　　＊　　　＊

〔1〕　指李霁野同事杨善荃的履历。当时李请鲁迅介绍杨到北平大学女子文理学院任教。

〔2〕　许先生　指许寿裳。

〔3〕　当时李霁野准备去英国游学，后于8月成行，至次年4月回国。

# 350722① 致 台 静 农

青兄：

十六日函并拓片一张，顷收到。

山根阴险，早经领教，其实只知树势，祸学界耳。厦门亦非好地方,即成,亦未必能久居也。

　　向暨大曾一问,亦不成,上海学校,亦不复有干净土;尚当向他处一打听也。

　　上海已大热,贱躯尚安,可释远念。

　　此布,即颂

时绥。

豫　顿首 七月二十二日

## 350722<sup>②</sup>　致 曹靖华

汝珍兄:

　　前三四天托书店寄上书籍两包,内有《文学百科全书》<sup>[1]</sup>一本,不知已收到否?

　　今天得郑君答复,谓学校内情形复杂,农兄事至少在这半年内,无可设法云云。大约掣肘者多,诸事不能放手做去,郑虽为文学院长,恐亦无好效果的。

　　上海已大热十多天。弟等均安,请释念。

　　致农兄一笺,乞便中转交。

　　此布,即请

暑安。

弟豫　顿首 七月廿二日

＊　　　＊　　　＊

　　〔1〕《文学百科全书》　即《苏联文学百科全书》。

# 350722<sup>③</sup> 致 李霁野

霁野兄：

十五信收到已数日，前日遇许先生，则云英文教员已聘定，亦无另外钟点，所以杨先生事，遂无从谈起。

日前为静兄向暨南大学有所图，亦不成，中国步步荆棘。

刘文贞君译稿已登出，现已暑假，不知译者是否仍在校，稿费应寄何处，希即示知。

此布，即颂

时绥。

豫 顿首 七月廿二日

# 350724 致 赖少麒

少麒先生：

十三日信早到，《失业》[1]二十本，昨也收到了。

木刻发表费已寄上，有通知书一张，今补奉。不过即使未曾寄出，代买书籍，在我现在的情况下，也不方便的。

日本在出玩具集[2]，看起来也无甚特别之处，有许多且与中国的大同小异。中国如果出起全国的玩具集来，恐怕要出色得多，不过我们自己大约一时未必会有这计划，所以先在日本出版界介绍一点，也是好事情。

此复，即请

暑祺。

干　上　七月廿四日

＊　　　＊　　　＊

〔1〕《失业》　木刻集，赖少麒作，手印出版。

〔2〕玩具集　当时日本黑白社曾连续出版多辑《乡土玩具集》和《土俗玩具集》。

# 350727① 致萧军

萧兄：

十九日信早收到，又迟复了。我此刻才译完了本月应该交稿的《死魂灵》，弄得满身痱子，但第一部已经去了三分之二了。有些事情，逼逼也好，否则，我也许未必去翻译它的。每天上午，勒令孩子裸体晒太阳半点钟，现在他痱子最少，你想这怪不怪。

胡有信来，对于那本小说，非常满意。我的一批，除掉自己的一本外，都分完了，所以想你再给我五六本，可以包好，便中仍放在书店，现在还不要紧。至于叶的政策，什么分送给傅之流，我看是不必的，他们做编辑，教授的，要看，应该自己买，否则，就是送他，他也不看。

你的朋友南来了，非常之好，不过我们等几天再见罢，因为现在天气热，而且我也真的忙一点。现在真不像在做人，好像是机器。

近来关于我的谣言很多。日本报载我因为要离开中国，张罗旅费，拚命翻译，已生大病；[1]《社会新闻》说我已往日本，做"顺民"[2]去了。

匆此，即请

俪安。

豫 上 七月廿七日

\* \* \*

〔1〕 日本报载关于鲁迅的情况，未详。

〔2〕 "顺民" 见《社会新闻》第十二卷第三期（1935 年 7 月 21 日）所载孔殷的《左翼文化人物志（一）·鲁迅》："鲁迅既然投机的投靠共产党'左联'以求名利双收，同时亦就投机的投靠帝国主义以求生命保障。××书店老板成为他的保护人，最近还保护他到东洋，在那里给他活动疏通，作为帝国保护下的顺民。"

# 350727②　致 李 长 之[1]

长之先生：

惠函敬悉。但我并不同意于先生的谦虚的提议，因为我对于自己的传记以及批评之类，不大热心，而且回忆和商量起来，也觉得乏味。文章，是总不免有错误或偏见的，即使叫我自己做起对自己的批评来，大约也不免有错误，何况经历全不相同的别人。但我以为这其实还比小心翼翼，再三改得稳当了的好。

　　我近来不过生了一点痱子，不能算病，如果报上说是生了别的病，那是新闻记者的创作了，这种创作，报上是常有的。蒙念并闻。

　　此复，即请

撰安。

　　　　　　　　　　　　　　鲁迅　上　七月二十七日

　　*　　　　*　　　　*

　　〔1〕　李长之(1910—1978)　山东利津人，文艺批评家。当时是清华大学哲学系学生，天津《益世报·文学副刊》编辑，正在撰写《鲁迅批判》。

# 350729<sup>①</sup>　致　萧　军

刘兄：

　　信和书六本，当天收到了。错字二十几个，还不算多，现在的出版物，普通每一页至少有一个。俄国已寄去一本，还想托人再寄几本去，不便当的是这回不能托书店，因为万一发现，会累得店主人打屁股，所以只好小心些。

　　《死魂灵》共两部，每部约二十万字，第二部本系残稿，所以译不译还未定，倘只译第一部，那么，九月底就完毕了。不过添油的人，我觉得实在少，连孩子来捣乱，也很少有人来领去，给我安静一下，所以我近来的译作，是几乎没有一篇不在焦躁中写成的，这情形大约一时也不能改善。

对于谣言,我是不会懊恼的,如果懊恼,每月就得懊恼几回,也未必活到现在了。大约这种境遇,是可以练习惯的,后来就毫不要紧。倘有谣言,自己就懊恼,那就中了造谣者的计了。

痱子药水的确不大灵,但如不用药,也许痱子还要利害些。

我们近地开了一个白俄饭店,黑面包,列巴[1]圈,全有了。但东西卖的贵,冰淇淋一杯要大洋三毛,我看它是开不长久的。

这封信是专门报告书已收到的。

此布,即祝

俪祉。

豫 上 七月廿九夜。

＊　　　＊　　　＊

〔1〕 列巴　俄语 хлеб(面包)的音译。

# 350729② 致 曹聚仁

聚仁先生:

来示收到。北新书局发行起来,[1]恐怕也是模模胡胡。我当投稿,但现在文章难做,即使讲《死魂灵》,也未必稳当,《文学百题》中做了一篇讲讽刺的[2],也被扣留了。

现在的时候,心绪不能不坏,好心绪都在别人心里了,明季大臣,跑在安南还打牌喝酒呢[3]。

　　此布,即请

撰安。

迅　上　七月廿九日

　　再:致徐先生一笺,乞便中转交。

\*　　　　\*　　　　\*

　　〔1〕　指《芒种》半月刊改由北新书局发行事。参看350129②信注〔2〕。

　　〔2〕　指《什么是"讽刺"?》。

　　〔3〕　明季大臣跑在安南打牌喝酒　据《南明野史》卷下载:永历十三年(1659)五月,南明桂王朱由榔率大臣遁逃缅甸,"八月一日,为缅甸国朝会之期,逼令沐天波(滇国公)以臣礼见,令天波跣脚为诸蛮先,以夸耀于诸蛮。马吉翔(太学士)、李国泰(司礼监)等犹以令节饮后弟王维恭家。维恭有女妓黎维新,已老矣,吉翔强之为黎园舞。维新泣下曰:'今何时,顾犹为歌舞欢耶!'吉翔等怒,挞之。蒲缓(绥宁伯)家复纵博喧呼,声彻于内,时帝卧病不能禁,叹息而已。"

# 350729③　致　徐　懋　庸

茂荣先生:

　　木刻查了一遍,没有相宜的。要紧的一层,是刻者近来不知如何,无从查考,所以还是不用的好。

　　モンタ二的译本[1],便中当为一查。此书他们先前已曾有过一种译本,但大约不如这回的好。

　　此复,即请

撰安。　　　　　　　　　　　　迅　上　七月廿九日


※　　　　※　　　　※

　　〔1〕　モンタニの译本　即《蒙田随想录》,关根秀雄译,1935年东京白水社出版。蒙田,参看340522①信注〔1〕。


# 350730①　致　叶　紫

芷兄:

　　来信收到。郑公[1]正在带兵办学,不能遇见;小说销去不多,算帐也无用。还是第三条[2]稳当,已放十五元在书店,请持附上之笺,前去一取为盼。

　　此复,即颂

饿安。

　　　　　　　　　　　　豫　上　七月卅日


※　　　　※　　　　※

　　〔1〕　郑公　指郑振铎。当时在上海暨南大学任文学院长。
　　〔2〕　据收信人说明:"我写一信给先生,说我已经挨饿了,请他(一)问一问郑振铎先生,我那篇小说《星》怎样了?那小说由先生介绍给郑、章合编的《文学季刊》。(二)内山书店的《丰收》可不可以算一算帐?(三)如果上列两项都无办法,就请他借我十元或十五元钱,以便救急。"

# 350730<sup>②</sup>　致黄　源

河清先生：

　　信等均收到。《表》除如来信所说，边上太窄外，封面上的字，还可以靠边一点，即推进约半寸，"表"字也太小，但这是写的，现在也无从说起。此外并无意见。总之，在中国要印一本像样的书，是没有法子办的，我想，或者将来向生活书店借得纸版，自己去印他百来本。

　　日译卜集书简集[1]后，无グリ文[2]，只有ジイド讲演[3]一篇。

　　果戈理的短篇小说本不多，而且较短的只有《马车》，此外都长，我实无暇译了。何妨就将《马车》移入三卷一期，而将论文推上一篇呢？

　　Pavlenko 作的关于莱芒托夫的小说，[4]急于换几个钱，[5]不知可入三卷一期否？此篇约三万字，插图四幅。

　　此外亦无甚意见。但书面上的木刻，方块太多了，应换一次圆的之类。《文学》用过一张仙人掌的圆图[6]，大约是 New Woodcuts[7]里面的罢，做得大一点，还可用。附上俄、意木刻各两种[8]，请制图，制毕并原本交下，当译画题。目录上的长图，尚未得相当者，容再找。此复，即请

撰安。

迅 上 七月卅日

＊　　＊　　＊

〔1〕　日译ド集书简集　即《陀思妥耶夫斯基全集》第十八卷（书简集）。日本中山省三郎等译,1935 年东京三笠书房出版。

〔2〕　グリ文　指格里戈罗维奇回忆陀思妥耶夫斯基的文章。英译《陀思妥耶夫斯基书简集》后附有此文。格里戈罗维奇（Д. В. Григрович,1822—1900）,俄国作家。

〔3〕　ジイド讲演　即纪德讲演《通过书简所看到的陀思妥耶夫斯基》。竹内道之助译。

〔4〕　Pavlenko　巴甫连珂（П. А. Павленко,1899—1951）,苏联作家。他的短篇小说《第十三篇关于列尔孟托夫的小说》,陈节（瞿秋白）译,载《译文》终刊号（1935 年 9 月）。

〔5〕　急于换几个钱　当时鲁迅拟编选瞿秋白遗文,为此筹款向现代书局赎回瞿秋白的《高尔基论文选集》和《现实》两部译稿。

〔6〕　指木刻《仙人掌》,意大利狄修托利作。曾先后刊于《文学季刊》第二卷第一号（1935 年 3 月）和《译文》第二卷第六期（1935 年 8 月）封面。

〔7〕　New Woodcuts　全名《The New Woodcut》,即《新木刻》。英国查弗里·霍姆编。1930 年伦敦画室有限公司出版。

〔8〕　俄、意木刻各两种　俄木刻两种,未详;意木刻两种,即意大利巴托希的《农作》和《剪条》,后刊《译文》终刊号（1935 年 9 月）。

# 350803[①]　致 曹 靖 华

汝珍兄：

昨托书店寄上杂志一包,想已到。

闻胡博士为青兄绍介到厦门去,尚无回音,但我想,即使有成,这地方其实是很没有意思的。前闻桂林师范在请教员,曾托友[1]去打听,今得其来信,剪下一段附上,希即转交青兄,如何之处,并即见复,以便再定办法。据我想,那地方恐怕比厦门好一点,即使是暂时做职员。

致霁兄一笺,希转寄,因为我失掉了他的通信地址了。

专此布达,即颂

暑祺。

弟　豫　上　八月三日

＊　　　＊　　　＊

〔1〕　指陈望道。

# 350803②　致 李霁野

霁兄:

七月廿八日信收到。刘君稿费,当托商务印书馆汇去,译者到分馆去取,大约亦无不便。

赴英的事,还有人在作怪吗?这真是讨厌透了。杨君事,前以问许君,他说教员已聘定,复得干干净净。近闻所聘之教员,又未必北上,但我看也难以再说,因为贵同宗之教务长[1],我看实在是坏货一枚,今夏在沪遇见,胖而昏狡,不足与谈。前天见西谛,谈及此事,他说知道杨君,把履历带走了,不过怎么办法,他却一句也不说。

我如常,仍译作,但近来此地叭儿之类真多。

此致,即颂

暑祺。

豫 上 八月三日

\* \* \*

〔1〕 贵同宗之教务长 指李季谷,参看350522②信注〔2〕。

## 350809 致 黄 源

河清先生:

五日信并《世界文库》一本,早收到。

伐×夫的小说[1],恐怕来不及译了,因为现在的杂务,看来此后有增无减,而且都是不能脱卸的。《文学》"论坛"以外的东西,也无从动笔,即使做起来,不过《题未定草》之类,真也无聊得很。

莱芒小说[2],目的是在速得一点稿费,所以最好是编入三卷一期,至于出单行本与否,倒不要紧。但如把三卷一期的内容闹坏,却也不好,所以不如待到日子临近,看稿子的多少再说罢。

俄罗童话[3]要用我的旧笔名,自然可以的,因为我的改名,是为出版起见,和自己无关。出版者以用何名为便,都可以。附上小引,倘以为可用,乞印入。广告稍暇再作。

萧的小说,先前只有一篇[4]在这里,早寄给郑君平了。

近来他绝无稿子寄来。

　　插画先寄回两幅备用。意大利的两幅,因内山无伊日字典[5],没法想,当托人去查,后再寄。

　　此复,即请

撰安。

迅　上　八月九夜。

　　＊　　　　　＊　　　　　＊

　　〔1〕　伐×夫小说　即伐佐夫的《恋歌》。

　　〔2〕　莱芒小说　即巴甫连柯的《第十三篇关于列尔孟托夫的小说》。

　　〔3〕　俄罗童话　指《俄罗斯的童话》,参看 341204 信注〔2〕。出版时署名鲁迅。它的《小引》和《广告》,现分别编入《译文序跋集》和《集外集拾遗补编》。

　　〔4〕　指《军中》。参看 350901[①]信注〔1〕。

　　〔5〕　伊日字典　即意日字典。日语译意大利为伊太利。

# 350811[①]　致　曹靖华

汝珍兄:

　　七日信收到。给西谛信当与此信同时发出。

　　致青一笺,乞转交。

　　前给 E.信,请他写德文,他竟写了俄文来了,大约他误以为回信是我自己写的。今寄上,乞兄译示为感。

上海已较凉,我们都好的。

专此布达,即请

暑安。

弟豫 上 八月十一日

## 350811[②]　致 台 静 农

青兄:

七日函收到。厦门不但地方不佳,经费也未必有,但既已答应,亦无法,姑且去试试罢。容容尚可,倘仍饿肚子,亦冤也。

南阳画像[1],也许见过若干,但很难说,因为购于店头,多不明出处也,倘能得一全份,极望。《汉圹专集》[2]未见过,乞寄一本。

今年无新出书,至于去年所出之几本,沈君[3]未知已有否?无则当寄。希示地址及其字,因为《引玉集》上,我以为可以写几个字在上面。

此复,即颂

时绥。

豫 上 八月十一日

\*　　　\*　　　\*

〔1〕 南阳画像　指河南南阳县境内所存汉墓石刻画像,1923 年起陆续发现。

〔2〕《汉圹专集》　即《汉代圹砖集录》,王振铎编。1935 年北平

考古学社影印出版。

〔3〕　沈君　即沈观,沈兼士之子。


# 350815　致黄　源

河清先生:

"论坛"诌了两篇[1],今寄上。如有不妥之处,请编辑先生改削。

《五论……》是一点战斗的秘诀,现在借《文学》来传授给杜衡之流,如果他们的本领仍旧没有长进,那么,真是从头顶到脚跟,全盘毫无出息了。

《表》已收到十本,似乎比样本好看一点。

专此布达,即请

著安。

迅　上　八月十五日

西谛不许我交卸《死魂灵》第二部。　又及


＊　　　　＊　　　　＊

〔1〕　指《四论"文人相轻"》和《五论"文人相轻"——明术》,后均收入《且介亭杂文二集》。


# 350816①　致黄　源

河清先生:

十五日信收到。"论坛"稿已于昨日挂号寄出。

向现代付钱[1]办法,极好。还有两部[2],是靖华的翻译小说,希取出,此两部并未预支稿费,只要给一收回稿子的收条,就好了。

取回之稿,一时还未能付印。

全集事[3]此刻恐怕动不得,或者反而不利。

《译文》第三卷目录上头之木刻,已寻得数条,当将书本放在内山,于生活书店有人前往时,托其带上。

《童话》广告附呈。

此复,即请

撰安。

迅 上 八月十六日

\* \* \*

〔1〕 向现代付钱 指鲁迅通过黄源向现代书局赎回瞿秋白的《现实》和《高尔基论文集》译稿,两稿共付二百元。

〔2〕 指《烟袋》和《第四十一》。

〔3〕 全集事 指印行瞿秋白全集事。

# 350816② 致 萧 军

张兄:

十一日信并稿收到后,晚上刚遇到文学社中人,便把那一篇[1]交了他,并来不及看。另一篇于次日交胡;又金人译稿一包,托其由芷转交,想不日可以转到。顷查纸堆,又发见了一篇,今特寄上;又《译文》上登过的一篇,我想也该抄出,编入一本之内的。

　　小说再给我十本也好,但不急。前回的一批,已有五本分到外国去了,我猜他们也许要翻译的。

　　我痱子已略退。孩子已不肯晒太阳,因为麻烦,而且捣乱之至,月底决把他送进幼稚园去,关他半天。《死灵魂》译了一半,这几天又放下,在做别的事情了。打杂为业,实在不大好。

　　此布,即请

俪安。　　　　　　　　　　　　豫　上　八月十六夜。


＊　　　＊　　　＊

　　〔1〕　指萧军的短篇小说《羊》。后载《文学》第五卷第四期(1935年10月)。


# 350817　致　徐诗荃[1]

诗荃兄:

　　前几天遇见郑振铎先生,他说《世界文库》愿登《苏鲁支如是说》[2]。兄如有意投稿,请直接与之接洽。他寓地丰路地丰里六号。倘寄信,福州路三八四号生活书店转亦可。

　　专此布达,并颂

时绥。

　　　　　　　　　　　　　　迅　顿首　八月十七日

＊　　　＊　　　＊

〔1〕　徐诗荃(1909—2000)　原名徐琥,笔名冯珧、梵澄等,湖南长沙人。上海复旦大学毕业后于 1929 年留学德国,经常为鲁迅购买德国书刊和木刻。1932 年回国,当时在上海从事著译工作。作品大都经鲁迅介绍发表。

〔2〕　《苏鲁支如是说》　或译《察拉图斯特拉如是说》、《苏鲁支语录》等,德国尼采著。梵澄译稿连载于《世界文库》第八、九册(1935 年 12 月、次年 1 月)。

## 350818　致 赖少麒

少麒先生:

十一日信收到。我没有收到插图,所以并没有送到商务馆去。书店里好像也没有。究竟是怎么一回事,还是请　先生先写信问一问您的朋友罢。

专复,即请

时绥。

干 上 八月十八日

## 350819　致 曹靖华

汝珍兄:

十五日信收到,并译信[1],谢谢。不料他仍收不到中国纸,可惜,那就更无善法可寄了。

横肉[2]可厌之至，前回许宅婚礼时，我在和一个人[3]讲中国的 Facisti[4]，他就来更正道，有些是谣言。我因正色告诉他:我不过说的是听来的话，我非此道中人，当然不知道是真是假。他也很不快活。但此人之倾向,可见了。

寄给冶秋[5]一笺并稿(是为素元[6]出纪念册用的),乞转交。兄也许要觉得奇怪,稿子为什要当信寄。但否则,邮局会要打开来看,查查稿中夹信否,待到看过,已打开,不能寄了。

闻青将赴厦,如他过沪时要来看我,则可持附上之笺往书店,才可以找到。否则找我不着。因为我近来更小心,他们也替我小心,空手去找,大抵不睬了。但如不用,则望即毁去。

专此布达,即请

暑安。

　　　　　　　　　　　豫　顿首 八月十九日


＊　　　＊　　　＊

〔1〕　指艾丁格尔致鲁迅信。

〔2〕　横肉　指李季谷。

〔3〕　指蔡元培。鲁迅参加许寿裳女儿婚礼时,曾与他议论蒋介石(据郑奠:《片断的回忆》)。

〔4〕　Facisti　即法西斯蒂。

〔5〕　冶秋　即王冶秋。参看 351105 信注〔1〕。

〔6〕　素元　即韦素园。

# 350823　致　楼炜春

炜春先生：

　　廿二日信收到；前一信也收到的，因为别的琐事，把回信压下了，抱歉得很。

　　译文社的事很难说，因为现在是"今朝不知明朝"事，假如小说[1]译成的时候，译文社仍在进行，也没有外界所加的特别困难，那当然可以出版的。

　　此复，即请

暑安

　　　　　　　　　　　　迅　顿首　八月廿三日

　　附还明信片一张。

＊　　　＊　　　＊

　　〔1〕　指高尔基的《在人间》。当时楼适夷正在狱中翻译，拟请鲁迅介绍给译文社出版。

# 350824①　致　胡　风[1]

　　二二日信收到。我家姑奶奶[2]的生病，今天才知道的，真出乎意料之外。

　　《书简集》[3]卖完了，还要来的，那时当托他[4]留下一本。

　　那客人[5]好像不大明白情形，这办不到，并非不办，是没法子想。信寄去了,很稳当的便人,必到无疑,至于何以没有回信,这边实在无从知道,也无能为力,而且他的朋友在那边是否肯证明,也是一个问题。

叶君[6]他们,究竟是做了事的,这一点就好。至于我们的元帅的"悭吝"说,却有些可笑,他似乎误解这局面为我的私产了。前天遇见徐君[7],说第一期还差十余元……。我说,我一个钱也没有。其实,这是容易办的,不过我想应该大家出一点,也就是大家都负点责任。从我自己这面看起来,我先前实在有些"浪费",固然,收入也多,但天天写许多字,却也苦。

田、华[8]两公之自由,该是确的。电影杂志上,已有他们对于郑正秋的挽联[9]等(铜板真迹),但我希望他们此后少说话,不要像杨邨人。

此复,即请

暑安。

豫　上　八月廿四日

\*　　　\*　　　\*

〔1〕　此信称呼被收信人裁去。

〔2〕　我家姑奶奶　戏指聂绀弩夫人周颖。当时她拟去会许广平,后因病未往。

〔3〕　《书简集》　指《小林多喜二书简集》,小林三吾编,1935 年东京科学社出版。

〔4〕　指内山完造。

〔5〕　客人　据收信人回忆:指日本共产党员宫木喜久雄,当时来

上海请胡风设法为他接上与共产国际的关系,并代为发函请求在苏联当导演的日本人佐野硕的夫人为他证明身份。此事后由胡风转托鲁迅。

〔6〕 叶君 指叶紫。

〔7〕 徐君 指徐懋庸。当时他在编辑"左联"机关刊物《文艺群众》。按该刊第一期(1935年9月)出版后,鲁迅仍给以支助。

〔8〕 田、华 指田汉、华汉(阳翰笙)。田汉,参看210829信注〔7〕。阳翰笙(1902—1993),四川高县人,"左联"领导人之一。他们均于1935年2月被国民党当局逮捕,7月出狱。

〔9〕 对于郑正秋的挽联 指田寿昌(田汉)的《挽郑正秋》。手迹载《明星》半月刊第二卷第四期(1935年9月1日)。郑正秋(1888—1935),广东潮阳人,早期话剧(新剧)活动家、电影编导。

# 350824② 致萧军

刘先生:

廿二信并书一包,均收到。又曾寄《新小说》一本,内有金人译文一篇〔1〕,不知收到否?寄给《文学》的稿子〔2〕,来信说要登,但九月来不及,须待十月,只得听之。良友也有信来,今附上。悄吟太太的稿子退回来了,他说"稍弱",也评的并不算错,便中拟交胡,拿到《妇女生活》〔3〕去看看,倘登不出,就只好搁起来了。

《死魂灵》作者的本领,确不差,不过究竟是旧作者,他常常要发一大套议论,而这些议论,可真是难译,把我窘的汗流浃背。这回所据的是德译本,而我的德文程度又差,错误一定不免,不过比起英译本的删节,日译本的错误更多来,也许好一点。至于《奥罗夫妇》[4]的译者,还是一位名人,但他大约太用力于交际了,翻译就不大高明。

我看用我去比外国的谁,是很难的,因为彼此的环境先不相同。契诃夫[5]的想发财,是那时俄国的资本主义已发展了,而这时候,我正在封建社会里做少爷。看不起钱,也是那时的所谓"读书人家子弟"的通性。我的祖父是做官的,到父亲才穷下来,所以我其实是"破落户子弟",不过我很感谢我父亲的穷下来(他不会赚钱),使我因此明白了许多事情。因为我自己是这样的出身,明白底细,所以别的破落户子弟的装腔作势,和暴发户子弟之自鸣风雅,给我一解剖,他们便弄得一败涂地,我好像一个"战士"了。使我自己说,我大约也还是一个破落户,不过思想较新,也时常想到别人和将来,因此也比较的不十分自私自利而已。至于高尔基,那是伟大的,我看无人可比。

前一辈看后一辈,大抵要失望的,自然只好用"笑"对付。我的母亲是很爱我的,但同在一处,有些地方她也看不惯。意见不一样,没有好法子想。

又热起来,痱子也新生了,但没有先前厉害。孩子的幼稚园中,一共只有十多个人,所以还不十分混杂,其实也不过每天去关他四个钟头,好给我清净一下。不过我在担心,怕将来会知道他是谁的孩子。他现在还不知我的名字,一知道,是也许说出去的。

此复,即请

俪安。　　　　　　　　　豫　上　八月廿四日

*　　　*　　　*

〔1〕　指《滑稽故事》。

〔2〕　指《羊》。

〔3〕　《妇女生活》　综合性月刊,沈兹九编辑。1935年7月创刊,1936年7月改为半月刊,1941年1月停刊。上海生活书店出版。

〔4〕　《奥罗夫妇》　即《奥罗夫夫妇》,中篇小说,高尔基著,周笕译,载《世界文库》第一册(1935年5月)。

〔5〕　契诃夫(А.П.Чехов,1860—1904)　俄国作家。著有许多短篇小说和剧本《万尼亚舅舅》、《樱桃园》等。

# 350826　致　唐　弢

唐弢先生:

廿五日函奉到;以前并没有收到信,大约是遗失了。

审查诸公的删掉关于我的文章,为时已久,他们是想把我的名字从中国驱除,不过这也是一种颇费事的工作。

有书出版,最好是两面订立合同,再由作者付给印证,帖在每本书上。但在中国,两样都无用,因为书店破约,作者也无力使其实行,而运往外省的书不帖印花,作者也无从知道,知道了也无法,不能打官司。我和天马〔1〕的交涉,是不立合同,只付印证。

豫支版税,并[普]通是每千字一元;广告方面,完全由书

店负责。

　　专此布复,顺颂

时绥。

　　　　　　　　　　　　　迅　上　八月廿六日

　※　　　　※　　　　※

　　〔1〕　天马　即天马书店。当时唐弢的《推背集》拟交该店出版。

# 350831①　致　徐懋庸〔1〕

乞转徐先生

　　这篇批评,竭力将对于社会的意义抹杀,是歪曲的。但这是《小公园》一贯的宗旨。

　※　　　　※　　　　※

　　〔1〕　此信原写于 1935 年 8 月 27 日天津《大公报·小公园》第一七七八号旁的空白处。该期载有张庚作的书评《“打杂集”》。

# 350831②　致　母　亲

母亲大人膝下,敬禀者,八月十日来示,早已收到,写给海婴的
　　信,也收到了。

　　上海天气已渐凉,夜间可盖夹被,男痱子已愈,而仍颇忙,
　　但身体尚好;害马亦好,均可请释念。

海婴亦好,但变成瘦长了。从二十日起,已将他送进幼稚园去,地址很近,每日关他半天,使家中可以清静一点而已。直到现在,他每天都很愿意去,还未赖学也。

专此布达,恭请

金安。

男树 叩上 广平及海婴同叩 八月卅一日

# 350901<sup>①</sup> 致萧军

张兄:

八月卅日信收到。同日收到金人稿费单一纸,今代印附上。又收到良友公司通知信,说《新小说》停刊了,刚刚"革新",而且前几天编辑给我信,也毫无此种消息,而忽然"停刊",真有点奇怪。郑君平也辞歇了,你的那篇《军中》<sup>[1]</sup>,便无着落。不知留有原稿否?但我尚当写信去问一问别人。

胡怀琛的文章,<sup>[2]</sup>都是些可说可不说的话,此人是专做此类文章的。《死灵魂》的原作,一定比译文好,就是德文译,也比中译好,有些形容辞之类,我还安排不好,只好略去,不过比两种日本译本却较好,错误也较少。瞿若不死,译这种书是极相宜的,即此一端,即足判杀人者为罪大恶极。

孟<sup>[3]</sup>的性情,我看有点儿神经过敏,但我决计将金人的信寄给他,这是于他有益的。大家都没有恶意,我想,他该能看得出来。

卢森堡的东西,我一点也没有。

　　"土匪气"很好，何必克服它，但乱撞是不行的。跑跑也好，不过上海恐怕未必宜于练跑；满洲人住江南二百年，便连马也不会骑了，整天坐茶馆。我不爱江南。秀气是秀气的，但小气。听到苏州话，就令人肉麻。此种言语，将来必须下令禁止。

　　孩子有时是可爱的，但我怕他们，因为不能和他们为敌，一被缠，即无法可想，例如郭林卡[4]即是也。我对付自己的孩子，也十分吃力，总算已经送进幼稚园去了，每天清静半天。今年晒太阳不十分认真，并不很黑，身子长了些，却比春天瘦了，我看这是必然的，从早晨起来闹到晚上睡觉，中间不肯睡中觉，当然不会胖。

　　痱子又好了。

　　天马书店我曾经和他们有过交涉；开首还好，后来利害起来，而且不可靠了，书籍由他出版，他总不会放松的。

　　因为打杂，总不得清闲。《死魂灵》于前天才交卷，再一月，第一卷完了。第二卷是残稿，无甚趣味。

　　我们如略有暇，当于或一星期日去看你们。

　　此布，即颂

俪祉。

　　　　　　　　　　　　　　　　　豫　上　九月一夜。


＊　　　＊　　　＊

　　〔1〕《军中》　后收入短篇小说集《羊》。

　　〔2〕　胡怀琛(1886—1938)　字寄尘，安徽泾县人，鸳鸯蝴蝶派小

说家之一。他的文章,指《读〈中国小说史略〉》,载 1935 年 8 月 25 日上海《时事新报》。

〔3〕 孟 指孟十还。当时金人曾向他写信,指出他翻译中的某些错误。

〔4〕 郭林卡 《表》的主人公。

# 350901② 致 赵 家 璧

家璧先生:

今日下午,知《新小说》已决停刊,且闻郑君平先生亦既[?]离开公司。我曾代寄萧军作《军中》一篇,且已听得编入"革新"后一期中,今既停止,当然无用,可否请先生代为一查,抽出寄下,使我对于作者,可以有一交代,不胜感幸。

专此布达,并请

撰安。

鲁迅 上 九月一夜。

# 350906① 致 姚 克

莘农先生:

王先生〔1〕明天一定能走吗?

昨天忽然想到,曾经有人〔2〕送过我一部画集,虽然缩得太小,选择未精,牛屎式的山水太多,看起来不很令人愉快,但带到外国去随便给人看看,或者尚无不可,因为他们横竖不很了然者居多。现在从书箱中挖出,决计送给王先生,乞转交为荷。

专此布达,即请

文安

名心印 九月六日

＊　　　＊　　　＊

〔1〕 王先生 指王钧初,参看 340510 信注〔3〕。当时准备去苏联留学。

〔2〕 指日本高良富子,参看 320602(日)信注〔1〕。1932 年 5 月,她寄赠鲁迅《唐宋元明名画大观》一函两本。该书系东京美术学校文库内唐宋元明名画展览会编纂,汪荣宝序,1929 年大塚稔印刷兼发行。

# 350906[②]　致黄　源

河清先生:

《译文》稿[1]刚写好,因为适有便人,即带上,后记俟一两天内函寄。

《浪漫古典》里有陀斯……像,[2]系木刻,这回或可用,亦一并送上。刻者 V. A. Favorsky,《引玉集》有他的作品,译作 V. 法复尔斯基。

萧军稿一篇,是从良友收回来的,已付排,因倒灶而止。做得不坏,《文学》要否,亦并寄备考。

匆上,即请

撰安。

迅 启 九月六日

\*　　　\*　　　\*

〔1〕 指保加利亚伐佐夫的短篇小说《村妇》。下文的"后记",指《〈村妇〉译后附记》。译文载《译文》终刊号(1935 年 9 月)。

〔2〕《浪漫古典》 文艺期刊,日本根岸秀次郎编。1934 年 4 月创刊,东京昭和书房出版。该刊第一卷第一号(陀思妥耶夫斯基研究特辑)扉页刊有陀思妥耶夫斯基木刻像,后转载于《译文》终刊号。

# 350908<sup>①</sup>　致 徐 懋 庸

徐先生:

八月卅一,九月五日信,都先后收到。别一本当于日内寄去,但我以为托他校订的话,是可以不说的,横竖是空话。我也没有什么话好说,我无从对比,但就译文看来,是好的,总能使读者有所得。即有错误也不要紧,我看一切翻译,错误是百分之九十九总在所不免的,可以不管。

Montaigne<sup>〔1〕</sup>的随笔好像还只出了两本,书店里到过一回,第二批尚未到,今天当去嘱照来信办理。译者所用的日本文也颇难懂。

《时事新报》一向未看。但无论如何,投稿,恐怕来不及了,而且吞吞吐吐的文章,真也不容易做。

此复,即请

秋安。

豫　上　九月八日

＊　　　＊　　　＊

〔１〕　Montaigne　即蒙田。

# 350908<sup>②</sup>　致黄　源

河清先生：

后记及订正<sup>〔1〕</sup>，今寄上。

陈节<sup>〔2〕</sup>译的各种，如页数已够，我看不必排进去了，因为已经并不急于要钱。乞即使书店跑路的带下为托。

专此布达，即请

撰安。

迅　上　九月八日

＊　　　＊　　　＊

〔１〕　指《〈村妇〉译后附记》和《给〈译文〉编者订正的信》，现均编入《集外集拾遗补编》。

〔２〕　陈节　即瞿秋白。

# 350908<sup>③</sup>　致孟十还

十还先生：

一日的来信，早收到，因为较忙，亦即并不"健康和快乐"，所以竟把回信拖到现在。

李某的所缺的几段文章，没有在别处见过，先生也不必找它了，因为已经见过不少，可以推想得到，而且看那"严禁转载"的告白[1]，是一定就要出单行本的。

我想，先生最好先把《密尔格拉特》赶紧译完，即出版。假如定果戈理的选集[2]为六本，则明年一年内应出完，因为每个外国大作家，在中国只能走运两三年，一久，就又被厌弃了，所以必须在还未走气时出版。第一本《Dekanka》，第三四本"小说，剧曲"；第五六本《死魂灵》，此两本明年春天可出。《死魂灵》第二部很少，所以我想最好是把《果戈理研究》[3]合在一起，作为一厚本，即选集的结束。×××[4]的译稿，如错，我以为只好彻底的修改，本人高兴与否，可以不管，因为译书是为了读者，其次是作者，只要于读者有益，于作者还对得起，此外是都可以不管的。

这回译《死魂灵》，将两种日译，和德译对比了一下，发见日译本错误很多，虽是自诩为"决定版"的，也多错误。大约日本的译者也因为经济关系，所以只得草率，无暇仔细的推敲。倘无原文可对，只得罢了，现既有，自然必须对比，改正的。

专此布复，即请

秋安。

豫　上　九月八日

*　　　*　　　*

〔1〕　"严禁转载"的告白　李长之的《鲁迅批判》部分章节在天津《益世报·文学副刊》连载时,每期标题下都有"严禁转载"的字样。

〔2〕　果戈理选集　参看341204信及其有关注。据《作家》第一卷第三号所刊广告,该书定为六种,即《狄康卡近乡夜话》、《密尔格拉德》、《鼻子及其他》、《巡按使及其他》、《死魂灵》(第一部)和《死魂灵》(第二部残稿),作为《译文丛书》,由上海文化生活出版社出版。按鲁迅生前只出版了第二种和第五种。

〔3〕　《果戈理研究》　即《果戈理怎样写作的》。

〔4〕　原件此处三字被收信人涂去。按即耿济之(1898—1947),上海人,翻译工作者。曾为文学研究会成员,当时在国民党政府驻苏联大使馆任职。他的译稿,指《巡按使及其他》。

# 350908④　致徐懋庸

徐先生：

午后寄出一信后,往书店定书,他们查账,则已早有一部[1](二本?)送交新生活书店的陈先生收了,只名字不同,疑是名和字之分,而其实却是一人。所以当时并未定实,希查复后,再定。

附上稿费收据三张,为印刷之用,[2]乞便中往店一取为感。

此布即颂

时绥。

豫　上　九月八日

\* \* \*

〔1〕 指《蒙田随想录》。

〔2〕 此系鲁迅给"左联"机关刊物《文艺群众》的捐款。

# 350909 致李　桦

李桦先生：

一日信并大作木刻集〔1〕一本，又《现代版画》第十一集一本，已先后收到，谢谢。

在这休夏的两个月以后，统观作品，似乎与以前并无大异，而反有应该顾虑之现象，一是倾向小品，而不及日本作家所作之沈着与安定，这只要与谷中氏〔2〕一枚一比较，便知，而在《白卜黑》〔3〕上，尤显而易见；二，是 Grotesque〔4〕也忽然发展了。

先生之作，一面未脱十九世纪末德国桥梁派〔5〕影响，一面则欲发扬东方技巧，这两者尚未能调和，如《老渔夫》〔6〕中坐在船头的，其实仍不是东方人物。但以全局而论，则是东方的，不过又是明人色采甚重；我以为明木刻大有发扬，但大抵趋于超世间的，否则即有纤巧之憾。惟汉人石刻，气魄深沈雄大，唐人线画，流动如生，倘取入木刻，或可另辟一境界也。

上海刊物上，时时有木刻插图，其实刻者甚少，不过数人，而且亦不见进步，仍然与社会离开，现虽流行，前途是未可乐观的。目前应用之处，书斋装饰无望，只有书籍插图，但插图必是人物，而人物又是许多木刻家较不擅长者，故终不能侵入出版物中。

专此布复,顺请

秋安。
　　　　　　　　　　　　弟干　顿首　九月九日

＊　　　＊　　　＊

〔1〕　指《李桦版画集》。1935 年 5 月手印出版,为《现代版画丛刊》之一。

〔2〕　谷中　即谷中安规(1897—1946),日本木刻家。作有《少年画集》等。

〔3〕　《白卜黑》　即《白与黑》。

〔4〕　Grotesque　英语:古怪、离奇。这里指美术上的奇异风格。

〔5〕　德国桥梁派　参看 350404② 信注〔3〕。

〔6〕　《老渔夫》　后刊《文学》第六卷第三号(1936 年 3 月)。

# 350910　致萧军

刘兄:

有一个书店,名文化生活社[1],是几个写文章的人经营的,他们要出创作集一串[2],计十二本。愿意其中有你的一本[3],约五万字,可否编好给他们出版,自然是已经发表过的短篇。倘可,希于十五日以前,先将书名定好,通知我。他们可以去登广告。

这十二本中,闻系何谷天,沈从文,巴金等之作,编辑大约就是巴金[4]。我是译文社的黄先生来托我的。我以为这出

版〔社〕并不坏。此布并请

俪安。

豫 上 九月十夜。

\*     \*     \*

〔1〕 文化生活社 1935 年 5 月创办于上海,同年 9 月改名为文化生活出版社,吴朗西任经理,巴金负责编辑事务。

〔2〕 指《文学丛刊》第一集,内收何谷天的《分》、沈从文的《八骏图》和巴金的《神·鬼·人》等十六种。

〔3〕 后编为短篇小说集《羊》,收作品六篇。1936 年 1 月文化生活出版社出版。

〔4〕 巴金 参看 360204 信注〔1〕。


# 350911　致 郑 振 铎

西谛先生:

前嘱徐君〔1〕持稿自行接洽,原以避从中的纠纷,不料仍有信来要求,今姑转上。

关于集印遗文〔2〕事,前曾与沈先生〔3〕商定,先印译文。现集稿大旨就绪,约已有六十至六十五万字,拟分二册,上册论文,除一二短篇外,均未发表过;下册则为诗,剧,小说之类,大多数已曾发表。草目附呈。

关于付印,最好是由我直接接洽,因为如此,则指挥格式及校对往返,便利得多。看原稿一遍,大约尚须时日,俟编定

541

后,当约先生同去付稿,并商定校对办法,好否?又书系横行,恐怕排字费也得重行商定。

密斯杨[4]之意,又与我们有些不同。她以为写作要紧,翻译倒在其次。但他的写作,编集较难,而且单是翻译,字数已有这许多,再加一本,既拖时日,又加经费,实不易办。我想仍不如先将翻译出版,一面渐渐收集作品,俟译集售去若干,经济可以周转,再图其它可耳。

专此布达,即请

著安。

迅 上 九月十一日

\* \* \*

〔1〕 徐君 指徐诗荃。参看 350817 信注〔1〕。

〔2〕 指瞿秋白遗文。

〔3〕 沈先生 指沈雁冰。

〔4〕 密斯杨 指杨之华,瞿秋白夫人。

# 350912① 致 黄 源

河清先生:

十一日信收到。十五我没有事,可以到的[1];还有两个,临时再看。

锌版已经送来了。

专此布复,即请

撰安。

迅 上〔九月〕十二日

\* \* \*

〔1〕 指去上海南京饭店赴宴,商谈《译文丛书》出版事。《译文丛书》原拟由生活书店出版,后因书店毁约,鲁迅委托黄源另与文化生活出版社接洽,并于9月15日晚宴请各有关人士,商定改由文化生活出版社出版。

## 350912② 致 胡 风〔1〕

十一日信收到。三郎的事情〔2〕,我几乎可以无须思索,说出我的意见来,是:现在不必进去。最初的事,说起来话长了,不论它;就是近几年,我觉得还是在外围的人们里,出几个新作家,有一些新鲜的成绩,一到里面去,即酱在无聊的纠纷中,无声无息。以我自己而论,总觉得缚了一条铁索,有一个工头在背后用鞭子打我,无论我怎样起劲的做,也是打,而我回头去问自己的错处时,他却拱手客气的说,我做得好极了,他和我感情好极了,今天天气哈哈哈……。真常常令我手足无措,我不敢对别人说关于我们的话,对于外国人,我避而不谈,不得已时,就撒谎。你看这是怎样的苦境?

我的这意见,从元帅看来,一定是罪状(但他和我的感情一定仍旧很好的),但我确信我是对的。将来通盘筹算起来,一定还是我的计画成绩好。现在元帅和"忏悔者"们的联络加紧(所以他们的话,在我们里面有大作用),进攻的阵线正在展开,真不知何时才见晴朗。倘使削弱外围的力量,那是真可以什么也没有的。

龟井的文章,[3]立意的大部分是在给他们国内的人看的,当然不免有"借酒浇愁"的气味。其实,我的有些主张,是由许多青年的血换来的,他一看就看出来了,在我们里面却似乎无人注意,这真不能不"感慨系之"。李"天才"[4]正在和我通信,说他并非"那一伙"[5],投稿是被拉,我也回答过他几句,但归根结蒂,我们恐怕总是弄不好的,目前也不过"今天天气哈哈哈——"而已。

我到过前清的皇宫,却未见过现任的皇宫[6],现在又没有了拜见之荣,残念残念[7]。但其カワリノ[8]河清要请客了,那时谈罢。我们大约一定要做第二,第三……试试也好。《木屑》[9]已算账,得钱十六元余,当于那时面交,残本只有三本了,望带二三十本来,我可以再交去发售。

今天要给《文学》做"论坛"[10],明知不配做第二,第三,却仍得替状元捧场,一面又要顾及第三种人,不能示弱,此所谓"哑子吃黄连"——有苦说不出也。专此布达,即请

"皇"安。

豫　上　九月十二日

＊　　＊　　＊　　＊

〔1〕　此信称呼被收信人裁去。

〔2〕　三郎的事情　指萧军参加"左联"事。

〔3〕 龟井 即龟井胜一郎(1907—1966),日本文艺评论家。他的文章,指《鲁迅断想》,载日本《作品)杂志 1935 年 9 月号。

〔4〕 李"天才" 指李长之。他的一些文章常发表关于"天才"的议论,如在《大自然的礼赞》(载《星火》杂志一卷二期)中说"大自然的骄儿就是天才,大自然永远爱护天才"等。胡风当时在撰写《自然·天才·艺术》的批评文章,讥称他为"天才李长之";茅盾在《太白》半月刊第二卷第十期(1935 年 8 月 5 日)"掂斤簸两"栏发表的《"大自然的礼赞"》中也称他为"天才批评家李长之"。

〔5〕 "那一伙" 指"第三种人"。当时李长之常在杜衡、杨邨人、韩侍桁编的《星火》杂志上发表文章。他在一些文章中常附和"第三种人"的观点,对左翼文艺批评多有讥议,茅盾在《太白》半月刊第二卷第十一期(1935 年 8 月 20 日)"掂斤簸两"栏发表的《"很明白的事"》一文,称他为"'第三种'批评家"。

〔6〕 现任的皇宫 据收信人回忆,当时有人说他的住宅布置得如皇宫。这里并信末的"'皇'安",即由此而来。

〔7〕 残念 日语:遗憾。

〔8〕 カワリノ 日语:幸而。

〔9〕 《木屑》 即《木屑文丛》,文艺刊物,胡风编辑。1935 年 4 月在上海创刊,木屑文丛社编辑发行,仅出一期。内山书店代售。

〔10〕 指《六论"文人相轻"——二卖》和《七论"文人相轻"——两伤》,后均收入《且介亭杂文二集》。

# 350912③ 致李长之

长之先生:

来信收到。我所印的画集计四种:

一、《士敏土之图》　德国梅斐尔德(Garl Meffert)木刻

一九三○

二、《引玉集》　苏联作家木刻　　　　　　　一九三四

三、《木刻纪程》　中国新作家的作品　　　　同　上

四、《珂勒惠支(Käthe Kollwitz)版画选集》　一九三五
末一种尚未装订好。

所译的书,译后了事,不去管它了,所以也知不大清楚。
现在只能就知道的答复:

一、《蕗谷虹儿画选》[1]　是柔石他们印的,他后来把存
书和版都交给了光华书局,现在这书局也盘给了别人,书更无
可究诘。

二、《十月》　神州国光社印过,但似已被禁止。

三、《药用植物》[2]　也许商务印书馆印了小本子,未详。

四、《毁灭》　大江书店印过,被禁止。现惟内山书店尚有
数十本(?)。

我离北平久,不知道情形了,看过《大公报》,但近来《小公
园》[3]不见了,大约又已改组,有些不死不活,所以也不看了。
《益世报》久未见,只是朋友有时寄一点剪下的文章来,却未见
有梁实秋[4]教授的;但我并不反对梁教授这人,也并不反对
兼登他的文章的刊物。上月见过张露薇先生的文章[5],却忍
不住要说几句话,就在《芒种》上投了一篇稿[6],却还未见登
出,被抽去了也说不定的。

因为忙于自己的译书和偷懒,久未看上海的杂志,只听见
人说先生也是"第三种人"里的一个。上海习惯,凡在或一类

刊物上投稿,是要被看作一伙的。不过这也无关紧要,后来大家会由作品和事实上明白起来。

　专此布复,并请

撰安。

　　　　　　　　　鲁迅 九月十二日


　　＊　　　＊　　　＊

〔1〕《蕗谷虹儿画选》 日本蕗谷虹儿的版画选,1929 年 1 月朝花社印行,为《艺苑朝华》第一期第二辑。

〔2〕《药用植物》 日本刘米达夫著。译文最初连载《自然界》第五卷第九、十期(1930 年 11 月),后收入 1936 年 6 月商务印书馆出版的《药用植物及其他》一书。

〔3〕《小公园》 天津《大公报》文艺副刊,1935 年 8 月 31 日停刊,改出沈从文编辑的《文艺》副刊。

〔4〕梁实秋(1903—1987) 浙江杭县(今余杭)人,"新月派"主要成员。曾任北京大学、山东大学等校教授。当时他常在《益世报·文学副刊》上发表文章。

〔5〕 张露薇(1910—?) 原名张文华,改名贺志远,吉林宁安(今属黑龙江)人。曾参加北方"左联",主编北平《文学导报》。抗日战争期间曾任伪职。他的文章,指《略论中国文坛》,载 1935 年 5 月 29 日天津《益世报·文学副刊》第三十期。

〔6〕 指《"题未定"草(五)》,后收入《且介亭杂文二集》。


# 350916① 致 黄 源

河清先生:

　　合同〔1〕已于上午挂号寄出。顷见《申报》,则《译文》三卷一期目录,已经登出,上云"要目",则刊物出来后,比"要目"少了不少,倒是很不好的。

因此我想,如来得及,则《第十三篇关于 L. 的小说》[2],可以登在最后,因为此稿已经可以无须稿费,与别的译者无伤,所费的只是纸张,倘使书店不说话,就只于读者有益了。

但后记里,应加上一点编者的话,放在译者的话之后,说是这小说的描写,只取了 L 的颓废方面,但 L 又自有其光明之方面,可参看《译文》一卷六期谢芬[3]译的勃拉果夷作《莱蒙托夫》云云。

匆布,即请

雨安。

迅 上 九月十六日

\* \* \* \*

〔1〕 合同 指与生活书店签订的《译文》第二年出版合同,曾由鲁迅签字,后未生效。

〔2〕《第十三篇关于 L. 的小说》 即《第十三篇关于列尔孟托夫的小说》。

〔3〕 谢芬 沈雁冰的笔名。

# 350916② 致萧 军

刘兄:

十一日信收到。小说集事已通知那边,算是定了局。

这集子的内容,我想可以有五篇,除你所举的三篇[1]外,《羊》[2]在五月初登出,发表后,即可收入;又《军中》稿已取回,交了文学社,现在嘱他们不必发表了,编在里面,算是有未经发表者一篇,较为好看。

其实你只要将那三篇给我就可以了,如能有一点自序,更好。

本月琐事太多,翻译要今天才动手,一时怕不能来看你们了。

此布,即请

俪安。

豫 上 九月十六日

\*　　　\*　　　\*

〔1〕 指《职业》、《樱花》、《货船》。

〔2〕 《羊》 短篇小说,载《文学》第五卷第四号(1935 年 10 月)。这里"五月"系"十月"之误。

# 350919①　致 曹靖华

汝珍兄:

久未得来信,想起居俱佳。

七月份应结算之良友公司版税,至昨天才得取来,兄应得二十五元,今汇上,请便中赴分馆一取。

半年之中,据云卖去五百本[1],其实是也许更多的,但他们只随便给作者一点,营业一坏,品格也随之而低。九月在卖半价,明年倘收版税,也要折半了。

我们都好的,请勿念。

专此布达,即请

文安。

弟豫　上　九月十九日

＊　　＊　　＊

〔1〕　指《星花》。

# 350919② 致 王 志 之

思远兄:

来函收到。小说稿已转寄。

小说〔1〕卖去三十六本,中秋结算,款已取来,今汇上,希签名盖印,往分馆一取。倘问汇款人,与信面上者相同,但大约未必问。

年来因体弱多病,忙于打杂,早想休息一下,不料今年仍不能,但仍想于明年休息,先来逐渐减少事情,所以《文史》等刊物,实在不能投稿了。

草此布复,即颂

时绥。

豫　顿首 九月十九日

＊　　　＊　　　＊

〔1〕　小说　指《风平浪静》,参看 340904 信注〔1〕。

# 350919③　致 萧　军

刘兄:

一八晨信并小说稿均收到。我这里还有一篇《初秋的风》〔1〕,我看是你做的似的。倘是,当编入,等回信。

我还好,又在译《死魂灵》,但到月底,上卷完了。

《译文》因和出版所的纠纷〔2〕而延期,真令人生气!

久未得悄吟太太消息,她久不写什么了吧?

匆此,即请

双安。

豫 顿首 九月十九日

＊　　　＊　　　＊

〔1〕　《初秋的风》　萧军作,后收入短篇小说集《羊》。

〔2〕　《译文》和出版所纠纷　参看 350924 信。

# 350920①　致 台静农

伯简兄:

十一日信收到,知所遇与我当时无异,十余年来无进步,还是好的,我怕是至少是办事更颓唐,房子更破旧了。

书两种,已分别寄出。图书目录非卖品,但系旧版,据云须十月才有新本[1]。《新文学大系》则令书店直接寄送,款将来再算,因为现在汇寄,寄者收者,两皆不便也。

校嵇康集[2]亦收到。此书佳处,在旧钞;旧校却劣,往往据刻本抹杀旧钞,而不知刻本实误。戴君今校,亦常为旧校所蔽,弃原钞佳字不录,然则我的校本[3],固仍当校印耳。

专此布达,并颂

时绥。

树　顿首　九月二十日

＊　　　＊　　　＊

〔1〕　图书目录　指《全国出版物目录汇编》,1933 年生活书店出版。后由平心重编,改名为《生活全国总书目》,1935 年 11 月生活书店出版。

〔2〕　嵇康集　指《嵇中散集》,1935 年上海商务印书馆据明嘉靖四年汝南黄氏南星精舍刊本影印,为《四部丛刊初编》之一。台静农寄这书时,曾朱笔过录戴荔生的校勘批注。

〔3〕　指《嵇康集》,参看 320302 信注〔4〕。

# 350920② 致 蔡斐君[1]

斐君先生:

八月十一日信,顷已收到;前一回也收到的,因为我对于诗是外行,所以未能即复,后来就被别的杂事岔开,压下了。

现在也还是一样:我对于诗一向未曾研究过,实在不能说些什么。我以为随便乱谈，是很不好的。但这回所说的两个问题，我以为先生的主张，和我的意见并不两样，这些意见，也曾另另碎碎的发表过。其实，口号是口号，诗是诗，如果用进去还是好诗，用亦可，倘是坏诗，即和用不用都无关。譬如文学与宣传，原不过说：凡有文学，都是宣传，因为其中总不免传布着什么，但后来却有人解为文学必须故意做成宣传文字的样子了。诗必用口号，其误正等。

诗须有形式，要易记，易懂，易唱，动听，但格式不要太严。要有韵，但不必依旧诗韵，只要顺口就好。

至于诗稿篇，却实在无法售去，这也就是第三个问题，无法解决。自己出版，本以为可以避开编辑和书店的束缚的了，但我试过好几回，无不失败。因为登广告还须付出钱去，而托人代售却收不回钱来，所以非有一宗大款子，准备化完，是没有法子的。

专此布复，并颂

时绥。　　　　　　　　　　　　　迅　上　九月二十日。

\*　　　　\*　　　　\*

〔1〕 蔡斐君（1915—1995） 本名蔡健，湖南攸县人。诗歌爱好者。

# 350920③　致吴　渤

吴先生：

来信收到。

　　我这里只有《毁灭》，现和先生所需之款，包作一包，放在书店里。附上一笺，请持此笺前往一取为幸。

　　专此布复，即颂

时绥。

迅　上　九月二十日

## 350923　致叶　紫

芷兄：

　　得来信，知道你生过病，并且失去了一个孩子，真叫我无话可以安慰。家里骤然寂寞，家里的人自然是要哭的，赔还孙子以后，大约就可以好一点。

　　一礼拜前看见郑[1]，他说小说[2]登出来了，稿费怎么办？我说立刻把单子寄给我。但至今他还不寄来。今天写信催去了；一寄到，即转上。

　　专复，即请

双安。

豫　上　九月二十三日

＊　　　＊　　　＊

　　〔1〕　郑　指郑振铎，时为《文学季刊》两位主编之一。

　　〔2〕　指《星》。陈芳（叶紫）作，载《文学季刊》第二卷第三期（1935年9月）。

# 350924　致黄　源

河清先生：

前天沈先生来，说郑先生前去提议，可调解《译文》事：一，合同由先生签名；但，二，原稿须我看一遍，签名于上。当经我们商定接收；惟看稿由我们三人[1]轮流办理，总之每期必有一人对稿子负责，这是我们自己之间的事，与书店无关。只因未有定局，所以没有写信通知。

今天上午沈先生和黎先生同来，拿的是胡先生[2]的信，说此事邹先生[3]不能同意，情愿停刊。那么，这事情结束了。

他们那边人马也真多，忽而这人，忽而那人。回想起来：第一回，我对于合同已经签字了，他们忽而出了一大批人马，翻了局面；第二回，郑先生的提议，我们接收了，又忽而化为胡先生来取消。一下子对我们开了两回玩笑，大家白跑。

但当时我曾提出意见，说《译文》如果停刊，可将已排的各篇汇齐，出一"终刊号"。这一点，胡先生的信里说书店方面是同意的，所以已由我们拟了一个"前记"[4]，托沈先生送去，稿子附上，此一点请先生豫备一下，他们如付印，就这样的付印，一面并将原稿收好，以免散失，因为事情三翻四复，再拉倒也说不定的。

先前我还说过，倘书店不付印，我们当将纸板赎回，自己来印，但后来一想，这一来，交涉就又多了，所以现又追着告诉沈先生，不印就不印，不再想赎回纸板。

　　我想,《译文》如停刊,就干干净净的停刊,不必再有留恋,如自己来印终刊号之类,这一点力量,还是用到丛书上去罢。

　　专此布复,即请

撰安。

迅　上　九月二十四下午

＊　　　　＊　　　　＊

　　〔1〕　我们三人　即鲁迅、茅盾和黎烈文。

　　〔2〕　胡先生　指胡愈之(1896—1986),浙江上虞人,作家、政论家。当时受邹韬奋委托,协助处理生活书店事务。

　　〔3〕　邹先生　指邹韬奋(1895—1944),江西余江人,政论家、出版家。生活书店创办人。

　　〔4〕　指《〈译文〉终刊号前记》,后收入《集外集拾遗》。

# 351002　致萧　军

刘兄:

　　《羊》已登出,稿费单今日寄到,现转上。

　　《译文》出了岔子;但我仍忙;前天起,伏案太久,颈子痛了。

　　匆匆,再谈。

　　即请

俪安。

豫　上　十月二夜。

# 351003 致 唐 诃

唐诃先生：

两信都已收到。我大约并没有先生们所豫想的悠游自在，所以复信的迟延，是往往不免的，因此竟使先生们"老大的失望"[1]，真是抱歉得很。但我并没有什么"苦衷"，请先生不必加以原谅，而且我还得声明：我并不是"对青年热心指导的人"，以后庶不至于误解。

来信所要求的两件事——

一、西欧名作[2]不在身边，无法交出。

二、款子敬遵来谕，认捐二十元。但我无人送上，邮汇又不便，所以封入信封中，放在书店里。附上一笺，请持此笺费神前去一取，一定照交。

信封中另有八元，是段干青先生的木刻[3]，在《文学》上登载后的发表费，先前设法打听他的住址，终不得，以致无法交出。现想先生当可转辗查明，所以冒昧附上，乞设法转交为荷。

那么，我的信，这也是"最终一次"了。

　　祝

安好。

何　干 十月三日

＊　　　＊　　　＊

　〔1〕　"老大的失望"　这句和下面的引语，据收信人回忆，都是他

给鲁迅信中的话。1935 年 9 月，唐诃和金肇野来上海举办第一次全国木刻联合展览会巡回展览，曾函请鲁迅帮助，因未及时得到答复，对鲁迅有所埋怨。

〔2〕　西欧名作　指鲁迅收藏的外国版画。

〔3〕　段干青的木刻　参看 350624<sup>②</sup>信注〔1〕。

# 351004<sup>①</sup>　致　萧　军

刘兄：

一日的信收到两天了。对于《译文》停刊事，你好像很被激动，我倒不大如此，平生这样的事情遇见的多，麻木了，何况这还是小事情。但是，要战斗下去吗？当然，要战斗下去！无论它对面是什么。

黄先生当然以不出国为是，不过我不好劝阻他。一者，我不明白他一生的详细情形，二者，他也许自有更远大的志向，三者，我看他有点神经质，接连的紧张，是会生病的——他近来较瘦了——休息几天，和太太会会也好。

丛书和月刊，也当然，要出下去。丛书的出版处，已经接洽好了，月刊我主张找别处出版，所以还没有头绪。倘二者一处出版，则资本少的书店，会因此不能活动，两败俱伤。德国腓立大帝的"密集突击"，<sup>〔1〕</sup>那时是会打胜仗的，不过用于现在，却不相宜，所以我所采取的战术，是：散兵战，堑壕战，持久战——不过我是步兵，和你炮兵的法子也许不见得一致。

《死魂灵》已于上月底交去第十一章译稿，第一部完了，此书我不想在《世界文库》上中止，这是对于读者的道德，但自然，一面也受人愚弄。不过世事要看总账，到得总结的时候，究竟还是他愚弄我呢，还是愚弄了自己呢，却不一定得很。至于第二部（原稿就是不完的）是否仍给他们登下去，我此时还没有决定。

现在正在赶译这书的附录和序文，连脖子也硬的不大能动了，大约二十前后可完，一面已在排印本文，到下月初，即可以出版。这恐怕就是丛书的第一本。

至于我的先前受人愚弄呢，那自然；但也不是第一次了，不过在他们还未露出原形，他们做事好像还于中国有益的时候，我是出力的。这是我历来做事的主意，根柢即在总账问题。即使第一次受骗了，第二次也有被骗的可能，我还是做，因为被人偷过一次，也不能疑心世界上全是偷儿，只好仍旧打杂。但自然，得了真赃实据之后，又是一回事了。

那天晚上，他们开了一个会，[2]也来找我，是对付黄先生的，这时我才看出了资本家及其帮闲们的原形，那专横，卑劣和小气，竟大出于我的意料之外，我自己想，虽然许多人都说我多疑，冷酷，然而我的推测人，实在太倾于好的方面了，他们自己表现出来时，还要坏得远。

以下答家常话：

孩子到幼稚园去，还愿意，但我怕他说江苏话，江苏话少用 N 音结末，譬如"三"，他们说 See，"南"，他们说 Nee，我实在不爱听。他一去开，就接连的要去；礼拜天休息一天，第二天就想逃学——我看他也不像肯用功的人。

　　我们都好的,我比较的太少闲工夫,因此就有时发牢骚,至于生活书店事件,那倒没有什么,他们是不足道的,我们只要干自己的就好。

　　昨天到巴黎大戏院去看了《黄金湖》[3],很好,你们看了没有?下回是罗曼谛克的《暴帝情鸳》[4],恐怕也不坏,我与其看美国式的发财结婚影片,宁可看《天方夜谈》一流的怪片子。

　　专此布复,并颂

俪安。

豫　上　十月四日

　　＊　　　　＊　　　　＊

　　〔1〕　腓立大帝　即普鲁士国王腓特烈二世(Friedrich Ⅱ,1712—1786),他曾多次发动侵略战争。"密集突击"是他在战争中运用的一种线式战术。

　　〔2〕　他们开了一个会　1935年9月17日晚,生活书店在新亚酒店宴请鲁迅等人,席间提出撤换《译文》编辑黄源事,被鲁迅拒绝。

　　〔3〕　《黄金湖》　苏联影片。

　　〔4〕　《暴帝情鸳》　法国影片。

# 351004② 致 谢 六 逸[1]

六逸先生:

　　赐函收到。《立报》[2]见过,以为很好。但自己因为先前在日报上投稿,弄出许多无聊事,所以从去年起,就不再弄笔了。乞谅为幸。

专此布复,即请

撰安。

鲁迅 十月四日

\* \* \*

〔1〕 谢六逸(1898—1945) 贵州贵阳人,作家,文学研究会成员。曾任上海商务印书馆编辑、复旦大学教授。当时任《立报》副刊编辑。

〔2〕《立报》 日报,1935 年 9 月 20 日在上海创刊,抗日战争时期曾迁往香港出版,1949 年 4 月 30 日停刊。

# 351009 致 黎 烈 文

烈文先生:

复示已收到,谢谢!

昨天见黄先生,云十日东渡,〔1〕但今天听人说,又云去否未定,究竟不知如何。

《译文》由文化生活社出,恐财力不够;开明当然不肯包销,无前例也,其实还是看来未必赚钱之故,倘能赚钱,是可以破例的。夫盘古开辟天地时,何尝有开明书店,但竟毅然破例开张者,盖缘可以赚钱——或作"绍介文化"——耳。

终刊号未出,似故意迟迟,在此休息期中,有人在别处打听出版事,但亦尚无实信。

　　专此布达,即请

道安。

　　　　　　　　　　迅　顿首 十月九日


　＊　　　＊　　　＊

　〔1〕　黄先生　指黄源。《译文》停刊后,他曾拟往日本,后未果。


# 351012　致孟十还

十还先生:

　　三日信早收到,因为忙于翻译,把回答压下了,对不起之至!

　　《译文》之遭殃,真出于意料之外,先生想亦听到了那原因。人竟有这么狭小的,那简直无话可说。复活当慢慢设法,急不成。

　　现在先用力于丛书,《死魂灵》第一部及附录,已译完付排了,此刻在译序文,因为不大看德文的论文,所以现在译的很苦。

　　这一本于十一月初可出;十二月底出《密尔格拉特》,明年二月出《死魂灵》附《G怎样写作》,以后每两月出一本,到秋初完成。我们不会用阴谋,只能傻干,先从G选集来试试,看那一面强罢。

　　出《译文》和出丛书的,我以为还是两个书店好,因为免得一有事就要牵连。

专此布复,即颂

时绥

豫 上 十月十二日

# 351014 致 徐懋庸

请转

徐先生:

来信收到,星期四(十七日)下午两点,当在书店奉候。

此复,即颂

时绥。

豫 顿首 十月十四日

# 351017 致 郑振铎

西谛先生:

《死魂灵》第六次稿,已校讫,与此函同送生活书店。但前一次稿,距送上时已五十余天,且已校讫,印出,而不付译费,不知何故。我自然不待此款举火,不过书店方面,是似乎应该不盘算人的缓急的。

幸译本已告一段落,可以休息了,此后豫告,请除我名。又闻书店于《世界文库》的译文,间有仍出单行本之举,我的《死魂灵》已决定编入《译文社丛书》,不要别人汇印了。生活书店方面或亦并无汇印之意,但恐或歧出,故特声明耳。

563

专此布达，顺请

教安。

鲁迅　顿首 十月十七夜。

## 351018　致母　亲

母亲大人膝下敬禀者，十月十一日来信，早已收到，藉知　大
　　人一切安好，甚慰。上海寓中亦均安好，但因忙于翻译，
　　且亦并无要事，所以不常寄信。

　　海婴亦好，他只是长起来，却不胖。已上幼稚园，但有时
　　也要赖学，有时却急于要去；爱穿洋服，与男之衣服随便
　　者不同。今天，下门牙活动，要换牙齿了。

　　上海晴天尚暖，阴天则夹袄已觉不够，市面景象，年不如
　　年，和男初到时大两样了。

　　专此布复，恭叩

金安。

男树　叩　广平及海婴随叩 十月十八日

## 351020<sup>①</sup>　致 孟十还

十还先生：

　　十七夜信收到。《译文》自然以复活为要，但我想最好是
另觅一家出版所，因为倘与丛书一家出版，能将他们经济活动
力减少，怕弄到两败俱伤，所以还不如缓缓计议。现在第一着

是先出一两本丛书。

《死魂灵》第一部，连附录也已译完，昨天止又译了一篇德译本原有的序，是 N. Kotrialevsky[1] 做的，一万五千字，也说了一点果氏作品的大略。至于第一本上的总序，还是请先生译阿苏庚[2] 的——假如不至于有被禁之险的话。这种序文，似乎不必一定要国货，况且我对于 G 的理解力，不会比别的任何人高。

当在译 K 氏序时，又看见了《译文》终刊号上耿济之先生的后记[3]，他说 G 氏一生，是在恭维官场；但 K 氏说却不同，他以为 G 有一种偏见，以为位置高的，道德也高，所以对于大官，攻击特少。我相信 K 氏说，例如前清时，一般人总以为进士翰林，大抵是好人，其中并无故意的拍马之意。况且那时的环境，攻击大官的作品，也更难以发表。试看 G 氏临死时的模样，岂是谄媚的人所能做得出来的。我因此颇慨叹中国人之评论人，大抵特别严酷，应该多译点别国人做的评传，给大家看看。

承示洋泾浜的法国语，甚感，倘校样时来得及，当改正——现在他们还未将末校给我看。Ss，德译如此，那么，这是译俄字母的"C"的了。我所有的一本英译，非常之坏，删节极多，例如《戈贝金大尉的故事》，删得一个字也不剩。因此这故事里的一种肴馔的名目，也译不出，德文叫 Finserb，但我的德文字典里没有。

关于 Lermontov 的小说的原文，在我这里，当设法寄上，此书插画极好，《译文》里都制坏了，将来拟好好的印一本，以

作译者记念。〔4〕

　　专此布复，即颂

时绥。　　　　　　　　　　　　豫　上 十月二十日


＊　　　　＊　　　　＊

　　〔1〕　N.Kotrialevsky　内斯妥尔·珂德略来夫斯基（Н.А.Котля-ревский，1863—1925），俄国文学史家。著有《果戈理》、《莱蒙托夫》等。

　　〔2〕　阿苏庚（Н.С.Ашукен）　苏联文学研究家，传记作家。

　　〔3〕　耿济之先生的后记　指耿济之为自己所译《果戈理的悲剧》（苏联万雷萨夫编）而作的后记。

　　〔4〕　《关于 Lermontov 的小说》　即《第十三篇关于列尔孟托夫的小说》。苏联巴尔多曾作木刻插图五幅，《译文》终刊号转刊其中的三幅，后来鲁迅编印《海上述林》时全部收入。


# 351020<sup>②</sup>　致 姚　克

莘农先生：

　　王君〔1〕已有信来，嘱转告：已于三日到埠，五日可上车。那么，他现在已经到达了。他又嘱我托先生转告两处：一，雪氏夫妇〔2〕，说他旅行顺利；二，S女士〔3〕，说她交给他的一个箱子，船上并没有人来取，现在他只好一直带着走了。

　　近又得那边来信，说二个月前，已有信直接寄与王君，欢迎他去。但此信似未收到。不过到后，入校之类之不成问题，由此可知。

先生所译萧氏剧本〔4〕及序文,乞从速付下,以便转交付印。

专此布复,即颂

时绥。

豫 顿首 十月二十日

＊　　　＊　　　＊

〔1〕 王君 指王钧初。当时他已离沪去苏联留学,下面的"埠",指海参威。

〔2〕 雪氏夫妇 指斯诺及夫人海伦·福斯特。

〔3〕 S女士 指史沫特莱(1892—1950),美国记者、作家,她于1928年底以德国《法兰克福日报》特派记者身份来华。

〔4〕 萧氏剧本 指萧伯纳的《魔鬼的门徒》。姚克的译本于1936年由上海文化生活出版社出版,为《译文丛书》之一。

# 351020③ 致 萧 军、萧 红

刘 军 兄 尊前(这两个字很少用,但因为有
悄吟太太 尊前 太太在内,所以特别客气。)

十九日晨信收到。"麦"字是没有草头的。

《译文》还想继续出,但不能急。《死魂灵》的序文昨天刚译完,有一万五千字,第一部全完了。下月起,译第二部。

现在在开始还信债,信写完,须两三天,此后也还有别的事,天下之事,是做不完的。但我们确也太久不见了,在最近期内,最好是本月内,我们当设法谈谈。

《生死场》的名目很好。那篇稿子，我并没有看完，因为复写纸写的，看起来不容易。但如要我做序，只要排印的末校寄给我看就好，我也许还可以顺便改正几个错字。

此复，即请

俪安。

豫　上　十月二十日

# 351022①　致　曹靖华

汝珍兄：

十八日信收到。致徐先生笺已即转寄。兄的女儿的病已愈否？

我的胃病，还是二十岁以前生起的，时发时愈，本不要紧。后见 S 女士，她以欧洲人的眼光看我，以为体弱而事多，怕不久就要死了，各处设法，要我去养病一年。我其实并不同意，现在是推宕着。因为：一，这病不必养；二，回来以后，更难动弹。所以我现在的主意，是不去的份儿多。

《译文》合同，一年已满，编辑便提出增加经费及页数，书店问我，我说不知，他们便大攻击编辑（因为我是签字代表，但其实编辑也不妨单独提出要求），我赶紧弥缝，将增加经费之说取消，但每期增添十页，亦不增加译费。我已签字了，他们却又提出撤〔撤〕换编辑。这是未曾有过的恶例，我不承认，这刊物便只得中止了。

其中也还有中国照例的弄玄虚之类，总之，书店似有了他们自己的"文化统制"案,所以不听他们指挥的,便站不住了。也有谣言,说这是出于郑振铎胡愈之两位的谋略,但不知真否？我们想觅一书店续出,但尚无头绪。

我们都好的,请释念。《译文社丛书》亦被生活书店驱逐,但却觅得别家出版,十一月可出我译的 Gogol 作《死魂灵》第一卷。

专此布复,即请

秋安

弟豫 顿首 十月二十二日

# 351022② 致 徐懋庸

请转

徐先生：

信并剪报[1]都收到。又给杂事岔开,星期四以前交不出稿子了。只得以后再说。

靖华寄来一笺,今附上。

专此布达,即颂

时绥。

豫 上 十月廿二日

\*　　　\*　　　\*

〔1〕 剪报 指 1935 年 10 月 19 日《时事新报·每周文学》第六期。该期载有海洛的书评《"俄罗斯的童话"》。

# 351029<sup>①</sup>　致萧军

刘兄：

廿八日信收到。那一天，是我的豫料失败了，我以为一两点钟，你们大约总不会到公园那些地方去的，却想不到有世界语会。于是我们只好走了一通，回到北四川路，请少爷看电影。他现仍在幼稚园，认识了几个字，说"婴"字下面有"女"字，要换过了。

我们一定要再见一见。我昨夜起，重伤风，等好一点，就发信约一个时间和地点，这时候总在下月初。

《译文》终刊号的前记是我和茅合撰的。第一张木刻是李卜克内希〔1〕遇害的纪念，本要用在正月号的，没有敢用，这次才登出来。封面的木刻，是郝氏〔2〕作，中国人，题目是《病》，一个女人在哭男人，是书店擅自加上去的，不知什么意思，可恶得很。

中国作家的新作，实在稀薄得很，多看并没有好处，其病根：一是对事物太不注意，二是还因为没有好遗产。对于后一层，可见翻译之不可缓。

《小彼得》〔3〕恐怕找不到了。

耿济之的那篇后记〔4〕写的很糟，您被他所误了。G决非革命家，那是的确的，不过一想到那时代，就知道并不足奇，而且那时的检查制度又多么严厉，不能说什么（他略略涉及君权，便被禁止，这一篇，我译附在《死魂灵》后面，现在看起来，是毫没有什么的）。至于耿说他谄媚政府,却纯据中国思想立论,外国的批评家都不这样说,中国的论客,论事论人,向来是极苛酷的。但 G 确不讥刺大官,这是一者那时禁令严,二则人们都有一种迷信,以为高位者一定道德学问也好。我记得我幼小时候,社会上还大抵相信进士翰林状元宰相一定是好人,其实也并不是因为去谄媚。

G 是老实的,所以他会发狂。你看我们这里的聪明人罢,都吃得笑迷迷,白胖胖,今天买标金,明天讲孔子……

第二部《死魂灵》并不多,慢慢的译,想在明年二三月出版;后附孟十还译的《G 怎样写作》一篇,是很好的一部研究。现正在校对第一部,下月十日以前当可印成,自然要给你留下一部。

专此布复,即请

俪安。

豫 上 十月二十九日

\*　　　\*　　　\*

〔1〕 李卜克内希(Karl Liebknecht, 1871—1919) 德国无产阶级革命家及作家,德国社会民主党和第二国际左派领袖之一。1919 年被社会民主党的反动政府杀害。纪念他遇害的木刻,即《吊丧》,德国珂尔威兹作。

〔2〕 郝氏 指郝力群,原名郝丽春,山西灵石人,木刻家。曾是木铃木刻社成员。

〔3〕《小彼得》 童话故事集,德国女作家至尔·妙伦(1883—

571

1951)著。许遐(许广平)译,鲁迅校改。1929 年 11 月上海春潮书局出版。

〔4〕　即耿济之为所译《果戈理的悲剧》(载《译文》终刊号)写的后记。

# 351029② 　致　徐懋庸

徐先生：

廿七日信收到。但前一信却没有得着。这几天伤风,又忙于校对,关于果戈理,不能写什么了。

唱歌一案,〔1〕以我交际之少,且已听到几个人说过,足见流播是颇广的。声明固然不行,也无此必要,假使有多疑者,因此发生纠纷,只得听之,因为性好纠纷者,纵使声明,他亦不信也。"由它去罢",是第一好办法。

其实,也有有益于书店的流言,即如此次《译文》停刊,很有些人,以为是要求加钱不遂之故。

专复,即颂

刻安。

迅　顿首　十月廿九日

＊　　　＊　　　＊

〔1〕　唱歌一案　1935 年 10 月 29 日《时事新报·青光》所载《文坛周末记》中,有"邹韬奋回国后,生活书店欢迎会上,有新谱欢迎歌一阕"等语。

# 351029③　致　曹聚仁[1]

聚仁先生：

　　昨天看见《芒种》，报上都无广告，××[2]似亦有不死不活之概。

　　因为先生信上提过《社会日报》[3]，就定来看看，真是五花八门，文言白话悉具，但有些地方，却比"大报"活泼，也有些是"大报"所不能言。例如昨天的"谣言不可信，大批要人来"[4]，就写得有声有色。近人印古书，选新文章，却不注意选报，如果择要剪取，汇成巨册，若干年后，即不下于《三朝北盟汇编》[5]矣。

　　今天却看先生之作[6]，以大家之注意于胡蝶之结婚为不然，其实这是不可省的，倘无胡蝶之类在表面飞舞，小报也办不下去。（下略）

　　专此布达，并请

刻安。

鲁迅　顿首　十月廿九日

＊　　　＊　　　＊

　　〔1〕　此信据 1937 年 7 月上海千秋出版社出版收信人作《鲁迅先生轶事》所载编入。

　　〔2〕　此处及后面的"下略"，当是收信人所删略。

　　〔3〕　《社会日报》　小型日报，1929 年 11 月 1 日在上海创刊。

　　〔4〕　"谣言不可信,大批要人来"　即丁香所作的《记者全体出动》。该文记述当时国民党"要人"孙科(立法院长)、居正(司法院长)、唐有壬(外交部次长)、刘维炽(实业部次长)、张群(湖北省主席)等从南京来上海,新闻记者闻讯后到处寻访未获的情状。

　　〔5〕　《三朝北盟汇编》　宋代徐梦莘(1126—1207)编。汇集从宋徽宗政和七年(1117)到高宗绍兴三十一年(1161)间宋、金和战的史料,共二五〇卷。

　　〔6〕　先生之作　指1935年10月29日《社会日报》社论《大处着眼——胡蝶嫁人算得什么一回事》。当时上海一些大报、小报都以很大篇幅登载电影明星胡蝶与潘某结婚的消息、访问记等。曹文认为这些是只值"半文钱的消息"。


# 351101　致 孔另境[1]

若君先生:

　　奉到手示,刚刚都是我没法相帮的事,因为我的写信,一向不留稿子,而且别人给我的信,我也一封都不存留的,这是鉴于六七年前的前车[2],我想这理由先生自然知道。

　　专此奉复,并颂

时绥。

迅　上　十一月一日

＊　　　　＊　　　　＊

　　〔1〕　孔另境(1904—1972)　字若君,浙江桐乡人,文学工作者。当时在上海编辑《当代文人尺牍钞》(后改名《现代作家书简》),鲁迅曾

为之作序。

〔2〕 六七年前的前车　当指 1930 年、1931 年因国民党白色恐怖,鲁迅曾两次销毁友人信件的事,参看《两地书·序言》。

# 351104[①]　致 郑 振 铎

西谛先生:

拟印之稿件[1]已编好,第一部纯为关于文学之论文,约三十余万字,可先付排。

简单的办法,我想先生可指定一时间和地点(如书店或印刷所),在那里等候,我当挟稿届时前往,一同付与印刷者,并接洽校对的办法。

但指定之信发出时,希比指定之日期早三四天,以免我接到来信时,已在所约的日期之后也。

专此布达,即请

撰安。

迅　顿首　十一月四日

\*　　　\*　　　\*

〔1〕 指《海上述林》。

# 351104[②]　致 萧 军、萧 红

刘　兄:
悄吟太太:

我想在礼拜三(十一月六日)下午五点钟,在书店等候,您

们俩先去逛公园之后,然后到店里来,同到我的寓里吃夜饭。

专此,即祝

俪祉。

豫　上　十一月四日

## 351105　致　王冶秋[1]

野秋兄:

十月二十八日信收到;前一信并《唐代文学史》[2],也收到的。关于近代文学史的材料,我无可帮助,因为平时既不收集,偶有的一点,也为了搬来搬去,全都弄掉了。《导报》[3]尚有,当寄上;阿英的那一本[4]尚未出,出后当寄上,我想大约在年底罢。

讲文学的著作,如果是所谓"史"的,当然该以时代来区分,"什么是文学"之类,那是文学概论的范围,万不能牵进去,如果连这些也讲,那么,连文法也可以讲进去了。史总须以时代为经,一般的文学史,则大抵以文章的形式为纬,不过外国的文学者,作品比较的专,小说家多做小说,戏剧家多做戏剧,不像中国的所谓作家,什么都做一点,所以他们做起文学史来,不至于将一个作者切开。中国的这现象,是过渡时代的现象,我想,做起文学史来,只能看这作者的作品重在那一面,便将他归入那一类,例如小说家也做诗,则以小说为主,而将他的诗不过附带的提及。

我今年不过出了几本翻译[5],当寄上,但望即告我收信人的姓名,以用那几个字为宜,因为寄书要挂号,收信人须用印章的。又南阳石刻拓费,拟寄上三十元,由兄转交[6],不知可否,并望即见复。专此布复,即颂

时绥。

迅 上 十一月五日

回信可仍寄〖仍〗书店转交,不致失落的。 又及。

\* \* \*

〔1〕 王冶秋(1909—1987) 安徽霍丘人,文化工作者。当时在天津失业。著有《辛亥革命前的鲁迅先生》等。

〔2〕《唐代文学史》 王野秋(王冶秋)著。1935年在天津以"上海新亚图书公司"名义自费出版。

〔3〕《导报》 指《文学导报》,"左联"机关刊物,不定期刊。1931年4月在上海创刊,名《前哨》,1931年8月5日出第二期时改名《文学导报》,1931年11月15日停刊,共出八期。

〔4〕 阿英的那一本 指《中国新文学大系》第十集《史料·索引》,后于1936年2月上海良友图书印刷公司出版。阿英,即钱杏邨,参看本卷附录一 5 致钱杏邨信注〔1〕。

〔5〕 几本翻译 指《表》、《俄罗斯的童话》等。

〔6〕 指转交杨廷宾,参看351221③信注〔3〕。他是王冶秋的中学同学,鲁迅曾通过王冶秋托他代拓南阳汉画像石刻。

# 351106 致 孟 十 还

十还先生:

四夜信收到。那本画集[1]决计把它买来,今托友送上大

洋二十五元,乞先生前去买下为托。将来也许可以绍介给中国读者的。

顺便奉送卢那察尔斯基的《解放了的D.Q.》美术版[2]一本,据说那边已经绝版,我另有一本。但这一本订线已脱,须修一修耳。

又中译本一册,印得很坏,我上印刷所的当的。不过译文出于瞿君之手,想必还好。

专此布复,即颂

时绥。

迅　顿首　十一月六日

＊　　　＊　　　＊

〔1〕　指《死魂灵百图》,俄国阿庚作,1893年彼得堡出版。

〔2〕　《解放了的D.Q.》美术版　即《解放了的堂·吉诃德》俄文插图本,毕斯凯莱夫作木刻插图十一幅,1923年莫斯科出版。

# 351109　致赵家璧

家璧先生:

得来信并蒙赠书一本[1],谢谢。

《死魂灵》第一部,平装者已订成,布面装订者,尚须迟数天,一俟订好,当奉呈。长序亦译自德文本,并不精彩,倒是附录颇有趣。

来信说要印花二千。不知是一共二千,还是每种二千?

希示遵办。

专此布达，即请

撰安。 迅 顿首 十一月九日

\* \* \*

〔1〕 赠书 指《小哥儿俩》，凌叔华作，1935年上海良友图书印刷公司出版。

# 351111 致 马子华[1]

子华先生：

来信收到。十来年前，我的确给人看过作品，但现在是体力和时间，都不许可了，所以实在无法实现何先生的希望，真是抱歉得很。

专此布复，并颂

时绥。

鲁迅 十一月十一日

\* \* \*

〔1〕 马子华（1912—1996） 云南洱源人，"左联"成员。当时是上海光华大学中文系学生，作有长篇小说《他的子民们》。他曾请鲁迅为其同学何某校阅《安娜·卡列尼娜》译稿。

## 351114　致章锡琛[1]

雪村先生：

　　韦丛芜君版税，因还未名社旧款，由我收取已久，现因此项欠款，大致已清，所以拟不续收，此后务乞寄与韦君直接收下为祷。

　　专此布达，即请

道安。

鲁迅　上　十一月十四日

＊　　　＊　　　＊

　　〔1〕　章锡琛(1889—1969)　字雪村，浙江绍兴人。曾任《妇女杂志》、《新女性》杂志编辑，当时任开明书店经理。

## 351115①　致母　亲

母亲大人膝下，敬禀者，十一月十一日来信，顷已收到，前回的
　　一封，也早收到了。牙痛近来不知如何？倘常痛，恐怕只
　　好拔去，不过假牙无法可装，却很不便，只能专吃很软的
　　食物了。

　　海婴很好，每天上幼稚园去，不大赖学了。他比夏天胖了
　　一点，虽然还要算瘦，却很长，刚满六岁，别人都猜他是八
　　九岁，他是细长的手和脚，像他母亲的。今年总在吃鱼肝

油,没有间断过。

他什么事情都想模仿我,用我来做比,只有衣服不肯学我的随便,爱漂亮,要穿洋服了。

近来此地颇多谣言,[1]纷纷迁避,其实大抵是无根之谈,所以我们仍旧不动,也极平安,务请勿念。也常有关于北平和天津的谣言,关切的朋友,至于半夜敲门来通报,到第二天一打听,才知道也是误传的。

害马及男都好的,亦请勿念。

专此布复,敬请

金安。

男树　叩上　广平及海婴同叩　十一月十五日

＊　　　＊　　　＊

〔1〕　1935年11月9日,日本驻沪海军陆战队水兵中山秀雄被暗杀,日本侵略者遂借此进行威胁要挟,于是盛传日本军即将进攻上海。

# 351115② 致萧军

刘兄:

校稿[1]昨天看完,胡[2]刚刚来,便交与他了。

校稿除改正了几个错字之外,又改正了一点格式,例如每行的第一格,就是一个圈或一个点,很不好看,现在都已改正。

夜里写了一点序文[3],今寄上。

这几天四近谣言很多,虽然未必真,可也令人不十分静得下。居民搬的很多。

专此布达,即请

俪安。　　　　　　　　　　　　　　豫　上 十五日上午

《死灵魂》纸面的已出,布面的还得等几天。　又及。

＊　　　　＊　　　　＊

〔1〕　指萧红《生死场》的最末一次校稿。

〔2〕　胡　指胡风。他曾应萧红之请,为《生死场》写了《读后记》。

〔3〕　即《萧红作〈生死场〉序》,后收入《且介亭杂文二集》。

# 351115③　致 台 静 农

伯简兄:

十一日信并《南阳画象访拓记》[1]一本,顷同时收到。关于石刻事,王冶秋兄亦已有信来,日内拟即汇三十元去,托其雇工椎拓[2],但北方已冷,将结冰,今年不能动手亦未可料。印行汉画,读者不多,欲不赔本,恐难。南阳石刻,关百益有选印本[3](中华书局出版),亦多凡品,若随得随印,则零星者多,未必为读者所必需,且亦实无大益。而需巨款则又一问题。

我陆续曾收得汉石画象一箧,初拟全印,不问完或残,使其如图目,分类为:一,摩厓;二,阙,门;三,石室,堂;四,残杂(此类最多)。材料不完,印工亦浩大,遂止;后又欲选其有关于神话及当时生活状态,而刻划又较明晰者,为选集,但亦未

实行。南阳画象如印行,似只可用选印法。

瞿木夫之《武梁祠画象考》[4],有刘翰怡刻本,价钜而难得,然实不佳。瞿氏之文,其弊在欲夸博,滥引古书,使其文浩浩洋洋,而无裁择,结果为不得要领。

近来谣言大炽,四近居人,大抵迁徙,景物颇已寂寥,上海人已是惊弓之鸟,固不可诋为"庸人自扰"。但谣言则其实大抵无根,所以我没有动,观仓皇奔走之状,黯然而已。

专此布复,并颂

时绥。

树　顿首　十一月十五午

\*　　　\*　　　\*

〔1〕《南阳画象访拓记》　即《南阳汉画象访拓记》。孙文青撰,1934 年南京金陵大学出版。

〔2〕托其雇工椎拓　参看 351105 信注〔6〕。

〔3〕关百益　名葆谦,字百益,河南开封人,金石学家。他的选印本,指《南阳汉画象集》,1930 年 9 月中华书局影印出版。

〔4〕瞿木夫(1769—1842)　名中溶,字苌生,号木夫,江苏嘉定人,清代金石学家。《武梁祠画象考》,即《汉武梁祠堂石刻画象考》,共六卷,并附图一卷,前石室画像考一篇,1926 年吴兴刘氏(刘翰怡)希古楼曾刻印。

# 351116　致 萧军、萧红

刘军兄及其悄吟太太:

十六日信当天收到,真快。没有了家,暂且漂流一下罢,将来不要忘记。二十四年前,[1]太大度了,受了所谓"文明"这两个字的骗。到将来,也会有人道主义者来反对报复的罢,我憎恶他们。

校出了几个错字,为什么这么吃惊?我曾经做过杂志的校对,经验也比较的多,能校是当然的,但因为看得太快,也许还有错字。

印刷所也太会恼怒,其实,圈点不该在顶上,是他们应该知道,自动的改正的。他们必须遇见厉害的商人,这才和和气气。我自己印书,没有一回不吃他们的亏。

那序文上,有一句"叙事写景,胜于描写人物",也并不是好话,也可以解作描写人物并不怎么好。因为做序文,也要顾及销路,所以只得说的弯曲一点。至于老王婆[2],我却不觉得怎么鬼气,这样的人物,南方的乡下也常有的。安特列夫的小说,还要写得怕人,我那《药》的末一段,就有些他的影响,比王婆鬼气。

我不大希罕亲笔签名制版之类,觉得这有些孩子气,不过悄吟太太既然热心于此,就写了附上,写得太大,制版时可以缩小的。这位太太,到上海以后,好像体格高了一点,两条辫子也长了一点了,然而孩子气不改,真是无可奈何。

这几天四近逃得一榻胡涂。铺子没有生意,也大有关门之势。孩子的幼稚园里,原有十五人,现在连先生的小妹子一共只剩了三个了,要关门大吉也说不定。他喜欢朋友,现在很感得寂寞。你们俩他是欢迎的,他欢迎客人,也喜欢留吃饭。有空望随便来玩,不过速成的小菜,会比那一天的粗拙一点。

专此布达，即请

俪安。

豫 上。十一月十六夜。

\* \* \*

〔1〕 二十四年前 指辛亥革命时期。

〔2〕 老王婆 《生死场》中的人物。

# 351118① 致 王冶秋

野秋兄：

十一月八日信并拓片十张，又十四日信并小说稿两篇，均收到。指点做法，非我所能，我一向的写东西，却如厨子做菜，做是做的，可是说不出什么手法之类。至于投寄别处，姑且试试看，但大约毫无把握，一者因为上海刊物已不多，且大抵有些一派专卖，我却不去交际，和谁也不一气的。二则，每一书店，都有"文化统制"，所以对于不是一气的人，非常讨厌。

前几天，已托书店寄上书数本，不知已收到否？《中国新文学大系》，今天去定一部，即由公司陆续寄上。

又汇票一纸三十元，希向商务印书馆分馆一取，后面要签名盖印（印必与所写的名字相同），倘问寄款人，则写在信面者是也。此款乞代拓南阳石刻，且须由拓工拓，因为外行人总不及拓工的。至于用纸，只须用中国连史就好（万不要用洋纸），寄来的十幅中，只有一幅是洋纸，另外都就是中国连史纸，今

附上标本[1]。(但不看惯,恐也难辨)

　　专此布复,即颂

时绥。

豫　上。十一月十八日

＊　　　　＊　　　　＊

〔1〕　此信附有纸样两小方,一注"中"字,一注"洋"字。

# 351118② 　致　赵家璧

家璧先生:

　　兹送上印证四千,《死魂灵》一本,希察入。又小书两本[1],不足道也,但顺便送上,并乞哂存为幸。

　　专此布达,并请

撰安。

鲁迅　十一月十八日

＊　　　　＊　　　　＊

〔1〕　指《伪自由书》、《准风月谈》。

# 351118③ 　致　曹靖华

汝珍兄:

　　日前收到一些刊物[1],即托书店转寄,大约有四包,不知已收到否？

今天得了 E 君一封信，今寄上，请兄译示为荷。

前一些时这里颇多谣言，现在安静了。我们一动也没有动，不过四邻搬掉的多，冷静而已。今天又已在渐渐的搬回来。

寓中大小均安，请释念。

专此布达，即请

近安。

弟豫 上 十一月十八日

\*　　　\*　　　\*

〔1〕 指从莫斯科寄来的刊物。

# 351118④　致 徐懋庸

乞转

徐先生：

信收到。另一笺〔1〕已转寄。但我的投稿，恐怕不大可靠，近来笔债真欠得太多了。

《死魂灵》当然要送，日内托书店并送曹先生〔2〕的一本一同寄去，请先向曹先生提明一声。

专复，即祝

撰安。

豫 上 十一月十八日

＊　　　＊　　　＊

〔1〕　指致沈雁冰信。当时徐懋庸函请鲁迅、茅盾为《时事新报·每周文学》撰稿。

〔2〕　曹先生　指曹聚仁。

# 351120　致 聂绀弩[1]

耳耶兄：

十八日信收到。《死魂灵》昨已托书店送上，他们顺路的时候就要送到报馆里去的。

《漫画与生活》[2]单就缺点讲，有二：一，文章比较的单调；二，图画有不能一目了然者。至于献辞，大约是《小品文和漫画》上取来的，[3]兄无歉［嫌］疑。

我的文章，却是问题，因为欠账太多了，也许弄到简直不还。这刊物，我一定做一点，不过不能限期。如果下期就等着，那可是——糟了。

专此布达，顺颂

时绥。

迅　上　十一月廿日

＊　　　＊　　　＊

〔1〕　聂绀弩（1903—1986）　笔名耳耶，湖北京山人，作家。1934年编辑《中华日报·动向》，1936年编辑《海燕》和《现代文学》。

〔2〕　《漫画与生活》　即《漫画和生活》，文艺月刊，张谔编辑。

1935 年 11 月创刊,1936 年 2 月停刊,上海漫画和生活社出版。

〔3〕 献辞 即《漫画和生活》创刊号的献辞:"漫画的第一件紧要事是诚实,要确切的显示了事件或人物的姿态,也就是精神。"这段话摘自《小品文和漫画》一书中的《漫谈"漫画"》(鲁迅作)。《小品文和漫画》,《太白》半月刊第一卷纪念特辑,1935 年 3 月生活书店出版。

## 351123　致　邱　遇[1]

邱先生:

《野草》的题词,系书店删去,[2]是无意的漏落,他们常是这么模模胡胡的——,还是因为触了当局的讳忌,有意删掉的,我可不知道。《不周山》系自己所删,[3]第二板上就没有了,后来编入《故事新编》里,改名《补天》。

《故事新编》还只是一些草稿,现在文化生活出版社要给我付印,正在整理,大约明年正二月间,可印成的罢。

《集外集》中一篇文章的重出[4],我看只是编者未及细查之故。

专此布复,并颂

时绥。

迅 上 十一月二十三日

＊　　　＊　　　＊

〔1〕 邱遇(1912—1975) 原名袁世昌,山东临淄(今淄博市)人。当时任《青岛时报》编辑。

〔2〕《野草·题辞》被删事。1931 年 5 月,上海北新书局印行《野草》第七版时,原有的《题辞》未印入。

〔3〕《不周山》系自己所删　1930 年 1 月《呐喊》第十三次印刷时,鲁迅将《不周山》抽去。

〔4〕《集外集》中一文重出　参看 341229 信注〔3〕。

# 351125　致叶　紫

芷兄:

来信收到。我现在实在太苦于打杂,没有会谈和看文章的工夫了,许也没有看文章的力量,所以这两层只好姑且搁起。

你还是休息一下好。先前那样十步九回头的作文法,是很不对的,这就是在不断的不相信自己——结果一定做不成。以后应该立定格局之后,一直写下去,不管修辞,也不要回头看。等到成后,搁它几天,然后再来复看,删去若干,改换几字。在创作的途中,一面练字,真要把感兴打断的。我翻译时,倘想不到适当的字,就把这字空起来,仍旧译下去,这字待稍暇时再想。否则,能够因为一个字,停到大半天。

《选集》[1]我也没有了;别的两本,已放在书店里,附上一条,希持此去一取为托。

专此布复,并颂

时绥。

豫　上　十一月二十五夜

＊　　　＊　　　＊

〔1〕《选集》 据收信人说明，指日译《鲁迅选集》。该书由增田涉、佐藤春夫合译，1935 年 6 月东京岩波书店出版。

# 351126　致母亲

母亲大人膝下，敬禀者，十一月十五日信，已早到，果脯等一大包，也收到了。已将一部份分给三弟。

上海近来已较平静，寓中都好的。海婴仍上幼稚园，但原有十五个同学，现在已只剩了七个了。他已认得一百多个字，就想写信，附上一笺，其中有几个歪歪斜斜的字，就是他写的。

今天晚报上又载着天津不平静[1]，想北平不至于受影响。至于物价飞涨，那是南北一样，上海的物价，比半月前就贵了三成了。

专此布达，恭请

金安。

男树　叩上　广平海婴同叩　十一月二十六日

＊　　　＊　　　＊

〔1〕 天津不平静　1935 年 11 月 25 日，日本帝国主义在天津收买汉奸、流氓等五六百人，号称"河北民众自卫团"，举行武装游行，向国民党市政府要求"自治"。次日，上海《大晚报》据"日联社念六日天津电"报导说，"公安局昨晚十一点施行戒严，禁止一切交通"。

# 351203[①]　致徐懋庸

乞转

徐先生：

信早收到。我看《小鬼》[1]译的很好，可以流利的看下去。

关于小品文的，写了一点，[2]今寄上；署名用旅隼，何干之类，随便。关于翻译，前已说过不少，现在也别无新意，不做了。

关于别的杂题的，如有，当随时寄上。

专布，即颂

时绥。

隼　顿首　十二月三日

＊　　　＊　　　＊

〔1〕《小鬼》　长篇小说，俄国梭罗古勃著，徐懋庸译。曾连载于《世界文库》第四册至第十二册(1935年8月至1936年4月)，1936年由生活书店出版单行本。

〔2〕　指《杂谈小品文》，后收入《且介亭杂文二集》。

# 351203[②]　致孟十还

十还先生：

今天看见吴先生[1]，知道《密尔格勒》已译完，要付印了。

我们也决计即将《死灵魂图》付印,所以,如果先生现在有些时间的话,乞将那书的序文和题句一译。题句只要随便译,不必查译本,将来我会照译本改成一律的,因为我记得在什么地方,容易查。

目前在做几个短篇[2],那第二部[3],要明年正月才能开手了。

专此布达,即颂

时绥。　　　　　　　　　　　迅　上　十二月三夜。

\*　　　　\*　　　　\*

〔1〕　吴先生　指吴朗西,参看360424③信注〔1〕。

〔2〕　指《采薇》、《出关》、《起死》等,后均收入《故事新编》。

〔3〕　指《死魂灵》第二部残稿。

# 351203③　致 台 静 农

伯简兄:

十一月二十三日函已收到。拓汉画款,先已寄去卅,但今思之,北方已结冰,难施墨,恐须明春矣。关百益本实未佳,价亦太贵,倘严选而精印,于读者当更有益。顾北事[1]正亦未可知,我疑必骨奴而肤主,留所谓面子,其状与战区同。珍籍南迁,似未确,书籍价不及钟鼎[2],迁之何为。校长亦未纷来,二代表则有之,即白与许,曾见许君,但未问其结果,料必不得要领而已。

上海亦曾大迁避,或谓将被征,或谓将征彼,纷纷奔窜,汽车价曾至十倍,今已稍定,而邻人十去其六七,入夜阒寂,如居乡村,盖亦"闲适"之一境,惜又不似"人间世"耳。

《死魂灵》出单行本时,《世界文库》上亦正登毕,但不更为译第二部,因《译文》之夭,郑君[3]有下石之嫌疑也。此祝康吉。

树　上　十二月三夜

＊　　　＊　　　＊

〔1〕　北事　1935 年 11 月,日本为并吞华北,唆使汉奸殷汝耕于 25 日在通县成立"冀东防共自治委员会",发动"华北五省自治"。随后,国民党政府与日本华北驻屯军洽商,指派宋哲元与日方荐派的王揖堂、王克敏等于 12 月 18 日成立"冀察政务委员会",以适应日本关于"华北政权特殊化"的要求。

〔2〕　国民党政府曾有南迁钟鼎文物的事。1933 年 1 月,日本侵占山海关后,国民党政府曾将历史语言研究所、故宫博物院所藏钟鼎等文物分批从北平运至南京、上海。

〔3〕　郑君　指郑振铎。

# 351204[①]　致母　亲

母亲大人膝下敬禀者,收到小包后,即复一信,想已到。十六日来示,今已收到矣。

大人牙已拔去,又并不痛,甚好,其实时时要痛,原不如拔去为佳,惟此后食物,务乞多吃柔软之物,以免胃不消化为要。后园之树,想起来亦无甚可种,因为地土原系炉灰所填,所以不合于种树。白杨易于种植,尚且不能保存,似乎可以不必补种了。

海婴仍然每日往幼稚园,尚听话。新的下门牙两枚,已经出来,昨已往牙医处将旧牙拔去。

上海已颇冷,寓中于昨已生火炉。男及害马均安好,务请勿念。

专此布达,恭请

金安。

男树　叩上。广平及海婴同叩。十二月四日

# 351204<sup>②</sup>　致　刘暮霞<sup>[1]</sup>

卢氏《艺术论》的原本的出版所,我忘记了,禁否也不知道,因为这些事情,是不一定的,即使未禁,也可以没收。大江书店后来盘给开明书店了,这一部书纵使还有余剩,他们也不敢发卖,所以没有法子想。

《科学的艺术论丛书》,<sup>[2]</sup>我手头倒还有第3及13两本,自己并无用处,现在包着放在内山书店里,先生如要的话,乞拿了附上之一笺,去取;包内还有《艺术研究》一本,是出了一本就停版的月刊,现在恐怕也已经成了古董,都可以送给先生。这书店在北四川路底,离第一路电车的终点不过二三十步。

《烟袋》及《四十一》的印本,早在北平被官们收去,但好像并未禁,书可难以找到了。去年曾由译者自己改编,寄给现代书局,他们就搁起来,后来我去索取了许多回,都不还,此刻是一定都被封[3]在店里了。其实中国作者的被害,也不但从这一方面,市侩和编辑的虐待,也大有力量的。

假如有人肯印的话,这两种也还想设法再版,不过看目前的状态,怕很难。

专此布复,并颂

时绥。

鲁迅　十二月四日

＊　　　＊　　　＊

〔1〕　此信称呼于 1939 年 10 月 18 日香港《大公报》发表手迹时被略去。

刘暮霞,广东人,当时复旦大学学生。

〔2〕《科学的艺术论丛书》　鲁迅、冯雪峰编辑。1929 年 6 月开始,分由上海光华书局和水沫书店出版。第三本,即波格丹诺夫的《新艺术论》,苏汶译,1929 年 8 月水沫书店出版;第十三本,即《文艺政策》,收苏联关于党的文艺政策的会议记录和决议,鲁迅译,1930 年 6 月上海光华书店出版。

〔3〕　1935 年 12 月 2 日,现代书局因债务关系被查封。

# 351204[3]　致　王冶秋

野秋兄:

昨得十一月廿八日函;前一函并令郎照相,亦早收到,看起来简直是一个北方小孩,盖服装之故。其实各种举动,皆环境之故,我的小孩,一向关在家里,态度颇特别,而口吻遂像成人,今年送入幼稚园,则什么都和普通孩子一样了,尤其是想在街头买东西吃。

《新文学大系》是我送的,不要还钱,因为几张“国币”,在我尚无影响,你若拿出,则冤矣。此书约编辑十人,每人编辑费三百,序文每〔千〕字十元,化钱不可谓不多,但其中有几本颇草草,序文亦无可观也。

《杂文》〔1〕上海闻禁售,第二本恐不可得,但当留心觅之。

对于《题未定草》,所论极是,世上实有被打嘴巴而反高兴的人,所以无法可想。我这里也偶有人寄骂我的文章来,久不答,他便焦急的问人道:他为什么还不回骂呢？盖“名利双收”之法,颇有多种。不过虽有弊,却亦有利,此类英雄,被骂之后,于他有益,但于读者也有益＝于他又有损,因为气焰究竟要衰一点,而有些读者,也因此看见那狐狸尾巴也。

张英雄新近给我一信,〔2〕又有《文学导报》征稿之印刷品寄来,编辑者即此英雄,但这回大约没有工夫回答了。

《果戈理选集》,想于明年出全,我所担任的还有一本半〔3〕,而一个字也没有,因为忙于打杂;现在在做以神话为题材的短篇小说〔4〕,须年底才完。《陀氏学校》〔5〕的德文本,我没有了,在希公〔6〕统治之下,出版者似已搬到捷克去,要买也不容易,所以总不见得翻译。另外也还有几本童话在手头,别人做的,很好,但中国即译出也不能发卖。当初在《译文》投稿时,要有意义,又要能公开,所以单是选材料,就每月要想几天。

《译文》至今还找不到出版的人，自己们又无资本，所以还搁着。已出的一年，兄有否？如无，当寄上，因为我有两部，即不送人，后来也总是几文一斤，称给打鼓担的。

至于讲五四运动的那一篇文章[7]，找不出。以前似忘记了答复，今补告。

专此布达，并颂

时祉。

树　上　十二月四夜。

＊　　　　＊　　　　＊

〔1〕《杂文》　"左联"东京分盟主办的文学月刊，先后由杜宣、勃生（邢桐华）编辑。1935 年 5 月在日本东京创刊（国内由群众杂志公司发行），第四号起改名《质文》，1936 年 11 月停刊，共出八期。

〔2〕张英雄　指张露薇，参看 350912③信注〔5〕。鲁迅 1935 年 11 月 25 日日记："得张露薇信。"后文的《文学导报》，文学月刊，张露薇编辑。1936 年 3 月创刊，1937 年 2 月出至第六期停刊。北平清华园文学导报社出版。

〔3〕指《果戈理选集》中的《鼻子及其他》和《死魂灵》第二部残稿。按《鼻子及其他》未出版，《死魂灵》第二部残稿并入《死魂灵》第一部出版。

〔4〕以神话为题材的短篇小说　指《故事新编》中的《出关》、《采薇》和《起死》等。

〔5〕《陀氏学校》　即《以陀思妥耶夫斯基命名的劳教学校》，又名《流浪儿共和国》，苏联班台莱耶夫和别雷赫合著的长篇儿童小说。

〔6〕 希公 指希特勒。

〔7〕 指《"五四"运动的检讨——马克思主义文艺理论研究会报告》，丙申（沈雁冰）作，载上海《文学导报》第一卷第二期（1931 年 8 月）。

# 351204④　致　徐　讦〔1〕

××先生：

惠函收到。……

武松打虎之类的目连戏，曾查刊本《目连救母记》〔2〕，完全不同。这种戏文，好像只有绍兴有，是用目连巡行为线索，来描写世故人情，用语极奇警，翻成普通话，就减色。似乎没有底本，除了夏天到戏台下自己去速记之外，没有别的方法。我想：只要连看几台，也就记下来了，倒并不难的。

现在听说其中的《小尼姑下山》《张蛮打爹》两段，已被绍兴的正人君子禁止，将来一定和童话及民谣携手灭亡的。我想在夏天回去抄录，已有多年，但因蒙恩通缉在案，未敢妄动，别的也没有适当的人可托；倘若另有好事之徒，那就好了。专复，并请

撰安。

迅 十二月四夜

＊　　　＊　　　＊

〔1〕 此信称呼于 1939 年 8 月 20 日上海《人间世》第二期《作家书简一束》发表手迹时被略去，第一句后的话亦系发表时所略。

徐讦(1908—1980),浙江慈溪人,作家。当时任《人间世》半月刊编辑。

〔2〕《目连救母记》 明代郑之珍著。有清代种福堂翻印明富春堂刻本,题《新刻出相音注劝善目连救母行孝戏文》,又有 1919 年上海马启新书局石印本,题为《祕本目连救母全传》。

# 351207<sup>①</sup>　致 曹 靖 华

汝珍兄:

十一月二十一日信早收到。此间已较安静,但关于北方的消息则多,时弛时紧,但我看大约不久会告一段落。

寄 E 君信,[1] 附上一稿,乞兄译后寄下。《文学百科全书》第 7 本已寄到,日内当寄奉。

上海已冷。市面甚萧条,书籍销路减少,出版者也更加凶起来,卖文者几乎不能生活。我目下还可敷衍,不过不久恐怕总要受到影响。

但寓中均平安。自己身体也好,不过忙于打杂,殊觉苦恼而已。

专此布达,即请

冬安。

弟树 上 十二月七日

\*　　　\*　　　\*

〔1〕 寄 E 君信　即 351207(德)信。

# 351207<sup>②</sup>　致 章锡琛

雪村先生：

　　惠书所说的里书和总目，其实正是本文的题目和分目。至于全书[1]的小引(有无未定)，总目和里书，还在我这里，须俟本文排完后交出，那时另用罗马字记页数，与本文不连。

　　所以现在就请将原稿的第一页，补排为1(2空白)，目录补排为3。文章是5起，已在校样上改正了。

　　专此布复，并请

道安。

树　顿首 十二月七日

＊　　　＊　　　＊

　　〔1〕　指《海上述林》。

# 351212<sup>①</sup>　致 徐懋庸

　　乞转

徐先生：

　　萧君有一封信[1]，早已交出去了，我想先生大约可以辗转看到。

　　还是由先生约我一个日期好，但不要上午或傍晚，也不要在礼拜天。

专布,即颂

时绥

　　　　　　　　　　豫　顿首 十二月十二日

＊　　　　＊　　　　＊

　　〔1〕　指萧三1935年11月8日从莫斯科写给"左联"的信,由鲁迅转交。该信系奉中共驻共产国际代表团负责人王明的指示而写,提出"取消左联",组织"广大的文学团体",建立"反帝反封建的联合战线"等事宜。

# 351212②　致 杨霁云

霁云先生:

　　久疏问候,想动定一切佳胜?

　　前嘱作书,顷始写就,〔1〕拙劣如故,视之汗颜,但亦只能姑且寄奉,所谓塞责焉耳。埋之箱底,以施蟫鱼,是所愿也。专此布达,并请

道安。　　　　　　　　　　迅　顿首 十二月十二日

＊　　　　＊　　　　＊

　　〔1〕　指鲁迅应杨霁云之请所写集《离骚》句的对联"望崦嵫而勿迫;恐鹈鴂之先鸣",和明画家项圣谟(1597—1658)所作题画诗的直幅"风号大树中天立,日薄沧溟四海孤。杖策且随时旦暮,不堪回首望孤蒲"。

# 351214　致　周剑英[1]

剑英先生：

惠函收到。《伪自由书》中的文章，诚如来信所说，大抵发表过的，而出版后忽被禁止，殊可笑。今已托书店寄上一册，后又出有《准风月谈》一本，顺便一并寄赠。二者皆手头所有，并非买来，万勿以代价寄下为要。

我的意见，都陆续写出，更无秘策在胸，所以"人生计划"，实无从开列。总而言之，我的意思甚浅显：随时为大家想想，谋点利益就好。

我的通信处是：上海、北四川路底、内山书店转。

专此布复，即颂

时绥。　　　　　　　　　　　　　　鲁迅　十二月十四日


＊　　　＊　　　＊

〔1〕　周剑英　未详。


# 351219①　致　杨霁云

霁云先生：

惠示诵悉。腹疾已愈否？为念。

集中国文字狱史料，此举极紧要，大约起源古矣。清朝之狱，往往亦始于汉人之告密，此事又将于不远之日见之。

　　近来因译《死魂灵》，并写短文打杂，什么事也无片段。翻译已止，但文集尚未编，出版恐不能望之书局，因为他们要不危险而又能赚钱者，我的东西，是不合格的。

　　国事至此，始云"保障正当舆论"[1]，"正当"二字，加得真真聪明，但即使真给保障，这代价可谓大极了。

　　关于我的记载，虽未见，但记得有人提起过，常州报上，一定是从沪报转载的，请不必觅寄。此种技俩，为中国所独有，殊可耻。但因可耻之事，世间不以为奇，故诬蔑遂亦失效，充其极致，不过欲人以我为小人，然而今之巍巍者，正非君子也。倘遇真小人，他们将磕头之不暇矣。

　　上海已见冰。贱躯如常，可告慰也。

　　专此布达，并颂

文安。

迅　顿首　十二月十九日

＊　　　＊　　　＊

　　〔1〕"保障正当舆论"　1935 年 12 月上旬，国民党五届一中全会通过所谓"请政府通令全国切实保障正当舆论"的决议，10 日，国民党政府通令"切实保障正当舆论"，"训令直辖各机关，一体遵照，切实保障"（据 1935 年 12 月 12 日上海《申报》）。

# 351219② 致 曹 靖 华

汝珍兄：

　　十五日信已到，并代译的信，谢谢！

上海一切如故,出版界上,仍然狐鼠成群,此辈决不会改悔。近来始有"保护正当舆论"之说,"正当"二字,加的真真聪明,但即使真加保护,这代价也可谓大极。不过这也是空言,畏强者,未有不欺弱的。

谛君[1]之事,报载未始无因,《译文》之停刊,颇有人疑他从中作怪,而生活书店貌作左倾,一面压迫我辈,故我退开。但《死魂灵》第一部,实已登毕。

青年之遭惨遇,我已目睹数次,真是无话可说,那结果,是反使有一些人可以邀功,一面又向外夸称"民气"。当局是向来媚于权贵的。高教此后当到处扫地,上海早不成样子。我们只好混几天再看。

书的销路,也大跌了,北新已说我欠账,但是他们玩的花样,亦未可知。于我的生活,此刻尚可无影响,俟明年再看。寓中均安,可请勿念。史兄病故[2]后,史嫂由其母家接去,云当旅行。三月无消息。兄如与三兄[3]通信,乞便中一问,究竟已到那边否。

专此布达,即请

冬安。

弟豫 上 十二月十九日

＊　　　＊　　　＊

〔1〕 谛君　即郑振铎。

〔2〕 史兄病故　暗指瞿秋白(史铁儿)遇害。他于 1935 年 6 月 18 日在福建长汀被国民党当局杀害。

〔3〕　三兄　指萧三,当时在苏联。

# 351221① 致 赵 家 璧

家璧先生:

　　数日前寄奉一函,想已达。近来常有关于我的谣言,谓要挤出何人,打倒何人,研究语气,颇知谣言之所从出,所以在文坛之闻人绅士所聚会之阵营中,拟不再投稿,以省闲气,前回说过的那一个短篇[1],也不寄奉了。

　　专此布达,即请

著安。

　　　　　　　　　　　　　　鲁迅 十二月二十一日

＊　　　＊　　　＊

〔1〕　指短篇小说集《故事新编》。

# 351221② 致 母 亲

母亲大人膝下,敬禀者,十七日手谕,已经收到,备悉一切。上海近来尚称平静,不过市面日见萧条,店铺常常倒闭,和先前也大不相同了。寓中一切平安,请勿念。海婴也很好,比夏天胖了一些,现仍每天往幼稚园,已认得一百多字,虽更加懂事,但也刁钻古怪起来了。男的朋友,常常送他玩具,比起我们的孩子时代来,真是阔气得多,但因此他也不大爱惜,常将玩具拆破了。

一礼拜前,给他照了一张相,两三天内可以去取。取来之后,当寄奉。

由前一信,知和森哥也在北京,想必仍住在我家附近,见时请为男道候。他的孩子,想起来已有十多岁了,男拟送他两本童话,当同海婴的照片,一并寄回,收到后请转交。

老三因闸北多谣言,搬了房子,离男寓很远,但每礼拜总大约可以见一次。他近来身体似尚好,不过极忙,而且窘,好像八道湾方面,逼钱颇凶也。

专此布达,恭请

金安。

男树 叩上 广平海婴同叩 十二月二十一日

# 351221③　致 台静农

伯简兄:

十六日信已到。过沪乞惠临,厦门似无出产品,故无所需也。北平学生游行[1],所遭与前数次无异,闻之惨然,此照例之饰终大典耳。上海学生,则长跪于府前,[2]此真教育之效,可羞甚于陨亡。

南阳杨君[3],已寄拓本六十五幅来,纸墨俱佳,大约此后尚有续寄。将来如有暇豫,当并旧藏选印也。

贱躯无恙,可释远念。

专此布复,并颂

时绥。　　　　　　　　　　豫　顿首 十二月廿一夜

＊　　　＊　　　＊

〔1〕　北平学生游行　指一二·九运动。

〔2〕　上海学生长跪于府前　1935 年 12 月 21 日《申报》"本市新闻"栏,曾刊有上海学生为声援北平学生游行而跪在国民党市政府前请愿的照片。

〔3〕　杨君　指杨廷宾(1910—2001),河南南阳人。1935 年北平大学艺术学院毕业后,在南阳女子中学任教。


# 351221④　致 王冶秋

冶秋兄:

　　九日信早到。《译文》已托书店寄出;关于拉丁化书,则由别一书店寄上三种〔1〕(别一种〔2〕是我的议论,他们辑印的),或已先到。此种拉丁化,盖以山东话为根本,所以我们看起来,颇有难懂之处,但究而言之,远胜于罗马字拼法无疑。

　　今日已收到杨君寄来之南阳画象拓片一包,计六十五张,此后当尚有续寄,款如不足,望告知,当续汇也。这些也还是古之阔人的冢墓中物,有神话,有变戏法的,有音乐队,也有车马行列,恐非"土财主"所能办,其比别的汉画稍粗者,因无石壁画象故也。石室之中,本该有瓦器铜镜之类,大约早被人检去了。

　　饭碗消息如何? ×〔3〕文我曾见过,似颇明白,而不料如

此之坏。至于×××××××××[4]大人,则前曾相识,固一圆滑无比者也。

小说商务不收,改送中华,尚无回信。

此复,即颂

时绥。

树 上 十二月廿一夜。

\* \* \*

〔1〕 指由天马书店寄出该店出版的叶籁士著《拉丁化概论》、《拉丁化课本》和应人著《拉丁化检字》三书。

〔2〕 指天马书店辑印的《门外文谈》单行本。

〔3〕 原件此字被收信人涂去。据他现在追记,系"宋"字。指宋还吾,山东成武人,当时任济南高中校长。他的文章,指《山东省立第二师范校长宋还吾答辩书》,参看《集外集拾遗补编·关于〈子见南子〉》的"结语"。

〔4〕 原件此九字被收信人涂去。据他现在追记,系"山东教育厅长何思源"。何思源(1895—1982),山东菏泽人。曾任国民党山东省政府委员兼教育厅长。

# 351222 致 叶 紫

芷兄:

来信收到。对于小说,他们只管攻击去,[1]这也是一种广告。总而言之,它们只会作狗叫,谁也做不出一点这样的小说来:这就够是它们的死症了。

附书两本,也收到。为《漫画和生活》,我是准备做一点的,不过幽默文章,一时写不出,近来又为了杂文,没有想一想的工夫,只好等阳历明年了。至于吴先生要我给《殖民地问题》[2]一个批评,那可真像要我批评诸葛武侯八卦阵[3]一样,无从动笔。

《星》[4]在我这里,改正之类,近来实在办不到了。

专此布复,即请

刻安。

　　　　　　　　　　　豫　上　十二月廿二夜

狗报上关于你的名字之类,何以如此清楚,奇怪!

*　　　　*　　　　*

〔1〕　指 1935 年 12 月 13 日上海《小晨报》发表署名阿芳的《鲁迅出版的奴隶丛书三种:作者叶紫、田军、萧红》一文。其中说《丰收》"内容多过火的地方",并指明"《丰收》的作者叶紫,是笔名,真名是余日强"。

〔2〕　《殖民地问题》　吴清友著,1935 年 10 月世界书局出版,《内外政治经济编译社丛书》之一。

〔3〕　八卦阵　即八阵图,《三国志·蜀志·诸葛亮传》:"亮性长于巧思……推演兵法,作八阵图。"

〔4〕　《星》　参看 350923 信注〔1〕。

# 351223①　致 李 小 峰

小峰兄:

惠示诵悉。《集外集拾遗》抄出大半,尚有数篇在觅期刊,编好须在明年了。

北新以社会情形和内部关系之故，自当渐不如前，但此非我个人之力所能如何，而况我亦年渐衰迈，体力已不如前哉？区区一二本书，恐无甚效，而北新又须选择，我的作品又很不平稳，如何是好。

附笺并稿一件，乞转交赵先生。

迅 顿首 十二月二十三日

# 351223<sup>②</sup> 致 赵 景 深

景深先生：

示敬悉。附呈一短文〔1〕，系自己译出，似尚非无关系文字，可用否乞 裁酌。

倘若录用，希在第二期再登，因为我畏与天下文坛闻人，一同在第一期上耀武扬威也。〔2〕

专此布复，即请

撰安。

迅 顿首 十二月二十三日

＊　　　＊　　　＊

〔1〕 指《陀思妥耶夫斯基的事》，后收入《且介亭杂文二集》。

〔2〕 《青年界》第九卷第一期（1936年1月）曾载有"青年作文指导特辑"专栏。

# 351223③　致沈雁冰[1]

明甫先生：

　　顷已接到密斯杨[2]由那边(法国寄出)的来信,内云："曾发两信,收到否？也许此信比那两封可快一些。"的确,那两封还未到。

　　此外是关于取物件的事。身体是好的,但云有些胃痛。

　　信上并无通信地址,大约在第一封上。

　　末了云：

　　"我曾有一信寄给联华影片公司[3]转给陆小姐[4]的,要陆小姐到联华去拿。敝亲胡子馨[5]在那里做事。"便中乞转告,但似乎也无头无绪,不知道怎么拿。

　　转此布达,即请

著安。

树　上　十二月廿三夜

\*　　　　\*　　　　\*

　　〔1〕　沈雁冰(1896—1981)　笔名茅盾,浙江桐乡人,作家,文学评论家。文学研究会发起人之一,曾主编《小说月报》。著有长篇小说《蚀》、《子夜》等。

　　〔2〕　指杨之华。

　　〔3〕　联华影片公司　即联华影业公司,1930年8月罗明佑创办于上海,1937年解散。

〔4〕 陆小姐　即陆缀雯,当时在上海银行任职。

〔5〕 胡子馨　即吴芝馨,浙江绍兴人,杨之华的表姐夫。

## 351224　致 谢 六 逸

六逸先生:

惠示诵悉。看近来稍稍直说的报章,天窗满纸,华北虽然脱体[1],华南却仍旧箝口可知,与其吞吞吐吐以冀发表而仍不达意,还不如一字不说之痛快也。

专此布复,并请

撰安

鲁迅 顿首 十二月廿四日

＊　　　＊　　　＊

〔1〕 华北脱体　参看351203③信注〔1〕。

## 351228　致 叶　　紫

芷兄:

来信收到。账已算来,附上账单,拿这到书店[1],便可取款。

专此布达,即颂

刻安。

豫 上 十二月二十八夜。

＊　　　＊　　　＊

〔1〕 指内山书店。该店曾代售《丰收》。

# 351229　致 王冶秋

冶秋兄：

廿四晚信收到。看杨君〔1〕寄来的拓片，都是我之所谓连史纸，并非洋纸，那么，大约是河南人称连史为"磅纸"的了。"磅"字有洋气，不知道何以要用这一个字。

《表》的译文，因匆匆写完，可改之处甚多。"挫折"是可改为"萎"的，我们那里叫"瘟"，一音之转。但"原谅"和"饶"却不同，比较的比"饶"还要平等一点。

最难的是所谓"不够格"，我想了好久，终于想不出适译。这并不是"不成器"或"不成材料"，只是"有所欠缺"的意思，犹言从智识到品行，都不及普通人——但教育起来，是可以好的。

那两篇小说，又从中华回来了，别处无路，只能搁一搁。

专此布复，即颂

时绥。

豫 上 十二月廿九日

＊　　　＊　　　＊

〔1〕 杨君　指杨廷宾，参看351221③信注〔3〕。